铁血围城

郭天印 著

作家出版社

图书在版编目（CIP）数据

铁血围城／郭天印著 . -- 北京：作家出版社，2021. 11
（2022. 6重印）

ISBN 978-7-5212-1446-8

Ⅰ. ①铁… Ⅱ. ①郭… Ⅲ. ①长篇小说 – 中国 – 当代
Ⅳ. ①I247.5

中国版本图书馆CIP数据核字（2021）第108754号

铁血围城

作　　者：郭天印
责任编辑：宋辰辰
装帧设计：意匠文化·丁奔亮
出版发行：作家出版社有限公司
社　　址：北京农展馆南里10号　　邮　　编：100125
电话传真：86-10-65067186（发行中心及邮购部）
　　　　　86-10-65004079（总编室）
E-mail:zuojia@zuojia.net.cn
http://www.zuojiachubanshe.com
印　　刷：唐山嘉德印刷有限公司
成品尺寸：152×230
字　　数：283千
印　　张：21.75
版　　次：2021年11月第1版
印　　次：2022年6月第2次印刷
ISBN 978-7-5212-1446-8
定　　价：52.00元

主要人物表

刘　　凯——中共沁源县县委书记，沁源围困指挥部政委。

蔡　　青——决死队三十八团团长，沁源围困指挥部总指挥，年轻的老红军。

朱　　秀——沁源县游击大队长，沁源围困指挥部副总指挥。

洪 尚 礼——三十八团一营一连连长，后为营长。

王　　璧——中共沁源县二区区委书记。

江 德 昌——青年猎手，战斗英雄。二区民兵轮战队队长。

江 淑 英——民兵女英雄，纺织能手，年轻的妇救会主任。

李　　猛——神枪手，一区民兵轮战队队长。被俘后英勇不屈，与妻子一起慷慨就义。

赵 小 四——曾经的神偷，后为民兵，江德昌发小。为救战友挺身赴险。

张 二 俏——青年寡妇，为民族大义而与成为汉奸的情人李守清恩断义绝。

高 明 亮——皇协军团长，中共地下党员，代号"101"。

沙 成 海——皇协军连长，中共地下党员。

杨 耀 宗——开明绅士，沁源首富，工商业者，地主兼资本家。

杨 铭 义——杨耀宗长子，工商业者。

杨 铭 德——杨耀宗次子，教育家，创办抗战小学，为救学生英勇牺牲。

杨 铭 之——杨耀宗三子，燕京大学学生，虽为敌裹胁而拒不投降，经共产党营救后，与其兄创办抗日小学。后为抗日新闻工作者。

冈村宁次——日本陆军大将，侵华日军华北方面军总司令，后为侵华日军总司令。"山岳剿共实验区作战计划"的制订者。

花 谷 正——日本陆军少将，曾参与"9·18"事件的操作。日军"山岳剿共实验区"首任司令官。后为五十五师团师团长。

鹿野平洋——日本陆军大佐，继花谷正而为日军驻沁源部队第二任司令官。

伊 藤 俊——日本陆军中佐，宪兵队长，也是日军驻沁源第三任最高指挥官。

小野伸二——驻交口据点日军中队长。

井上三郎——伊藤后任宪兵队长。

蓝 妮 儿——北平八大胡同妓女，先与杨铭之假扮夫妻，后主动投入敌人怀抱，为伪维持会代会长。

张 玉 甫——前国民党县党部书记，后为日本特务队长。

齐 标 峰——前皮货商，后投敌，铁杆汉奸，张玉甫后第二任特务队长。

李 守 清——小学教师，曾与张二俏相恋，后为汉奸，特务小队长。

中村信之——日本军人，反战意识浓厚的北海道人。

阴 培 元——李守清表弟，交口据点特务小队长。

目录

引 子

八万人口的沁源，两千五百四十九平方千米的地域，无论从哪个标准来看，这都只是一个坐落在太岳山区腹地、已经存在了两千多年，却从来不曾引人注目过的山区县。然而，发生在二十世纪四十年代的那场民族解放战争，却使这里成为世界战争史上令人叹为观止的奇迹发生地。是的，就是在这里，从1942年10月至1945年4月整整两年半的时间内，八万人口的沁源养育了太岳区八个县的抗日政权以及决死队三十八团、二十五团两个子弟兵团。这期间，八万人口的沁源做出了近一万人的牺牲，为人民军队贡献了近一万人的优秀子弟。还是这八万人口的沁源，在严酷的战争中留下了近一万的伤残人员。然而，尽管日寇大兵压境，尽管斗争残酷无情，但是，八万人口的沁源硬是没有一个人当汉奸，日本鬼子想尽各种办法，也无法在日酋冈村宁次精心设计的这个"山岳剿共实验区"里建起哪怕一个维持会来。

好事多磨

1942 年秋，九月初九重阳节。沁源县城西关一带喜气洋洋，整个西关大街三十六家铺子的门头上，到处贴满了大红的喜字。而在西关大街的正中央，这三十六家铺子共同的东家——杨老太爷杨耀宗的府上，那浓浓的喜气简直就压得人喘不过气来。杨府门前原先的空地上，已经搭起两座戏台，正有一文一武两大乐班在演出，文的是笙箫管乐，笛声悠扬，唱的是正宗的地方小戏沁源秧歌《乐翻天》；武的是开锣大戏，正演着一出中路梆子《凤求凰》。而在这两大乐班的周围，那是里三层、外三层的人群，一浪高过一浪地叫好。盖因这两大乐班，差不多也就是本县人所共知的梨园群英。这样的场景，就是每年正月里的秧歌大会也难得一见，那些名角轻易是凑不到一块儿来的，何况是两大乐班的"对台戏"，再掏多少钱人家也不会干的。可是今天这事例外，请谁干还就得干，且唱对台戏的两大乐班彼此之间也绝不生气，反倒是其乐融融。这一切都是因为，今天这事主家，他说能行那就是能行，为什么呢？说到底是经济因素在起作用，杨家在两大乐班里原本就分别有着独大的股份，当初之所以能够在这小县里开起两家戏班，最主要的原因也是杨老太爷喜欢，他愿意花这个钱。今天杨家办喜事，那班主啊，角儿们啊，还不赶紧可着劲儿来助个兴？

要说杨家的宅子，其宽敞与豪奢在太岳山区当是无出其右的了。西关大街上那临街三十六家店铺不说，光说这杨家自己住的院子也足够大得惊人，里里外外，一进两开六串院子，最里边的便是杨老太爷杨耀宗所在的正庭。此时此刻，尽管外面热热闹闹，一片喜气，而在神主牌位前缭绕的香烟笼罩下略微有些阴暗的杨老爷子这里却是愁云满满，看不见一丝丝的喜气与欢乐。就连进进出出的下人与前来贺喜的亲戚，看了杨老爷子那副六神无主的焦躁与不安，一大半也都跟着要念叨起老爷子口里正在念叨的词来："怎么回事？他怎就还不回来？""是啊，这都多会儿了，他怎就还不回来？"

那么，杨老爷子与众人所念叨的这个"他"又是谁呢？他就是今天这场喜事原本的男主角，按照父母之命媒妁之言应当去娶媳妇成亲的杨家三少爷，也是杨家唯一的大学生杨铭之。

要说这位杨三少爷，可谓聪明绝顶，打小读书就展现了过目不忘、一点就通、举一反三的天赋，真的是人见人夸，学啥会啥。也正因为如此，杨老爷子下了本钱让他把能读的书都读尽，那学堂本就是杨家的，自然任由杨三少读。上中学时，外面时兴新学，杨铭之提出要到省城去，杨老爷子就把他送到省里最好的省立第一中学去，杨铭之也算不负老爹厚望，几年之后又以优异成绩考取了久负盛名的燕京大学。要知道，在当时，燕大一贯以奉行精英教育为宗旨，每年招生不过百。杨铭之考取燕大，无论如何应该是杨家乃至整个太岳山区的一件大事。为此，当时的县长还亲来杨家送过喜幛，杨老太爷也很是以此而荣耀了一阵子的。可是，谁也没有料得到，就在杨三少考取燕大的那一年，日寇在卢沟桥开了战，在留在北平上学还是撤回山里躲避战乱的问题上，杨家父子两代第一次发生了争执，以杨老太爷和杨家老大杨铭义的意思，兵荒马乱的，那学就别上了，干脆躲回山里放心，反正老三年纪小，想上学，啥时打完仗再上也不迟。而杨家老二，也就是在杨家学堂教书的杨铭德则认为这学是一定要上的。理由当然也很充足，一者，燕大是美国人办的大学，那校长司徒雷登说了，无论战争怎么影响都不会停课。日本人再疯狂，谅也不敢拿美国人办的学校开刀。二者，老三现在年纪是小，可这战争打起来就没个准，等打完了再上，那还不知拖到猴年马月，闹不好就耽误老三一辈子。而老三上大学可是杨老太爷和整个杨家最大的希望所在。要说这事，无论老爷子和两个哥哥怎么议论，那还不是为了杨铭之一个"好"字吗？可人家老三偏不领情。这边家庭会议还没开，那边人家连家也没回，径直就从省城太原到北平报到去了。还好，杨铭之这五年大学（预科一年，本科四年）那是顺顺利利上了四年，日本鬼子也当真没在燕园找麻烦。眼看再有一年就要真正大学毕业了，偏偏就在 1941 年的 12 月爆发了太平洋战争，美日两国一下子成了交战国，燕园也就不再受日本大兵的"保护"。于是，一心好好读书的杨铭之和他的同学们在偌大的北平城再无安放书桌的尺寸之地。也就趁了这个不知应该不应该说成是机会的机会，忧心忡忡的杨铭之几年来第一次回到了也曾让他魂牵梦绕的家乡沁源城。

俗话说，爹的心在儿身上，儿的心在石头上。素以家教极严而著称的杨老太爷在全家文化水平最高，按说也在最知书达礼的小儿子身上第一次体会到了这句话的真正含义。怎么说呢，那大学生他人是回来了，可心却起码有一半留在了燕园。打从公历的 1941 年 12 月回到了家，直到阴历的第二年正月，前前后后几乎两个多月的时间，说过的话加起来都不到十句。充其量也就是见人点个头，"嗯""呀""哈"地从喉咙深处往外挤几个简单得不能再简单的单词或汉字。一段时间，把老爷子吓得，以为宝贝儿子得了什么怪病。可是请大夫来看，人家却说没病。没病可好，但儿子就这么着不说话，那还不憋坏了呀？就在一家人苦思冥想、手足无措的时候，正月里的一天，临时负责三儿子起居饮食的二管家胡顺突然向杨老爷子报告了一个天大的喜讯。据那胡顺说，正月十四这天下午，杨三公子杨铭之不知搭上了哪根筋，顺着一阵悠扬的乐声竟然不由自主地来到了离老杨家有一截路程的县城中心关帝庙剧场。那个地方原来其实只是一个可以容纳三五百人看戏的小戏台，1938年抗日政府成立以后，已经改造成可以容得下上万人的大剧场兼会场。这一天，正是抗日政府组织的一年一度秧歌大会的开场之日。

要说这杨铭之打从十四五岁到太原、北平上学，这些年来，什么样的场合没经过，什么样的人物没见过？可也邪门，两个多月来笑脸未开的杨三少一到这个场合还就立马眉开眼笑起来，不仅如此，一开始的时候倒也罢了，那舞台上每逢有人出来表演，无论唱歌还是做功，杨铭之都会很礼节性地拍上两下巴掌，兴起之处，也时不时跟着人家哼哼几句原本他十多年前也曾很是熟悉的沁源秧歌小调。而到后来，当来自正关村的秧歌女皇江淑英一登台，那杨三少的眼睛就直了起来，自然的，江淑英的风采本就超凡脱俗，美若仙子，而她刚唱了一句新秧歌"正月里来正月正，灯花火树不夜城"，这"城"字余音未落，就听得杨三少一声炸雷似的喊声"好！"，紧接着，那场子里几千的观众也都跟着叫起好来。而江淑英每唱一段，那叫好声就一浪高过一浪。江淑英唱完一首，观众就呐喊着非要再来一首不可，如此这般，一连谢场三次而不能终结。弄得秧歌大会的主持人实在没办法了，赶紧出来解释说江淑英同志累了需要休息，而且这秧歌大会也不是一个人的，需要出场演唱的演员还有很多，希望大家能够体谅体谅。这才使得江淑英这位前一届的秧歌女皇好不容易脱得身来。

"老爷呀，"年轻的二管家胡顺有些激动地向杨老太爷汇报，"您知道那个带头给江家女子拍巴掌、大声叫好的是谁吗？"

"哼，我管他是谁，疯张倒势，没教养。"杨老爷子杨耀宗一脸蔑视。

"哎呀，老爷呀，那个人可是咱家三少爷。你没看见呢，少爷看江家那女子的眼神那叫一个迷呀，要不是人家下台了，我都叫不回少爷呢。"

胡顺也没想到，他这么一说，杨老太爷那蔑视的眼神一下子就变了回来，变成了喜气，变成了惊异。只见杨老太爷一把揪住胡顺道："胡顺，你个小子可不准日哄老爷。你说的是真的吗？三少爷见了江家女孩真就眼开了？"

胡顺多么聪明，若非善于揣摩主人心理他又怎能当了这大院里的二管家，杨老爷子如此一问，他那心里也是止不住一阵狂喜，这说明老爷看重这个事，也说明自己又一次揣摩对了主子的心事。于是赶紧说："老爷，咱家少爷还专门把小的叫住说了。"

"说什么来着？好你个狗日的，还不一次给老爷说完。"杨老太爷佯作生气，但胡顺知道老爷正在高兴。

"少爷对小的说，这江家女子那是清水出什么，天然去，去什么来着。"

杨老太爷笑道："看你个笨娃子，人家叫清水出芙蓉，天然去雕饰，对不对？"

"啊，好像，好像是吧。"胡顺连连点头，"少爷还说，北平城里那些唱戏的，都太假了，而江家女子那是什么天什么音。"

"天籁之音，天籁之音。去年我也看过秧歌大会，就是江家女子得大奖的那一次，好像是比别人好，可我怎么没有这种感觉呢？"杨老爷子自言自语，这一次压根就没有理会胡顺的存在，"情人眼里出西施啊，好，好！"

一切都源于这一次的机缘或者说是邂逅，杨老太爷，不仅是杨老太爷，包括杨铭之的两个哥哥和他们的母亲都一致认为，既然杨三少喜欢江家女子，那么，男大当婚，女大当嫁，杨铭之眼下已经二十有四，他的两个哥哥在他这个年纪孩子都有了，之所以没有给老三说个媳妇，原本就是因为怕老三眼界高，看不上山里的女子，但这绝不是父母和哥哥们推卸责任的理由。好了，现在老三竟然如此喜欢江家的女子，何不就请个大媒去江家说一下呢？何况这江家早在上几辈子的时候还是和杨家有过往来的远房亲戚，反正不是姑表，就是姨表，或者是兼而有之。这些年来往少了，毕竟还是知根知底的。那江家虽然不算富有，但人缘不错，老一辈乃至老老一辈都是正经人家。前些年听说惹上过一场官司，弄得江家破了产，再后来听说就成了这个县里少有的猎户兼农户，日子过得也还不错。就是这些年杨家在杨耀宗手里发达以后，那些八竿子打不着的"亲戚"都想着法子和杨家往近里靠，唯有这江家却有意无意地往边上躲，光说这个就让人不能不对这一家人肃然起敬。再说人家江家女儿，不仅人模样长得好，方圆十里八村一枝花，但凡见过的人，没有不夸的，也不说人家秧歌唱得好，去年县里秧歌大赛就夺了个第一，今年这看来又跑不了，而且听说，江淑英今年本来是不想参赛的，连名都没报，但县里的人说你不报那群众不干，区里的干部也说你不报那就没人敢报了，这才连拉带拽算是给江淑英报了名。更重要的是，这个江淑英还是抗日县政府培养的第一批妇女干部，前些日子还参加了太岳区的妇女代表大会。如此说来，就不是怕江家配不上杨家，反倒是杨家应该考虑一下是不是人家江家就一定看得上杨家这门老亲。

有道是说起来容易做起来难，从杨老太爷到杨家老大老二，还有乖巧懂事的二管家胡顺以及八面玲珑的大管家王丙寅，这些人为了杨铭之的婚事忙了个不亦乐乎。尤其这个大媒那是不太好找的，一要杨家看得上，要县里的头面人物社会名流才行；二要江家能接受得了，要和抗日政府有点瓜葛；三还得能说会道，把两家往一块儿拉的那种人。好在是烧香事儿众人帮，不出正月，这个事儿两家大人就基本谈妥了，按新规矩应该是让两个真正的当事人见个面的，可是杨老爷子觉得原本自己儿子就是看上人家姑娘才谈的，而女方的父母也觉得这见面的事应当由男方提，哪有女方先提这个的。就这么着，一来二去，直到正月将尽，杨铭之接到北平来信，说是学校方面可以帮一批同学老师想办法到美国去留学，杨铭之一接此信，那是离心似箭，几乎一天都等不得，急匆匆从家里拿上盘缠就上了路，到了也没有人和这个很有主见的当事人认真说一下为他找媳妇的事情。而老杨家给儿子娶亲的日子也迟迟不敢定下，再后来，直到前段时间杨铭之来信，说那出国的事看来要黄，因为日本鬼子把整个学校都给封了，所有美国人的行动都在受到监视，他们连自身都泥菩萨过河了，怎么可能给中国学生办出国？杨老爷子一看正好，你出不了国还不回家结婚？于是给儿子写信，说是日子已经选定，九月初九重阳节，喜上加喜，你赶紧回来吧。

直到这时，杨铭之才知道，原来家里人一正月忙来忙去就是给自己找媳妇。又知道原来找的这个"对象"竟然是"根据"自己的意思给找的。这一下，可把个杨三少给气了个结实。赶忙再写信，说是当时自己之所以在剧场里夸江淑英，完全是出于一种艺术的欣赏，是对江淑英那种淳朴的艺术天赋的一种由衷赞叹，因为这个女人身上所具有的那种魅力，确实是大城市里的那些所谓的艺术家们所没有的，而这个和男欢女爱绝无一点关系。

辗转旅途，杨铭之的信转到他爹手里的时候，已经是半个月前的事了。那当时，杨老太爷一看就气炸了：好你个兔崽子，漫不说这江家女子是你小子看上的，就算你不认识又如何？父母之命，媒妁之言，难道你能让我们去悔婚不成？杨老太爷干气，杨家老大杨铭义却当机立断，收到这封信的当天就连夜派出胡顺和一位本家叔叔赶往北平，无论如何也要在既定的日子——重阳节之前把老三给带回沁源。可是，这日子一天又一天地过去了，直到昨天傍晚的时候有人从平遥城里回来捎过话来，说是在平遥看见胡顺和杨三少等人了，只是他们一行四人走得太累了，胡顺说一定会在今天一大早赶回来的。好歹有了信儿，大家的心里多少安稳一点，可是杨家老大杨铭义却从那传话人的话里听出了一丝不妙的端倪。等那传话人走出杨家大门，他又跟了出来，一把拽住那人问道："刚才没敢问，你说是四人，什么样的四个人呀？应该是三个啊。"

传话人却道："杨大爷，错不了，你家老三，胡管家，你三叔，还有一个打扮时髦头上像顶着鸡窝的城里女人，这不正好四个吗？"

啊，还有一个女人？而且是头上顶鸡窝的女人，杨铭义如堕五里雾中。他已经预感到这决然不是一个好的兆头，但又实在难以断言是什么不好。再然后，直到现在，太阳高照，按照规矩，迎亲的轿子应该已经起程了，可那位主角还是迟迟未归。正在杨家上下一筹莫展的时候，突然，院子里一阵骚动，杨铭义心里一阵轻松，满以为这下可是那位主儿回来了，赶忙迎了出去，谁知迎面碰上的却是老熟人县委书记刘凯。

刘凯人高马大，走起路来一阵风，有道是龙行虎步。对于这个人，杨家上下是没有不熟悉的，而这位书记对杨老爷子也素来是尊敬有加。杨铭义见了他也不用打太多的招呼，引领着，直接来到杨老太爷所在的堂屋。

刘凯之所以和杨家上下都熟，那是因为早年的时候，刘凯出身寒苦，不到十岁就出来打短工扛长工，尝尽了人间疾苦，也长了一身的力气。十三岁时，刘凯身患重疾，卧床不起，地主家就将这个十三岁的长工赶出家门，把浑身颤抖、半晕半死的刘凯扔到了大街之上。幸亏这一天恰遇杨老爷子杨耀宗路过，命人将刘凯抬回家里，又请人治病，这才捡回了一条性命。从此之后，十三岁的刘凯就留在杨家扛活打长工。那个时候的刘凯虽然个头不小，十三岁的人个子长得倒像人家十七八岁的后生般高，可是毕竟身体单薄，杨老爷子看着这孩子可怜复可爱，当真到地里和大人一样干活又怕他受不了，就问他愿不愿意到杨家学堂当个勤杂，如果想读书的话，兼着也可旁听学着点儿。刘凯一听扛活还可以上学，心想这还不是天上掉下来的馅饼，毫不犹豫便一口答应。从此，在杨老爷子和杨家老二的关照下，刘凯在杨家学堂当勤杂三年却读了别人起码五年才能读完的书，也正是这样一种机缘造就了刘凯这样一个穷苦人出身的半知识分子。当他长到十六岁的时候，眼看着已经出落成一个膀大腰圆、身手矫健的小伙子。刘凯自己觉得不能再在学堂里"混"了，杨老爷子也觉得应该让他去闯闯世界，就让他独自驾起了一挂三套的马车，专门往省城太原去拉脚。结果是，刘凯在太原不仅为杨家拉回了一车又一车的洋货，也结识了山西早期的共产党人；不仅自己成了一个坚定的共产党人，而且奉命回到沁源县里组建了第一个共产党的支部。而刘凯所有这一切活动，杨老太爷那是看在眼里、记在心里，并在当时的县政府警察局来调查刘凯的"共党嫌疑"时，有意无意出面保护了这个他心里早就知道的真正的共产党人。之所以说是有意无意，也是可想而知，因为这事当时如果让人家弄个查实，杨家也是要受到牵连的，而杨老爷子的行为，也在客观上保护了刘凯，并使得整个沁源县的中共党组织在 1937 年以前尚未公开的时候从来没有被敌人所破坏。也正因如此，抗日政府一成立，刘凯就代表县委县政府为杨老太爷送来了"开明绅士"的牌匾，并把杨老爷子杨耀宗先生推荐为太岳行署的参议。

现在，刘凯是县委书记，以县委书记的身份而来给杨老太爷贺喜，杨老爷子自然也少不得客套几句。客套之余，就想找这个对他来说实在为数不多而又可以倾诉苦衷的人倒倒苦水，可是，谁知杨老爷子的话匣子还没打开，刘凯连一杯热水还没有喝下，就听得一个声音老远传来："刘书记在这里吗？刘书记在这里吗？"话音未落，一个身穿灰色军装的小青年气喘吁吁地来到刘凯跟前，一个立正，然后敬礼道："刘书记，蔡团长有急事请您速回指挥部。"

所谓的指挥部就是根据太岳区党委和太岳军区指示刚成立不久的沁源县党政军联合指挥部。指挥部所在地就是原先的县府大堂，距离杨家宅院也不过二三百米，刘凯跟通信员回到这里的时候，还没进院门，就听见一个十分洪亮的声音嗡嗡作响："张参谋，有什么急事啊，这么急匆匆把咱老朱叫回来，我那边比武正比得在高潮呢，你把我叫回来，那俩小子可不干了。嘿！"听这声音，刘凯就知道这是县游击大队长、自己的老战友也是老伙计朱秀已经先一步到了，而且突然也记了起来，早几天的时候朱秀就说过，今天县大队要组织全县民兵比武大会，还邀请他参加，而自己当时也是答应了的，可这事情一忙竟给忘了，这下一见面，少不得老朱又要数落几句。想到此，刘凯不由得苦笑，就听见那当作作战室的大堂里有人说话："朱大队长啊，你说那俩小子，是李猛吧，听说此人枪法甚是了得？好像还要和我们洪连长叫板呢，怎么着，他也有了对手了？"

"嘿，你可说呢。"朱秀的声音，"就是李猛，不过他的对手可不是洪连长。"

"不是洪连长？听说这李猛可是百发百中，莫非你们县大队还另有高人？"张参谋这口气，十足地怀疑。

"你不信？老朱我还不信来着，可突然蹦出来个正关村江家那小子，硬是没落李猛的下风，打死靶分不出胜负，打活靶也打了个平手，这不，正在难分高下，好戏连台，你的通信员就到了，怎么，真有什么大事？"

张参谋的声音："朱大队长，是不是大事你一会儿就知道了，反正比你那打靶重要得多。"

说话间，刘凯走进作战室。其实说是作战室，也就是在原先的县府大堂正面挂了一张五万分之一的作战地图，地图下面是一张显然刚刚摆上还散发着松香味的长方形会议桌。这桌子大是大，就是粗糙得很，摆在雕梁画栋的县府大堂里倒也别具风味。

看见刘凯进来，一身戎装的张参谋赶紧走进里间的小屋报告："团长，刘书记、朱大队长到，可以开会了。"

应着张参谋的话音，里屋走出来一个身材不算很高、也就五尺刚到的样子，但看起来却格外健壮、两只眼睛更是奕奕有神的中年男子。此人正是太岳军区决死队三十八团那位走过万里长征、立下无数奇功的红军老战士，大名鼎鼎的蔡青蔡团长。

蔡青开门见山便直奔主题："刘书记，同志们，先向大家通报一个重大情况。十分钟前，接军区陈司令员紧急通报，今天一早，日寇以第一军参谋长花谷正为司令，兵分五路，分别从五个方向向我太岳根据地的腹心沁源发起了向心攻击。"

"呵，五路围攻？哪五路啊？"急性子朱秀已经忍不住了。

"别急嘛。老朱，这次有你唱的戏。"蔡青以开玩笑的口吻说着，拿起一根树枝算作教鞭，指着墙上的军用地图说："第一路，敌人从屯留的鲍店出发，经吾元，直扑我太岳区党政军机关所在地阎寨。"

刘凯、朱秀等人全神贯注地听着，看着，蔡青又道："第二路，鬼子从临汾出发，经古县直趋我沁源县城。第三路是沁县的鬼子，走交口，目标沁源县城。第四路、第五路由花谷正亲自坐镇指挥，是平遥和介休两地的鬼子，分别从两地出发，在我县王和镇一带会合后由北向南推进，目标同样是县城。"说到这里，蔡青强调："同志们请注意，陈司令员电话里专门提醒，这个花谷正可不是一般人物，此人是侵华日军第一军的参谋长，刚刚提拔的少将，少将啊，我们还是第一次和这么高军衔的鬼子打交道，说明鬼子很看得起我们哩。"

众人一片肃静，刘凯问道："蔡团长，敌人今早上出发，怎么咱们的情报现在才到？咱们太岳区的情报工作可不是这样的啊。这么急。部队好办，老百姓可怎么办？撤还是不撤？"

蔡青解释道："老刘啊！情报的问题，刚才我在电话里听到陈司令好像也很生气，其实也不奇怪，鬼子这些年来几次侵犯沁源都落得个乘兴而来，败兴而归，人家也要总结提高嘛。所以这次才派出了一个少将，而这个家伙原先的本行就是搞情报的。你想，他的做法能不尽量隐蔽？好了，这个先不说，先说一下咱们眼前的工作安排吧。"

再说杨家大院，县委书记走了，但并没有把杨老爷子的忧愁带走。时辰已到，接亲的队伍再不出发，那就要错过今天这个良辰吉日了。因为按乡俗那是绝对不允许午时以后还让新人待在娘家的。杨老爷子急得像热锅上的蚂蚁，简直不知该如何是好。还是老大杨铭义有主见，眼见得这事实在挨不过去了，悄悄地凑在老爷子耳朵旁献上了一条锦囊妙计，算是把接亲的队伍打发了出去，轿子一起，鞭炮一鸣，锣鼓开道，摇旗呐喊，也是一路威风地往离城十里的正关村而去。

那么，杨老大献的什么妙计呢？其实也是无奈之计，哼不哼、哈不哈的，你无论如何不能把人家女方给闪在一边吧。可是，正经应该去接亲的那个人他又不回来，怎么办，杨老大说，按规矩新郎新娘必须是在洞房里才可以见面的。咱派一个能说会道而又和江家关系极好的中间人去说一下，就说老三一路风尘，又赶上打仗，给累病了，而且是传染病，怕人去了对娘家人不利，先把新娘接回来再说，而且，老三昨天到了平遥，今天再怎么着也该回来了。只要这真人一见面，不就什么问题也不是了？

杨铭义这不是办法的办法，杨老太爷打心眼里并不认可，可不这么办你又有什么更高明的主意呢？只是，他们没有想到，老三不回来让你愁，老三当真回来了，一家人那才更愁。

风云突变

　　杨家三少杨铭之对于由父母（其实连母亲都未必能参与）主婚给自己娶媳妇，非但丝毫不领情或感恩，反而认为这是对自己极大的不尊重，是一种对人权的侵犯。在他来说，从了这事，那便是耻辱。尤其令他不可接受的是，原本这事自己是一点不知道的，可家里却说是按照他的意思才这么办的。那么，如果真是这样，那中间就有一个误会。从这一点上来说，杨铭之又感到自己有责任去消解这个误会，否则会造成对那个无辜女子的更大的伤害。毕竟，作为新派的文明人，大学生杨铭之自认还是颇有几分同情心的。可是，以自己多年来对父亲这个"封建卫道士"（杨铭之私下里对父亲的称呼）的了解，他知道这一关并不好过。而为了顺利过关，杨三少在和几个同样有着"逃婚"、"叛婚"、离家出走之类经历的同学商议之后，决定以一出假恋爱来对抗封建家庭强加给自己的真婚姻。其结果就是当他的三叔代表杨老太爷，千里迢迢来到北平接他回家乡娶亲的时候，杨铭之却让三叔和二管家胡顺惊讶地发现：杨三少已经和一个头上长鸡窝的女人同居了。按照时髦的说法是"自由恋爱"了。

　　一番讨价还价，几多相互妥协，杨铭之和他的三叔以及胡顺和那个算是他妻子或未婚妻的头上长鸡窝的女人，好不容易于昨天中午辗转来到了平遥县城。只要在平遥城里的骡马大店租上马车，按说稍晚一点也可以在夜深之前回到沁源县城的。可是，连日劳顿，首先是杨铭之带的那个所谓的"未婚妻"不干了，非要休息一天哪怕半天再走，而三叔已经年届花甲，也实在有点扛不住了，于是几个人商量着先向店家租好车子，第二天天不明就出发，算算时间也差不离在半上午可以赶回沁源县城。如果真是这样，胡顺和三叔就算好歹交了差，而杨铭之愿不愿意娶江家女儿，那怕也由不得他了。

可是，正所谓天有不测风云，人有旦夕祸福，第二天天将拂晓，当他们一行四人的马车将要出那平遥城的时候，却发现城门已经被封锁了，原先只是几个黑狗子站岗的城门洞里，密匝匝一队队的鬼子，荷枪实弹，戒备森严。漫不说人出不了城，就连他们花钱租来的马车也被"征用"了。四个人更被作为间谍嫌疑带到了日军司令花谷正面前。

要说当时，日本鬼子在中国那是作恶多端，罄竹难书，普通老百姓见到鬼子，特别是花谷正这样的大官，那不吓个半死也多半被吓得不敢说话。可杨铭之是啥人？燕京大学的高才生，鬼子见得多了，而且无论日语还是英语那都叫个精通。见到花谷正的时候，押送他们过来的日军小队长刚说了一句："将军，这四个人有间谍嫌疑，这个时候出城，肯定是给八路军报信去的……"

那小队长话还没完，就被杨铭之给打断了，他眼睛紧盯着肩扛锃亮金板的花谷正，先用英语，后用日语说道："将军阁下，我向你和你的部下表示抗议。你们不是要建立什么王道乐土吗？平白无故扣押平民百姓，像土匪一样抢夺人民财物，这就是你们要建立的乐土？你们说我们是间谍，请问有什么证据？如果没有证据，你们必须向我们道歉。"

杨铭之说英语的时候，他就敏锐地发现花谷正眉梢间微微地一震，他知道，这个鬼子懂英语，但其他那些鬼子则呆若木鸡，一个个显露出被愚弄的愤怒。而当他用日语把同样的意思表达一遍时，那些鬼子又显示出了气急败坏的样子，可是，有花谷正在，他们显然不敢轻举妄动。而花谷正却表现出了不仅是那些鬼子想象不到、杨铭之也绝对料想不到的举动。只见他先是很有礼貌地把戴在手上的白手套轻轻摘下，而后拍手，不是用日语，也不是用英语，而是用纯正流利的汉语说道："好，好，先生，您说得很好。请允许鄙人先自我介绍一下，本人花谷正，日本军人，但我与中国人，尤其是中国的知识分子绝对是好朋友。我冒昧地请教一下，在下可以知道先生大名、高就何处吗？"

毫无疑问，花谷正比之于血气方刚的杨铭之不知要狡猾或者说成熟上几个层次。原本只想和鬼子唇枪舌剑一番的杨铭之在花谷正温文尔雅的攻势面前顷刻土崩瓦解。而当花谷正命部下为他"尊贵的客人"敬上热茶和点心的时候，杨三少从心理上已经不再对这个老鬼子设防了。于是，当花谷正统帅他的大军浩浩荡荡杀向太岳山、杀向沁源县城的时候，他的身边出现了一挂有些另类的马车以及马车上那四个心态各不相同的客人。这其中，杨铭之是最心安理得的，因为他认为是自己的义正词严使花谷正不得不认输，何况日本人要统治中国，也确实需要这种"怀柔"，尽管这多半是假装出来的。关于这一点，在燕大的时候他已经见多了。他相信，反正你日本人到沁源也不过是水过地皮湿，待不了几天的。我就和你玩玩又如何？

而作为杨铭之"借"来的"未婚妻"，来自老北京八大胡同中颇为著名的胭脂胡同里的妓女蓝妮儿，则是一副随遇而安的样子，反正你杨三少有的是钱，少不了我的。

心态最为复杂的就数二管家胡顺和杨家三叔了。在胡顺来说，这趟差事简直就是煎熬，怪就怪这事儿想当初就是自己多嘴给惹出来的，现在再不把三少爷给弄回来，那就算老爷容得下你，你胡顺也没脸在杨家大院待下去了啊。因此，他唯一的目的就是顺着杨铭之，让这位真正的爷能够入套，能够回家，可是，日本鬼子横里一插手，他又觉察到这事不妙。凭良心讲，日本人什么时候对中国人这么好过？鬼子的凶残，胡顺不是没见过。不说别的，光在去年秋天的那次大扫荡，鬼子就杀了胡家十二口人。整个一个胡家沟，变成了烧人沟。胡顺一家老老少少和本家一百零三口人，最小的才刚刚满月，最大的已经八十多岁，竟然无一幸免。全部被鬼子关在羊圈里，一把火烧成了灰。胡顺明白，他自己如果不是跟随杨老爷子进了山，那他就和自己的家人一样早做鬼了。也正因此，在胡顺的眼里，日本人那就是一个个杀人不眨眼的魔鬼。这样的魔鬼，怎么会突然换上了一副慈眉善目的面孔呢？原因何在，他不清楚，但胡顺知道，这里面肯定有鬼。因此，他也就想着怎么着才能找个机会溜之乎也，脱离虎口。只是，用什么办法才能把自己的想法告给少爷呢？明着说话肯定是不行的，那个老鬼子你说什么能瞒得过他呢？杨家三叔倒没这么多的想法，他害怕的只是日本人翻脸，不定哪会儿一不高兴就把你拉出去喂狼狗了。这样的事他听说过，冥冥之中，他感觉到这一次自己在劫难逃。因为，杨家三叔也是见过世面的人，他不能不考虑，日本人对他们这么好是为什么？莫不是让我老头子为他们服务当汉奸吧？老头一往这里想，心里就突突起来。不行，一定不能替他们干事，我杨家代代清明、世世忠直，岂能做那猪狗不如的事情？

就在杨铭之他们怀揣忐忑之心在鬼子的押送或曰"保护"下，马不停蹄地赶往沁源县城的时候，刘凯和蔡青他们的紧急会议已经开完，形势是危急的，鬼子行动突然，隐蔽老到，而我军主力部队七七二团、十六团和二十五团又都在外线活动，偌大个沁源县境内，只有三十八团的两个营可以算得上拉得出去、打得了硬仗的主力，而他们所必须承担的掩护军区和行署机关，以及医院、后勤、报社、印刷厂等单位转移的任务已经足够沉重。因此，这史无前例的敌情我情迫使朱秀和他的县大队，以及各区民兵，不得不承担起组织和掩护全县人民群众向深山转移，以及掩埋各种重要物资和粮食器具的任务。而面对如此艰巨的任务，朱秀只有一个字"行！"转身离开指挥部，飞身上马，直奔沁河滩而去。

此时此刻，在沁河滩开阔的草地上和稀疏的杨树林旁，从全县各区集中而来的上百名民兵轮战队神射手们，正在热火朝天地谈论着这次比武的两个核心人物——一区的民兵轮战队队长李猛和二区的愣头青江德昌两个人，究竟谁才可能真正成为此次比武的状元。从经验上来说，看好李猛的自然要占多数。那李猛，早年在晋绥军就是出了名的神枪手，中原大战的时候，在济南的一次围城打援战斗中，一个人，一条枪，就把韩复榘的一个连封锁在碉堡里一天出不了门，因为你一开门，走在最前面的那一个保准殒命，谁还敢出来啊？但也就是在郑州，李猛一条腿为流弹所伤，虽没要了他的命，却也迫使他从此不得不离开部队，离开他所心爱的大枪。直到抗日烽火燃烧到太岳山上，燃烧到沁源县里，赋闲多年的李猛对枪的那颗珍爱之心重新萌动，毅然报名参加了民兵，并很快就成为同是神枪手的县游击大队大队长朱秀的心腹爱将、左膀右臂，担任了一区轮战队的队长。以李猛这样的身份，历来都是在民兵轮战培训时被朱秀搬出来做教官的，这次怎么就会成为和那个愣头青江德昌比赛的对手呢？

本来这次全县民兵轮战队骨干培训的最后一个课目——射击考核并不是一次真正意义上的比赛。可是谁知当来自二区的江德昌上场打靶的时候，这小子先是不去，理由是不打死靶，众人左劝右说，算是把这位主架到场上去了，可是五发子弹打完，那环数一出，他就又不干了，为什么呢？因为明明每人五发子弹，可江德昌的靶子上只有两个弹孔，所以报靶员报告成绩"五发中二，二十环"。

要说，一个新人，江德昌还只有十七岁半，连十八岁都不到，能打得响枪，能中两个十环已经很不错了，可是，那小子却一口咬定是报靶的看错了，打多少不敢说，打不上不可能。除非那五发子弹只走了两个洞。一时间，僵持不下，江德昌不依不饶，占住靶台不下来，这才惊动了朱秀任命的裁判——神枪手李猛。李猛了解情况后也没多说，直接把那靶标要过来和几个有经验的仔细一看，还真让那愣头青说对了，五发子弹只走了两个弹洞，不仅枪枪中靶而且靶靶十环。而这个成绩是历来的民兵射击大赛所没有的。于是，李猛希望江德昌再打一次，他要亲眼看一下这个青年人究竟是蒙的，还是确实就是武艺了得。可是呢，那江德昌说他愣头青就是有点愣头青，他也不管这话是谁说的，一听说人家认了他的成绩，掉头就走，嘴里说着："不行，不打了。我还得赶紧回家给俺姐送亲呢。"这时，大家对这个原先不曾注意的小伙子也已经刮目相看了，一看江德昌要走，不知是谁就说："德昌，叫李猛李队长直接和你比武你也不干啊？"

好，就这一下，江德昌才不管这话是谁说的，咬定了，再打一次可以，那就是和李猛比个高低，毕竟李猛的威名他还是知道的。这个时候就把给姐姐送亲的事忘九霄云外去了。

这事惊动了今天这个大会的组织者朱秀，李猛不上场也不行了，可是这比武一开始它就收不了尾，先是两个人一人五枪，不分高下；再打活靶，李猛三枪打中三只麻雀，江德昌三只麻雀也只用了三枪，又是胜负难分。正在一伙人包括朱秀想办法为两人再决高下的时候，蔡青派的通信员把朱秀叫走了，而作为这比赛的主持人，朱秀临走还留下一句话："你们俩小子别走啊，等我回来再接着比。"

现在，朱大队长迟迟未归，人们就开始为两人再想办法。也就为两个人的胜负展开了各种各样的"赌斗"。譬如，有人看好李猛，那是因为他们认为李猛见多识广，除了比走路，哪怕连上摔跤在内，怕是样样都不输江德昌；而也有赌江德昌赢的，为什么呢？理由不知道，总觉得李猛这个"山头"占得太久了，自打沁源有民兵，他就是雷打不动的神枪王，现在也该换个新人了吧。赌就赌个新鲜，反正最大的赌注也就是一包旱烟而已。

于是有人出主意，走路不公平，站着比腕力怎么样？这主意一出，人们立马又是两个阵营，有认为李猛赢的，因为老李天生神力，力气之大，那也是有名的，有一次，那时还在杨家大院赶大车的刘凯赶着马车，在沁源县城的大街上被谁家小孩放鞭炮惊了骡马，别看刘凯身高体大，可使尽了浑身力气也收拾不住那三匹受惊的骡马，眼看那车子就要奔向人群，恰逢李猛迎面撞见，就在那电光石火之间，李猛的瘸腿也不瘸了，一个箭步，飞身勒住了驾辕的骡子，抱着骡子走了不到十步便把车子稳稳停在了当街。事后人们便想，那可不是一头骡子，而是三匹骡马，三匹骡马的力量，你说有多大？当然也有猜江德昌赢的，理由也不差，你看江家这小子，长得那就叫个绝，五尺六寸以上（一米八五）的个头，所谓膀大腰圆、虎背熊腰是一点不夸张的。听说这小子还从小就跟他爹上山打猎。十三四岁的时候就曾徒手搏孤狼，而且硬生生把那狼给掐死，你说那得多大力气？何况那时还是个小孩。可是，人们想归想，说归说，那两位事主就是不动手，为什么呢？两人都有一个想法，这么重要的比赛，那得等朱大队长回来。朱大队长不在，别人说啥都白搭。而就在他们二人等朱秀的当儿，闲不住的人们又开始了各式各样的比赛，有的摔跤，有的扳腕，有的顶拐子，有的比爬树，真是应有尽有，无奇不有。就在大家热热闹闹、哄哄嘈嘈的时候，突然，老远处传来一阵急促的马蹄声，刹那间朱秀朱大队长已经来到河滩上，朱秀滚鞍下马，还没有站稳脚跟就大声说道："同志们，现在宣布一个紧急情况，日本鬼子已经在今天一早向我太岳区沁源县发起了新一轮的扫荡，鬼子分别从平遥、沁县、临汾等地向我奔袭而来，其先头部队目前已经接近我县境内。因此，县委和县反扫荡联合指挥部命令我们，立即回到各自的地区和村庄，组织群众坚壁清野，向山区转移，同时尽可能地展开适时的山地游击战，绝不能让鬼子在我太岳区轻轻松松逛大街。现在，我命令，就地解散，回去执行任务。"

众人匆匆而散，李猛却瘸着其实残疾并不太明显的两条腿，走到江德昌身边，拍拍小伙子的肩膀，很是有点惺惺相惜的意思道：

"德昌，真没想到你小子还就是有两下子，听说你来参加训练还是你们区委王书记非要把你给推出来不可。怪不得，要你小子在一区，我老李也非把你给弄出来不可。"

射击比武时血气方刚的江德昌这时却表现出了姑娘似的腼腆，低着头对李猛说："其实也不是我不想来，只是今天我姐要成亲，我得去送亲，不过也好，我本来就不想去的。"

"嘿，你小子，姐姐结婚，你怎么不早说，早说我早就让你走了，还磨蹭什么？"

江德昌却说："哼，这个婚我姐和我其实都不太愿意的，那人是个狗财主，还是个洋学生，能和咱这种人家处得来？"

李猛一听，这里面还有故事呢，赶紧问："财主家，洋学生，该不是说城关西街杨家那个杨三公子吧？"

"对呀，那不是个老财主吗？从前我爹就不让我们跟他家来往，现在却又要和他家结亲，你说憋气不憋气？"江德昌这时已经把李猛当作老大哥来看了。

"德昌啊，咱们看人也不能光凭印象来，人是会变的嘛，这个老杨家有钱是真的，可我听说这个财主和别的财主还真不一样，人还不错，那老爷子还是咱太岳区的什么参议呢，你说，他为人做事要是太差，政府能让他参议？"李猛是和杨老太爷一块儿开过几次会的，对杨家多少应算了解一些。

"是吗？我怎么不知道？如果这样，那这个亲戚交得还有点意思。"说到此，江德昌突然意识到自己早就应该离开这里了，赶忙和李猛打个招呼，然后紧紧握住那双大手，点头告别。

江德昌快步如飞，心里想着，既然李猛大哥都说那家人还不错，想必就是不会错的。那么，我这个做小舅子的和姐夫见面应该如何说话呢？正在暗自思考，远处一声再熟悉不过的狗叫打断了他的思路，抬头一看，可不是，老远处，自己最心爱的猎狗"豹子"正撒欢似的向他跑来。江德昌张开双臂，大叫一声"豹子"，也同样撒欢般迎了上去。

江德昌喜欢狗，因为这是他多年来的随身两件宝之一。一件乃是他爹传给他的猎枪，凭着那杆枪，江德昌练就了百发百中的功夫，而他的第二件宝就是这条纯种的中国猎犬松狮"豹子"。正是这条狗，伴随他走遍了太岳山的崎岖沟壑，也帮助他擒拿了不少飞禽走兽，使得江德昌小小年纪便成为名震一方的青年猎手，也为他参加民兵轮战队做了最好的申请。所以，尽管他年纪尚未到十八岁的"参战"标准，但是区委书记王壁还是在江德昌提出申请的第一时间就作为特例给批准了。

一般情况来说，那"豹子"是江德昌走到哪里就把它带到哪里，形影不离的。这一次，因为是民兵轮战队集训，所以没有带它，也就等于把"豹子"给撂单了几天。正因如此，一看见"豹子"，江德昌就不能不考虑："豹子"是怎么知道来这里找我的呢？莫不是谁跟在它后面吧？

江德昌想对了，"豹子"后面果然有人，此人正是德昌在村子里的发小，身材瘦小却在太原城里学了一手神偷绝技的孤儿赵小四。而小四之所以要带着"豹子"找江德昌的原因，则是要向他通报一个令人气愤的情况：城里的杨家欺负人，那迎亲的轿子半晌午了也没到。也就是说，杨家可能要赖婚，你还不赶紧回去找杨家说个长短，给咱姐姐出这口气去？

闻听此言，江德昌怒不可遏，一把揪住赵小四道："小四，你说的可是真的？"

赵小四一边央求好朋友快把手松开，再不松开就勒死人了，一边气哼哼道："这事也有耍笑的？你爹还不让找你，就怕你回去找人闹呢。"

江德昌一拍巴掌道："怕，怕个屁！我爹就让人欺负惯了。嘿，这门亲事本来就不该！"说完，带着"豹子"大步流星往回跑，倒把个小四给落下二里地。

江德昌这一顿跑，十多里的路程，他两袋烟的工夫就跑回来了，回到家里，二话不说就先到堂屋去把自个儿爹娘给㕑了一顿："你看你看，我说这狗日的老财主没安好心吧，你们还不信，这可好，谁家娶亲这么晚了还不来？你等着瞧，狗日的到午时要还不来，我立马拿枪到他老杨家找他算账。"没等爹娘反应过来，江德昌又接过一句，"不过也好，我姐本来就不该嫁这样的人家。"

发完这顿牢骚，江德昌掉头来到姐姐江淑英待嫁的闺房。

那么，这个时候新娘子江淑英又在做什么呢？她正在自己的闺房由本村最是入时的俏媳妇张二俏用红丝线给刮着脸，这个有讲究，叫作"鲜脸"，就是姑娘在出嫁的时候要把脸上的胎毛给拔掉，以示成熟，应该算作最早的女性成人礼吧。再看这张二俏，虽已人过中年，却标标准准的风韵犹存，看上去也就像个小媳妇似的。江德昌进来的时候，张二俏正是一边麻利干活，一边嘴里不停地与新娘子讨论着江淑英未来的婆家与她这桩名气颇大的婚事："淑英啊，你可是咱县头一批女干部，又是万里挑一的美人儿，他杨家小子不就是个大学生嘛，有啥了不起的，还敢挑我们淑英。也不是说，要早知道你爹把你许给杨家那小子，嫂子我给你介绍一个保证比他好，三十八团一营一连的洪连长，怎么样？要人有个人样，要官有个官样，听说也是大学生呢，能文能武，还一点臭架子也没有，又是光棍一条。也不是说，嫂子我是老了，要年轻十岁，非和人家那样的自由一次不可。"

张二俏人长得俊俏，心眼儿也不坏，就是嘴巴太快，肚子里面不留话，但她这一说也还真有三分对上了江淑英的心事。平心而论，对于和杨家这桩婚事，淑英自己一开始的时候就是有些犹豫的，和那杨三公子不能说没见过面，但那还是少年时代的往事，杨铭之到省城上学后是肯定没有见过的。那一天，媒人来说杨三公子对自己一见倾心，还一下就把个本来生性活泼、不拘小节的江淑英给不好意思了一阵子，毕竟这位杨三少是本县有名的才子，按那媒人的说法，这桩婚姻叫作才子配佳人，生辰八字属相五行，无一不配，绝顶上等的好婚姻。所以，在母亲问淑英的时候，她也就很含糊地答应了一句："那他为什么不来和我说呢？"这个表态可以说既没有明确反对，也没有明确同意，而父亲则根本就没有和女儿商量就对那媒人说："只要人家杨家不挑咱，我们江家没有不愿意的。"那当时，说真的还就是小淑英两岁的弟弟江德昌是旗帜鲜明地反对的。他的理由是："那狗财主肯定没安好心肠，杨家那位少爷我看着就不顺眼。"

为什么不顺眼呢？说实在的，江德昌自己也不清楚，反正那地主老财的儿子一般也没个什么好东西。杨三少就例外？

现在，当江德昌来到姐姐闺房的时候，正好听到张二俏那话，照直推开门就说："姐，我看人家二俏嫂子说得对，你就应该和人家洪连长那样的人在一起，这个狗财主，你要嫁到他家，可别怪我不去走亲戚。再说了，你看你看，到现在了他那迎亲的也不来，这不是要咱呢吗？"

德昌这么一说，新娘子江淑英和俏媳妇张二俏也意识到问题的严重性：是啊，按常理，那迎亲的队伍早该在闺房外面吹打热闹上了。可现在，这院子里，静得可怕。即便有人来来往往，也都是一副紧张而不苟言笑的样子。这说明了什么？张二俏放下了手中的红丝线，江淑英也跳下地来，反问弟弟："德昌，你也没打听打听，那杨家为什么现在还没来？"说到此，江淑英又加了一句，"不过不来也好，本姑娘还不待嫁他呢。这不正好连离婚都省了？"一句话，说得张二俏瞪着眼珠子连声说："呸呸呸，我该死，嫂子该死，这大喜的日子尽胡说。淑英你可别跟嫂子一样胡说啊。"

江淑英还没反应过来，弟弟江德昌却拍手道："姐，离，咱和他离。咱可说话算话啊！"

正在这时，门外一阵喧闹，音乐声兀地响起，鞭炮齐鸣，迎亲队伍来了。江德昌歪着脖子吐口气："嘿，还真来了，我还以为他就不来了呢。"

江淑英则听天由命地"唉"了一声，也不知是高兴还是失望。

再说闺房之外，明明迎亲的轿子到了，却只听锣鼓响，不见新郎官，倒是当初来提亲的那位媒人独自个儿急匆匆径直来到淑英她爹跟前，贴着耳朵说起了悄悄话。只见淑英爹那脸色红一阵白一阵的，最后犹豫再三，好像下了很大的决心似的一挥手道："让新娘子上轿，这年头，唉！"那情形，全然没有了热热闹闹办喜事的劲儿。

于是，新娘子江淑英盖头一蒙上了轿，于是，那迎亲队伍炮仗一响，吹吹打打开了道。等江德昌明白过来姐姐这就算嫁人了的时候，那轿子已经走出半里开外，有人牵过头上扎着大红花的马匹让江德昌骑上去送亲，德昌一瞪眼道："尿，那姓杨的连轿子都没下，还让我去送亲？没门。"

再说赵小四，被江德昌和"豹子"一路甩下二里地，也想加把子劲走快点，却一不小心崴了脚，因此总共十来里的路，去时和"豹子"跑了不到四十分钟，回来这一急，反倒快一小时了也没追上，好不容易转过一座山头已经看见村子，看见那匆匆而去的迎亲队伍了，突然就听见头顶上轰隆隆一阵雷声，小四心想，嘿，有意思，这时候了还打雷？看来这狗日的杨家就是没干好事。可是，再一听，他突然就意识到了危险。这些年来身小力薄的赵小四在太原城里混世界，这声音还是听过的，他知道，这声音不是雷声，而是一种叫作什么"飞鸡"的家伙，总之就是会飞的"鸡"在天空中的叫声，而这种可以飞很高的"鸡"，可不是什么好"鸡"，而是专门杀人的"鸡"。它下的蛋是可以杀很多人的蛋。小四这么想着，就看见那飞机从半空中斜刺里冲了下来，小四一个激灵，也顾不得脚疼不疼，一个鲤鱼打挺，往路旁草丛中一滚，一串机枪子弹"哒哒哒"就在他刚刚滚来的地方砂石乱飞，溅起阵阵黄尘。吓得小四将身子缩作一团，紧紧贴在草丛上动也不敢动，直到那飞机飞开好一阵，似乎是在别的地方又响起了机枪声，他才慢慢地爬起。

赵小四没被"飞鸡"打中，算是逃过了一难，可那迎亲队伍中的一些人就遭了殃，盖因"飞鸡"这玩意儿，压根没来过沁源，山里人听说过这家伙的，也只是像赵小四那样见过世面的凤毛麟角之辈，所以，刚才飞机在小四头上盘旋的时候，那迎亲队伍中的一些人，包括几个抬轿子的就忍不住回头看，生怕自己少望上一眼这奇怪的东西。所以，等到飞机驾临他们头上的时候，这些人不仅没有像小四一样躲，反而跳着高高向那家伙招手致意，抬轿子的没法跳，就扭着个脖子仰天看。那飞机也确实看到了这红红火火的队伍，"嗖"的一下就直直地飞了过来，当距离人们不到几百米的时候，"哒哒哒哒"将那机枪子弹扫了过来。可怜两个轿夫当场毙命，另有几个人则被子弹溅起的石块打得头破血流，只有坐在轿子里的新娘子江淑英算是毫发未损，却也被那轿子倾翻时甩出外面，弄了个灰头土脸。

　　战争在一瞬间把欢乐与祥和变作了死亡与悲哀。几分钟之后，日寇的飞机对沁源县城进行了有史以来的第一次狂轰滥炸。

两个"中国通"

    此次日军对沁源一县的全面进攻，与对沁源县城和太岳军区司令部以及太岳行署驻地阎寨村的重点进攻，来头可谓不小，而一贯以情报准确、神机妙算而著称的太岳军区司令员陈赓将军，竟然事前没有得到有关此次日军大规模行动的一丝一毫信息，也确属无此前例。不仅如此，就连参与此次行动的日军各部队部队长也都是在各自到达出发地、马上就要开拔的前一刻，才拿到了由第一军参谋长花谷正少将亲自签发的作战命令。

    花谷正何许人也？他之所以要对这次扫荡如此严守秘密又是为何？说起来，这个花谷正可绝非一般人物，即使在整个日本侵华史上也要占有相当重要的一笔。而他之所以被日军华北方面军总司令冈村宁次大将看中而担当此次对太岳区大扫荡的司令官，也自有其中之奥妙。

    就一般情况来说，在当时，日本陆军的绝大多数将领都来自于两所在日本军界最为知名的学校：陆军士官学校和日本陆军大学，而其中真正有所造诣、能够晋升将军的，几乎又绝大多数要先后在两所学校走上一圈。花谷正正是这样一个既毕业于士官学校又深造于陆军大学的"将军预选者"。但是，就读于这两所学校与真正荣升将军之间毕竟还有着很大的距离，而这就要看你的机遇与在宦海中搏击的本领究竟如何。巧的是，花谷正赶上了这中间的所有机遇，也紧紧地抓住了足以影响他一生的两个"命中贵人"。这两个人就是他先后跟随的板垣征四郎和冈村宁次。其中，关于板垣与花谷的渊源那是早在"9·18"事变时即已形成的，而板垣征四郎、石原莞尔和花谷正正是制造这次事件的三大主谋，也就是说，整个"9·18"事变正是在这三个人的一手操控下制造的。当然，在当时，真正的主谋应当说是板垣和石原，而花谷正更多的则是在三个人中担当具体的更具冒险意味的实际操作。有了这样的经历，有了这样的"领导"，花谷正的仕途也就要顺畅得多。然而，花谷正好运不断，"9·18"事变刚过去不久，当1932年来临的时候，他又再次受到命运的垂青，恰逢花谷正在陆军士官学校与陆军大学的学长冈村宁次担任侵华日军上海派遣军副参谋长，为了寻找一个对侵华事件有独到见解且确有经验的人作为自己的助手，在参谋本部送来的一大沓候选名单中，冈村一下子就挑中了这个双重校友小老弟。而花谷正也不负重托，在冈村从上海到伪满洲国，再从伪满洲国到华中的整个侵华历史中，多次扮演了冈村宁次之救火队长与心腹高参的双重角色。直到一年以前，又是在冈村大将的竭力荐举下，花谷正有幸在同龄同资历的一大批陆军军官中最早晋升为少将，扛上了那象征着荣誉与功勋的两块金板。随之，花谷正被派到由岩松义雄中将任军长的第一军担任参谋长。然而，明眼人都知道，与其说是冈村宁次让花谷正协助岩松义雄，莫如说是让花谷正把岩松义雄给控制起来。因为花谷正的经历告诉所有与他一道工作的人，这个人，无论他是当你的主官还是做你的助手，他都有为你做主的习惯，而且也具有实现这种可能的能力。而之所以造成这一切的原因则在于他背后有着一个庞大的利益集团与特工组织，因为他是从土肥原贤二到板垣征四郎，再到冈村宁次一脉相承的帝国少壮派军人的核心集团中不可或缺的一分子。而且应该说，就花谷正本身的才华与对华战略战术的研究来说，在日本军人中也确属翘楚，一般人是不敢对其侧目的。

正是这样，在花谷正到达太原第一军任职之后，山西乃至整个华北的日军一改百团大战时期被八路军打得满地找牙的惨状，由处处被动挨打而变为处处主动出击，使我晋察冀根据地和晋绥根据地受到了很大的损失。而究其原因不外有二：其一，花谷正能够切合实际地针对敌情我情天时地利制订切实可行的作战计划，而他本身在中国多年，对中国的民情民俗民族文化之了解，不仅在日本军人中属于佼佼者，就是放在一般中国知识分子中也绝不落下风。其二，花谷正不仅是一个军人，而且是一个以搞阴谋与情报起家的王牌特工，因此，他对情报工作就超乎于一般地重视，正是在他的亲自组织与运作下，山西日伪在短时间内完善和改进了情报系统，这就使得以往几乎可以随时得知敌人所有动向的我太岳军区陈赓司令员这样的情报老手，也对日军此次大规模扫荡事前一无所知。

当然，花谷正即使再有本事，他的头上毕竟架着一个中将司令官岩松义雄，他要对自己的顶头上司进行保密，他要隔过这个中将司令官来指挥一切、调动一切又谈何容易？其实，一切的一切就因为他的背后有一个更加位高权重的大人物，时任华北方面军总司令冈村宁次。因为在花谷正与冈村之间有着一般人所不可以理解的长期情谊与信任。因为与花谷正一样，冈村大将也是一个难得的将才与真正的中国通。

一个月前的某个早晨，北平，一早起来习惯于穿着和服在宣纸上挥毫泼墨的冈村宁次道劲有力地写下了中国古代兵家的一句名言"运筹帷幄之中，决胜千里之外"，而后便来到一架巨大的沙盘面前，很有几分得意地欣赏起自己担任华北方面军总司令以来对这沙盘的"改造"：首先，毫无疑问的是，共产党八路军在晋察冀和晋绥两大根据地的地盘那是大大地缩小了；其次，依仗着自己曾经是山西军阀阎锡山在日本士官学校时期的老师，而由于阎锡山的实际年龄又比冈村长一岁，所以两人又有幸成为朋友的早年际遇，冈村宁次利用这层关系，指使花谷正对阎锡山软硬兼施双管齐下，也迫使阎锡山已经半明半暗地同意和皇军，也就是和他老师建立某种合作。应该说，这都是可喜可贺的成就，也十足显示了冈村之所以为冈村的道理。可是，当他顺着沙盘将目光指向太行山与太岳山之间的那一块地盘时，不禁有些停滞起来。是的，尽管皇军在一个时期以来在整个华北战场上都取得了巨大的进展，可是，在这里，在这两山之间的大片地盘上，八路军一二九师所属各个部队的活动却相当厉害，在那个地区，八路军的占领区不仅没有缩小，反而日益扩展。而且，那个一二九师当初到晋东南的时候事实上只有一个旅又一个团，也就是三八六旅一个完整的旅（两个团的建制）和三八五旅的七六九团这样少得可怜的部队，可是几年下来，这三个团却发展成为最少三十个团的庞大军团。尤其是那个三八六旅在共军名将陈赓的带领下进入太岳山区和由山西共产党领导的决死队会合而组成新的太岳军区之后，其发展的迅猛之势更是一发不可控制。仅仅一年之内，太岳军区所属地盘已由原来的太岳山区而延伸至中条山一带，直至黄河岸边，现在的太岳区已经成为共产党首脑机关延安通往共产党所属全国各地区的桥梁，也成为刘伯承邓小平领导的晋冀鲁豫根据地最稳固的堡垒之一。而问题的关键在于，自从太平洋战争爆发以来，东京大本营几乎是一日三电要求从华北各部队中抽调最有战斗力之精锐部队调往南洋，调往那战火燃烧而无边无际的太平洋上。平心而论，以冈村宁次个人的观点来看，他是坚决反对皇军在中国战场难以彻底解决问题的情况下，在那汪洋大海上与具有不可预测之战争潜力的美国开战的。可是，这战争一旦打开，作为帝国高级将领，他又不能不为这场战争竭尽全力。也就是说，尽管不愿意，但冈村依然不得不如数家珍地把一支又一支经过战争考验而具有战斗力的部队送往南洋。现在，又一轮新的抽调兵力的任务已经下达，可是，在整个华北战场上并不富余的兵力又有哪一点是可以"机动"出去的呢？没有，真的没有，如果不能够在短时间内真正彻底解决八路军对皇军尤其是皇军补给线的威胁，那就不可能把一兵一卒调往南洋。也就是说，恰恰为了抽调一定的部队离开华北，离开山西，那么现在就有必要集中更多的部队，来完成一件在此之前的皇军指挥官想都未想的事情——力争在最短的时间内，解决对于皇军来说如鲠在喉的太岳军区和陈赓薄一波作战集团。

显然，这是一个特殊的任务，完成这样的任务，需要一个既有能力、也有资历、更有威望的高级将领来统一指挥来自各不相同系统的部队，以求一战而胜。他想到了花谷正，他知道，这是唯一可以担此重任的人选。于是，当天下午，花谷正便乘专机从太原来到北平，来到冈村宁次的司令部。就在那间并不奢华却绝对森严的小客厅里，花谷正迈着略微颤抖的脚步走了进来，而此时的冈村自然不再是和服加身，而是一本正经地身着戎装。当他看到花谷正进来的时候，只是轻轻地点了点头，而后在沙发上很优雅地坐了下来，很艺术地拿起水果刀来削一只苹果，直到削完，把苹果递到花谷正手上才说："花谷君，我记得你跟我共事已经有十年了吧。"

"哈伊，十年前卑职很荣幸地成为司令官的参谋长，但学生早在士官学校和陆大的时候就是司令官忠实的弟子和崇拜者。"

"对对对。"冈村笑着把削好的苹果递到花谷正手上，接着说，"花谷君啊，你到第一军这段时间以来，山西全省的治安工作已经取得很大的成绩，但是，是不是也有什么疏漏的地方呢？"这是冈村的惯用手法，让别人把自己的想法说出来。

花谷正这一次未敢轻易出言，而是略作沉思，皱皱眉头道："司令官，应该说这段时间以来，山西乃至华北在司令官的亲自指挥下，已经扭转了先前那种不利局面。皇军的战果是辉煌的，但是，也应该看到，对于皇军新的战略战术，八路军也即时找到了一定的应对办法，在这一方面，尤其以匪首刘伯承、邓小平所部之一二九师为最。据卑职所知，去年以来，在刘邓策动下，那个曾经给冀南皇军带来巨大麻烦的三八六旅西进太岳山，与山西本土的决死队合为一体，组建了所谓的太岳军区，而这个部队，可以说迄今为止皇军各部尚未对其造成重创。"

"是啊，是啊。"冈村打断花谷正的话，轻拍这位小学弟的肩膀，然后说道，"花谷君，你知道我为什么把你单独请到这里来吗？"

花谷正摇头，冈村接着道："就是要让你，我的花谷君去解决这个问题的。事实上，花谷君刚才的话是给我这个老学长留有面子的，你也不用遮掩，对于皇军在从太岳山区到中条山区一带的整个形势我还是了如指掌的，以前皇军之所以对这个三八六旅，对它的指挥官陈赓没有办法，那是因为我们的指挥官都没有做到知己知彼，又怎么可能战而胜之呢？可是你花谷君不一样，你应该既了解这个陈赓，也应该有办法战而胜之。"

花谷正一旁听着，不由得一阵兴奋，他早就知道，这个陈赓，是共产党八路军中最早的也是最有成就的情报专家，其早年的谍报生涯，甚至在土肥原将军为日军情报官员所编写的情报案例中都多有表述。花谷正心里想，自从来到第一军，他就很想和这个八路军中的情报专家交交手了。可是，虽然身为第一军的参谋长，但是花谷正想要插手太岳山区的作战却并不那么容易。为什么呢？这是因为虽然第一军是皇军在山西最大也是最高级的军事集团，可是太岳区的八路军和决死队却划归驻扎临汾的三十六师团来对付，按照日本陆军的规矩，军一级的建制只是 1937 年之后才出现的，其主要作用也是协调所属战区各单位之作战行动，而真正起主导作用的还是师团一级的单位。第三十六师团虽然在建制上归第一军节制，但由于太原与临汾距离相对较远，而三十六师团的最高指挥官清水正夫又是中将军衔，论级别论资格是与第一军司令官岩松中将同级的，所以，花谷正这个参谋长在他眼里就是个晚辈，说话的分量也根本不足以让清水正夫当那么回事。其结果就是花谷正对太岳区的事情干着急而使不上劲。现在听冈村司令官如此而言，那么，起码在这个迫在眉睫的战役中对于三十六师团的指挥权就不再是一个问题，同样这也意味着又一个让自己为帝国建功立业的机会到来了。那么，怎么才能真正完成冈村大将亲自设计、亲自安排的战略计划，怎么样才能以有力之行动对太岳八路军给予毁灭性的打击呢？整整一个白天，花谷正少将与冈村大将把两个人关在那间并不宽敞的作战室里，拿出了一套完整的也只有他们两个人才知道的作战方案，这也就是后来臭名昭著的——"山岳剿共实验区作战计划"。

于是，一幕幕令日军官兵所不可理解的事情接连出现。

一个怪异的夜晚，花谷正肩扛金光闪闪的少将军衔出现在天津火车站的站台上。虽然已是子夜时分，但此时的站台上却热闹非凡。

大队的日军全副武装，来去匆匆，正在排队登上一列列闷罐火车。

一日军少佐很有点不可理解地问他的顶头上司："中佐阁下，咱们下午刚到天津，连泡尿都没撒又要去哪儿？"

中佐摆摆手，低声道："不要打听，这是军事秘密。"顿了顿又自言自语，"鬼才知道要去哪里。"

而在离他们不远的地方，一军曹一边登车，一边慵懒地对同伴说："嘿，天津卫的窑子那是天下闻名，来一趟居然连问都不许问，也他妈的太亏了。"

同伴笑道："中村君，良家女子花姑娘你还没玩够？还非得惹个花柳病才放心？"

中村坏笑着反驳道："小孩子家知道什么？女人和女人那可是大不一样的。要说有味，那还得看上等青楼，东京老银座的知春阁，你去过吗？"

同伴一脸羞涩，正不知如何回答，一队宪兵过来，粗暴地打断了中村的卖弄："上车，上车，不许在站台上说话。"说着，朝中村生硬地一指，中村只得和同伴极不情愿地上了闷罐车。

"咔嗒"一声，车门被宪兵从外面锁死了。而不远处，茫茫夜色中，花谷正少将目睹了这多彩的一切，然后在零点十分的时候，大手一挥，列车启动，四列军用闷罐列车呼啸着相继驰出天津，奔向千里之外的山西。

正是这严格保密的一趟趟专列带走了冈村宁次和花谷正精心策划于密室的作战计划，也带来了花谷正作为此次大规模行动司令官的无限雄心，更带来了太原城里的第一军司令部的一片烦恼。

这天一早，天刚蒙蒙亮，这里便乱作一团。

偌大的作战室里，参谋人员来去匆匆，电话电报叫声不断。

身材高大、面相凶悍的第一司令官岩松义雄中将正在与冈村宁次通话："报告大将，我部发现有天津方向来的不明军列，居然不和我部打一声招呼就越过太原，直奔平遥去了。请问这是什么意思？"

岩松中将声音很高，而话筒里传来的冈村大将的声音似乎也不低，不然，何以这话筒中从千里以外的北平传来的声音竟然能够让几乎整个司令部里的人都能听到。

冈村的声音："岩松君，不要生气，这是我亲自安排的战役行动。已命令你的参谋长花谷正将军为前敌司令随军到达前线，有关此次行动的一切均由花谷正君来做出决断，你的任务主要是加强治安，并积极配合支持花谷君来打好这一具有战略意义的重大战役。"

要一个中将来配合少将的行动，也就是让岩松中将来听从花谷少将的指挥，岩松中将确信自己没有听错，一股受到羞辱的怒火直冲脑门，然而，毕竟是大正时期的老将，岩松的耐力是超乎一般人想象的。因而他对着那话筒说出来的显然是和自己的内心完全相反的语言："报告司令官，卑职一定配合好花谷正将军的行动。"只是，话虽这么说了，可是当他把那令人生厌的话筒放回原位时，嘴角不由得带出一丝莫可名状的冷笑。

秋天的变奏

　　当花谷正统帅大军，兵分五路扑向太岳区之腹心沁源县城和太岳首府阎寨村的时候，他的心情可谓是极其复杂的。威风，这自然是第一种心情，地面浩浩荡荡，战车隆隆，天上还有飞机助阵，两万人的大军直指沁源一县，虽不至于投鞭断流截断沁河，却也足以铁壁合围，把你个太岳"共党"的小延安阎寨村围个水泄不通。不是偷袭的偷袭，光明正大的偷袭，打的就是这个出其不意。你陈赓不是号称八路军中的情报专家吗？我花谷正这一次却让你生生地吃上一闷棍。让你也知道一下情报失灵的痛苦。然而，又不只是威风，也不能只有威风，那种感觉对于花谷正来说是太有点儿不够层次了。花谷正当然知道冈村司令官之所以在兵源相当紧缺的情况下，把这么多的皇军想尽办法东挪西拼拆东墙垒西墙抽调给他来进行一次局部性的战役这意味着什么。意味着什么呢？信任，无以复加地信任，但同时也是对你花谷正能力与意志的考验。两万皇军与皇协军，是不可能在这太岳山上长期待下去的，如果你不能在短时间内取得决定性的胜利，那也就意味着你的失败在到来。而什么才是真正的决定性的胜利呢？他不能不一再地想起那一天在冈村大将的作战室里大将语重心长的教诲："花谷君，你必须明白，以往皇军对太岳'共党'八路军也进行过多次的扫荡，为什么就没有取得明显的成效呢？不是军力之不逮，而是定力之不足。也就是说，在这个地方，皇军每一次都是疾风横扫，匆匆而过，而共产党八路军在这个地方却有着长期的经营，那里的老百姓已经被赤化。因此，花谷君此去沁源就必须尽快把那里的维持会建立起来，让那个地方的百姓感受到帝国王道乐土的幸福。"

然而，花谷正知道，让中国人尤其是已经赤化了的沁源人接受帝国的"王道"，那又谈何容易。因此，这就使他在手握大兵、浩浩荡荡的同时却又不能不有所忧虑。是的，此时此刻，也可以说是这一个时期以来他都在复杂的心情中充满了忧虑，而这就是他的第二种心情。作为第一军的参谋长，在上任并不太长的时间里他多少还是了解皇军在前几次大扫荡中的"战果"的：不说别的，仅百团大战之后当年十月对沁源一县的报复性"扫荡"一次就杀害普通百姓三千六百九十人，烧毁房屋十二万余间，奸淫妇女无数，抢走耕牛马匹一千二百余，其间集中性的烧杀不在几十起之下，所谓"烧光，杀光，抢光"的三光政策，除了在县城一带为了留给当时驻扎县城的日伪军使用而暂时幸免之外，在整个县境的绝大部分地区都可以说得到了充分而彻底的贯彻。对于这样一笔旧账，花谷正知道那是多么地难以消除。那么，怎么样才有可能在最短的时间内实现冈村大将的计划，在那个地方建立起忠实于大日本帝国的地方政权和各级维持会呢？苦思冥想之后，聪明的花谷正少将想出了一个绝妙的办法，那就是在此次"山岳剿共实验区作战计划"出笼后的这一个月时间内，大量收集搜罗原先在沁源待过的日伪工作人员，以高官厚禄来招募与沁源有关的各色人士。当然，出于保密原则，这些人对于他们将要到哪里去、干什么则一无所知。现在，紧跟在花谷正司令部所在车队后面的那上百名不穿军装却个个全副武装的中国人就是他视若珍宝的这样一支特殊队伍。

至于说花谷正复杂思维中的第三种心情，那就可以说是得意，得意外之喜、发意外之财那一类的得意。这意外之喜、意外之财不是别的，就是飞蛾扑火、不请自到的杨三公子杨铭之。对于这位杨三公子以及他所代表的家庭，作为情报专家的花谷正在接受此次作战任务之后就进行了深入的了解。按照原先的想法，花谷正的第一目标那自然是杨老爷子杨耀宗，因为简单得很，无论从哪个角度来说，杨老爷子都应该是皇军在沁源建立维持会和商会的会长第一人选，也应该是花谷正设想中的县长人选。然而，花谷正也清楚地了解到，这个人同样也是共产党在当地的首选统战对象，而且还是"共党"太岳行署的什么参议，也算是有头有脸的人物。因此，要想把这个杨耀宗弄到手，想来并不容易，而如果没有杨耀宗这样的人物，就算你弄来一群并非沁源人的沁源人或者再抓来一些真正的沁源人组成一个或几个维持会，那在别人看来充其量也只是个笑柄。而一旦有了杨老爷子或杨家的什么人作为皇军的合作者，那个说服力就远非前者可比。巧就巧在天遂人愿，天上真的给他掉下来一张大大的馅饼。杨家老爷子能不能弄到手尚且不论，皇军扫荡沁源扫荡太岳的大军尚未出发，这个杨三公子就从天而降，真可谓"踏破铁鞋无觅处，得来全不费工夫"。这么一个宝贵人物，那是花多大的价钱也买不来的，而现在，他却实实在在就在离自己不到十米远的地方。只要有了这个人，花谷正相信，自己的维持会将会很快建立起来，而且，只要好好利用大学生杨三公子这张牌，那他的用处就远非杨耀宗一个土财主可比。

就在这时，一阵嘈杂声从不远处传来，一个声音很不客气地嚷道："我要见你们的司令官，我们是他的客人，你们怎么可以这样对待我们？"

杨的声音，花谷正一个激灵，赶忙命令副官下车看看，是谁在惹他的宝贝疙瘩生气。

几分钟后，副官报告："杨本来坐在马车上的，但有几个皇军士兵要把他们赶走，而且还有人用手摸了杨的女朋友，所以杨很不高兴，扬言要离开。"

"什么，哪个如此大胆！"花谷正一把推开副官，径自跳下汽车，三步并作两步走到原先由杨铭之等四人坐着的马车上，伸手照着已经强占了这辆马车的两个日军士兵"啪啪！"先赏了两个耳光，然后对着杨铭之深深一个鞠躬道："杨先生，对不起，鄙人对部队管教不严，让先生受委屈了。"

正当杨铭之和蓝妮儿、胡顺以及杨家三叔四人大有受宠若惊之感、不知如何应对之时，花谷正又做出了一个更加令他们四人意想不到的决定，他决定自己换辆车子来坐，而把自己的车子让给杨铭之等四人，显然，这样的决定是无可推托的，但也确实是令杨铭之等四人以及在场的所有人感到既新鲜又不可思议的。

放下花谷正对杨铭之特设的"怀柔"表演且不说，这个时候，他的另一张面孔——已经先期到达沁源县城的三架飞机在县城上空绕了一个圈子之后，开始了有史以来这个山区小县所经历的第一次轰炸。几颗五百磅重的大家伙和更多的小型炸弹一股脑地倾泻而下，美丽整洁的沁源县城顿时成为一片火海。正在准备撤退的三十八团一营以及县大队的战士们立即投入到救人灭火的战斗中去。所幸鬼子的飞机载弹量有限，大火很快就扑灭了，可是，县指挥部这边刘凯、蔡青等人刚松了口气，就见杨家老大杨铭义急慌慌上气不接下气地跑来找到刘凯就说："刘书记，可不得了了，炸弹，炸弹，一颗炸弹。"

刘凯莫名其妙，一旁的张参谋却似乎听出了什么，赶紧说："杨大叔，炸弹怎么了？是不是有炸弹没爆炸啊？"

这一说还真叫他说准了，杨家老大一拍大腿："对，对，一颗好大的炸弹，落我家院子里了，到现在也没爆炸，有人想把他它弄走，我没敢。"

这时候，蔡青接着道："老杨啊，没动就对了。那家伙，得派人赶紧看看，是瞎弹还是定时的，张参谋，叫狗日的聂佩璋去。现在就去。"

几分钟后，张参谋和杨家老大引着瘸着一条腿的三十八团工兵连长聂佩璋来到杨家大院。此时的杨家大院，真正乱作一团，原本娶媳妇办喜事的好日子，因了杨三少的抗命不遵已经令人扫兴至极，日本鬼子的飞机又来作乱，而且你说也怪，那飞机扔炸弹就扔吧，扔别人家的炸弹都炸了，着火也着个明白，可偏偏扔老杨家这炸弹，直冲冲从天而降，傻乎乎"咚"的一声巨响之后，它就矗立在杨家大院正中间的花坛上不作声了。一开始的时候，还有人往那家伙跟前凑，也有人趴在上面侧着耳朵听，更有大着胆子的试图把炸弹抱走，可是，不说一个人，两个后生可着劲也奈何不了，它仍纹丝不动。这才有人向杨老大汇报此一异常情况，也才引起杨老大的高度重视。毕竟，这杨老大是读过好多书包括现代的一些书的，有关炸弹的事情虽说不甚明了，但终究知道这玩意儿耍弄不得，闹不好就会出人命的。所以这才亲自跑去向刘凯求援，这才引来聂佩璋瘸着那条腿来和这不作声的炸弹亲近亲近。

要说这位工兵连长聂佩璋，那在三十八团乃至整个太岳军区可是名声大大的。不说别人，就连陈赓司令员那么大的官都叫他老聂，你说他能小得了？可是，你若真见此人又觉得这其中可能有点故弄玄虚，因为这老聂充其量也就三十出头四十不到的样子，怎么就竟至于所有的人都称其为老呢？这是因为，其一，此人在军队上混的时间确实很有点儿"老"，早在阎锡山当山西督军的那个年代，他就被保送到沈阳张作霖的讲武堂去跟着德国人学工兵，后来回到晋绥军从北伐到中原大战，立了很多的军功，而且在中原大战前的时候就当上了连长。可是这连长的位置一当也就到头了，不是因为人家长官有眼不识金镶玉，而是因为就工兵这个兵种来说，当时晋绥军中最大的编制它就是连，而人家让他当步兵营的营长。老聂又说除了工兵我啥都不干。不过应该说，据认识老聂的人讲，那个时候的聂佩璋可是一表人才，换现在的话说叫"帅得很"。可是，一场中原大战，阎锡山和冯玉祥的联军先赢后输，聂佩璋也在部队大撤退的时候受了伤，掉了队，几乎丢掉一条腿。后来好不容易辗转回到太谷老家，又因为这腿伤不时发作，疼痛难忍之时有人出主意，说是吸食鸦片可以止疼，于是老聂就隔三岔五吸上了鸦片，这一来，腿伤的疼痛是确实慢慢止住了，可是，他家老爷子留给他的上百亩好地、两大套院子可都在那缕缕烟雾中化为乌有。于是，三十出头的老聂真的"老"了，整天不务正业，就想着变卖家产换烟土吸。或者想方设法找亲戚朋友去借钱，直接让所有的亲戚都怕了见他。这个时候的老聂，人都说看起来起码有六十岁，聂佩璋甚至想到了死。也许是命不该绝，一次偶然的机会，老聂在去山西省民政厅索要残疾军人抚恤金时，恰在太原街头碰到了正在代表由共产党实际控制之山西牺牲救国同盟会（简称牺盟会）四处延揽人才的蔡青。也是蔡青这个年轻的老红军慧眼识珠，只和老聂聊了几句话，两个人便一拍即合，同是热血军人的蔡青激活了老聂身上的一腔热血，也激活了老聂心中的一团抗日激情，而老聂则在蔡青的一再劝导下答应坚决改掉吸毒的恶习。蔡青从实际出发，许诺在经费极其困难的情况下，特批老聂每月享受一定的烟卷和烧酒的待遇。应该说，这个待遇，在当时的八路军中也属于"老"字号的了。这就是老聂这个"老"字的第二个缘由。至于这老聂来到决死队、来到三十八团等等一系列的前因后果，其实是有很多话题可以另当别论的，这里只说现在，当老聂来到这足比酒坛子还要壮许多的炸弹面前，只看了一眼，便挥手让包括张参谋在内的人全部退到院子外面去，他自己则趴在炸弹上面仔细地听了起来。一两分钟后，老聂发出指令，让几个助手过来看着，看咱老聂怎么把这大家伙开膛破肚、大卸八块。于是，人们的紧张情绪慢慢缓解下来，杨家老大端过热茶，亲自送到老聂跟前，试探着说："聂，聂连长，这东西它确实不会爆炸了吧？"

聂佩璋一边嘬口茶一边笑着说："杨老板，放心，炸了有咱老聂在前面顶着呢，你怕个啥？"看看杨家老大仍是一副不解的样子，这才又说，"真的放心吧，你听听，这炸弹肚子里没有'咔咔'作响的声音，这就说明它没有安装定时装置，没有那东西，它就是个哑弹。"

一听说是哑弹，就有几个胆大的凑上来说不用拆了，多麻烦，不如把它扔到河滩算了。赶紧着，还要组织机关和老百姓撤离呢。老聂却说："唉，着啥急？你当日本鬼子的飞机还能再来扔几个哑弹？这么值钱的东西别把它糟践了。你们等着，咱把它卸开再给重新组装一下就够狗日的小鬼子喝一壶的。这玩意儿，好着呢，那里边的炸药可是拿钱也买不来的。"

老聂说着三下五除二先把引信拆了下来，不一会儿，便把那炸弹里的东西统统折腾出来，又小心翼翼地用上好的袋子装起来，这时你再看聂佩璋，就像做梦娶了新媳妇一样，整个儿一个得意。

当天下午，当太阳快要落山时分，花谷正的五路大军虽经沿路磕磕绊绊，总算"顺利"到达了最终的攻击目标沁源县城和阎寨村，但花谷正原本兴奋的心情却在这一刻反而飘上几丝不快。这是因为，这次看起来部署得周密而无一丝缺陷的合围行动，在这整整一天的时间里，各路部队都被原以为毫无准备的八路军和民兵骚扰得走走停停，东伤三个西亡两个。这且不说，真正令他担忧的是，由于不知什么时候八路军就已经把沁源境内的所有道路都进行了破坏，这就使得他所有的汽车装甲车，不得不停在山下边等着从太原急调的工兵修了公路再进山，而这样就把好多的辎重物资留在了几条漫长而遥遥无期的补给线上。花谷正根据这些天来自己对此次作战的最大对手八路军太岳军区司令陈赓的了解，他知道，此人一贯以来最感兴趣的事情就是专门袭击皇军的辎重部队，而且几乎是每战必能得逞。所以，考虑再三，花谷正还是不得不下令留下足够多的作战部队，守卫这些对他来说必不可少的物资，因为他明白，就算是犯了兵家大忌分散作战力量，也决不能把这些物资车辆放回他们各自所属的原来部队，道理很简单，类如他的顶头上司岩松中将那样的人，一旦把这物资和车辆放回去了，那就很难再从他手里如数要回。而真正发生那样的情况，就算是打官司也未必有谁会给个明断，这个时候物资对于谁来说都是紧缺的，花谷正又有什么理由无端占有大量用不上的物资呢？

接下来的问题是如何面对又一次没有"敌人"的战斗，如果以一般的常识而言，今天的五路围攻大致上应该算是成功的，尽管发生了好多战斗，但说到底都是零星的所谓"麻雀战"，皇军是打了好多的枪炮子弹，但真正的对手几乎没见。而根据以往的经验，皇军也曾几次对沁源扫荡，规模之大，以1940年秋天的那一次为例，可以说所用兵力比花谷正这一次的还多，但结果是什么呢？结果是八路军的主力一个没有见到，反倒让人家趁皇军后方空虚给端了好多据点，而大批的皇军又不能在这大山里面持久待下去。可你一撤，共产党八路军马上就能恢复他们的所有活动。当然这也应该说是差不多所有的皇军面对八路军时遇到的情况。但在太岳、在沁源尤而甚之。如其不然，冈村司令官也就不会在此时此刻集中如此重兵交由你花谷正来搞这个"山岳剿共实验区"了。也就是说，正因为沁源这个已经被"共党"赤化了的地方是"共党"八路军根基最深厚的根据地，所以，在这里剿灭八路军才对全局具有指导意义。大将是用心良苦的，可是，如何才能避免以往那样根本就剿不到"共党"的局面呢？花谷正清楚，唯一的办法是要从心理上打破让人家以为皇军总是"兔子尾巴长不了"的印象，而要摆出一副"老子来了就不走了"的姿态，扎扎实实住下来，让那些拥护"共党"的人绝望，也让陈赓薄一波他们在这里再无生存的土壤。想到那一天，花谷正善于想象的大脑不由得闪现出一片光芒，就在这时，参谋报告："大军已到沁源县城，好像并无一兵一卒的防守，现在是进还是不进？万一八路军有埋伏怎么办？"

花谷正只好把那美丽的憧憬暂时收回，瞪了参谋一眼道："你认为八路军会在这里和你打上一仗吗？"

参谋回答："报告将军，八路军虽然没有，但他们的标语……"

花谷正顺着参谋手指的地方看去，只见洞开的城门两侧写着一条这样的标语："两年战胜希特勒，三年打败日本鬼"。而在这标语旁边还有用中日两种文字用白油漆刷在城门洞上的一首顺口溜：

> 花谷正，你不赖，别人溜了你敢来。
>
> 夜半睡觉防着点，小心狗命留下来。

"八嘎。"由于有日文书写，一个鬼子军官看懂了那顺口溜的意思，吼叫着就要对那标语和顺口溜开枪，花谷正用手一拦，口中念念有词："鲁莽，把这个留下来多好，我倒要让他们看看，到底是谁把命留下来。"说完，目不斜视地直指前方，打马进城。

然而，出现在花谷正面前的，除了那标语和顺口溜还真没有多少令他能够感兴趣的东西。偌大的县城里，没有一丝活物存在的迹象。走在空荡荡的大街上，瞅着空荡荡的店铺，空荡荡的民居，花谷正不由得眉头皱了起来。

空城一座，这是事前实在想不到的。从发布进军命令到现在，满打满算也就不到四十八个小时，连皇军都感到行动的突然而显得处处仓促，八路军怎么就能在这么短的时间内把偌大一座县城搬得几乎一干二净呢？这里的军队和机关且不说，老百姓呢？他们拖儿带女，还要吃要喝，怎么就能在这短短的一天之内统统转移出去呢？现在，他有点从内心深处彻底地佩服自己的老学长，也是军旅生涯的偶像冈村大将了。看来，今天碰到的这一切，早在大将的预期之内，否则，一个月前的那次难忘的谈话将要结束时，当自己提出以出其不意的偷袭加强攻而一举围歼八路军之太岳主力的时候，大将就不会只是不置可否地笑笑，而他重点强调的却是如何在这个地方真正扎下根来。是的，现在已经可以肯定地说，如果单纯地从军事价值上讲，自己精心策划、精心实施的这一次大规模扫荡已经失败，五路大军，两万多人的队伍，从天上到地下，浩浩荡荡，声势堪为壮哉，可是敌人呢？除了神出鬼没的游击队和不时开花的地雷，八路军的主力连根毛都没有。想想确是可笑，但是这也从另一个方面说明，当皇军主力出现的时候，狡猾的八路军肯定会避其锋芒，这也就为皇军以及更多的皇协军到乡下去、进山里去把老百姓"动员"回城里和村子里而创造了条件。而一想到此，他就不能不为自己在杨三公子杨铭之身上所做的文章而暗暗有些得意。然而，接下来的消息就使他不由得不对自己这分得意打上几分折扣。

参谋报告，从临汾方向和屯留方向合击"共党"太岳区首府阎寨村之三十六师团和六十九师团部队在其部队长鹿野平洋和长岛三郎的带领下，不仅把阎寨全村的房屋一把火烧光，而且在离阎寨不远的曹家沟干下了一件惨绝人寰的、而且绝对与花谷正此次行动向各配属部队发布的要旨相违背的大案。

事情发生在几个小时之前，由于距离相对要近一些，鹿野平洋大佐与长岛三郎大佐各自率领自己的联队，将近中午的时候就抵近了在他们想象中一定是重兵以待的太岳军区司令部与太岳行署所在地阎寨村。然而，当他们向着想象中的敌方阵地山炮野炮迫击炮一阵猛轰之后，却发现"对方"似乎毫无反应。那么，接下来怎么办？两个人都是在陈赓和他的三八六旅及新近已经成为劲旅的决死队三十八团二十五团手下吃过大亏的，类似这样的情况究竟怎么办才算是个对，那是谁也吃不准的。因为，也许敌人真的就没有设防，让你提心吊胆却只是虚惊一场；也许这本来就是敌人的诡计一条，让你贸然进村却让人家打个落花流水。两人商量之后决定从两个方向包抄进村。这一来，人是没见着一个，但两家各自伤亡却也不少，原因是那村子里面奇奇怪怪的各式地雷阵煞是难以防范，就连鹿野大佐的坐骑也难于幸免而成为这场"无敌"之战的牺牲品。

所以，当这两个人在村子中央的大广场会合以后，都不免觉得有些窝囊，便想方设法要来一个痛快的报复。恰巧鹿野所带的汉奸特务中有一个名叫张三寸的以前在这一带做过生意，对于阎寨附近的地形地物甚至村子里的好多人都很熟悉。此人也是急于在鬼子面前表现一下，就主动献计说此处不远曹家沟有个很大的天然洞穴曹家洞，而且附近还有好多小的洞穴，那个地方应该是八路军和共产党重要人物最理想的藏身之所。于是，两个小时之后，这两部分鬼子在根本没有向花谷正这个司令官报告的情况下，将近两千人的部队开到了云盖山中的曹家沟一带，把一个小小的曹家洞围了个水泄不通。然而，此时的曹家洞并没有任何有战斗力的部队，洞里确实藏着几百人，但都是手无寸铁也压根就没有想到鬼子会来到这里的老百姓。面对此情此景，恼羞成怒的鹿野大佐和长岛大佐竟然下令把这近三百人（其中绝大多数是老人和儿童）全部赶进一个砖窑里，一把火将三百人全部烧死。

当参谋报告完毕，花谷正只是咬咬牙，愤愤地说了一句："愚蠢，简直是愚蠢。"他当然明白这件事情对于皇军将要在沁源开展的"和平"事业是多么地不利，但是他也知道，对于这两个家伙，虽然身为此次行动的最高长官，但是他对于他们的违反命令却几乎没有什么恰当的处分办法。事实上，花谷正自己也清楚，正因为此次行动异乎寻常地突然，所以要求部下在这么短的时间内把他在命令中附属的那些临时条令全部看完并及时掌握几乎绝无可能，何况在几乎所有的日军看来，杀几百个中国人那又算得了什么？人家会问，难道你花谷正就没有杀过中国人吗？或者说，你这个最早在东北就屠杀了无数中国人的刽子手又有什么资格反对别人杀中国人呢？说到底，这也是冈村大将之所以希望自己能够尽快解决沁源问题、建立起真正的"山岳剿共实验区"的根本所在，因为，只有到那个时候，你才有本钱理直气壮地说只有我花谷正才是对付"共党"和八路军的真正专家，你们这些武夫且听我的。那么，当务之急，当务之急是什么呢？花谷正再次想到了杨铭之这个从天而降的"宝贝"。

　　当杨铭之在花谷正的精心安排和护送下一路坐车（先是马车，后是轿车，最后又回归马车）带着蓝妮儿这个从胭脂胡同"借"来的妓女"荣归故里"时，他的心情是十分复杂的。首先，他不敢而且似乎也没有必要把这个打扮得花枝招展的女人的真实身份告给老父亲，因为那将会给自己也给这个家庭带来不必要的麻烦。在他的内心来说，之所以要把蓝妮儿借来一用，充其量也就是当个道具，以此来说明自己是已经"自由"了的，也以此来解脱那个其实完全无辜的江家女子。那么，蓝妮儿将以什么身份出现在杨家大院呢？杨铭之为她设计的身份是职业女性，银行职员。也正因为事先就想到了这一天，所以，在半个月前的一个晚上，本来很少到妓院一游的杨三少在朋友的陪伴下，特意来到胭脂胡同最为有名的妓院春香阁。朋友是个行家了，开宗明义便对那妓院的妈妈说杨三公子要借这里的头牌蓝妮儿一个月，租金大洋两百块。到期原物奉还或曰完璧归赵，如若到期不还或杨三公子和蓝妮儿弄假成真则另交大洋一千块。要说呢，这青楼酒肆是绝无借人一说的，尤其是像蓝妮儿这样色艺双绝的头牌。要在早几年的时候，每日里出入豪门贵府都忙不过来的，做妈妈的哪里能让你把人借去？可是，自从鬼子进城，一切都今非昔比了。整个八大胡同，隔三岔五关门的妓院倒比开门的多，就算你勉强能撑下去，那也是整日里提心吊胆，生怕鬼子汉奸不知哪会儿就找上门来查这个、查那个的，弄不好还把人就给带走了。当然，鬼子带人走是绝不会掏钱的，而姑娘们在鬼子那里生病回来还得妈妈花钱找人看。现在有人提出借人走，而且给的钱也足以让妈妈宽心一阵子的，所以，尽管这蓝妮儿是这里的头牌，当妈妈的还是痛快地答应了。

　　再说蓝妮儿，论长相那是没的可说，不敢说月里真嫦娥，起码也是人间小飞燕，既是皮肤雪白、白里透红，又是双目如水、水里含情，这两样就把一般男人给勾得差不多了。更兼蓝妮儿生来就是个古灵精怪的坯子，在这青楼世界中又练就一手勾魂绝技兼之能歌善舞。原本说好是借的，可蓝妮儿和杨三少两人一见面偏偏就一见钟情，你看我，我看你，都觉得这就是自己的梦中情人。

于是，蓝妮儿说："杨公子，干吗要借呢？你就不能当真把我娶了吗？"说着说着身子就软软地倒在了不知所措的杨铭之怀里。

杨铭之一阵手忙脚乱，也觉得自己应该大丈夫一次，索性就把蓝妮儿真给娶了，然而此前一再在大脑里强调过的理智又提醒他，蓝妮儿有可能完全就是逢场作戏，再说自己也不甘心当真就找一个青楼女子啊。杨三公子也清楚，要在这一个月的租借期内有效地利用蓝妮儿，就必须让她能够心甘情愿地为自己服务，也就是说，要让蓝妮儿在自己的家人面前表现出一副既为人妻的样子，还绝不能流露出一点点青楼女子的痕迹。现在，当花谷正的大军把杨铭之一行四人护送到并非久违的杨家大院时，杨铭之反倒觉得自己在面对老爹的时候确实有愧人子之道，可是，事已至此，又该怎么办呢？

然而，当杨三公子一脚踏入自己的家门时，他才发现，一切都和想象中的大不相同。他应该发愁的并不是如何向老父亲做一交代，而是如何才能见到自己日思夜想的父亲和家人。因为，偌大的杨府大院，除了两条忠诚的看家狗之外，空荡荡，了无人迹。年老的父母双亲，闲不住的大哥，体弱的二哥，还有那一大家子上百口人，都到哪里去了呢？

江家姐弟俩英雄

　　杨老爷子杨耀宗是最后一批从城里转移出去的居民，而且是在县委书记刘凯的亲自动员下才恋恋不舍地离开的。这倒不是说老爷子舍不得那几套院子，而是在等待他的宝贝儿子杨三少的归来。因为从心底上说，虽然老爷子对这个桀骜不驯的儿子多有看不惯的地方，但说到底他还是在三个儿子当中最看重这个儿子的。所以，尽管杨铭之在关于娶不娶江家女子的问题上让杨老爷子出了丑，而且也因为这事闹得让日本鬼子的飞机把迎亲队伍炸了个魂飞魄散，还死了两个轿夫，让杨家先赔上了一笔钱。但杨老爷子说了，一切的一切，只要三儿子回来，一切都好说的，三儿实在看不上江家女子，老人也就不再勉强，（何况这桩婚事事实上已经自然陷于破裂状态，江家女子在飞机扫射后的那一刻已经捎过话来，从此再不踏入杨家之门）。唯一的希望是父子团聚，平安即福。

　　可是，原以为一早即到的杨铭之一行人直到天将近午的时候还是杳无音信，一旁急坏了杨家老大杨铭义和老二杨铭德。他们都知道，要想把固执的父亲劝出城去，除非刘凯亲自来。无奈之下，杨铭义一路小跑找到刘凯，此时刘凯正是忙得不可开交，但一听杨老爷子还没出城，二话不说，大步流星就往杨家赶来，反倒弄得杨铭义气喘吁吁跟不上趟。而老爷子呢？也怪，别人劝他说破天也不灵，刘凯只一句："老爷子，三儿有我呢，我最后一个出城，只要三儿回来，保证一准带给你，你还不放心吗？"老爷子也痛快，不说话，点点头就上了他的专车——一挂胶皮驴车，赶车人鞭子一甩出了城。

同样，在这短短一天不到的时间里，沁源县城和县城周围二十里以内的两万多群众在县大队和各区各村民兵轮战队的组织下，家家户户，扶老携幼，按照各村各片事先早已规划好的区域进了山，而各家各户的粮食衣物，能带则带，不能带的基本上都找地方掩埋起来，耐心等鬼子扫荡结束再回去挖出来。

还有一项重要的工作，那是必须由"专业"的人员来完成的，这个专业队就是沁源人民在战争中形成的一种半军事化的准军事组织——轮战队。所谓轮战队，就是把十八岁到四十岁的基干民兵分成三班，其中一班在每个月的第一个十天内是专业战斗队，在此期间，完全军事化管理，集中吃住，全副武装，随时准备投入战斗。第二班人员则是半军事化管理，无需集体集中生活，但在遇到战斗状况时应当随时准备应召参加战斗。第三班人员就要轻松得多，在这十天里你就是一个老百姓，既无武装，也没有作战任务，而是全心全意把精力投放在农业生产和生活中去，但有一点，遇到农忙时节，轮"休"的民兵要帮助备战的民兵做好他们家中的春种秋收，解决最迫切的问题。同样是这支"轮战队"，在遇到鬼子大扫荡时，他们的第一任务并不是上山打游击，而是将城里重要的生活设施给予暂时性"封闭"。譬如，将所有水井绞水辘轳卸下来，上面的井绳藏起来，让鬼子无井水可喝；把粮食蔬菜掩埋起来，让鬼子无粮可取；把家家户户的铁皮烟囱收藏起来，让鬼子无火可用。诸如此类一系列的破坏行动，既要在一定时期内使城市陷于瘫痪，又不能让日后群众返城生活时太难恢复。这样的活儿要干好干快确实也是一种高难度工作。

有人曾测算过，如此大量的工作，放在别的地方几乎是不可能在三日之内完成的，可是在沁源，在太岳区，无论党和军队还是人民群众，对于这样的事情已经是千锤百炼，早已成为习惯。只要一声令下，可谓层层开展，有条不紊。正关村的妇救会主任江淑英就是在这斗争中成长起来的杰出青年干部之一。

且说江淑英轿子坐了一半，新郎影都没见，便在鬼子飞机的机枪扫射下结束了人生第一次略显荒诞的婚礼。要搁一般人，这事非得气出病来不可，而淑英却一身轻松，只是回家把那灰头土脸的行头连同晦气往下一扔，洗把脸就往村公所跑去，立即投入到组织群众坚壁清野、进山避难的紧张工作中去。

由于花谷正的严守机密，这一次我军得到鬼子扫荡的情报确实太晚了些，而民兵轮战队又大部集中起来准备战斗去了，这就使得村子里面组织群众撤退的工作大量留给了以江淑英为首的妇女干部和老党员老民兵。饶是如此，江淑英还是显示了其一向做事干脆利落的工作作风，连拉带拽，算是把一拨又一拨的老人和儿童让仅剩的几个精壮民兵和老党员优先送进了山里，而当江淑英自己和几十号青壮妇女最后从村子里撤离时，意想不到的情况出现了。她们刚刚离开村子进入通往后山的小路，就发现一股从沁县方向过来的鬼子在离她们最多不过一里路的地方向这边窥探。怎么办？是赶紧往山里跑，争取甩脱这股敌人，还是掉头回村，寻机分散突围？明显的情况是，往山里方向跑，逃脱的可能性大一些，但把鬼子引到老人儿童躲藏的地方那种可能性也更大。而回村，虽说眼下是被鬼子四面包围，但同样四面分散的可能性也是有的。为此，江淑英果断下令："姐妹们，敌人离我们这么近，咱们走是走不了了，干脆咱回村去，分散开来，能跑几个算几个。"说完，带头就往村里跑，一边跑一边又告诉大家，一定要用煤灰把脸抹黑，以免被鬼子看中糟蹋了。

本来鬼子遇到这么一群人就有些突然，因为这也是他们今天第一次碰到成群的人。因此一时之间还没有反应过来就发现这些人并没有躲着皇军走，反倒是进了村子，于是就有人请示这群鬼子的最高长官——小野中队长，对这些人追还是不追。如果这事碰上花谷正，江淑英她们只要躲进村子多半也就没事了。因为花谷正的目标是要排除一切干扰，以尽快占领县城歼灭八路军主力为第一要旨，那样的话，类似碰到几十个并无抵抗能力的妇女是肯定不会当回子事来大动干戈的，更何况让百姓回村，这本来就是花谷正最重要的目的，既然有人回村了，安抚还来不及呢。可是，江淑英和她的姐妹们今天碰上的偏偏是曾经多次来过沁源，并在正关村一带很是吃过几次亏的小野部队，当真和八路军的主力打上一仗那在小野来说肯定是得不偿失的，这样的事情他做过，而事后得到的只是上司的训斥，那么，拿几个非武装人员来充数岂不是两全其美的事情吗？因此，小野连想都没想就带人把正关村给团团围了起来。很快，江淑英和她的姐妹们就被鬼子从不同的方向赶到了村东头的张家大院，也就是俏媳妇张二俏家的院子。关在原先张家只是放农具和饲料的一座二层土坯房中。这种房屋的特点在于三面皆是厚实的围墙，正面倒是有几扇窗户也全用木框架给包了起来，原来的目的是为了防盗，现在却成了隔绝屋里与外面世界的坚固壁垒。一会儿，几个鬼子进来把姐妹们挨个瞅瞅，大概是想挑几个漂亮点的带走，可是一来姐妹们都在脸上抹了煤灰，二来这屋子本就光线太弱，所以出现在鬼子眼前的女人们一个个黑不溜秋，于是，这几个鬼子摇摇头，走了。再过一会儿，两个汉奸进来，扯着嗓子喊道："你们这些女人听着，有愿意进城和皇军享福的没有？晚了可别后悔。"没人搭理，汉奸也笑着走了，江淑英正在想敌人下一步还有什么花招，就听外面哗啦啦一阵声响，一根粗大的铁丝从两扇门中间穿过，然后咔咔两声，那门被从外面绞死了。江淑英一下子就明白鬼子要选这么个房间关人的目的了：把人关在这样的房间里，除非你是孙悟空，否则是不可能逃生的，而如果有人在外面放上一把火，那么，这里面的人很快便会成为一堆灰烬。果然，就在江淑英绞尽脑汁想办法的时候，有人透过那已经被绞死的门缝发现，门口的鬼子正在往这门框上浇汽油，也就是说，鬼子要把几十号姐妹全部烧死在这里。怎么办？硬冲是冲不出去的，但姐妹们必须出去，我们绝不能让敌人白白烧死。眼看着已经慌作一团的姐妹们，眼看着有人唰唰地流下眼泪，江淑英努力使自己镇定下来，她先叫过张二俏，冷静地问道："嫂子，从这屋里能上到二楼去吗？"

令人有些意外的是，张二俏告诉淑英，靠墙的那块楼板其实是活动的，只要有足够的力气就可以把那看起来无法挪动的楼板挪到一边去。淑英清楚，只要能够上到二楼，就有办法从后墙逃出去，因为当地风俗，这房屋的一楼是为了放置农具而必须厚实一些，而二楼则因为要晾晒粮食而要求尽量通风，所以二楼前后都有窗户，而且是绝对通风的那种，这也就意味着只要上到二楼，人就可以想法出去。

有句话说情急生智，又道是情急力气大，要按一般情况来说，移动那差不多一米见方、厚达二寸的石板，非一百五十斤以上的力气是不可能的，若是那样的话，这屋子里关着的妇女怕是没有一个人可以挪动这石板的。可是怪了，眼看着鬼子在屋子外面已经将火点燃，令人窒息的浓烟正从屋外滚滚而入，好多人已经呛得泪流满面、咳嗽不止，江淑英却以连她自己也想象不到的力量，在张二俏等人的帮助下，踩在一位姐妹的肩膀上，硬是把那沉重的石板移开了一道缝。当光明从这缝隙中豁然透进来的时候，所有的人都停止了哭泣与流泪，江淑英也力气平添，再一使劲居然把那石板挪开一处足以让人钻出去的空间。

烈火在熊熊燃烧，点着大火的鬼子们狂笑着离开火场。形势不能再等，江淑英见此情景，赶忙组织姐妹们连拉带拽地全部转移到二楼，然后，几个人合力一齐使劲，"轰隆"一声撞开了后墙上的一扇窗户，那窗户连同几十块砖头哗啦啦掉了下去，只听得这砖头掉下之处传来"啊呀！"一声闷响，一片光明，一条生路展现在姐妹们面前。

江淑英第一个跳了下来，这才发现，刚才那被撞坏的门窗和砖头掉下来的时候，不偏不倚，正好砸在了一个留在原地望风、大约是等待清点尸体后再回去给主子交账的汉奸。那汉奸的手中还有一把张着机头、成色不算差的二把盒子枪。江淑英顺手把枪缴了过来，用脚踹踹，汉奸已无反应，正要带领姐妹们悄悄地进入后山，却突然发现前面村口上人影一闪，江淑英叫声不好，就听见前面那人已经"啪啪"打了两枪，算是给已经离开的鬼子报讯，果然，十多个已经走出去一截的日本人折转身来，端着枪就往这边赶来。怎么办？刚出火海，又遇群狼，江淑英知道，硬打是不行的，这些妇女都没经过任何训练，而且手中仅有刚刚缴获的一支手枪；可不打，又明摆着跑不了。从二俏以下，所有的姐妹都在盯着她们眼中无所不能的小姐妹江淑英。情急之下，江淑英决定自己独身赴险，而让大家返回已经烧成一片的张家大院，先藏起来再说。可是，她刚把这个想法说出来，姐妹们就纷纷反对，二俏说："淑英，大不了是个死，要死大家一起死，哪能让你一个人去。"众姐妹也说："反正我们不能让鬼子糟蹋了。咱抱在一块儿，拼掉一个算一个，就是不当亡国奴。"

　　于是大家开始寻找各自认为合适的"武器"，长的棍子，短的棒子，大大小小的石头，一时间也找了一大堆。众姐妹围绕在江淑英周围，找一处羊圈为依托，就要准备战斗，忽听前面不远处一阵激烈的枪声，淑英登高了去看，那些鬼子掉头又跑了。淑英正在纳闷，一个声音在附近响起："是淑英同志吧。我是三十八团的洪尚礼。"

　　"洪尚礼！"好耳熟的名字，江淑英回身一看，一个文静而魁梧的青年八路军军官站在眼前，他的身旁是几十个风尘仆仆的八路军战士。看着这个半路杀出的程咬金，在火海与强敌面前毫不畏惧的江淑英突然眼圈一热，不知哪来的泪水忽地涌了上来。

　　江淑英带领众姐妹火海脱险的事迹瞬间传遍全县，给在深山野林中艰难度日的人民群众树立了榜样，带来了力量。县游击大队大队长朱秀特批："那把手枪留给我们的女英雄使用。"说完这话，生性话多的老朱又来了一句，"以后啊，就这个办法，有本事找鬼子要枪去，谁弄上算谁的。"

老朱说了也就说了，事实上在战场上弄到枪那还是要执行一切缴获归公的纪律的。譬如说，你一次战斗中缴获好多枪，甚至还有迫击炮之类的，那也能谁弄上算谁的？但是，讲政策的人不把它当真，而不知道这个政策的那就要认真了。而这个首先认真的人就是江淑英的宝贝弟弟江德昌。

前面说过，江德昌那是从小让他爹手把手带出来的猎手。在家里，这姐弟俩亲得那是没的说，尤其是姐姐当上村妇救会主任后，弟弟对姐姐的崇拜可谓更上一层楼。然而，这一次，江淑英被火烧出了更大的名声，成为全县的而且是据说还要上报太岳区的英雄，这倒令弟弟有点儿不太舒服。为什么呢？其实说来也是，年龄不够的江德昌虽说在民兵轮战队里混了几个月了，可真正的战斗却一次也没经过，这且不说，小伙子枪法精准，这是整个二区乃至全县民兵骨干凡目睹了那次江德昌与李猛比武的人都知道的。可是，尽管如此，江德昌在轮战队里使用的枪却还是原先打猎时用的那支老猎枪。原因也简单，轮战队的规矩，要想换快枪，那得战场上去"自力更生"。可是，那打仗的事又岂是你想打就能打的？现在江德昌一看姐姐换了新装备，心里就痒痒，这天晚上，一家人在云盖山中永宁沟里的"新家"（就是一眼不到十平方米大的窑洞）吃过了饭（也就是野菜团子和数得清米粒的米汤），姐姐正在拿自己最心爱的绣花手绢擦枪，弟弟凑过来很是亲昵地说道："姐，这么好的枪，带在身上得劲吧？"

姐姐并不知道弟弟的真实意图，只是点点头，有点言不由衷地说："其实也没什么，我带上它也没多大的用处，老不打也不能让它生了锈不是？"

弟弟却没有这么多心眼，一听姐姐说没什么用处。马上就说："姐，你把这枪借我用用，三天，就三天，我保证给你换一把更新更好的小手枪，真正是你们女孩子玩的那种。"

姐姐却并不直接答应或者不答应，而是说："德昌，你借枪干啥？不要忘了，你可是轮战队的，打仗要有组织有命令，哪能你想干吗就干吗？"

弟弟那是认死理的一根筋，命令不命令他不管，就是一句话："姐，你借还是不借？"

姐姐被逼得没有办法了只好说："德昌，你要真打仗，姐就借给你，可姐要是也打仗，总不能借吧，不然人家会问，你有枪为什么不打？是不？"

姐姐以为这就把弟弟给敷衍过去了，谁知弟弟紧跟着来了一句："姐，这可是你说的。"

一场大雪来到太岳山上，银装素裹，沟沟坎坎都披上了一层厚厚的雪装。正常年景，这雪是庄稼人的福星。因为它预示着明年的小麦丰收有了保障。可是对于在深山里生活的沁源人来说，这雪来得就有点儿不是时候。一大早，起身查岗的县委书记刘凯就发现了一个不太正常的情况。沟口上，天还没亮，就有几个人在拿着镢头使劲刨着什么。刘凯走近了看，居然是一区著名的轮战队队长李猛等几个人。看见书记走来，李猛活动活动胳膊，一脸轻松地对刘凯说："书记早啊，我们几个也睡不着，早点起来练练功夫，这不，场地太小了，把雪清除一下。"嘴上这么说着，脚底下却在拼命地掩盖着什么。刘凯也不接李猛的话茬，照直弯下腰去把李猛藏在雪里的镢头找出来，然后，一镢头钩到了李猛的脚下。

几根半白不绿的野菜出现在李猛的脚下。

刘凯轻轻问："猛子，没粮了？"

李猛仍旧一脸轻松道："不，书记，我只是想调剂调剂，粮食是不多，可还能够撑几天的。"

刘凯却不由得目中充泪了，拍拍李猛结实的肩膀，然后对李猛和他的几位弟兄说："同志们，大家都没粮了，不用隐瞒，这一点大家都心知肚明。谢谢大家了。但是不用急，上级会为我们想办法的。"

其实，粮食短缺的问题，在刘凯脑中已经不是一个新的问题了。而且也不只是刘凯在为这个问题着急。就在昨天，太岳军区司令员陈赓亲临永宁沟，刚进沟口，就看见一个孩子似乎是费了很大劲在雪地里拉屎。看着孩子那份难受劲，陈赓停了下来，示意随行人员谁也不要动。直待孩子站起身来离去，陈赓司令员找来一根短棍，来到孩子拉屎的地方，用短棍划拉起来。这一划拉，陈赓久久没有站立起来，直到随行参谋和警卫员两人把他半拉半扶着站起来，这才长叹一声道："同志们，你们看见了吗？孩子拉的除了树皮草根，就是肠道的血了，连一点儿粮食都没有啊。这么小的孩子，他怎么受得了呢？"

几分钟之后，陈赓把这个情况告诉了刘凯，并满是怜惜地"批评"："刘凯啊，你这个县委书记，我可要批评你了。乡亲们断了粮，这么大的事，你怎么不告我一声呢？"

同样是在昨天，陈赓司令员当即做出决定，从部队本就紧张的口粮中每人每天再挤出一两粮食来支援沁源人民。今天，就将先期送来五千斤粮食，以解燃眉之急。其实，作为县委书记，刘凯又怎么能不知道永宁沟断粮，乌木沟断粮，全县几十个临时难民村上万口人都已断粮，这个冬天将无法在山上度过这个严峻的问题呢？也正是为了解决乡亲们的吃饭问题，县委和县围困指挥部的首长们已经把各自的马匹杀了，将马肉一家半斤分给群众，可是，十来匹马的肉对于上万群众来说，简直就是杯水车薪。就算今天部队再送来五千斤粮食，也不过聊补无米之炊罢了，并不能真正解决问题。而粮食的问题直接关系着的则是一种重大的政治抉择：这个冬天怎么过？上万的百姓还要不要在山里坚持对敌围困？也正是因为如此，看着李猛这样的民兵骨干，看着像李猛一样的人民群众，刘凯心中五味杂陈。是的，沁源人民是听共产党话、跟共产党走的，正因为如此，党就更得对人民负责，说到底，共产党是要领导人民走向抗战胜利、走向美好幸福的生活的。然而，眼下的情况，严冬大雪，天寒地冻，再断了粮，你让这上万百姓如何在山里挺过这个冬天？看起来，挺过冬天的唯一办法似乎只有回城一条道路，可是如果让群众回城去，岂不是将对鬼子的围困半途而废？

刘凯陷入了有生以来最难以决断的思考。

晚上，永宁沟，一眼稍微宽大的窑洞里面，原本只能住三五个人的空间，炕上地下实压压挤上了二三十人，窑洞门口还有几个站着听会的人。沁源县围困指挥部的一次扩大会议在此召开。会议的中心议题：目前永宁沟以及各个群众避难点上缺衣断粮，难以过冬，在此情况下，是继续围困还是让部分群众回城里去，以期度过这段最难熬的日子再行决断。这次会议的严肃性，甚至是参加会议的人们大多数也都尚未意识到的。江淑英作为群众代表和妇女代表也参加了这次会议，这对她来说是第一次。只是她没有想到的是，她的到来，恰恰引发了一个事关大局的转折。

会议开始，县委书记刘凯先介绍情况，情况是严重的，也可以说是史无前例的。从打抗战以来，在沁源人的概念中，日本鬼子就是豺狼与野鬼的杂交种。说他是豺狼，是因为豺狼确实凶残，胜过大多数的野兽；说他是野鬼，是因为野鬼总是凶残一时，打了就跑。每次在太岳山上都待不了几天便滚蛋了。正所谓兔子的尾巴——长不了。然而，这一次鬼子的大扫荡却摆出了十足的豺狼架势，不仅凶残至极，而且修巢筑垒。当大批的鬼子撤走之后，花谷正率领他亲自挑选的一个联队驻扎下来，一口气在沁源县内的几处重镇城关、交口、中峪、霍登、郭道、王和以及阎寨等处建起了永久性的钢筋水泥碉堡，扩充了设施齐全的据点。在县城，甚至修建了一个临时飞机场，可以起降战斗机和运输机。机场上虽然没有固定飞机，却也昭示着他可以随时将那会飞的"鸡"招来，或者坐飞机离开。而随着时间的变迁，像过去每一次反扫荡一样，从城里和村子里逃出来的群众已经用光了从家里带出来的生活必需品。尤其是粮食，已经到了十家九断、揭不开锅的地步。饥荒正在日益逼近誓死抗日决不投降的沁源人。召开这个会议的目的，就是要听听大家的意见，是围困下去，还是按照其他地方的模式一样让群众回城里去，搞一个"白皮红心"的维持？

出乎刘凯的意料，也完全不出刘凯的意料，问题刚刚提出，整个窑洞内外就爆发出一片可以掀塌窑洞的声音：

"我们要围困！决不搞维持！"

"誓死不当亡国奴！"

"维持？维他个鬼去吧！"

"别人我不敢说，我们全村肯定没有一个人愿意回城去。"

"饿肚皮是不好受，可是当亡国奴就好受了？"

"我就不信，山里的野鸡兔子都能过了冬，咱个大活人就能让自己活生生给饿死？"

最终，原本以为将会很激烈很艰难的大讨论，结果很短时间内就达成了统一：沁源人宁死不维持！坚决围困到底！最后，刘凯书记宣布："根据目前形势和今后长期围困斗争的艰巨任务，为了加强领导，统一军政指挥，太岳区党委和太岳军区决定成立沁源围困指挥部，由决死队三十八团团长蔡青担任总指挥，县委书记刘凯任政治委员，县游击大队长朱秀任副总指挥。"放下文件，刘凯又自我检讨："同志们，看起来，我们前一段的工作存在不少问题呀。首先是对敌人的耐性估计不足，对斗争的残酷性估计不足，没有想到鬼子会赖着不走。"

刘凯话音未落，五大三粗的朱秀一拍大腿道："娘的，鬼子不走更好，把他们全部埋葬在沁源。"

这时，一口湖南官话味道的总指挥蔡青讲话了："对！老朱的话我赞成。我们就是要给鬼子做一个长久安排，而不能按照老套路干。现在我来说一下军事上的情况。据最新情报，日军三十六师团、六十九师团主力已经撤回长治、平遥、临汾等地，但我们面临的敌情依然是严重的。花谷正已经精挑细选组建了一个新的混成联队，外加伪军一个团，总计日伪四千余人。且兵精粮足，弹药充足，尤其炮兵和骑兵占绝对优势。而我们呢？我们也有好消息，陈赓司令员已命令三十八团二营、二十五团三营归建，留在沁源配合地方民兵和游击队做长期的武装斗争，这样，我们的主力部队也大约可以达到一千多人。比前一阶段是大大加强了。但是，和敌人相比，我们不仅在兵力上还处于劣势，在装备上更是相差甚远。因此，陈司令员要求我们一定要紧密依靠具有高度觉悟的沁源人民，依靠具有作战经验的广大民兵，置敌人于人民战争的汪洋大海之中。"蔡青说完，右手随之一个有力地下劈。

接下来，应该是具体的讨论，刘凯希望大家各自想想，用什么样的办法才能度过迫在眉睫且时时都在威胁老百姓肚皮的饥荒。正在这时，江淑英发现，坐在她身边的二区轮战队队长郭维胜被人叫走了，又过一会儿，郭维胜走过来悄悄问她："淑英，德昌没说今晚要干什么去吧？"

"没有啊。"淑英很是不解，"他现在可是你们轮战队的人，你怎么问我？"

郭维胜道："是啊，他是啥也没说，可有人看见他和你们村那个赵小四往山下去了，还对人说是给你进城办点事，所以我要问你呀。"

江淑英蒙了，德昌为自己办事？谁让他办什么事？突然一种预感袭上心头，不好，该不是傻小子把我的枪"借"走了吧？

淑英赶紧回到自家窑洞，到自己藏枪的地方一看，果不其然，枪套在，枪和子弹却不在了。淑英急忙返回会场，找到郭维胜，把事情说了。郭维胜这下急了："淑英，你那弟弟你还不知道，他拿上枪你说能干甚？肯定是进城找鬼子去了，只怕是枪也要不上，把人赔进去呢。"

事关重大，两人急忙向刘凯、蔡青和朱秀做了汇报。蔡青命令马上派人去到县城的路上接应，而朱秀却不慌不忙道："蔡总指挥，江德昌这小子，保不准能给咱弄个惊喜回来呢，你等着吧，有好戏。"

那么江德昌和赵小四干什么去了呢？郭维胜猜对了，但只是一半。那天和姐姐借枪没弄个痛快，但却留了个活话，这就使江德昌有了心事，经过几天观察，粗中有细的他发现了姐姐的枪原来就藏在她的小包袱里面，那是女孩子的专有物，家里人，包括弟弟德昌一般不会挨的。显然，姐姐的意图也就是防止弟弟借枪。但德昌悄不露声，就寻思着找个机会把这枪借来一用。正巧，这天下午，小四一副浑身无力的样子找到德昌，有意无意地说道："德昌，你说你也算是个民兵轮战队的了，怎就不见你们和鬼子打上一仗呢？你个大后生还不如人家淑英姐呢。"

要说有人夸姐姐，德昌历来是高兴的，也是引为自豪的，可是近来不知怎的，他一听有人夸姐姐就反感，所以，一点面子也不给老朋友，照直戗道："你他妈的管事也太多了吧，吃饱了撑的！"

德昌以为，这小四被戗上一句就该老实了，没承想小四又来一句："还吃饱呢？我都三天没见一粒米了，敢情你家有粮食啊？"

这下德昌急了："你小子好没良心，从小你在我家吃得还少？你以为光你家没粮了？要有粮那刘书记蔡团长能把他们的马杀了让咱吃肉？不就是那肉太少了，没堵住你的嘴？"

小四道："德昌，别扯淡，我跟你说个事，你这也是轮战队员了，敢不敢和我到县城去扛袋粮食回来？"小四接着说，"我舅舅家的粮食我知道在哪儿藏着，可我一个人不敢去，你要敢去，我就敢去。"

一句话，也不知是勾起了江德昌天生的豹子胆，还是激起了他急于弄枪的欲望，一把抓住小四道："小四，你知道进城的路吗？我是说能够绕开鬼子岗哨的路，当然最好还要能碰上一两个鬼子，要是一个也碰不上，那也没意思。"

江德昌的车轱辘话让小四琢磨了半晌总算明白过来，笑嘻嘻地说："别的咱不如你，偷鸡摸狗找个路还是比你强的。别看鬼子在城关搞了那么多岗哨，那都是摆设，那么大个城关，不要说咱晚上去，就是大白天他狗日的也看不住。不是吹，只要你跟上我赵小四，保证鬼子皮毛也伤不了你的。可有一条，你扛出来的粮食得分我一半。不，三分之一，行不？要行咱就现在走。"

江德昌想的可不是这一袋粮食，一边连连点头道："行行，粮食给你，可你还没说给我找个把鬼子呢，而且要带手枪的。"

赵小四这一次听清楚了，敢情这小子是为了弄枪。这倒令他有点后悔撺掇这事了，鬼子的枪那是好闹的？还要手枪？那不就是要找人家当官的？妈呀，别跟上他把我也弄在里边，真的偷粮不成把袋子也折了吧。小四不吭气了，江德昌却来了劲："小四，说你吹吧，你还不服，怎样？找见鬼子不用你管，你走你的，我弄我的鬼子，不干你事。"

小四呢，你让他打鬼子，他有点害怕，你不让跟上了，他又觉得江德昌这是小看了他，反而一拍胸脯："德昌，也不是吹，你以为就你敢打鬼子？小四我今天也非给你露一手不可。"说完，想了想又说，"唉，德昌，这弄枪找个二鬼子军官也顶数吧？"

"顶，顶。"江德昌只想着是枪就行，哪管什么小鬼子和二鬼子。于是，两个人偷偷地取了江淑英的枪，德昌腿上又绑了一把锋利无比的剔骨尖刀，这才下山而去。

不说江德昌此一去把个刘凯、蔡青、朱秀他们的会搅了个乱，且说这江德昌赵小四两个人趁着天黑，只用不到两个小时就走出了三十里的路。当他们来到北关城门时，老远就看见那城楼上灯火通明，两个鬼子端着枪在城楼上来回转悠着，而在城楼下面，城门洞黑洞洞的，显然已经关闭。德昌问："小四，这怎进？"

小四笑道："嘿，好说，跟我来。"来到城墙根下，小四用脚踹踹，"咯吱"一声什么东西动了一下，德昌问："这是什么？"

小四道："下水道啊，就是窄了点，又臭了点，但已经很久没什么人用水了，应该好进。"

德昌想起，是啊，小四就是因为在县城和人混着偷东西给人抓住待不下去才上太原的，而混迹于那个世界，下水道岂不正是他们最熟悉的地方？

下水道里确实不宽敞，勉强弯下腰过一个人还可以，要想扛上一袋粮食通过显然就有困难。德昌说："小四，来的时候咱可以走你这条路，回去可不行吧？"

小四说："放心，回去的路更好找，我早想好了。"

说话间两人已经来到小四舅舅家房屋跟前，德昌支棱着耳朵听听，那屋里没有鬼子，两个人很快就装好一大一小两口袋粮食，那大口袋的不少于一百斤，小口袋的也有个四五十斤，最后，小四又顺手拿根长长的八股麻绳盘到腰里，扛起粮食就要走，德昌一把拉住："哎哎，还没找鬼子呢就走？那我带枪来干啥？"

小四本想，这么紧张的阵势，光忙着弄粮食，江德昌早该把找鬼子的事忘了吧？不承想看这架势这主是找不上鬼子不罢休啊，想想无奈，只得叹口气说："德昌，这是何苦？咱今天干一件事已经很不容易了，万一……"

江德昌道："尿的万一，不是说了吗？你只负责给我找鬼子，我自己收拾他。"

小四道："啥也别说了，反正我一个人也不敢走，就和你再大胆一回吧。"小四和德昌先把粮食送到城墙根下，掉头又往城里返，顺着灯光来到杨家大院不远的地方，小四停下脚步悄悄说："德昌，你先在这儿待着，看我给你招个二鬼子过来。"

小四果然心眼多，他的想法是：鬼子肯定住炮楼和县政府那里面去了，二鬼子住哪里？还不是住那些富户大贾家里？那么，在沁源县城，杨家大院岂能空上？要说，小四的想法是有道理的，可这时候的江德昌却显示出了天生优秀猎手的品质，他一把拉住小四，低声道："拉倒吧，让你给我找鬼子，可没有让你跟我打鬼子，你这么过去，人家能让你走了？"一边说，一边躲进一家店铺的砖砌花墙后面，透过那花墙的空处把杨家大院门前和附近一带的情况看个一清二楚。这一次，还真让江德昌这小子给算准了，不一会儿，一个腰挎盒子枪的二鬼子摇摇晃晃从那大门里面出来了，只见他先是对门口站岗的两个哨兵拍拍打打一阵子，江德昌悄悄对小四说："有门，这小子喝多了，就看他过不过来。"

二鬼子还真听话，摇晃着就往江德昌他们藏身的地方走过来，眼看就走到跟前了，小四胸口止不住一阵狂跳，德昌却镇静得像尊石像，一动不动。就在那二鬼子刚刚闪过花墙的一瞬间，江德昌像猛虎扑食一般"嗖"的一声就把那二鬼子搡倒在地，顺势将其嘴巴用一团什么烂布给塞住了。大约这时这个倒霉的皇协军军官也酒醒了，却仍然搞不清是什么人在和他闹恶作剧，嘴不能张，两只手就乱比画，还又眨眼睛又点头的，意思是放开他保证不乱说话。依着小四想，这人是绝对不能松手的，可德昌却毫不在乎，拍拍那人脑袋，把嘴巴给解放了，然后问："老实说，你是干什么的？从哪里来，要到哪里去？这院子里住多少人？"

那人看看审问者黑塔似的身板，也尝到了他手下那刀扎似的力道，心想这家伙可别再惹他生气了，于是老实答道："我们从太原来，小人是个连长，刚才准备到前面查岗去的，院子里住着一个连，还有啊，还有这家的主人一共四人。回答完毕。"

听着这家伙标准的军人回答，江德昌想笑，但强忍住了，心里却想，我以后和部队上的人说话也得这样才行吧？这么想着，竟忘了应该继续审问些什么，倒是那被审问者不敢忘记，小心翼翼又问："长官，小人说完了，还有什么要问吗？"

德昌还没有反应过来，小四接话了："喂，你叫什么名字还没说呢。"

那人回答："小的姓刘，因排行老五，所以贱名刘五红。"

小四还要问，德昌说话了："姓刘的，今天我也不为难你，就借你的枪一用，你说怎么处理你吧，就这么把你放了鬼子也饶不了你吧？"

刘五红一派感激："是是，你们把我捆起来，最好把我鼻子弄破，多弄点血在脸上，我以后保证不和八路军为敌，不过，你们还没说你们是不是八路军呢。"

德昌笑道："姓刘的，告诉你，咱们是正牌的八路军，三十八团一营，知道吗？来，就按你说的，先委屈一下了。"说着，用刘五红自己的裤腰带把他绑了，又用他的手绢把他的嘴重新堵上，江德昌这才把那九成新的盒子枪挎在身上，拍一下刘五红的脑袋，然后像只猫一样离开。

出城的办法赵小四是早想好了，两个人来到并无人看守的城墙上，找到一个垛子，原先想好的是用八股麻绳先把小四吊下去，然后由江德昌把两袋粮食放下来，最后再让江德昌自己顺着绳子溜到城墙脚下。可是真正来到这城墙上时才发现根本就用不着如此大费周折，那城墙经过日本飞机炸弹的轰炸，已经是残缺不堪，有的地方其实就是一个斜坡。只是，走这样的路更要小心，弄不好就让你连滚带爬走不成，还会弄出响动引来鬼子的机枪扫射。等两人小心翼翼下到那城墙根下，回头再看看这两丈高的小高地，心里别提多么得意，但江德昌最得意的却是那把盒子枪，走不多远就要拿出来看看，走着走着竟然落到了一贯跟不上他的赵小四后面。

年关大抢粮

　　江德昌与赵小四进城抢粮又搞枪的故事一夜之间传遍了全县，还被演绎成多种版本。同样，这件事情在敌人内部也引起了各个方面出于不同利益和目的的各种猜测。那个倒霉的皇协军连长刘五红直到第二天早上才被人解救，但紧接着他就受到了花谷正的亲自召见，当然这其实也就是审问。因为花谷正不相信只有两个八路军就敢进城，而刘五红除了自我陈述也实在拿不出更多的证据说明八路军真的来了。虽然有人在城墙上确实发现了一根绳子，但这并不能说明这就是八路军留下的。出于常理，无论如何八路军不会只为绑架一个在整个沁源敌对双方的布局中没有任何特殊意义的小小连长而冒如此之险。所以，花谷正的结论是刘五红撒谎，而且这个人身上疑点多多，可是，同样令人疑惑的是，假如这个人是八路军内线的话，那他又为什么会以这样愚不可及的方式自我暴露呢？所以，另一条结论还是疑点多多，但你又很难说是什么问题，于是，刘五红在表面上没有受到任何处分，而实际上却从此进入了被特务暗中监视的名单。

　　当然，花谷正也不是没有想过，那两个八路军充其量真实的目的就是进城侦察，摸皇军的底，而刘五红是把他所知道的一切都告诉八路军了。那么，为什么要把自己绑起来呢？唯一的可能是他怕被皇军发现而设的苦肉计，但他没有想到两个八路军竟从容脱身了。按照花谷正多年从事情报工作的习惯，刘五红这样的人是肯定不能放过的。只是现在他没有时间亲自来抓这件事，他有更大的事情要做。毕竟，从他担任这个"山岳剿共实验区"的司令官至今已经两月有余了，而这次战役的中心任务——在沁源全县建立维持会，实现强化治安的工作还没有真正开始。无论如何，他必须在最短的时间内建立起一个具有示范性质的维持会。而其中的头面人物自然就是他一手经营的那个洋学生杨三公子杨铭之。现在，他的这一目的马上就要实现了，而一旦这个维持会能够正常运转，那就是他大功告成之日，不管以后怎么样，反正他花谷正是一定要尽快离开这个并不欢迎皇军的鬼地方的。想想也是，小小一个县城竟然放着一个皇军的堂堂少将来坐镇，而这个少将又是一个雄心万丈的军事专家、情报专家。这样的事情怎么能够长久？不管怎么说都应该是皇军的重大损失吧？

有道是"功夫不负有心人"，当然花谷正的所有心事很快也就落实为他的部下不懈的努力。终于这一天，花谷正迎来了他在入驻这座县城以来最重要的一个时刻，原沁源县衙（也就是共产党的抗日县政府所在地）并不宽大的门前并排挂出了两块足够气派的牌子，一块是中日两种文字的"大日本皇军'山岳剿共实验区'司令部"；另一块是"沁源县城关维持会"（筹委会）同样是用中日两种文字书写。当这两块牌子挂出来的时候，正是早上九点左右，花谷正以下，县城里面所有的日军和皇协军大队长（营长）以上军官及特务队的各小队长，在日军联队长鹿野平洋和皇协军团长高明亮的带领下都来了。但这些人都不是最重要的，在花谷正眼里，起码是现在，他们都是配角。而真正的主角则只有四个人，更简单说是只有一个人，所谓四个人，就是杨铭之、蓝妮儿、胡顺以及杨家三叔，而说一个人那就是杨铭之。

挂牌仪式相当隆重，一阵对空鸣枪之后，花谷正用汉语开讲：

"诸君，在冈村大将的关怀和各位的积极参与努力下，我们'山岳剿共实验区'和第一个维持会的筹委会今天就正式挂牌了。诸君有幸参与此次行动，是为中日亲善做贡献，也是作为帝国军人的光荣。我们已经取得了辉煌的战果，皇军在短时间内已经占领沁源全境，并在共产党最坚强的堡垒太岳区的腹心地带建立了许多永久性的据点。但是，大家也必须明白，太岳共产党的头子薄一波、安子文等至今踪迹全无，狡猾的共党悍将陈赓、王新亭等人更是不肯和我们正面交手，反率他们的老部队三八六旅在长治、临汾等地多次伏击皇军。更重要的是，在沁源，就在我们现在脚踩的这块土地上，皇军虽然占领了这里的城镇和乡村，却没有真正统治这里的老百姓，沁源一县五百多个村庄，竟然连一个维持会都组建不起来，而我们在县城虽然有了一个最优秀的维持会长人选，却又因为城里的老百姓太少，而迟迟不能成立具有标杆和示范性质的第一个维持会。关于这一点，我都觉得愧对尊敬的杨先生啊。"说到这里花谷正竟然向站在一旁茫然不知所措的杨铭之深深鞠了一躬。而就在杨铭之本人和所有的人都大吃一惊的时候，花谷正继续讲道："诸位，冈村宁次司令官对此是极为不满的。"

戛然而止，花谷正的讲话突然就断了，以这样一种方式来结束讲话，当然也以这样一种方式来显示某种权威。这些一般人是轻易体会不到的，但是已经习惯了对权威卑躬屈膝的人则会时时寻找这样的气味。在花谷正规定的所有参加会议的人中间，特务队长张玉甫立即就感觉到这是一个最佳的逢迎机遇。不等花谷正话音落定，就往前凑了一步，向着花谷正深深一个鞠躬，然后说："报告司令官，小人张玉甫，曾经在此地工作多年，对这里的人还是有所了解的。要说这沁源人，最突出的一点就是民风强悍，宁折不弯。可是呢，再宁折不弯他也不能不吃饭吧，所谓人是铁，饭是钢，一顿不吃饿得慌。就算是沁源人硬气顶饿，三日五日顶得住，三月五月也能顶得住？"

这时有几位鬼子军官在下面讥笑："八嘎，说什么呢？难道让皇军给八路军送饭吃吗？"

但是，花谷正却"啪嚓"一声跺了一下自己的皮鞋，一字一板对张玉甫道："张，你说得很好。你的意思本司令明白了。别看八路军把老百姓骗到山里去了，但这只是暂时的。那几万人是他们的力量，但那几万张嘴就是他们的负担。大家想一想，那么多的老百姓逃跑时能带得了很多的粮食吗？当然不可能，在皇军的突然袭击面前，他们能够跑出去就已经很费劲了，即便随身带一些粮食，也不过够吃几天罢了。别的不说，过冬的粮食是肯定带不走的。好啊，眼下大雪已经封山，老百姓在山上待不下去自己就会回来的。张，我理解得对吗？"

"啊呀，太君真是高瞻远瞩，太君说的这些可比属下高明多了，佩服佩服！"张玉甫这个早些年曾经在沁源做过几年国民党县党部书记的家伙，绝不肯放过这样一个恰如其分的拍马屁良机。

鬼子们以及说中国话的汉奸们都在为花谷正的"英明"而鼓掌叫好。一旁站立半天的杨铭之却似乎从这一连串的故事演变中开始感觉到自己所扮演角色的不妙。他在心底问自己："花谷正这是要让你杨铭之当维持会长啊，你能当吗？一旦当了那可就是汉奸了。可是，不当又能怎么办？你能脱得了身吗？"他开始因自己的任性为自己和家庭的对立有些后悔了。而就当杨铭之的思维之神在天马行空时，他突然发现蓝妮儿从旁使劲拉了他一把，杨铭之意识到似乎有一个人正向自己走来，抬头一看，果然是花谷正正在笑眯眯地走过来，一边走一边还说着："杨先生，在这个重要的时刻，您是不是也想说点什么呢？我已经把您的情况向冈村司令官做了汇报，大将认为您将会为中日亲善事业做出特殊贡献的。"

杨铭之明白，这个场合，他要是不说几句怕是下不了台的，于是脑瓜子里转了几转，颇为优雅地三点其首，而后说道："鄙人深感将军对我个人以及我的家人的关照，鄙人也相信，贵军必能以文明和光明正大之行为善待我的乡亲，如此，则沁源乡亲之幸也。"本来杨铭之也没想多说，正好这时有人给花谷正送来一封看来是很有点紧急的电报，倒也给杨三少解了围、救了急。

情况确实紧急，电报是冈村大将发来的，内容只有两条：一是要求他在十五天内再抽调一个大队的日军参加向南洋的增兵，二是催问"山岳剿共实验区作战计划"完成得如何？而这两条，显然无一不是花谷正所不头疼的。

江德昌和赵小四进城回来只高兴了一阵儿就被朱秀大队长叫去给臭骂了一气。因为作为正式的轮战队员，在队一日你就应该听从命令，怎么能够私自跑到县城去找枪呢？所以，按理讲，你小子应该关禁闭，取消民兵资格。从此再也不许参加民兵的战斗。可是呢，考虑到你年纪还小，属于初犯，而且挫敌锐气，缴获枪支，这又属于应该表扬的事情。所以县大队做出决定，给江德昌同志记大过一次，留队察看，所缴枪支上缴，但可以给江德昌同志配备三十八团作战缴获的三八大盖一支。

朱大队长前面讲的一大堆话江德昌都半听半忘的，唯独听到最后一句时，简直是喜出望外，"噌"的一下就地蹦起三尺高。照直扑到朱秀怀里："谢大队长，谢大队长，本来俺也不喜欢那小手枪，三八大盖那才来劲，你就看俺怎样报答你老人家吧。"

其实，这也正是朱秀这样处理这件事情的真正目的。对于这个天生的神枪手，他才舍不得让这小子闲着呢。

当然，朱秀找江德昌谈话最重要的并不是要宣布对他个人的这个不知是褒是贬的处分问题，而是要他仔细汇报关于那次进城的一举一动、所有细节。以至于江德昌感到自己没法说清楚，干脆又叫来了小四，这才满足了一起听汇报的朱秀以及三十八团张参谋和一营一连连长洪尚礼等人的要求。

当朱秀等人颇有兴致地听江德昌和赵小四汇报的时候，刘凯与蔡青两人正沿着永宁沟由外向里"巡视"着这一条由沁源人民在战争的特殊环境中建设起来的英雄沟、战斗沟。如今的永宁沟，一字拉开至少四五里的漫长地带上，到处是相互串联的窑洞与交通壕。每隔不远的地方就有手持步枪或红缨枪的民兵在站岗放哨，更多的人则是在用锤子和凿子在太岳山特有的花岗石和红筋石上打孔眼。刘凯和蔡青知道，这是沁源人民发明的土办法，用这种石头锻造和自制炸药组装的地雷虽然威力小一些，但它的好处也很明显，那就是鬼子的探雷器在这种石雷面前基本失效。可以说，正是这种土地雷在保卫着永宁沟，也保卫着所有深山野林中的难民新村。当他们走到一处比较开阔的地方时，一阵激越悠扬、满怀深情的沁源秧歌从不远处传来：

民国三十年，正当秋收天，日本鬼子大扫荡来到了沁源。
又杀人又放火真呀野蛮，从此后沁源人遭下了大难。

半夜就起身，鸡叫就爬山，铺荒蒿盖白草冷水拌炒面。
啃树皮吃野菜就是家常饭，多少人白天黑夜向往延安。

歌声轻盈激越，婉转动听，是心志的凝聚，是力量的体现。刘凯知道，这段秧歌是江淑英这个秧歌女皇自编自唱的，从她第一次唱出来到今天充其量不过几天时间，可这歌声已经传遍了太岳山上的多少个沟沟坎坎，从多少人的心中自然流出。即使是刘凯自己，每当听到这样的歌声，也止不住热血沸腾，低低地伴着这声音吟唱起来。

也正是循着这歌声，刘凯和蔡青发现几位青年妇女在江淑英的带领下正在一边唱着秧歌，一边用扫帚扫开积雪，像李猛一样挖着雪地下已经干枯了的野菜，她们的脸上丝毫看不出忧虑与愁绪，反倒时时透出了一种希望与坚强。一种冲动涌上心头，刘凯正想说句什么，却听蔡青对刘凯感叹道："多好的人民啊！"

刘凯点点头，回答："是啊！"顿顿又说，"我们对不起她们。"

蔡青咬紧牙关，一字一顿发誓道："我们一定要想办法让大家渡过这最困难的时刻。有子弟兵在，就不能让群众再饿肚子。"

两个人继续走着，低声议论着，当他们来到一处山坡上时，看见城关民兵栓柱正用镢头刨着一截一截的山榆树根，蔡青顺口问道："栓柱，刨这东西干啥呀？烧火呀。"

栓柱停下来道："蔡团长（人们总习惯于叫他团长而不习惯叫总指挥），这榆皮是可以吃的，明天过小年，榆皮面包野菜饺子，味道错不了。您和刘书记可一定来吃啊。"

蔡青没有说什么，他不能答应，也不能不答应，他知道，现在，整个永宁沟，整个沁源县转移到山上将近两万的人民群众正在挨饿，这种情况不能再继续下去了，作为这场围困斗争的总指挥，自己有责任去扭转这种局面。可是，怎么样才能尽快解决这个问题呢？

就在这时，一个声音从不远处传来："刘书记，蔡团长，朱大队长请你们回去开会。"

蔡青一愣，问刘凯："老刘，开会，你安排的？"

刘凯笑笑："是老朱安排的吧？没准这家伙碰上好事了。"

当刘凯和蔡青走进作为会议室的那眼窑洞的第一刻，他们就凭感觉证实了自己的判断。老朱这家伙看来确实是有好消息。看他那嘴巴，一直就笑得合拢不了。再看那几个人，一个个也高兴得像过年似的。刘凯以玩笑的口气说道："喂喂，诸位，明天是小年，可我和蔡总指挥没什么好东西给你们吃啊。"

本来就轻松的气氛更加轻松。张参谋说："刘书记，您别说，我们等会儿给您的礼物说不准可真是能让大家过个好年的。"

"嘿，你小子吹吧！"蔡青假装瞪着眼，"拿出真章来看看。"

朱秀止住笑，摆出一本正经的样子向刘蔡二人敬个礼，清清嗓子说："二位首长，现在我可以开始汇报了吗？"

蔡青本就为朱秀那不伦不类的敬礼有点好笑，看他这么一本正经，更止不住笑了。还是刘凯能控制自己，点点头道："老朱，别出洋相，什么好事，说吧。"

会议从下午一直进行到半夜，这中间只是每人吃了一小碗几乎能当镜子照人的野菜玉米面糊糊。值得称道的是，熬糊糊的人在里面撒了不少胡椒面，还放了两个大辣椒，一下子就把这锅野菜汤给勾起了大餐佳肴的味道，也算是给会议增添了另一份热闹与喜气。

很明显，江德昌和赵小四冒险进城的事迹给所有的人提供了一个活生生的榜样，指出了一条度过饥荒、得到粮食的捷径。经过认真而仔细的讨论，指挥部决定并报请太岳军区批准，组织一次大规模的武装抢粮，以彻底解决两万人的过冬问题。当会议即将结束的时候，蔡青站立起来，目光炯炯地看着大家，以坚定有力的口气宣布道："同志们，这是一次真正的虎口夺食。我们要从鬼子的卧榻之侧、眼皮子底下把群众空室清野藏起来的粮食、衣物，甚至生产工具尽可能地多拿出来，或者说是抢出来。这将是一场无法预测的战斗，虽然说江德昌赵小四是成功了，但这一次和他们两个人的行动有着本质上的区别，所以，为了确保我们的行动万无一失，我将会建议陈司令员，把离我们较为就近的三十八团一营，还有十六团的炮兵连一并调过来，以强攻的准备打偷袭的行动，能不开枪尽量不开枪，而一旦和敌人干上了，部队无论付出多大代价也一定要把群众救出来。这是一条铁的纪律。"

三天后，又一个月光初照的夜晚，茫茫白雪中，在永宁沟通往县城的山路上，游动着一支同样的白色队伍。刘凯、蔡青、朱秀亲自带队，一区的李猛、二区的郭维胜各自带着自己的轮战队走在队伍的最前面。而在最最前面的当然是赵小四，据说是他一再要江德昌帮忙请求朱秀才把这一任务交给他的。所有的人，一律把棉袄棉裤反穿了，把白色露在外面，头上也不管男女老少一律裹上白色的毛巾。近两千人的队伍，行色匆匆，但是大军所过，竟然静得连风吹雪花沙沙响的声音都能听见。

子夜时分，队伍来到沁源县城，鬼子的炮楼已经隐约可见，抽筋似的机关枪时不时也会响上一阵，但总体来说，魔鬼占领下的县城无可避免地呈现出一片荒凉与寂寞。蔡青对刘凯最后交代："刘书记，三十八团和十六团的两个炮兵连已经将炮口对准了敌人的炮楼，敌人一发言，立刻让他报销。另外，三十八团一营二连包围敌中心炮楼，三连堵截日军司令部，其余部队在城外待命，随时可以投入战斗。关键是民兵要服从统一指挥，按照规定的时间，说撤就撤，决不拖延。"

刘凯点点头，低声说："放心吧，老蔡，群众和民兵的组织工作已经反复强调过了，万无一失。"

沁源城关，中心炮楼上的探照灯不时把那一束强光扫向某个角落，两个鬼子哨兵在茫茫夜色中来回游动着，街上无灯，城门倒是有人看着，但也只是两个皇协军士兵裹着棉大衣缩在城门洞里，不时抽抽烟袋来驱寒保暖。至于城墙，那太长了，谁能看得见上面有什么没有什么？反正这些天来，只见皇军出动到山里扫荡，什么时候见过八路军敢进城骚扰？所以，漫不说这夜色里百米以外根本就什么也看不清，就算是跟踪探照灯的光亮你可以看得清楚一些什么，这些哨兵们也懒得去多看一眼。

民兵和群众进城的动作迅速而有序，由于有了上次进城的经验，赵小四带领大家径直来到那已成斜坡的城墙下，很快就全部进了城，然后又瞬间消失在各自不同的角落里去。比起和江德昌进城时的紧张样儿，这一次赵小四要从容得多，也想得更多。而江德昌的任务本来只是掩护群众抢粮，但江德昌认为那个活儿太没意思，反正日本鬼子也是活死人，扛着大枪在城外站岗还不如进城扛两袋粮食带劲，就算真打起来，那也是在城里比在外面更刺激。因此，在他的一再要求下，跟着已经算是老朋友的李猛一块儿进城去扛粮食。李猛要去的地方并不是他自己的家，而是其岳父家的院子，岳父年老体衰，膝下无子，所以李猛实际上就是这个家比半子还要多一些的孝顺儿子，所以，这里的一草一木一砖一瓦，可谓无所不知。正因如此，李猛虽然腿上不是很便利，但带着江德昌两人走起来却是快如疾风，一眨眼就来到位于城东城墙脚下那再熟悉不过的院子。来到门前，李猛伸手正要推门，就听得院子里面一阵"唰唰"的声音，李猛急停下步，又摇摇手示意后面的江德昌不要动，然后从门缝空隙往里一瞅，原来这院子里正有一个披着军大衣的人在撒尿。嘴里还似乎在叽里咕噜念叨着什么。糟糕，院子里竟然住上了鬼子（或许是汉奸？）。怎么办，这粮食拿还是不拿？老实说，今天这事要说搁在别人身上那是肯定掉头就走的，指挥部也有明确的规定，鬼子驻扎的院落就不要去了，包括藏着最多粮食的杨家大院，那是明确不许去的，退一步说，如果光是李猛和别的同伴，那他就是有进去的想法也得考虑一下同伴的意见。可今天偏偏是两个天大胆连在了一起，这事就一定要弄个不同凡响。李猛正在犹豫，还没有征求江德昌的意见，就听江德昌在他耳朵边小声说道："李大哥，咱可不能尿包了啊。有鬼子不是更好吗？顺便收拾他几个。"

李猛也不甘心就走，但他清楚，万无一失，是这次行动的纪律，既然是纪律就一定要执行，那么怎样才能既不违反纪律又能把粮食弄走呢？唯一的办法是不要打草惊蛇，悄悄地进去，悄悄地走，临走再给他做点文章。好在今天的伙伴是比自己还大胆的江德昌，不怕有谁拖累人。主意已定，李猛问江德昌："昌子，带家伙没？"

江德昌回答："枪不让带，我拿俩甜瓜（手榴弹），还有这。"说着，从绑腿上取出一把足有七寸长的尖刀。

李猛点头，然后说："好，兄弟，我也带俩甜瓜，够了。咱要准备战斗，但尽量不打更好，一切你看我的，好不？要不，咱就走，省得惹事。"

一看李猛有撤的意思，江德昌赶忙一把拉住："哥，我保证听你的还不行？咱可不能撤啊。"

李猛微微笑道："昌子，我也不想就这么撤，可咱得服从纪律，不能惹事。"

江德昌再点头，于是李猛轻轻地、几乎是了无声息地开了大门，两个人贴着墙根先来到正屋，李猛用舌头把窗户上的麻纸舔开黄豆大的洞，向那屋里望去，昏暗的灯光下，只见一盘大炕上一溜睡着五个人，其中一个正在说梦话，仔细听听，还就是邻县口音。看来这里住的是伪军，李猛心下一阵轻松，平心而论，如果是真鬼子，人家的防备恐怕就不是这样稀松。而真是伪军，真打起来，这五个家伙恐怕都不够我们两个收拾呢。这么想着，李猛和江德昌已经来到存放粮食的厢房，老李让江德昌望着风，自己一个人进去先把沉重的石板挪开，然后下到地窖里面，扛出两袋各自足有一百二十斤的小麦，又把石板放了回去，整个过程居然毫无声响。按说，扛上粮食就走吧，可两个人走到门口，想想不对，把那粮食放下反身又折了回来。老李先去厢房再折腾一气，然后和江德昌把身上带着的四个甜瓜摆在正屋门侧，又用线连了起来，这才掉头再次出门，把从厢房里二次拿的东西缠在两个人腰上，扛起粮食往城外走。

就在李猛江德昌二人扛着粮食大摇大摆往外走的时候，城外临时炮兵阵地兼指挥所这边的几个人——刘凯、蔡青、朱秀，一个个却是心急如焚，度日如年。眼看着群众和部队民兵交替掩护着一拨又一拨满载而归，可是规定的时间马上就要到了，却不见李猛江德昌这一对的影子。大约四更时分，三十八团一营长过来对刘蔡二人说："首长，时间已到，人也差不多了，要不要通知部队先撤下来？"

蔡青转身问刘凯和朱秀："怎么样？还差多少人？"

刘凯是一个个落实了的："进去一千六百八十四人，已经出来一千六百八十二人，就差李猛江德昌了。莫不是遇到什么突发情况了吧？"

朱秀插话："不，不可能，瞧着吧，一会儿准回来，论战斗力，十个鬼子也顶不上这俩家伙，只是没让带枪。"这话里话外还有点遗憾。

蔡青道："老朱啊，你这俩宝贝，幸亏没带枪，这没带枪还不知折腾啥呢，带上枪不搅翻天？"说到此处，蔡青也露出几分不安："不过，就算有情况，不能没动静啊，难道，难道鬼子能把他俩给捉了？不可能呀。"

"不可能，不可能！"朱秀连连摇头，"老蔡你放心，要不，其他人先撤，我一个人在这里等他俩。"就在这时，远远地两个影子出现了，空旷的街道上，就这两个影子，再近切点看，果是李猛江德昌，扛了比任何人都多的粮食不说，每人腰里还缠着鼓鼓囊囊的一圈东西，原来，老李把二鬼子晾在外面的两条裤子给收了，把厢房里藏着的红枣和辣椒装进去，缠在腰上带了出来。

看见二人到来，刘凯蔡青迎上去，正要批评，李猛抢先开口道："蔡团长，我和德昌给你拿辣椒去了。你这湖南人没辣椒怎么行？"

一句话，把蔡青就给逗笑了，只是不能大声地笑，笑够了才说："好你个李猛，让这么多人等你们两个人这半天，我还得表扬你啊？"

太阳出山了，今天的太阳分外地火红耀眼。山路上逶迤几里路的运输大军谈笑风生，一个个显示出了对战斗与生活无比的热爱，突然，"轰！轰！轰！轰！"一连四声爆响从城里传来，众人回头望时，江德昌扛着粮食竟然一蹦一尺多高，兴奋地喊道："好，我们的甜瓜开花了。"

维持会闹剧

"夜晚是八路军的天下"这句话是流传在侵华日军华北部队中最为流行的"谣言"。既是谣言，花谷正就不信，但是，当这天早晨一大早他站在显然是被一支上千人的大军踩踏过的"崭新"道路上凝神伫立时，对这句话他信了，无论是不是谣言，总之它是事实。是的，花谷正不能不好好想一想了。屈指算来，自己以堂堂帝国将军的身份，亲临沁源这样一个小小山区县份指挥作战已历时数月，皇军消耗了大量的人力物力，可是得到什么了呢？只有一座空城。一切都与冈村司令官的要求相差甚远，原本以为八路军和老百姓没有足够的粮食过冬，到时只要守株待兔，原地不动，他们就会不请自来返回城里，到那时，成立维持会，建立县政府，都将水到渠成。正是为着这个目的，这一时期以来，花谷正要求部下尽量以"怀柔"的姿态出现，不要给沁源老百姓以再多的刺激。可是，谁能想得到，为什么就没有想到，在夜晚无所不能的八路军竟然以如此大的规模来进行了无声息的抢粮作业。皇军呢？还有成千的皇协军，难道他们都没长耳朵，也没长眼睛？还是八路军施了什么魔法让皇军的哨兵失去了知觉？不可思议，但这就是事实。也就是说，如果八路军昨天晚上不仅仅是要抢粮，而且还有足够的兵力和火力要对皇军进行一次突然袭击的话……花谷正不敢想下去了。是的，这确实是太可怕了！必须想办法尽快离开这个可怕的地方。曾经与板垣征四郎和石原莞尔一起号称关东军"三羽鸟"，经历过炸死张作霖的柳条沟事件，策划过侵华战争的第一步"9·18"事变而愈战愈强，可谓江洋大海走过几圈的花谷正第一次感到了恐惧。是的，此地不可久留，必须，必须，必须……聪明的花谷正很快就为自己想好了一系列的锦囊妙计。

妙计之一，当然是拿一个像样的成果给上司，说白了就是给冈村大将看，而这个成果就是尽快组建拟议中的维持会。时不我待，花谷正脑筋一转，计上心来。当天晚上，他就干了两件事。其一，派亲信到太原和沁源周边皇军治安区的几个县里去用钱雇人来沁源城暂住一段（到时能不能让你走那就再说了），因为搞维持是需要有人的，说白了是需要有中国老百姓的。既然沁源人一时搞不来那么多，那就只能"移民"充数了。其二，在自己的司令部大摆宴席，请杨铭之"夫妇"吃饭，席间先是一顿让杨三少听来颇是舒服的吹捧，从杨家的兴旺到燕大的名气，从杨铭之的学问到蓝妮儿的风姿，郎才女貌，佳偶天成，如此等等。而酒过三巡、菜过五味之后，花谷正终于说到了正题，意思就是，以杨先生这样的才学和杨氏家族的名望，杨先生应该挺身而出，为家乡造福祉，为人民谋利益，为中日亲善做贡献。总之，杨铭之有责任、有义务当然更有能力来担当这个维持会长以至即将组建的沁源县政府的县长。

花谷正话音刚落，前来捧场的鬼子和汉奸一起鼓掌，并欢迎"杨会长"即席发表讲话。

杨铭之明白，既在屋檐下，哪能不低头，看来，花谷正是霸王硬上弓，这个讲话是逃不过去了，只好硬着头皮站起来，先朝花谷正点点头，而后咬文嚼字起来："感谢将军阁下对杨某的厚爱，平心而论，杨某人非草木，孰能无情。对家乡，对百姓效力更是杨某一贯的追求。只是，杨某恐心有余而力不足。一者，杨某身为学子，当以学业为重，待燕大一旦开学，杨某当即日返平。其二，维持会嘛，总要有人民群众才是个样子，关于这一点，杨某已经和将军有过意见交换，相信将军会满足杨某这个最低的要求吧。至于县长一说，杨某实在无才无德，怕是万万不能从命的了。"杨铭之以为，自己提上这两条，怎么着也抵挡他个十天半月的，拖上一天算一天，这个会长，那就是汉奸，这点道理他是懂得的，可是，怎么才能彻底解决这个麻烦，也就是说，怎么样才能打破这"玉笼"，冲出这"枷锁"，成为自由自在的彩凤和蛟龙呢？杨铭之在打着自己的小算盘，可是，他哪里知道，他这点心思，在老奸巨猾的花谷正那里早已是洞若观火，如果不能借助外力的帮助，他杨铭之是绝无打破"玉笼"、冲开"枷锁"的任何可能的。

妙计之二，花谷正明白，自己的一切都掌握在冈村宁次的手里，无论沁源之行成败与否，无论"山岳剿共实验区"成功与否，自己的前途和利益都在大将的一念之间。关键的问题是，应该给大将自己可以体面地下台的台阶，让大将把自己从这个如临深渊的地方给弄走，哪怕是重回那个可恶的岩松义雄身边去，再给他当参谋长，也比在这里清醒地看着一棵树上的叶子一片片地掉光而你却毫无挽回的办法要强。那么，怎样才能从根本上打动冈村大将，拯救自己于水火呢？花谷正想到了他的另一位恩师土肥原将军。可是，怎么又才能把土肥原将军打动，让他在冈村大将那里很体面地为自己说话呢？这就不能不涉及他的第三条妙计。

妙计之三，作为和土肥原同出一道的特工专家，花谷正比其他日军将领更注意媒体的作用。因为在现阶段，在现实的条件下，日本国内和军部那些大人物一般都是通过报纸和电台来了解前线情况的，也是通过它们来了解前线将领。至于前方的实际情况与媒体的宣传究竟相符与否，那是另一个层面的事情。现在，他就要大大地利用一下那些每日里发愁没有新闻可报的记者和他们手中的笔杆与相机了。

花谷正说干就干，皇军占领下的沁源县的首个维持会将在十天内建立，而作为这件"伟大"事件的前奏，县城的工商业必须在三天内恢复。残缺的城墙必须在三天内补齐（严格来说，这一条与维持会没有直接关联，而是军事方面的需要），与此同时则是一连向省城太原和北平甚至东京的各大报馆以及电台的记者发出邀请，希望他们于七日之内光临沁源，以"如椽巨笔"和"上帝的眼睛""佛的智慧"把最真实的"山岳剿共实验区"报道给全中国、全日本、全东亚、全世界。

当初花谷正进军沁源的时候虽然说时间不够充足，但还是做了一些功课的。其中最突出的就是他找到了一批曾在沁源工作过或经过商、或做过工、或教过书的非沁源籍而甘愿服务于皇军的中国人。不管他们是正在皇协军或伪政权供职或是仅仅需要混口饭吃，花谷正一律答应他们以美好的前途和幸福的现在。这其中最主要的人物则有这样几个：

一个是张玉甫，前面已经说过，此人现在是驻沁源县城特务队的队长。而原先则是国民党沁源县党部的书记，想当初，"张书记"本来也是想在沁源县里大展宏图，为党国做一番贡献的。因此，基本上说"张书记"在沁源的那些日子并没有白过，他对于这个地方的风土人情乃至山川河流都是颇为了解的。只是因为"张书记"时运不济，中原大战后一个时期，阎锡山下了野却在背后操纵山西省政府，让他们在山西全境赶走了所有由国民党中央派遣到各个县的国民党县党部。这样的举动，在整个民国期间也是绝无仅有的，但偏偏就让张玉甫赶上了。这才弄得他待不下去，走又走不利索。身上没几个钱，怎好回去和家人交代？只得整天价在太原混着，直到日本人进了太原城，这个正牌的国民党官员就直接走进了日本人的军营，比汪精卫还要早地"曲线救国"去了。

一个叫温九城，曾经在杨家学堂任小学教师，教书那是一把好手，但人品有点问题，尤其喜欢猥亵女生，这事儿被杨家老二知道后给训斥了一顿。温九城自感在这个地方待不下去了，于是自行开溜，后来到什么地方去大概老毛病再次复发，从此浪迹天涯，直到几个月前突然听到有在伪政权里干活的朋友说，日本人正在招募一批有过沁源生活经历的人进一个特别工作队，而且待遇从优，温九城二话不说就报了名，并且凭着那三寸不烂之舌，很快就被提拔为特务队的小队长。

第三个叫作齐标峰，原本在沁源做皮货生意做得挺好，抗战初始，决死队挺进沁源，齐标峰还捐款捐物，很是响亮过一阵子的。但是此人惯于投机的本性一有机会便要发作，1939年的冬天，天气寒冷为近些年之最。为了过冬，决死队领导决定给战士们配备一色的羊皮帽子，管后勤的同志又因为齐标峰曾经在捐钱捐物支援抗日方面的表现，而把这笔很可观的生意交给他来做。齐标峰呢，表面看起来倒也按时按量交了货，可战士们戴上这崭新的羊皮帽子却一点也暖和不起来，有人想要看个究竟，才发现这帽子倒是皮货，可里面的棉花却大量掺假，根本不符合原定的质量要求。为这事，当时担任决死队大队长的蔡青气得拿起枪来就去找他，扬言非毙了他不可。但当蔡青找到齐标峰的住地时，这小子已经闻讯跑回晋南老家去了。

诸如此类，还有什么卖豆腐的杜成亮、挑货郎担子的阴培元等等，无一不是对沁源这个地方既"爱"又恨的主儿。所以，把这些人弄到这里让他们和共产党八路军作对，那是真正意义上的"两相情愿"。现在把别人看来很艰难的任务布置下去，在这些人看来就往往轻而易举。正是如此，当花谷正下达整顿"市容"以迎"盛世"后的第三天，空荡荡的沁源县城一下子就冒出了数十家刚刚开张的各色店铺——百货店、粮油店、鞋帽店、烧酒店、杂货店、理发店，应有尽有，无奇不有。只是，如果你稍微仔细一点就会发现，这些店铺的老板和伙计竟然整齐到穿统一颜色的黑布褂和黄胶鞋，或者，他们当真是某一所大买卖的各式分店？另外就是这些原本应该具有十足地方特色的店铺里面所经营的商品差不多都是从太原、长治等地运进来的"舶来品"。最突出的譬如那个所谓的"杨记烧酒铺"，里面竟然没有一杯产自沁源当地的烧酒，而是清一色的长治潞酒。而且这些所谓商品，其实是根本不对外的，即便你想拿钱去买其中的一杯"烧酒"，那也必将招来一番严词审讯甚至让你更加难堪。

当然，作为皇军治下的沁源县城，一夜之间的变化还是挺大的。大街小巷里原先刷在墙上的抗日标语不见了，凡略微显眼的地方，到处换上了崭新的"中日亲善""共存共荣""中日友好""强化治安"等等，可谓耳目一新。

特务队副队长齐标峰晃荡着肥胖的身子，眯缝着永远半醒半睡的小眼睛，带领一伙伪军在汉奸特务杜成亮的指挥下清扫街道、铲除杂草。几个兵油子很是不满，免不了发发牢骚。

一个说："他娘的，这活儿是老子们当兵吃粮干的？要屎后街上那些新弄来的苦力做甚？"

一个道："哼，苦力，人家是老爷，听说了吗？后街上那些刚从周边县份弄来的人不仅要给他们房子住，还要给他们好吃好喝养起来，只是一条，不准离开县城。这待遇，早知道我也让人抓一次得了。"

另一个附和："就是，上边安他妈什么心，苦力抓来当老爷，老子们当兵的倒当苦力，还不如俺回家贩点盐，老婆孩子热炕头。"

"你是贩盐的？听你口音咱老乡吧？"齐标峰忽然发现有个小同乡，也算是该着泪汪汪一下了。

谁知那老乡却不买他的账："哟，齐副队长，俺可不敢和你攀老乡，俺是到太原买盐给抓差弄进来的，听说你可是主动走到日本人那儿当的特务。咱不是一路人啊。"

一句话，戗得这个铁杆汉奸气都岔了，好半天才吐出几个字来："好，好，你个不识抬举的，我不收拾你，我告你们大队长，不，告你们团长收拾你。"

那老乡一听这话，立马回击："告啊，你现在就告，大不了你还会告日本人呗，反正老子也不想干了。"

当天晚上，在花谷正的司令部开会的时候，齐标峰果真遇上了皇协军的团长高明亮，也果真就告了一状，意思是那小老乡有通共嫌疑，会坏高团长的事。我齐某也是出于大义而不顾乡亲，望高团长体谅云云。然而，他想不到的是，这个高团长听完之后只回了一句："是吗？"便没了下文。这又使得齐标峰一口恶气顶在喉咙怎么着也吐不出来、咽不下去，着实窝囊了一次。再想把这事告到花谷正那儿去，又觉得这团长大约也不好惹，人家护着自己的兵，那也算带兵如子吧。这么想着，反而心安理得起来。

就在大街上骤然"繁华"起来的同时，杨铭之突然发现杨家大院的岗哨多了，而且一个根本的变化是，以前虽然是大门小门两道岗，但都是皇协军充数，别人不说，杨铭之自己出出进进还是相当自由的。住在自己家的房子里，多少还有点主人翁的感觉。可自从那天花谷正宴请之后，一切都变了，站岗的人多了，而且里边小门上的岗哨换上了正儿八经的日本大兵，杨铭之自己也失去了出入家门的自由。对于这种变化，杨铭之极其反感，他想找花谷正去说话，质问他为什么让主人关禁闭。可是任他怎么说，那听不懂中国话或不愿意听懂中国话的日本兵只是笑嘻嘻地挺着刺刀就是不让你出去。杨铭之体谅他们不懂汉语，又用日语讲了一遍，这一次话是听懂了或者说不能再听不懂了，于是那兵对他就更客气了，但再客气的结果也还就是不让你出去。杨铭之感觉这不是办法，又大喊说话算话的过来，这次倒是来了个特务队长张玉甫。杨铭之心想，这中国人总应该多少同情中国人吧，即便不指望他有权给自己恢复自由，起码可以把自己的话转给花谷正吧。可以说直到此时，这个洋学生依然认为花谷正是与别的鬼子不一样的，而且既然你花谷正希望我杨铭之为你粉墨登场，那你就应该拿出一点像文明人一样的诚意来吧。可是，不承想，这张玉甫不仅不给他转话，而且绕着弯子来损他："杨先生，皇军这是为了您的安全嘛，您有什么不好受的？这年头，兵荒马乱的，前几天八路军进城抢粮的事您不会一点没听说吧？您和我们这些小当兵的可不一样，您说像您这样标准的大汉奸，要不是皇军和我们这些小汉奸来保护着您，共产党八路军还不时时刻刻想着进城来把您给捉了去碎尸万段？"

"标准的大汉奸"，当杨铭之听到张玉甫这个汉奸居然说他是"标准的大汉奸"时，简直就要疯了。"我是汉奸？""我是汉奸？""哈哈，我是汉奸了啊！"洋学生终于忍耐不住，回敬张玉甫一句："好，咱们看谁是汉奸，谁是汉奸他自己心里清楚，别人更清楚！"

有道是福无双至，祸不单行，令杨铭之头疼不愉快的还有那个八大胡同里来的蓝妮儿。人说婊子无情，戏子无义。凭良心讲，杨铭之对这个以卖皮肉为生的女子一开始还是至少有着三分喜欢和七分同情的，尤其是明明说好借人家一个月，这看起来怕是三月五月也难说能够让人家回去了，每想及此，心里总感觉不是滋味。可是，日子一久，这蓝妮儿身上的毛病就逐渐地显露无遗。好吃懒做倒也罢了，糟糕的是，杨铭之发现，也不知是这个女人本性使然，还是那些鬼子汉奸色胆难耐，总之是有好几次，蓝妮儿竟然当着他这个花谷正大红人的面和鬼子汉奸调情，甚至在一些场合给花谷正抛媚眼。她怎么能这样呢？杨铭之心里说，虽然从根本上讲，他用不着为蓝妮儿在某一方面的守洁与放荡负有任何责任，因为蓝妮儿既不是你的夫人，也不是你的家人，充其量只是一种合同关系。再细了说，那合同也并不曾写有禁止蓝妮儿与其他男人交往的条文。人家就是吃这个的，你管得着吗？可是，杨铭之觉得，无论如何，自己还是对蓝妮儿负有一定的道义责任的。不管她以前如何，反正在你杨铭之借用期间不应该眼看着她继续堕落下去。于是，在只有杨铭之与蓝妮儿独处的时候，杨铭之还算委婉地把这个意思说给蓝妮儿听。不承想，蓝妮儿一张口就把自以为清高的杨三少给回击得哑口无言："杨公子，你既然这么看得起我蓝妮儿，好啊，明天你就和我正式结婚，花谷司令官不是说了吗，要给咱们办一场豪华的婚礼。

只要你娶了蓝妮儿，我保证嫁鸡随鸡，嫁狗随狗，决不再和任何臭男人多说一句话，更别说其他了。你答应吗？"

杨铭之不能答应，如果说先前还有一段时间犹豫过的话，现在他从心底已经给自己有了明确的答案。而这也就意味着从此只能看着这个女人在自己面前继续与那些看见就恶心的鬼子汉奸眉来眼去、肆无忌惮而毫无办法。现在，他真的开始懊悔自己的任性与所谓的叛逆了，是啊，如果不是自己刻意与家里作对，即使不和那个江家的女子成亲，也不至于要弄这么个宝贝来堵家里人的嘴；而不弄来这个女人，又何至于在平遥城里落入花谷正之手？如果不是落入花谷正手中，哪里有什么维持会长甚至伪县长之类的汉奸帽子让你戴呢？是啊，每逢这个时候，他就越发地想念年迈的父亲，想念两个劳碌的兄长。什么时候才能和你们见上面呢？

杨铭之在想家，尽管形式上现在他是在自己的家里。而与此同时，他的父母，他的兄长，还有县围困指挥部的首长都在关心着他，注视着他，营救杨铭之的工作甚至直接惊动了陈赓司令员，为此，由陈赓司令员亲自安排，启动了轻易不会联系的"101"。

这天傍晚，将近晚饭的时候，太原来了一帮客人，红男绿女，各具特色。这些人中间有山西伪《新民报》的主笔，也有来自北平的伪《现代日报》记者，还有日本《朝日新闻》驻北平记者，东京帝国电台的两名记者。这些人的到来也就意味着花谷正一手创作、一手导演，同时也还必须兼职演出的一幕大剧即将开场了。于是，整个沁源城里的鬼子汉奸统统动员起来，忙碌起来，就连蓝妮儿这个原本与这件事不沾边的旁观者也以"会长夫人"的名义被人请去接受了三次采访。这也使得虽然曾经沧海，却终未见过正牌世面的蓝妮儿兴奋不已，回到杨铭之身边竟然有些卖弄地向他吹嘘自己如何优雅大方，如何在采访中大谈作为新女性、作为会长夫人将引导全县妇女崇尚新生活、适应新生活，譬如说自由恋爱，譬如说男女平等。说到最后，蓝妮儿颇为得意地问杨铭之："怎么样，本姑娘给你这位会长争光长脸了吧？为了你，人家都这样奋不顾身了，你还要怎的？"

杨铭之厌恶蓝妮儿这副嘴脸，但他不想再给她以任何新的刺激，也不愿意让自己为这个现在看起来实在是一个"误会"的女人所缠绕。于是，只是笑笑，不做任何评述。他的心早已冲出这个美丽而整洁的牢笼，飞向太岳山中那茂密的森林和潺潺的河流。因为，就在刚才，就在蓝妮儿第三次被人请去接受采访的空当，他收到了来自这山脉与河流的召唤。

半个小时之前，花谷正一身戎装，突然来访，这是这一个星期以来花谷正对这个院落的第一次造访。而在此之前，他差不多每天都要来一次的，但从来没有穿过军礼服。而且，今天的造访显然与以往不同，花谷正来的不是一个人，而是一个团队，包括日军联队长鹿野平洋大佐，日军宪兵队长伊藤俊中佐，还有皇协军团长高明亮，以及特务队长张玉甫等一干这座县城里的头面人物。表面上看，花谷正的热情不减以往，但稍稍仔细体会，杨铭之就感觉到了其亲密与友善背后的威严与强硬。花谷正说："杨先生，从明天起，我们大家就是一家人了。今天大家来是为您道喜的。明天，我们将看到一个具有现代文化与领袖风采的青年出现在沁源县的政治舞台上，也将出现在东京和北平以及世界各大报纸的重要版面上。"

完全是命令，哪里有商量？杨铭之不寒而栗，已经预感到了十几个小时之后的生死考验正在一步步向着自己逼来。

好在花谷正的贺喜并不需要多长的时间，而蓝妮儿不失时机地回来，又给早已和她打成一片的鹿野大佐和伊藤中佐以及张玉甫、齐标峰等人以嬉戏打闹的机会。严格来讲，花谷正对这一套是不感兴趣的，可是，对于自己部下的喜好，他也不能干涉太多，何况，关于这个女人，他还给张玉甫有过特别的交代，为了那个交代，他也不便在此多说什么，只要他们不过分就可以了。毕竟这个蓝妮儿在这里是出类拔萃的女性，对于那些如狼似虎的男人们来说，还是很有吸引力的。因此，不苟言笑的花谷正只向这一大群人交代一句："诸位，本司令还得去和那些记者商量点事，你们应当和杨先生把明天的大会再议一议。"然后掉头走了。鹿野、伊藤们用半生不熟的中国话和蓝妮儿半生不熟的日本话夹杂在一起，煞是热闹，堂屋里就剩下脸色难堪的杨铭之和进来以后一直没有说过一句话的皇协军团长高明亮。只见身穿军装、挺拔笔直的高明亮从衣兜里面掏出一盒"炮台"烟来，自己先点着一支，然后笑嘻嘻道："杨先生吸烟吗？"说着就将香烟递了过来。

杨铭之本想说"我不吸烟"，却突然发现这烟有点蹊跷，不是一支而是——两支。杨铭之反应也算够快，手指一抖，就势点燃香烟，"喀喀"喷出几口，一边背身打开另一支香烟，只见上面一行小字："今夜出城，来人接应。"

"我爹！"杨铭之几乎叫了出来，但他忍住了，高明亮则大声说道："杨先生，烟都抽灭了，看来你让人伺候惯了，还得蓝小姐伺候才行。"说着，又划着一根火柴，凑到杨铭之手中的字条上，火苗蹿出，字条化为灰烬。然后这位团长转身来到外屋，大声嚷道："走吧走吧，也该让人家两口子说会儿私房话了。"

这天晚上，打从鬼子占领沁源县城以来，第一次大街上有了路灯，两台柴油发电机拼命地转动着，呛人的柴油味道很远就能使人感到窒息，但是这东西却从心理上给人以安全祥和的感觉，不仅是鬼子们在享受着一餐饕餮盛宴，就连平日里很少见到肉食的皇协军也吃上了大块的猪肉，喝上了烧酒。沁源县城一派升平气象，花谷正则以百忙之身陪着那些远道而来的记者让大家在这"远离"战争的山城欣赏着皇军"剿共"、强化治安的丰硕成果。

宴会结束的时候，是由日军宪兵队长伊藤俊和皇协军团长高明亮两人亲自送杨铭之"会长"回到杨家大院的。临分手时，高明亮很是亲热地和杨铭之握了下手，送上一句："杨会长，好好睡一觉，明天登基。"然后才和伊藤两人说笑着离开杨家大院。

杨铭之感到，高明亮和自己握手的时候似乎是递过来一个什么东西，等两人走后展开手掌一看，果有一物，状如糖果，并非糖果，再打开一看，又是一张字条……

夜半时分，和衣而卧的杨铭之突然感到屋里什么地方有些异常，本想打开刚刚装上的电灯，又觉不妥，于是抓起一支手电筒向地上晃着。果然，就从供奉神主牌位的那张桌子底下，忽悠悠闪开一个可以让一个人自由出入的洞口，一前一后两个人从地洞里出来，其中一个把三套什么衣服拿给杨铭之，让他赶紧换上，杨铭之又将两套衣服交给已经等候在侧的三叔和胡顺换上。然后，五个人依次下了地洞，又将那洞口悄然归位。原来，这就是杨老太爷信函的秘密。这个地洞本是三十年前闹土匪时为防备土匪而挖，它的另一个洞口就在城墙根下，而那里正是皇协军团部所在。关于这一点，在杨家也就只有杨老爷子和老大老二还有老管家王丙寅几人知道，杨三少多年读书在外，自然不晓。当杨铭之在高明亮的引导下来到地面后，马上就由高明亮所安排的另一个人把他们一行三人带到由皇协军值班站岗的北城门下，趁着换岗，溜出城去。

第二天，在花谷正的日历里，这本应是一个吉庆的日子，可是，天还没亮，他就气急败坏地把所有的日伪头目召集在一起，训斥起来："八嘎，你们这些蠢猪，知道吗？杨铭之是什么？那是我下多大心血挑选培养的维持会长。这样一个人的作用，顶皇军一个大队，不，一个联队。可你们这群笨蛋，竟然让八路军在我们的重兵保护之下把他给偷走了。现在，东京、北平、太原的记者就在这里，你们让我如何掩盖这样的事实？又让我怎么应付他们即将开始的对会长先生的采访？"

众皆默然。

花谷正突然把手指向张玉甫："张，你说，你是怎么和蓝，和那个女人联系的？她为什么没有报告有关杨的动向？"

张玉甫有口难言，昨天晚上宴会之后，趁着高明亮和伊藤去送杨铭之的空当，张玉甫感到似乎自己的机会来了。是的，本来花谷正把通过控制蓝妮儿来监视杨铭之的任务交给他就是一个天赐良机。平心而论，对蓝妮儿，张玉甫那是早已垂涎三尺，只是没有机会。现在一个最好的机会来了，而且是以工作之名，张玉甫使个眼色就把蓝妮儿带回了自己在特务队的那间独立卧室。春风一度，张玉甫真有"牡丹花下死，做鬼也风流"的快感。可是，这春风怎就来得快去得也快呢？

　　张玉甫百般思索，如何应对花谷正的这番"拷问"，可是，他还没有来得及有所反应，就见一个鬼子把一张纸条递到花谷正手里，花谷正立刻把五分阴沉的脸更往深度阴了五分，一步步逼近张玉甫，指着他的鼻子问道："张，你必须说清楚，昨天晚上十时到今天早上五时，你在哪里？蓝小姐，不，杨夫人在哪里？"

　　张玉甫是完全可以说清楚的，但是他知道这个说清楚的后果是什么。一切都怪自己酒后色胆包天，也怪那个尤物主动投怀送抱，简直令人不可抗拒，可是，这和杨铭之的丢失又有什么关系呢？杨家大院不是有皇军和皇协军在把守着吗？

　　"将，将，将军阁下，我，我，我……"能言善辩喜欢做报告的张玉甫就是有十张嘴也不够用了。而这时候原本一块儿挨骂的鹿野大佐突然转换了自己的角色，冲着张玉甫不阴不阳就是一句："张队长，蓝小姐陪你睡觉可不是第一次了吧。"

　　"不，不，是第一次，就这一次。"张玉甫语无伦次，但这一次反应还倒算快。

　　"张，一次还少吗？是你和八路军里应外合把姓杨的给放跑的吧？"鹿野的推测已经带有对张玉甫独占花魁十二分的醋意了。但应该说这似乎也是包括花谷正在内所有人最需要的一个结论。因为只有这样，才能洗刷清大家各自身上的嫌疑和责任。要说呢，张玉甫也是在官场和社会上混迹多年的老手，应该对这些道理明白得很，可是，正应了那句话"人忙无智"，又道是"病急乱投医"，事到此时，碰巧抓住任何一根稻草都是有可能救命的。张玉甫把自己聪明的大脑高速运转起来，谁能救自己？花谷正？不行，花谷将军的残忍是和他的计谋一样高深莫测的，现在他需要一只替罪羊，那就是你张玉甫。温九城？也不行，别看他平日里对你唯唯诺诺，其实早就盼着你出事他好取而代之呢。那么，齐标峰如何？自己可是待他不薄，什么事都不瞒着他，不，昨晚和蓝妮儿回到特务队驻地的时候，就他看见了，那么，那张纸条是不是这小子写的呢？不是他写的又能是谁呢？想来想去，他想到了高明亮，这个人和自己交往不多，但他乐于助人，善待部下可是在这沁源城里有口皆碑。好歹都是中国人，平日里无冤无仇，求他没准还行。

于是，张玉甫突然朝着高明亮扑通一声跪了下去，纳头便拜，口中念念有词："高团座，看在都是中国人的分上，您就救兄弟一把吧。您面子大，您了解兄弟我是真心效忠皇军的，您就说句话呀。"

这场面，不仅高明亮没想到，就连张玉甫自己都不曾想过，其他人就更别说了。那么。这个高团长会不会出手相救一个铁杆汉奸呢？人们都在看着，高明亮的大脑也在转着，他不能不想：这个家伙要说那是死有余辜，可是，花谷正现在会不会真的杀了他呢？杀掉一个替罪羊，那是很容易的，可是对于花谷正来说，充其量那也就是一个临时措施，这个案子不破，他未必肯罢休的。再说，花谷正若真要杀张玉甫，或者张玉甫已经"罪不可赦"，以花谷正的性格和他现在所拥有的在这一方天地可以主宰一切的权力，会在这里和你们摆龙门阵？那么，莫非花谷正是在审问张玉甫的同时也在考查别人？想到此，高明亮豁然开朗，却做出一副硬着头皮的样子，先伸手把张玉甫扶了起来，而后似乎怯生生地对花谷正说道："将军，这事呢，张队长确实有错，轻重不分，色胆包天，不让他长点记性那还了得？可是，要说这杨会长失踪一案，好像和张队长并没有多大关系呀，张的问题在于他的失职，忘记了将军亲自交代的工作，忘记了蓝小姐在这件事情上的特殊作用。而杨先生的保卫工作与他并无直接关系。"话到此处，会听话的都明白了，高团长够义气，但他说的也都是实情，并无半点冒失与过错。

花谷正当然明白这些道理，但有人讲出来，他也感到似乎松了口气，转而问高明亮："高君，两个小时以后维持会就要挂牌，那么多的记者是要向东京和北平报道这个盛事的，我们让谁来当这个会长？难道可以把杨会长找回来吗？"

高明亮脱口就是办法："司令，这倒真用得着蓝小姐了，司令不如就派张队长去说服蓝小姐以杨夫人的身份临时出任这个会长，反正记者也见过杨先生了。现在我们的关键是要封锁有关杨先生失踪的消息，一切等记者走后再仔细查案，今天的事如果做得不好，则到时拿张队长和蓝小姐两人一起治罪。"花谷正也觉得这是一个办法，甚至是唯一的办法，于是立即命令张玉甫再去找蓝妮儿，把今天上午的戏演好。张玉甫如履薄冰，生死线上走了一圈，真不知该如何感谢高明亮才好，一边一个劲地对高明亮磕头称谢，一边对花谷正点头哈腰，诺诺连声，然后一溜烟地找蓝妮儿去了。

按照花谷正的命令，维持会挂牌仪式照常进行。在中心炮楼前面的广场上，大约四五百名被花谷正掏钱从周边各县雇来的"良民"早早地就簇拥着他们的代理"会长"蓝妮儿来到这里，而在这百姓队伍的两边则是上千的日军和伪军。至于张玉甫的特务们则另有任务，三个一堆、两个一组在那只摆样子不卖货的店铺门前名义上是招呼生意，实际上却是在监视城内的动态。上午九时整，在一阵悠扬的乐曲声中，由一支小小的军乐队为先导，从太原，北平乃至东京来的记者们，在花谷正等要人的陪同下来到用木板搭起的临时主席台上，花谷正鼓掌，欢迎今天这个大会的主人——杨铭之会长的夫人蓝妮儿代理会长登上主席台。

记者们一阵窃窃私语，怎么突然冒出来一个"代理会长"呢？

这位代理会长的丈夫会长先生哪里去了呢？这么一个隆重的大会怎么可以没有会长的参与呢？

花谷正显然听到了这些议论，即使听不到，他也早已对此有所防备并有了应对之策。只见一脸妖娆的蓝妮儿刚上台来，还没有坐到自己的"主席"位置，花谷正就开始了对这位"杰出"女性的介绍与吹捧。附带说明，杨先生是因为连日来为维持会的成立操劳过度而患了重感冒，但仍念念不忘今天这个大会的正常进行，所以，杨先生特别推荐其夫人蓝女士出任代理会长，并代表他本人向远道而来的记者和一大早就到来的良民们表示衷心的感谢。蓝妮儿呢，也不愧为风月场中老手，而花谷正的中文讲得又绝对一流，所以，当花谷正讲话的时候，蓝妮儿就一个劲地向记者和百姓们点头哈腰，抛抛媚眼，邀宠取悦，配合得那叫个天衣无缝。当然，在多少了解一些内幕的人看来，这一切就有些表演过头了。

接下来，是蓝妮儿的讲话，或者说是她代表杨铭之的讲话，知情人都明白，这个怕要露馅，因为蓝小姐嘴巴那是一流的，可大字并没多识几个，一看见满纸的蝌蚪文就要心慌，眼看就要砸锅，花谷正灵机一动，干脆把那稿子撤了，让蓝妮儿凭口胡说，没想到这一来倒给了她一次真正表现的机会，竟然一口气讲了四十分钟都收不住，所讲的内容也是令人（包括花谷正和那些大地方来的记者们）眼前一亮，以为发现了一位现代气十足的新型女性，一位可以为中日亲善做贡献的优秀领导人。想想也是，在当时的中国，汉奸尽管并不难找，但你要找一个可以登高一呼的女汉奸那还真是不易，而蓝妮儿所讲的那些东西，什么女性的自由啦、平等博爱啦、让人们自由自在地生活啦、让老百姓也学会讲究卫生啦，譬如自己为了示范而专门烫头了啊等等。空洞是空洞，可听起来还挺时髦。也难怪，蓝小姐长期在胭脂胡同，什么人没见过，什么话没听过，讲空话，早就学会了。

隆重而草草收场的维持会挂牌仪式终于顺利结束，因为按照所有的新闻报道和专题采访，太岳山区沁源县城第一个维持会的建立，标志着皇军"山岳剿共实验区"成功的一大步，所以，蓝妮儿、杨铭之、花谷正也在一夜之间成为东京和北平报纸电台的新闻人物。听到这颇为荒诞的消息时，已经身在永宁沟的杨铭之很久以来阴郁的脸上露出了笑容。这些天来，这位自以为很有思想、很有鉴别能力的大学生在眼见为实的条件下，正在进行着一场痛苦的自我否定与再否定，甚至还要否定之否定。首先，现在他明白，在民族大义上，看似老眼昏花的父亲其实比自己这个自诩为民族精英的青年人还要坚定得多。尽管山里的物质条件很差，极其地差，但是，这里的人们，包括自己的父亲精神状态之好简直出乎意料。当他亲眼所见父亲在两个年轻人的帮助下，用扫帚当笔蘸着煤灰水往山崖上书写抗日标语的时候，多少年来几乎没有流过眼泪的他被感动得热泪长流，而且是情不自禁地把那"笔"从父亲的手里夺过来，一边擦眼泪，一边去继续父亲所热衷的工作。

　　其次，有一件事，更令他羞愧难当。杨铭之怎么也没有料到，那天出城以后，在城外接应他的竟是江德昌和他的战斗小组。在当时，他只感到那个显然是头儿的小伙子对他并不热情，一路上连一句话也没说，就像押解一个犯人似的把他安全送到了围困指挥部，交给了刘凯和蔡青了事。这也使得刚从鬼子枪口下逃生的杨三少颇有出了狼窝又入虎口的感觉。因为打心里说，虽说这几年他也回来过一两次，算是见过共产党八路军是什么样子，但从心底讲，他还是颇看不上这些泥腿子，总觉得他们粗鲁，缺少教养，且不好相处。而这个民兵小组长或者小队长的出现越发使他加强了这种认识，可是，当他发现他家原先的长工、现在共产党的县委书记刘凯看破他的心思，并告诉他："你知道那个人是谁吗？他就是被你'甩'了的未过门媳妇江淑英的弟弟。你还不高兴？人家还不待了去接你呢，说你是个白眼狼、负心汉，哈哈，没想到吧。换个位置，你能高兴得起来？也就是咱们共产党领导的民兵，有组织，有纪律，今天他不去就没人去接你，所以他不敢不去，也不敢不完成任务。态度嘛，以后你们相处一段就会好的。"

会好吗？刘凯的话应不应该相信且不说，但起码有一点已经够他吃一惊了，这个从前在杨家扛长工赶大车时并不话多的老熟人，说出来的话竟是那样的逻辑严密而富有感召力。杨铭之甚至想，这样的人即使到大学讲课那也一定是受欢迎的啊。那么，应该设身处地地为江德昌想一想，也应该为那个江淑英想一想了。是啊，江淑英再不济，也不至于像蓝妮儿那样令你杨铭之尴尬，令你杨铭之颜面扫地吧？尤其那天，有意无意之间，当他看到写有江淑英火海脱险、勇救众姐妹英雄事迹的那张油印战地小报时，一种崇敬之感油然而生，杨铭之真想找到这个奇女子，好好谈一谈，就算不能破镜重圆，至少应该求得谅解。可是，当他百般打听、几经曲折找到江淑英时，却碰巧看见江淑英正在和一个年轻而英俊的八路军军官在一起谈得火热。

杨铭之知趣地绕道走开了，但是，从那时起，这个原先被自己看不起的女子反而在他心中有了一个永远赶不走的位置。

激战迷魂谷

维持会从无到"有"，不管其过程多么曲折、内容多么荒唐，总之这个高悬在花谷正头上的炸药包眼下是把引信拔下来了。但花谷正清楚，仅仅一个维持会还不行，何况这个维持只是一个无法维持下去的"维持"。而要使皇军的维持能够长期而坚实地巩固下去，就必须有可供维持的人，也就是要那些真正的沁源人参与进来，而不应该也不可能靠花钱去外地"雇"百姓来假维持。不说别的，去哪里弄那么多的钱就是一个不可解决的问题。那么，到哪里去找或者"请"那些真正的沁源人呢？花谷正想到了他的杀手锏——张玉甫和他的特务队。之所以没有舍得把张杀掉，目的也正在于此，相信这个曾经的"张书记"是应该很懂得这种宽大政策之功效的。

果然，在维持会成立当天晚上召开的作战会上，张玉甫、齐标峰、温九城、杜成亮、阴培元，一帮汉奸们各显神通，纷纷说出了自己想象中"土八路"和老百姓最可能的藏身场所。然而，综合比较，花谷正作为多年征战的军中宿将以及情报专家，很快就排除了其他各种设想而肯定了曾在这块土地上真正"工作"过的张玉甫所提的方案。

张玉甫认为，以太岳山之大，在沁源两千五百多平方千米的纵横沟壑间，八路军和"土八路"以及大量百姓可以藏身的场所固然很多，但是真正有一定基础、也具备这种条件的只有一处，那就是原先的杨家山场，离城三十里，外界山高林密，很难寻找，而里面却是别有洞天，足以容得下千军万马，藏得下千家万户，真正易守难攻的永宁沟。张玉甫说，在他未被赶出沁源之前，曾经几次与杨家老大杨铭义到过那里，并为把这个地方作为将来战争期间县政府县党部的临时办公场所而提出了具体的意见。相信现在的永宁沟一定已经是一座戒备森严的山地城池。然而，正是在这样的地方，只要皇军下大力气，可以一战而解决诸多问题。

花谷正以欣赏的态势肯定了张玉甫的方案，并决定由他亲自带领大批的皇军和由高明亮带领的皇协军分进合击，对永宁沟实行严密的包围，务求一战解决问题。

这天半夜的时候，蔡青接到军区陈赓司令员亲自签发的电报："花谷正明日将对永宁沟发动突然袭击，望你部速做决策，并确保军区医院的转移。"对于鬼子的突然袭击，县围困指挥部事先已经有所觉察，因为大家早有一个担心——这永宁沟一带的人也太多了，连机关带医院，还有两千多的百姓，总人数不下三千，如果鬼子袭击，很难在短时间内组织全部人员有效转移。为此，指挥部已经在几天前就开始了把庞大的军区医院转移到大林区灵空山一带的行动，本来今天是最后一批，也是任务最重的一批，因为将有六十个以上的重伤员要一次转移。简而言之，这六十名重伤员，光担架就六十副，还有其他必须随身携带的器械，确实是一件不算轻松的任务。为了完成这个艰巨的任务，指挥部决定由战斗英雄洪尚礼为连长的三十八团一营一连担负这次转移的保卫任务，而负责为部队带路的向导则是对这一带地形地物十分熟悉的二区轮战队队员江德昌和他的好朋友地雷大王郭占奎。

这天一早，江德昌和赵小四分了手，小四虽是男人，却因身单力薄被分配到江淑英领导的以妇女为主的群众工作组，在永宁沟组织老弱妇幼准备转移，而江德昌则带着"豹子"和郭占奎早早就来到一连长洪尚礼的驻地，磨蹭着要参加部队的行动。洪尚礼说："德昌，你这不是参加了吗？"德昌却说："不算，光让我给你们带路，要光带路，还用我来，'豹子'就行了。"说着就把"豹子"叫过来，又告诉洪连长，"告诉你，大林区，它都走了不知几十遍了。要说认路，它比我熟。"

聪明的"豹子"似乎也听懂了主人的意思，一个劲地又摇尾巴又往人身上蹭。洪尚礼自然知道江德昌的意思，而且从心里讲，他也很喜欢这个大胆、直爽的小伙子，所以一点头，算是答应了。

连医护带伤员还有应急的物资器械，几百人的队伍，从鸡叫三遍开始准备，天一亮就出发，郭占奎、江德昌和他的"豹子"在前面带路，迎着漫天大雪，很快就隐入后山的林中。要说，这么多人的行动，所过之处岂能不留痕迹？这还真的应该感谢纷纷扬扬越下越大的鹅毛雪，漫不说人马走过，就是汽车列队也只能留下白茫茫一片。正因为这老天的关系，鸡叫三遍就从县城里出发的张玉甫带领花谷正、高明亮等日伪到达永宁沟的时候，和洪尚礼他们掩护医院转移的后卫部队之间最近的时候相隔不过半里路，两支队伍彼此就隔着一道山梁，若是天气晴好时，不只互相可以看见，就是这边说话那边也能听得着的。然而，大雪掩盖了一切，原本两支队伍就这样擦肩而过了，谁知还就是合当有事，就在两支队伍几乎完全错开的一刹那，听觉或是嗅觉显然超过人类不知多少倍的"豹子"突然"汪汪汪"大叫起来。它这一叫不要紧，马上就要翻过山梁的日伪也很快发现了这边的动静。人还没有搭个腔，迫击炮弹就"叮叮咣咣"乱扔过来。

面对突发的敌情，在江德昌的强烈要求下，洪尚礼决定，由郭占奎带路，一连为主力继续掩护伤员向大林区方向转移，而江德昌和另外六个战士则留下来，边打边撤，务求把鬼子引入"迷魂谷"。而一连将在完成掩护伤员转移任务后迅速返回，到迷魂谷接应这里的兄弟。

再说鬼子这边，在张玉甫的建议下，花谷正、高明亮等凌晨四点开饭，五点出发，刚开始的时候士气还算高涨，因为花谷正给大家在早餐中加了近来很少见到的肉，还吃上了雪白的馒头和米饭。对于伙食的改善，无论中国人还是日本人都是很感兴趣的，也足以在短时间内提振部队的士气。可是，随着这雪越来越大，人们的精神头就越来越低，眼看就要达到永宁沟那个据说藏着好多八路军和"土八路"的地方了，日伪军士兵反倒一个个没精打采，像要睡觉。正在这时，突然一阵清晰的狗叫声唤醒了或曰吓醒了半醒半睡的人们，这里果然有人，而且可能有很多的人，那么这里就应该有很多的八路军，一场战斗真的不可避免了。花谷正兴奋异常，循着这声音，从另一架山上翻了过来，终于在渐渐弱化的雪花中看到了一条狗和一群人在玩着命地奔跑，至于这群人到底有多少，那还真是一下看不清，因为在这群人所到之处，总能看到飞扬的雪雾，所谓雾里看花看不清，这雾里看人也是看不清的。然而，这毕竟是皇军今天出师的首个目标，不能放过。花谷正命令，骑兵包抄，步兵跟上，一定要在那群人转入另一座山之前把他们截住。

江德昌实实在在讲这是第一次参加真正的战斗。因为他认为，那两次的进城抢粮都属于偷袭，而且也没有发生过正面的接触，想起来总是不过瘾。而今天，眼看着这么多的鬼子真的追了过来，心里那个激动，竟完全忘了怕，或者说这小子心里天生就没个怕字。原本按照洪尚礼的安排，包括江德昌在内，留下的这七个人是由部队一名班长指挥的，可是洪尚礼一走，江德昌就把指挥权主动抢过去了。起先，正是他的主意，顺手折下路边松树的树枝，在雪地上乱划乱扬，造成好像很多人在赶路的样子，而一转过山头，他又告诉那班长，先停下来，找合适的地方打鬼子一下，然后再往迷魂谷跑，因为如果不打一下，怕敌人不跟上来就没法达到引领敌人到迷魂谷既设战场的目的。班长一想，这小伙子年纪不大，主意倒不错，干脆放权："德昌，你就直接告我们怎么办吧，不要和我商量了。"

花谷正的骑兵是快，几十号人马，连人带马，从远处看就是一片，再加上雪地行军，马蹄踏过，雪雾弥漫，声势煞是威风。可是，明明眼看着那一群八路军跑到这里来了，一转眼就了无痕迹，那领头骑一匹高头枣红色大洋马的家伙停下来，向身后的骑兵摆下手，拿起胸前的望远镜四处瞭望。然而，他怎知道，潜伏在雪地里的江德昌等的就是他这个自我暴露，江德昌一看这鬼子拿着望远镜，只和班长打个招呼："我一开枪，大家就齐射，每人只打三发子弹，马上撤离。"一切都像一个久经战阵的老手。

班长点点头，只见那鬼子的望远镜刚刚转了半个圈，连八路军的影子都没找到，就听"叭"的一声，江德昌手中的枪响了，鬼子应声栽下马来，望远镜甩出去好远。而与此同时，六个人六支枪，齐声射出，那声音，在山涧旷野里回荡着，仿佛千军万马骤然杀到。紧接着，鬼子的骑兵反应过来，纷纷从马上跳下，或依托马匹，或寻找垲坎，"乒乒乓乓""哒哒哒哒"向着江德昌他们射了过来。而江德昌和六个战士却趁着鬼子乱作一团的空当，反穿棉衣，向着迷魂谷跑去。

鬼子打了一会儿，渐渐发现八路军似乎没有反应，大胆的就摸索着往过走，走到刚才八路军伏击的地方一看，除了可以数得清的弹壳，连个人毛都没有。可是，鬼子刚要往回返，就听见又是一阵激烈的狗叫。无疑，还是刚才那条狗，也说明八路军就在附近，于是循着声音再找，就这样，前前后后，几经反复，终于在一条并不深也并不算开阔的山沟里把这些可恶的八路军堵在了一座完全是用石头砌成的山庄里面。

迷魂谷，谷如其名。从地理学的角度讲，这里是一个天生的溶洞群。溶洞，又称喀斯特地貌，本是石灰岩地区地下水长期溶蚀的结果。在中国，类似的地质结构大多出现在南方最著名的，当然是广西桂林的溶洞和云南昆明的石林，但这并不是说喀斯特地貌就只出现在南方。在北方，它照样存在，自然也就越发珍稀。太岳山上的溶洞并不多见，而迷魂谷一带却是溶洞云集，所谓洞连洞，洞套洞，洞洞相连，竟达三十多洞，这些洞的外观各异，而内里却大致相同，都与沁河地下水连在一起。也就是说，你从那一个洞进来，都可以从其他洞出去。这个地形地貌，如果不是像江德昌一样对此相当了解的人，纵是本地人绝大多数也是不敢轻易进入的。而现在江德昌他们占据的这座庄院，初看是石头砌就，其实里面却是通往地下溶洞的入口。正是出于这样一个再合适不过的易守难攻的地理形势，早在花谷正领军大扫荡的时候，洪尚礼和三十八团工兵连连长聂佩璋就在二区轮战队队长郭维胜的指引下选中了这个天然的战场，并为敢于到此一访的对手备下了许多特殊礼物。而当时给洪尚礼和聂佩璋当向导的正是郭维胜和对这一带了如指掌的青年猎手江德昌。

张玉甫对迷魂谷的地貌地形也是有所耳闻的，只是没有来过。但是现在当他和花谷正紧追那一小队骑兵来到这里的时候，曾经听到的一些有关此地的传说还是即刻浮现在他的记忆之中：八百年前，宋江替大宋朝廷讨伐田虎的时候，如何在迷魂谷被原本为沁源县绵上村一个猎户的田虎率领的义军打得落花流水；一百年前，由沁源农民发动的干草会起义同样以此为根据地，让大清上万精兵的四县会剿三月无功而返。诸如此类。要说在以前，他对这些是半信半疑或者听过撂过也就算了，从来没有当过真。可是今天，当他真正亲临此地的时候，突然觉得，也许，那传说都是真的，今日到此，还是小心为妙。可是，怎么样才能提醒皇军不要吃亏上当呢，他又觉得有点儿犯难。难就难在你没办法把这种可能存在的危险准确地表达出来。踌躇再三，张玉甫才小心翼翼地对花谷正说："太君，我觉得，咱还是不要贸然进攻的好。"看见花谷正瞪眼睛，他又进一步解释说，"太君，这个地方，这个，这个，地名不利呀。好像叫什么迷魂谷。你听，迷魂谷，够吓人的。"

花谷正还没有说什么，一旁的鹿野平洋大佐憋不住了："张，你的，胡说什么？难道皇军需要讲究什么地名风水吗？既然此地不宜，你为什么要把皇军引到这里来？"

张玉甫突然领悟到什么是跳到黄河也洗不清了，想把这事说详细点，可又受窘于自己知道的实在太少而又仅仅是笼而统之、一星半点，于是只好硬着头皮说："太君，我可是好心啊，我是看这个地方地形复杂，我只是怕皇军吃亏啊。"

这句话实在太无力了，就连本来一直把他当回事的花谷正也只是对他莫名其妙地笑笑，然后说："张，累了就休息一下。"

江德昌等七人作为阵地的这座庄院不大，但是石头砌就的高墙依附在深不可测的岩石之上，斑斑点点的石缝间又到处暗藏着射孔。除此之外，更重要的是，上次日本飞机扔下的那颗没有爆炸的炸弹，被聂佩璋拆开后弄出多达上百公斤的优质 TNT 炸药。当时老聂就说要把这些玩意儿重新整理后还给鬼子。那件事，从头至尾老聂都拉着洪尚礼参与了，而洪尚礼和老聂设计的还礼现场就定在今天这个地方。

稍事休整，鬼子的第一波进攻就要开始。张玉甫突然想起了一件十分重要的事情，赶紧再次走到花谷正跟前说："太君，我想起来了，根据我的记忆，刚才两次把皇军吸引过来的那条狗我认识。"

"啊，那条狗你认识？"花谷正颇感意外。

张玉甫道："是的，那条狗的主人是此地有名的猎手，他们家我去过几次，当时是想动员那家的女孩子加入国民党，可他家的男孩子却指使这条狗把我给咬出来了。后来我才知道，那条狗是训练有素的猎狗，没有主人的命令是不会上口咬人的。但它的声音，我一辈子也忘不了。"

"张，你的意思是，这条狗的主人也在这里，而你认识他？"花谷正脑袋超人聪明，张玉甫佩服得都快要三呼万岁了，连忙回道："对，对，太君说得对。我的意思是，我可以给他喊话，一个未成年的男孩子，应该比大人好说话的。"

在花谷正的同意下，张玉甫找来随身携带的小喇叭，铆足了劲喊道："喂，里面正关村江家的男孩听着，我是张玉甫，你叫什么名字我记不得了，但我认识你也认识你的狗，我去过你家好几次，咱们是老朋友啊。"

"汪汪汪汪"，没有江德昌的声音，"豹子"却和张玉甫"聊"上了。这使得一众日伪不禁哄然大笑起来。张玉甫却不管这些，继续喊道："小朋友，我知道这是你的恶作剧，因为你的狗如果不是你让它叫，它是不会乱叫的。可是不要紧，我老张不和你小孩子家计较。我只是告诉你，作为老朋友，我今天是来救你的。只要你出来……"

"张玉甫，你少啰嗦，你小爷行不更名，坐不改姓，你记住了，爷是中国人，姓江名德昌，小爷现在是专把你们这些鬼子汉奸当猎物的民兵轮战队员，不是你要找的什么屁小孩。"江德昌终于说话了，这证明张玉甫的判断是正确的，但江德昌的话也使他感到一丝难堪。

"好，好，好。"张玉甫在花谷正面前要表现自己的宽容与大度，因为在这个时候的宽容与大度就是对皇军的忠诚，就是一种能够忍辱负重的表现。混迹官场多年的张"书记"自然比一般的汉奸更会把握这种适当表现的机会。只见他毫无一丝难堪的样子，很是兴奋地说道："对对对，应该叫你江德昌，江德昌老弟，江德昌同志，对吧？"

"狗汉奸，你没有资格和我称同志，你和你的日本鬼子干爹同志去吧。"江德昌寸步不让。

张玉甫依然故我："好，不称同志，叫朋友总可以吧。江德昌朋友，你们现在已被皇军重重包围，冲出去是不可能的了。但是皇军念你们只是受了共党宣传蛊惑，皇军给你们出路，只要你们出来，皇军一律给你们自由，想当官给你们官做，想发财给你们钱花。"

江德昌说话了："姓张的，别来这套，有本事你就叫狗日的日本人往前走两步，谁把谁撂倒还没准呢，吹牛顶什么事？"

"江德昌，我是为你好，如果不是你和你的狗，皇军早开炮了，只是念你年纪尚小，咱们又有交情，我向皇军求情才让你们多活几分钟的，别不识好歹。"这一次张玉甫的口气硬多了，因为他看到花谷正已经有些不耐烦了。

"好啊，那你们就打打试试，不过告诉你，想让我江德昌投降你们，做梦去吧，你也算在沁源混过几天，连沁源人决不当汉奸的脾性都不知道，你还给鬼子当什么走狗，充其量是一条癞皮狗！"最后这一句，真把个张玉甫老汉奸给气得嘴都歪了。可是一想，还真是，这都几个月了，还真没见过一个沁源人和自己走到一条战线上来，想到此，张玉甫不寒而栗，而花谷正见他久久不再开腔，也觉得这个人可能真是无能为力了，一挥手，下达攻击命令。

按照老的规矩，先是炮击，大约几十颗迫击炮弹就把个小院打得到处乱石横飞，那初始看起来还算坚固的石头墙很快原形毕露，这一轮炮击就把江德昌他们原先计划作为第一道防御工事的二层土石楼给炸没了。然后，攻击开始，这一次打头阵的换成了步兵，几十名头戴钢盔、手持三八大盖步枪的日军成散兵队形，越过了一道坎，眼看就要进入院子里了，突然，"轰，轰"两声巨响，冲在最前面的三个鬼子同时倒在院里，跟在后面的一看形势不妙，就地卧倒，胡乱射击，可又不知这敌人在什么地方。打了一阵不见对方还击，于是有大胆的站了起来，刚要再往前走，就听"啪""啪"两枪，倒下两个，紧接着，"啪啪，啪啪"一阵并不稠密的枪声响过，已经先后有七个鬼子留在了院里。花谷正恼羞成怒，命令刚刚从国内调来的喷火兵上来，三把功率强大的火焰喷射器火蛇齐飞，顷刻之间就把个院子烧得通红。按照花谷正的想法，这一阵过去，留待解决的问题就是清点八路军和"土八路"的尸体，反正也认不出谁是谁了。可是，令他万万想不到的是，火焰刚灭，那明明是围在屋子里的八路军就似乎是用了遁地之法。忽地出现在刚才喷火的皇军背后。又是几声枪响，又是两名皇军一声不吭地趴在了地上，再也不可能站起来了。

出乎意料的打击，使花谷正也感到有点沉不住气了，一把抓过张玉甫问道："张，这是什么地方，你来过吗？"

张玉甫如实回答："太君，我说过了呀，这里好像叫作迷魂谷，就是因为这里据说山洞，不，溶洞很多，所以我不想让皇军贸然进攻。"

花谷正听出了张玉甫的埋怨之意，不仅没有责备，反而拍拍他的肩膀，友好地说："张，你是对的。看来我们是着急了一点。这种地理条件，皇军进攻是无效的，撤！留下一个中队封锁路口，看他们能撑几天。"这个时候，花谷正充分显示了他作为一军统帅与久战宿将的基本素质。

然而，令花谷正这样的宿将也想象不到的是，所谓迷魂谷，还真不是想走就能走得了的。就在鬼子大队人马转身要走的时候，原先平安无事的那块草地上突然"轰隆！""轰隆！"又是两颗特制的大号地雷爆炸了。鬼子哪能知道，这地雷并不是你踩上它就响的，而是有人在暗中操作，人叫它响它才响的。这一炸，炸得鹿野等一干人有点受不住了，嚷嚷着"挖地三尺也要把这几个叫喊的八路军和土八路给挖出来"。花谷正却笑笑道："三尺，你知道吗，这是溶洞，你挖三百尺也没用的。"于是鹿野等人只能摇摇头，依令撤兵。不过，花谷正表面上撤了，但他在内心里却并不甘于受此打击而不去报复。所以，部队前脚从山上撤下来，后脚他马上就命令由张玉甫带队，带领一个中队的伪军配以一个小队的日军悄悄地重回迷魂谷，但是并不上山，而是专门等在那出山的必经之处，让八路军也吃皇军一个伏击。

鬼子撤了，江德昌与六个战士欢呼雀跃，想不到聂连长和洪连长两人布置的这个战场如此好用，也想不到鬼子这么不经打。尤其是那六个没有来过迷魂谷的战士，刚才在洞里躲炮弹和火焰喷射器的时候就已经激动了一阵子。一边打仗，一边还能欣赏如此美妙的风光，而鬼子再先进的武器又可奈我何？打这样的仗，真是享受，只可惜鬼子溜得快，聂连长他们准备的礼物还没给客人送出去五分之一，人家就承受不起给走了。江德昌倒想把他们再请回来，又觉得离开这迷魂的溶洞确实没有把握，这才依依不舍地眼看着敌人撤离而去。直到肉眼再也看不见敌人的影子了，七个人才收拾一下，掉头下山。

然而，和花谷正相比，江德昌还是太嫩了点。当他们七人外加"豹子"兴高采烈有说有笑地从山上下来时，很早就进入到张玉甫和鬼子小队长的望远镜之内。张玉甫一脸得意的狞笑，和鬼子小队长以及伪军中队长耳语一番，鬼子和伪军们立即进入准备战斗的状态，一个个潜伏在草丛和雪地之中，不再动弹。

今天这一仗，江德昌虽然亲手击毙了两个鬼子，那地雷爆炸也有他的份，但却总有不够过瘾的感觉。这一边往山下走，一边就和班长聊着比谁的枪法好。德昌提出要打一只野鸡，班长说浪费子弹，德昌说比力气，班长说那就投手榴弹试试，德昌说也好，正好训练"豹子"给咱捡手榴弹。于是，班长、德昌、"豹子"的游戏开始了。班长和德昌把不拉弦的手榴弹扔出去，而后由"豹子"再捡回来，如是再三，两个人扔得满头大汗，"豹子"也跑得气喘吁吁，眼看就要下山了，两个人也分不出高下，班长正要说咱别比了，突然发现蹿出去捡手榴弹的"豹子"竟然停住了，继而"汪汪"大叫起来。

"不好，有情况！"德昌大喊一声，掉头就跑，但是已经晚了，一挺机枪已经封锁住了刚刚下山的路，两个战士倒在了血泊之中，江德昌顾不得多想，拉住班长就往另一条山沟里转，可是，这个时候哪里还能转得出去啊。无奈之下，五个人只好躲进了路旁的一座小小龙王庙里。以泥胎供桌为依托，向敌人射击起来。

并不需要多长时间，日伪军和特务们已经把龙王庙团团围住，张玉甫又在摇动三寸不烂之舌，向江德昌喊起话来："江德昌啊，这下我可看着你了。你还以为你有多聪明呢，看看，花谷太君一个小小的计策你就上套了，这下任你有三头六臂怕也逃不走了吧。"

张玉甫还没说完，就听江德昌搭话了："姓张的，小爷刚才已经告诉你一遍了，现在再重申一遍，沁源人宁死也不当汉奸！这不是我一个人的话，而是全沁源人的誓言，要杀要打你就来吧，别做你的春秋大梦了。"说完"啪"的一枪，张玉甫挥舞着的喇叭"噗嗤"一声飞上了天。

"叮咣""叮咣"，迫击炮弹在龙王庙周围爆炸，泥胎们纷纷跳起来表示抗议，江德昌他们五个人则各自选好一个或几个地方，准备和鬼子决一死战。然而，毕竟寡不敌众，在张玉甫的引导和日军小队长的带领下，日伪逐渐压了过来。更糟糕的是，就在此关键时刻，江德昌他们的子弹将要告罄。而张玉甫一听这八路军和"土八路"的枪声稀落下来，知道可能是没子弹了，一摆手，示意鬼子和伪军也停止射击，等待对手投降或是被抓。一秒，两秒，三秒，一分，两分，三分，江德昌和他的"豹子"依偎着出现在龙王庙前的空地上。江德昌胸脯一拍，高声喊道："狗日的，过来抓爷爷啊，老子没子弹了，但老子再告你一遍，沁源人宁死也不当汉奸。"说着，"哈哈"大笑起来。这笑声，如雷之响，震撼山谷。

成排的鬼子端着刺刀，一步一步向着江德昌等五人压了过来。江德昌手中最后的武器——两颗手榴弹的弦已经绕在了食指上，手榴弹随时都会炸响。突然，一阵猛烈而急促的枪声如狂风暴雨般在鬼子的背后响起，千钧一发之际，洪尚礼的一连完成掩护伤员转移的任务后，如约赶到了迷魂谷，刚一到就发现江德昌他们已经到了弹尽粮绝的地步，也听到了江德昌那气壮山河的誓言，正是洪尚礼的一阵猛冲猛打，使得实际上占据绝对优势的鬼子和伪军以为又上了八路军的什么当，相持一会儿以后主动边打边撤，走了。这一战，江德昌不仅英勇杀敌立战功，而且他在生死关头视死如归大义凛然的英雄气概和那气壮山河的誓言，通过洪尚礼等人向刘凯、蔡青等指挥部首长的汇报而传遍了全县和整个太岳区。

伏击州西岭

　　迷魂谷惨败，使花谷正更加清醒地认识到自己和他所带领的这支部队所面临的是一种多么难以向人表述的困境，他现在必须给自己找出路了。那么，不管是真是假，或者半真半假，以蓝妮儿为代理会长的沁源城关维持会的建立，算是给冈村的"山岳剿共实验区"作战计划贴了一点金，也为花谷正离开沁源做了最好的铺垫。花谷正明白，要想离开就必须快，时间一长，纸怎么能包住火，火又如何能藏住雪？假维持的把戏是不可能不露馅的，杨铭之失踪的真相也不会长久隐瞒下去的。只是不能让真相现在就露馅，为此花谷正封锁了沁源日伪有可能通往外地的一切联系，电台的所有电文必须由他本人来签收签发，而电话也只有他那里的那一部才能挂长途。当然，最终的命运还掌握在冈村大将手里，所以，曾经和另一个侵华骨干分子板垣征四郎在"9·18"事变中就有着密切关系的他一连三封电报发给这个已经荣升大将、担任日本陆军驻朝鲜司令官的昔日上司，他知道，以板垣大将的资格和威望，就连冈村大将也不能不给其几分面子的。而花谷正给板垣征四郎写信的意思也很明确，就是很想和尊敬的板垣大将在一起，再创伟业。板垣也算旧情难忘，只和冈村打个招呼就一纸电文调花谷正去缅甸战场出任第五十五师团的师团长。这也就意味着，在经过半年多提心吊胆的山岳剿共作战之后，花谷正又迎来了新的将星之路。因为谁都知道，在日本陆军，师团长一律都是中将军衔，既然身为少将的花谷正将出任第五十五师团的师团长，那么，离他升任中将的日子还会远吗？

即将离任，花谷正当然知道他留下的这个摊子是多么的金玉其表而败絮其中。但是，这都不重要，重要的是花谷正的离开不仅使他在自己"辉煌"的军事生涯中继续保持辉煌，而且也足以说明冈村大将对他的重用和"山岳剿共实验区作战计划"本身的正确。至于在后花谷时代这个计划将如何成为一个笑柄，那就不是花谷正自己所要考虑的事情，也不能说明是冈村大将这个计划有什么问题。一切将由失败者来承担，那么，花谷正就必须寻找一个合适的愿意为自己承担这一切的准失败者。

驻沁源县城之日军步兵联队联队长鹿野平洋大佐有幸成为最佳的也是唯一的候选人。

花谷正知道，鹿野这个人虽说原来与身为关东军将领的他没有什么联系，但在沁源的这半年时间里，鹿野以他杀罚果决、凶狠狡诈而对上司尤其是花谷正这个顶头上司的唯命是从，已经赢得了花谷正对他的青睐。而之所以青睐于这个武夫的真正原因并不是花谷正欣赏他的这些个性与作风，而是花谷正敏锐地感到，鹿野的毛病并不需要什么人来深入细致地考查，而是稍一接触就立马知晓的。那么，将来冈村大将的"山岳剿共实验区作战计划"一旦失败，那个该死的替罪羊就非他莫属了。

花谷正走了，或者说花谷正溜了。沁源城内的鬼子没有减少，但其士气却毫无疑问受到了影响。更重要的是，花谷正在的时候，身为少将，而且还在名义上兼着第一军参谋长的职务，所以太原也好，长治也好，临汾也罢，但凡花谷正所要求的供给一般还是尽量满足的。而花谷正一走就不一样，因为现在的鹿野联队在建制上归临汾的第三十六师团，那么长治和太原那边归六十九师团建制的日军，就不再像以往一样按时按量把一应的弹药物资送到沁源县城，现在鹿野真正能依靠的，实际上只有临汾通往沁源的这条并不保险的运输线。

太岳军区，陈赓司令员及时掌握了这一情况，于是，一封斩断敌人运输线的作战命令摆在了刘凯和蔡青面前。这天早上，蔡青刚刚在外面打了一套已有三十年功夫的洪拳回到他的窑洞，刘凯、朱秀、一区区委书记赵东升、轮战队队长李猛、三十八团一营营长汪征、一连连长洪尚礼等，就先后来到这实在有点不够宽敞的地方。蔡青也不客气，大家甫一坐定，便宣布会议开始。作为军人，蔡青讲话一贯干净利落，开门见山便道："同志们，军区陈司令员来电，据可靠情报，城关的鬼子已近断粮，我军截获了现在驻沁源日军最高指挥官鹿野平洋大佐给临汾的三十六师团司令官清水正夫中将的电报，敌人将开辟从临汾、安泽到沁源、阎寨的定期补给线，三天一趟，光押运队就上百号人，代价不小啊。"

刘凯插话："花谷正落荒而逃，对我们是一个不小的遗憾。现在留下这些虾兵蟹将，我们应当怎么招待他们呢？前一阶段是我们在山里没有粮食，现在，我们也要让城里的鬼子尝尝饿肚皮的滋味。"

众皆鼓掌，蔡青又道："兵法云，兵马未动，粮草先行。大家可以想一想，城里光鬼子和伪军就两千多人，再加上花谷正花钱雇来给他的维持会撑面子的老百姓，那就是近两千五百张口啊，个个张嘴要饭吃，相信这个对于鹿野来说也不是小事。我们就是要抓住他这个七寸，狠狠打他一下。"

蔡青说完，还没有征求大家意见，一营营长汪征抢先说道："团长，打运输队，就这点鬼子还不够我们一营折腾呢，就把这个任务交给我们一营吧。"

一区轮战队队长李猛也不甘人后："蔡团长，这事你可别忘了我们民兵轮战队，是吧，轮战轮战，就是轮流作战。可不能有什么好事都留给部队，你们吃干的汤也得留给我们喝点吧。"

蔡青朝汪征、李猛二位虎将点点头，然后说："好啊，大家要求任务，这是好的嘛，还怕没鬼子让你们打？但是，大家也要注意，敌人的这个运输队并不一定就那么好打的。我们需要拿出一个万无一失的方案，要打就把敌人打痛，让他再也不敢贸然进入。"说到此处，蔡青用手一招："张参谋，来，把作战方案给大家说一下。"

浑身上下都透着灵气的张参谋展开一张五万分之一的地图，然后用手中的小棍指向一个地名——州西岭。

州西岭之所以叫作州西岭，乃因此岭位于沁源县城西不到十里路的山上。在沁源这个县的历史上，最早，西汉设县，名曰"谷远"，为什么叫谷远呢？盖因此地山明水秀，物产丰饶，是为五谷之仓，但路途遥远，山高岭峻，殊为难行，令朝廷长有远谷难食之憾也。北魏孝庄帝建义元年（528年），沁源始为沁源县，取沁河之源尽在县内也。隋文帝开皇十六年（596年），朝廷改沁源县为沁州，算是给这个县在行政序列上升了一级。也就在这时，州西有一峻岭，是为县城屏障，兵家重地，故称州西岭之名。在沁源当地，有唐一代相互关联的历史故事多如牛毛，其中又有许多是和这个山岭有些瓜葛的。需要提及的是，也许因为光阴磨损，也许有人以讹传讹，一些资料也好，民间传闻也罢，包括在当地，对于这座山岭，还有另外一个名字"周西岭"。其实，只要稍微了解一点历史，便可知道其中谬错何在。此为题外话，搁过也罢。

三天后，沁源城西州西岭上，黎明时分，三十八团一营和一区民兵轮战队便按计划隐入林间树丛和伪装了的战壕。机枪阵地上，两挺马克沁重机枪也各自披上了一身与满地白毛草一样的伪装。

太阳升起，岭上一片寂静。

太阳一竿多高，机枪阵地上的大个子机枪射手蜷伏在战壕里打着呼噜。汪征走过来，轻推一把："嘿，大个子，睡觉不准打呼噜，别把鬼子吓跑了。"

大个子揉揉眼睛："我，打呼噜了？"拍拍脑门，"营长，你放心，咱一声呼噜消灭一个鬼子。"

汪征看看怀表："这时分，鬼子真的快来了，注意隐蔽。"

日上三竿，远远地，山道上来了十来个鬼子，离大个子的机枪阵地只有不到一百米了，大个子悄悄问："营长，打不打？要打一个也跑不了。"

汪征摇摇头，低声道："放过他们，这只是尖兵。"

鬼子从机枪阵地前走过，登上一处裸露的高地，一个鬼子掏出两面小旗，向他们刚刚走来的方向摇动着。一个斜挎德国造二十响盒子枪的鬼子则解开裤子，哼哼着开始撒尿，一股臊气直冲潜伏在离他不到五米处的一连长洪尚礼而来，直把个从来都温文尔雅的洪尚礼气得鼻子都歪了。

与此同时，在距离鬼子旗语兵不到三百米远的山顶密林中，蔡青通过望远镜将鬼子的一举一动尽收眼底，然后回头对搞不清鬼子摇旗做什么的朱秀解释："老朱啊，鬼子这叫打旗语，意思是告诉他后面的大队人马，这里一切正常，我已看见城关，请赶快来送死。"说完，低声"咯咯"一笑。

朱秀也不由得会心地抿嘴一笑。

果然不出蔡青所料，几分钟后，远处山道上出现了一队全副武装的鬼子，看样子足有一个小队。紧接着是一百多头驮着给养和弹药的骡驮和押着骡驮的伪军。再后，又是两个小队的日军。

可能是对尖兵侦察情况的确信无疑，也可能是确实已经看到了县城里那座巍然而高大的中心炮楼，自觉已经进入皇军的安全区内，原先还呈战斗队形、持枪端着刺刀前进的日伪军一个个放松了警惕，有的收起了刺刀，更多的是把大枪斜挎在脖子上，有几个干脆解开衣领，用帽子和钢盔做扇子，驱散着寒风中特别显眼的腾腾热气。

"妈的，看把这些个狗日的美的，嫌热啦？老子们可为你们冻得够呛。"沟口民兵阵地上，李猛一边瞄着鬼子，一边低声嘟囔。

"别说话，听蔡总指挥的发令枪响。"专门赶来坐镇指挥的朱秀踹了李猛一脚，随即打开了盒子枪的保险。

眼看着敌人已经全部进入我军和民兵的伏击圈了，蔡青一甩手中的勃朗宁，随着"啪"的一声清脆响亮的枪声传向四方，一个声音如炸雷般平空炸响："打！"

顷刻间，迫击炮弹，轻重机枪，各式步枪、手枪子弹，像暴雨般从天而降，骡驮四散而逃，鬼子显然被打蒙了，一时不知所措，伪军更是哭爹喊娘，乱作一团。但是，日军的战斗素质很快就体现出来，经过最初的慌乱之后，以日军中队长长谷川为首的一批鬼子迅速投入了战斗。他们以被击毙的同伴和倒下的骡驮为依托，就地形成了几个不同的菱形战斗集团，向我军和民兵阵地疯狂射击起来。长谷川中队长不愧是久经战阵的老手，稍一留心，他就从四面八方听起来似乎杂乱的枪声中判断出沟口是民兵的阵地，而其他三个方向则是八路军的火力。于是，他一边从死去的鬼子手中拖过一挺歪把子机枪，一边喊道："沟口是土八路的干活，给我冲！"

几群鬼子迅速合兵一处，在长谷川的带领下向沟口阵地冲来。

洪尚礼的一营一连是这次伏击战的主力，洪尚礼被那像狗一样撒尿的鬼子呛了个够，所以，差不多蔡青发令枪响的同时，他的第一颗子弹就送给了那不文明不礼貌的小子。然后一步蹿上，顺手把那崭新的二十响挎在身上。正要走，却又发现这家伙竟然还在腰里别着一把镶着金边的勃朗宁手枪。洪尚礼知道，这类似礼品似的东西，绝不是佩带在一般人身上的，那么，这个家伙又是哪一个神秘人物呢？

在长谷川的身先士卒冲击下，沟口的阵地眼看就要失守，朱秀急得红了眼，大声叫着："弟兄们，咱民兵行不行，就看这一下了，咱可不能让人看笑话！"

有人呼应："拼死也不能让鬼子从咱的阵地冲出去。"

这时，李猛却说："朱大队长，你说，这鬼子哪个最重要？"

朱秀脱口而出："那还用问？前面这个，像个大官。"

李猛道："好，你看着，把他打掉，看他还狂不狂。"就在这说话之间，"乒"的一声，长谷川应声而倒，疯狂的鬼子也一下子失去了精神支柱似的，四散而逃。

速战速决，整个战斗不过二十分钟。汪征清点战利品后向蔡青报告："报告总指挥，鬼子八十六人全部打死，伪军死亡二十八人，俘虏四十七人，缴获重机枪两挺，轻机枪四挺，步枪一百一十支，各种辎重物资一百零二驮。其中大号电池两驮，电台一部。"

蔡青一脸兴奋："好，电台和电池交军区陈司令，他那里有更重要的用处，据说陈司令员还惦记着给延安和总部搞电池呢。这下咱算搂草打兔子，白捞着了。机枪给县大队分一半，外加步枪一百支，其余由指挥部统一调配。"

朱秀拱手道："蔡总指挥，谢谢了！谢谢了！有这么好的武器，咱民兵打鬼子更有劲了。"

就在大家收拾东西准备撤离时，蔡青突然又想起了什么，叫住汪征："挑一支最好的手枪给李猛，奖励我们的神枪手，今天他是头功。"

说完，又把洪尚礼交上来的那支勃朗宁反复看看，然后才对洪尚礼说："小洪，你呢，我看就不奖励了，但要提醒你，你打死的这可是人家皇族的一个什么人。看见了吧，这个枪柄，镶金，一般人那是不敢的。你说怎么办？这么大的皇族叫你给打死，严重破坏中日亲善，不处罚也不错了吧。"说完，哈哈大笑。

当八路军和民兵赶着骡驮，带着大批的战利品撤离战场后的一个小时，还是在州西岭上，在这块刚刚厮杀过的战场，从沁源城关方向又来了一批人。鹿野大佐在一群日伪和汉奸陪同下，视察了刚刚葬送掉皇军运输大队的战场。一具具日军尸体被抬到一大堆柴火上，一桶汽油浇在上面，一支火柴飞去，烈火腾空而起。

鹿野大佐脸色铁青，问同来的张玉甫和高明亮："高，张，你们说，八路和土八路哪里去了？"

高明亮沉思着："要说此地离城关也不过十来里地，皇军听到枪声就赶紧集合，派兵增援，八路军不会跑远吧。"

张玉甫也在沉思，毕竟在沁源县城做过一任国民党的县党部书记，也曾去过好多地方试图开展工作，要说对这里不了解，那不是真的，可你要说有多了解，那也还真谈不上，但是，就在刚才，他听到一个侥幸逃生的皇协军说，击毙长谷川中队长的是一区轮战队的"土八路"，名叫李猛。而李猛这个人他却是最熟悉不过的，因为当年李猛刚从晋绥军退伍回来，张"书记"想把这个神枪手发展为国民党员，并许以其在县党部做官或到警察局做份差事，但这个李猛却软硬不吃，就是不愿再吃"皇粮"，而这次重回沁源，一来就听说李猛不仅参加了"土八路"的民兵，还当上了什么队长。那么，是不是可以在这个李猛身上做点文章呢？张玉甫知道，李猛孝敬父母，是有名的大孝子，而且年过三十才娶了个娇小玲珑的妻子，听说这个女人还是有孕在身，那么，这个机会就有了，李猛再一心抗日，他能不顾自己的家，他能不疼爱有孕的妻子和将要出世的孩子？想到此，张玉甫不禁嘻嘻笑出声来，可是当鹿野一脸不高兴地问他笑什么时，他却顾左右而言他，搪塞了过去。这些，高明亮看在眼里，却又不便打问，只在心里暗想，看来，是得让你彻底明白了。

当天晚上，有人向高明亮报告，张玉甫吃完饭后就进了鹿野的司令部，很久才得意扬扬地出来，却不知说了些什么。

州西岭伏击的直接战果固然辉煌，但它的间接影响则更是巨大，因为，从此之后，临汾的鬼子是再也不往沁源送给养了。想想也是，如果隔三岔五地就要拿出百把号人做铺垫，那么，这条路又有什么存在的必要呢？自花谷正走后大权在握、不可一世的鹿野平洋感到了空前的恐惧。断粮，这是一个从打皇军进入中国以来前所未遇的奇事，偏巧就让他给碰上了，而断粮的连带问题是皇协军和特务们几乎每天都有开小差的，至于花谷正为装门面花钱从外地雇来的那几百号"良民"，鹿野也实在顾不了那么多了，维持会，就让那个可爱的蓝会长一个人留下吧，其他"良民"统统赶走，皇军不能养这么多白吃饭的。

　　爹不管，娘不顾，临汾不送给养，长治假装不知道情况。鹿野狗急跳墙，想了两个办法，一是直接向太原的第一军司令部打报告，请求由太原方面为自己解决后勤补给问题，但这种公文旅行没有一阵子是办不下来的。于是他又想出了第二招：自力更生，靠自己的两只手出城下乡去抢粮，粮食没弄到多少，地雷倒吃了不少。鹿野终于明白，在皇军大批的扫雷器未到之前，这乡是下不得的。坐困愁城，鹿野自己也感觉到，现在的沁源，不仅是"没有人民的世界"，而且是愁云笼罩的死城。

李猛就义

鹿野的日子不好过，太原第一军方面的批文久久搁置。关键时刻，他想起了花谷正临分别前传授给他的"锦囊妙计"：上书冈村大将，向那个在华北说一不二的人求援。

也不知是出于对大局的考虑，还是确实有着几分私心（反正这个"山岳剿共实验区"是大将一手策划的产物，搞砸了也怨不得鹿野一个），总之是鹿野的上书很快有了回音。冈村大将亲自下令，不惜一切代价，也要保证沁源给养。鹿野的困难暂时得到了解决，而为了从根本上解决这个问题，在陆军总部要求从山西方面抽调一个旅团增援太平洋战场的时候，冈村借机对整个山西全省的兵力部署做了大的调整，原驻临汾之三十六师团和原驻长治之六十九师团实行对调，而鹿野联队则除把一个大队的日军抽调南洋之外，其余继续驻扎沁源不变。这样一来，鹿野虽然少了一个大队的日军，但是他的给养供给却得到了保障。而且更重要的是，在冈村宁次的亲自督促下，从沁县通往沁源的公路也在最短的时间内正式建成通车。当看到在装甲车的保护下，皇军的汽车一溜烟似的从远方来，到远方去，而八路军和"土八路"对之束手无策的时候，一夜之间仿佛膨胀起来的鹿野平洋突然觉得自己似乎犯了一点小小的错误，那就是不该匆忙加草率地把那几百个"良民"放了生，而冈村给他这一切的前提，则是要他尽快在花谷正取得成就的基础上加强和继续建设新的维持会，以实现皇军在沁源的"强化治安"。但是，鹿野有鹿野的办法，他不寄希望于杨铭之那样可以在沁源人中间具有感召力的头面人物，而是要凭借自己之所长，那就是用枪杆子去迫使沁源人回到城镇和村庄，让他们在帝国的王道乐土上"幸福生活"。当然，一旦有了头面人物，鹿野平洋也绝不放过任何机会。

机会真的来了，鹿野感到他似乎可以捕到一条很大的鱼了。

他的网早已撒出，而渔网上的钢就是特务队长张玉甫。

农历三月三，正是太岳山区一个传统的节日——新媳妇、老媳妇都要回娘家走亲戚，新女婿、老女婿都要上老丈人家喝烧酒。尽管是战争时期、特殊年代，但张玉甫凭借他敏锐的嗅觉，还是预感到李猛会从民兵轮战队里专门请假回家看望身怀有孕的妻子，甚至和妻子一块儿去走趟亲戚。他的预感就要实现了。

州西岭一战，李猛打出了威名，也打出了新的信心。三月初二这一天，开完一个时期的总结会，李猛找到朱秀请个假，说要回离城二十五里路的村里去看望一下媳妇，顺便把蔡总指挥奖励他的两听日本罐头送给家里让他们尝个新鲜。朱秀想，三月三回娘家，本是人之常情，尤其李猛三十多了，好不容易媳妇身怀有孕，本应该好好照顾媳妇，也应该在这一天陪她到娘家走一趟。可是，这一来，媳妇的娘家已从城里搬到了永宁沟，要让身怀有孕的媳妇走一趟太过艰难。二来，李猛身为轮战队队长，别人到轮战队是半月一轮，而作为队长，李猛这一到轮战队就是几个月，所以，不让李猛回家看看媳妇也实在有点说不过去，所以李猛一说也就准了，但他没有忘记告诉李猛一句话：晚上千万别住家里，一定要在天明之前赶回来。又说，不管你多么英勇，离开组织就是散兵游勇。

李猛记住老朱的话没有，没有人知道。人们只是知道，这天晚上，踏着朦胧的月光，李猛和同村的青年民兵铁蛋一块儿走在回村路上的时候那确是一派喜气洋洋。李猛身挎三八大盖，腰别崭新的德国造二十响，别看有条腿不够利索，可走起路来却一点也不比腿脚灵便的年轻人慢。铁蛋想借李猛的二十响看看，老李道："小子，看看顶什么用，再打仗，你打死一个鬼子我就叫你玩一天，打死两个鬼子，李哥就把这枪送你了。"

铁蛋是当真的，一听这话就蹦了起来："哥，这可是你说的，不许反悔啊。"

李猛点头："哪能呢？不过这枪是蔡总指挥奖励我的，我要送你，总得和蔡总指挥打个招呼，不能私下送啊。"

铁蛋急了："哥，那这不是还说不准吗？"

老李忙解释："铁蛋，看把你急的，好像你已经打死两个鬼子。放心，你要真有那一天，蔡总指挥也会奖你的。当哥的说话肯定算话，行了吧。"

两人一路说笑，二十五里路似乎并没觉得有多远，当回到他们深居山中的小村庄——阳泉村的时候，刚好是月色当空，家家户户将要关门入睡的时间。

铁蛋与李猛告别，临走，李猛还嘱咐一句："别睡死，鸡叫三遍咱就走。"看看铁蛋走远了，李猛这才继续往村东而来，绕着自己家的窑洞院，远远观察一遍，并没发现什么异常，这才翻墙纵身一跃，进入自家的院内，然后来到自己和媳妇住的窑洞前，轻轻叩门三下。

里边一个娇滴滴的声音："谁呀？"

李猛回答："我。"

门开了，李猛一把抱住媳妇狠劲亲了一口，然后问："儿子呢，让我听听，看他说话不。"说着就弯下腰来把耳朵贴在媳妇肚皮上。

媳妇笑笑，慢慢推开李猛，然后说："说正经的，听说咱部队和民兵打了个大胜仗？人家说你还立了大功。真的？"

李猛这才想起什么，一边说"是真的"，一边撩起衣服掏出那支二十响："你看，这是蔡总指挥蔡团长给的奖励。"

媳妇看着李猛把枪拿在手里，仔细端详着，忽然说道："猛子，人家还给你们编新秧歌了呢，想听不想？"

"当然想了，别忘了，当初俺找你，不就是因为你的秧歌唱得好？"老李一片深情。

媳妇整整衣衫，就在灯光下，轻轻扭动着身子，一阵悠扬而激越的歌声从这窑洞里传出：

> 日本鬼子他到了西山，碰上伏击的三十八团，
> 一区的民兵也参了战，把鬼子打死了一滩滩。
> 一营的连长洪尚礼，一枪就把个皇族撂翻。
> 一区的神枪叫李猛，打死了中队长长谷川。
> 又是枪炮又是子弹，牛肉罐头还没法算。
> 日本鬼子吓破了胆，再也不敢上西山。

李猛不知道，他进入自己的窑洞之前，所有的一切已经有人在一棵大树上用望远镜详细地看了个清楚。现在，这个人出村以后正骑着自行车飞奔在回县城的路上。

鸡叫两遍，睡梦中的李猛忽然感到外面有动静，他悄悄地坐起来，用舌头轻轻舔破窗户纸，月光下，院门正在轻轻晃动，而院墙的墙头上钢盔的反光使他明白了一切。李猛推醒媳妇，低声说："起来吧，鬼子把咱包围了，看样子人不少。"

媳妇没吱声，忽地扑过来，一把抱住李猛，哽咽着说："这也好，要死死在一块儿。"

李猛叹口气："是我连累了你，你跟上我就没过几天好日子，唉，可惜咱的儿子了。"隔了一会儿又说，"要不，你先躲到小窑洞里，我出去，把鬼子引开。"

媳妇这时却坚强地表示："我不离开你，你要不在了，鬼子能饶

过我？听说他们前几天在韩洪村连七十岁的老太太都要糟蹋了呢，李猛的媳妇，死也要和李猛死在一起。"

李猛紧紧抱住媳妇，不再说话，而是把三八大盖和二十响压满子弹，又从墙柜里翻出十多颗手榴弹，还有一颗特制的大号地雷，依次摆在墙角安全的地方。

天渐渐亮了，院外传来了张玉甫的声音："李队长，我是张玉甫，你的老熟人张玉甫啊。还记得吗？那年咱俩谈过很长时间。"

李猛回道："啊，张书记呀，你好像是国民党的书记吧，什么时候成日本人了？国民党不要你了吧？没长脊梁骨的癞皮狗。"

张玉甫可不生气："李队长，不要生气，我老张看你是条汉子，我是替皇军来请你的。皇军看重你，只要你肯下城关，皇军就给你当警备队队长，或者你不想再打打杀杀，就给你做维持会长。这可是别人做梦都梦不来的好事啊。"

李猛没那么多废话可讲，照直骂道："张玉甫你个狗汉奸，你他娘的有本事就进来和老子聊，没本事少废话。"

张玉甫并不甘心："李队长，你再不出来，皇军可就不客气了。"

李猛干脆："好啊，来一个我要你一命，来两个我让你收尸一双。"

这时候，再也耐不住性子的鬼子开始蠢蠢欲动了，在一阵机关枪子弹的掩护下，"喀嚓"一声，小小院门被撞开了，两个鬼子手端机枪闯了进来。李猛从窗户洞里看个真切，"啪啪"两声枪响，两个鬼子栽倒在院里，一动不动。

"李猛，你别不识好歹。"这次不是张玉甫，换上了另外的汉奸，声音更高，但底气反而更不足，"现在投降还来得及，再不投降，皇军就用大炮轰你了，要你尸骨全无。"

李猛正要回话，就听又是张玉甫的声音："叶子平，皇军说你混蛋，鹿野太君说，只要活的李队长，不要死的李猛。李队长，皇军真是对你另眼相看啊。"

张玉甫说完半天，还不见李猛的动静，就听一阵呜里哇啦的日本话嚷嚷，然后是一个中国人的声音："弟兄们，鹿野太君说，活捉李猛者，赏大洋五百，官升三级。"

果然是重赏之下必有勇夫，几乎同一时间，二十多个鬼子和伪军从各个不同方向翻墙进入院内，蜂拥着向窑洞杀来。

"好，就等这个。"李猛对媳妇一笑，"集体来送死，不能不让死。"说着，把那个大号的超级地雷从墙角搬起来，一拉导火索，猛地开门，将大家伙扔到院里，又把门关上，一把把媳妇也按倒在灶台下的死角。

"哇——"院里的日伪军一见那"嗞嗞"冒烟的铁疙瘩，立即乱作一团，正待争相回头，只听得"轰"的一声惊天巨响，窑洞的门窗都在"哗啦啦"作响，窗户纸更是被乱纷纷飞来的土石打成丝丝碎条。李猛自己被飞来的弹片和石块划伤数处，额头流血，左臂疼痛难忍。媳妇赶忙过来给丈夫解开棉袄，脱下一只袖子看时，李猛的左臂已经肿得老高，乌青乌青的。李猛一边穿好衣服，一边用白布缠着头上的伤，对媳妇说："就这一下，咱就够本了。你看小鬼子有什么了不起，这点儿伤还是咱自己弄的。"

媳妇惨然一笑，深情地望着这个无比高大结实的男人。

一时的沉寂，李猛抱着大枪，靠着火炕蹲在地下，静听着外面的动静。

"哒哒哒，哒哒……"一串子弹飞来，李猛抬头一看，鬼子在离他家五十米远的一个小高地上架起了一挺"92"式重机枪，子弹正是来自那里。

李猛端起大枪，略一瞄准，"啪"鬼子的第一射手脑袋开花。

李猛第二次扣动扳机，刚刚摸到机枪的第二个鬼子射手又趴在枪身上不动了。

"92"式重机枪不再叫了，李猛闭目养神，院外传来"嗞嗞"的声音，李猛透过门缝，发现院子里烟雾弥漫。紧接着，"咚咚"的脚步声传了过来。

"奶奶的，有好吃的给你们。"李猛瞄也不瞄，"嗖嗖"甩出两颗手榴弹，就听几声哭爹喊娘撕心裂肺的惨叫。

李猛孤身战顽敌正酣的时候，朱秀和蔡青两人对练拳脚刚刚回来，正想找人开个会研究一下民兵轮战队家属抢耕抢种的事情，忽然就见一个人疯了一样跑了进来，一进门就上气不接下气地说："不好了。李，李猛李大哥被敌人……"

朱秀看他语无伦次，递上一口水说："铁蛋，你不是和李猛一块儿回去的吗？怎么？昨夜没有回来？"

铁蛋情绪稳定一下，这才一五一十把事情经过一一道来。

朱秀一听就急了，赶紧带上铁蛋去找蔡青。蔡青倒是冷静，听完情况汇报，立即决定，全力以赴，营救李猛。可是，算算手头的兵力，老蔡为难了。三十八团一营刚刚于昨天出发到二沁大道准备一次新的行动，县大队为配合这个行动也出动了两个中队，现在手头可用的兵力充其量就是三十八团二营的一个连，还有一区的轮战队。尽管兵力有限，蔡青还是当机立断："老朱，你带二营这个连和一区轮战队先到阳泉村去，主要任务是干扰敌人，吸引他分兵。我派人快马通知二营的另两个连后续跟上。快！"

李猛的战斗已经进行了一个多小时，太阳升起来了，但整个阳泉村却仍被黑暗所笼罩。鬼子正指挥伪军在刨窑洞的顶子，而在院子里已经躺着足足十九具尸体。

李猛拉开枪栓，枪膛里只有两颗子弹，再打开二十响的弹盒，也只有一颗子弹。媳妇偎在丈夫的身边，轻轻问："就这了？"

李猛点头："对，咱俩一人一颗，还有鬼子的一颗。"窑顶的土在"簌簌"往下落，李猛和媳妇紧贴着窑壁靠着，眼睛紧盯着窑顶。

"哗啦啦"，一阵猛响，几块巨大的土块落了下来，一线光亮从天而降，窑顶被刨开了。

"李猛，"张玉甫又在不厌其烦地做着梦，只不过这次声音是从窑顶传来的，"你现在投降还不晚，你看皇军对你多宽容，皇军不计较你的无礼，赏识你是个英雄。只要你主动出来，走出这一步，维持会长、警备队长还是任你选。"

李猛一个箭步跳到窑洞中央，使劲一扔，两颗手榴弹直蹿窑顶，只听"轰轰"两声响，这才大声骂道："张玉甫，你他妈的瞎了眼，你打听打听，沁源人有当汉奸的没有？想从我这里开口子，做你的梦。"

张玉甫算逃过了一劫，但陪他喊话的两个汉奸可就躺在窑顶上永远不会起来了。张玉甫惊魂未定，只听旁边的汉奸们在议论："这李猛还了得，眼睛都会拐弯了。"张玉甫没有受伤，但还是像受了伤一样扑通一声倒了下去。

鹿野平洋看到了这一切，他也深深为这个"土八路"不可思议，他很想和这个人好好谈谈，但这显然是不可能的了。他明白，再耽误下去，不仅活捉李猛将成笑柄，而且，八路军援军一旦赶到，那将会是又一场不可预测的战斗。不能再拖下去了，鹿野下令："瓦斯弹，拿上来。"

从永宁沟到阳泉村二十多里路，中间要两次蹚过沁河。朱秀带着一个连又一个中队的兵力，刚刚一个小时就已经来到离阳泉不到二里路的第二道河湾。三月的河水，刺骨冰凉，刚刚解冻的冰碴子刺破了战士们的腿，血在流，河水在变红，但队伍前进的步伐却一点都不曾减慢。

然而，朱秀和他的战友们怎能想到，这时，在李猛的窑洞院里，鹿野大佐所指挥的鬼子和汉奸们正如临大敌，窑洞里的烟雾尚未散尽，鹿野就命令几个鬼子用毛巾裹着嘴巴，端起刺刀向窑洞里冲去。几分钟后，四个鬼子抬着遍体鳞伤、昏迷不醒的李猛走出窑洞。微风中，李猛清醒过来，他明白是怎么回事了，右手在腰间摸着，突然抽出那支侥幸未被敌人搜去的二十响,"啪"的一声,一个鬼子倒地,李猛也被扔在了地上。

"啪,啪。"远处传来清晰的枪声。

一鬼子报告:"大佐,土八路,是撤还是打?"

鹿野看看李猛:"他们是来抢这个人的,我们撤!"

十分钟后,当朱秀来到李猛的窑洞时,鬼子抬着李猛夫妇已经撤走。几十名群众闻声赶来,其中一位老爹拉住朱秀的手说:"大队长,猛子好样的,一个人打死鬼子汉奸二十多个,他媳妇也是好样的,你们一定要救他们啊!"

朱秀两眼泪水充盈,却没有流出来。他紧紧握住老人家的手动情地说:"谢谢乡亲们的信任,我们一定会为李猛队长报仇的。"

这时,三十八团二营的另一个连也赶到了。朱秀与二营长合计一下,鬼子抬着李猛夫妇,还有十几号伤员,应该走不快的,那么,如果我们轻装再抄近路,也许能够赶上。于是,两路人马合兵一处,往鬼子回城关的必经之路——韩洪沟河滩赶去。

半小时后,朱秀与二营长已经潜伏在韩洪沟河滩的小树林里,用望远镜观察着前方。喘息未定的民兵和战士正在抓紧时间检查枪支弹药,有的则在偷空喝一口水。

"来了。"二营长轻轻一声,朱秀望着前方,果见一队人马肩扛手提或抬着担架过来了。可是,怎么看都感觉不像有李猛夫妇的样子。

"莫非,莫非……"朱秀自言自语。

"副总指挥,敌人已经进入伏击圈,打不打?"二营长焦急万分。

"瞅准了,打乱为原则,无论如何不能伤了李猛。"朱秀叮嘱着,虽然他已一眼就看出这群人中并没有李猛,却仍然希望有奇迹出现。

"放心吧,副总指挥,这些要求已经给战士们说过好几遍了。"

"好,那就打吧。"朱秀说。

"打！"二营长一声令下，上百敌人似乎基本就没做什么抵抗便落荒而逃，只留下一堆担架和伤员。

朱秀在伤员中仔细辨认着，现实再次凸显了他的失望。

"你们谁是中国人？"朱秀对那一群伤员喊道，"谁会说中国话？说中国话优待。"

马上有人举手："长官，我是中国人。"

"长官，我是被拉来的。"

"我早就不想给狗日的干了。"

大约六七个伪军抢着说话。

"好了，现在不问你们为啥当伪军，只问你们一件事，李猛哪里去了？"朱秀尽量掩饰着内心的焦虑。

"长官，是这样的。"一个伪军排长说道，"他们都不知道，这事就我了解。刚才从阳泉村出来后，鹿野太君，不，不，鹿野鬼子，怕你们半道上截杀，又考虑大队人马抬着担架走不快，就把李猛夫妇用麻袋装起来，派一个小队的骑兵走山路先回城关去了，然后才命令我们抬着担架沿河滩慢慢往回走。"

"唉！"朱秀一拍脑门，无限懊悔。

尽管付出了惨重代价，但是成功抓获太岳区"土八路"的头号神枪手和名气最大的民兵轮战队队长李猛，还是让鹿野高兴了好一阵子。无论如何，这是一个象征性的胜利，无论如何，这是一个可以借此大做文章的机会。为了充分利用这次机会，给沁源百姓以威慑和恐吓，鹿野决定对李猛来一次当众"公审"。而为了这个"公审"那又必须得有听众，可是前段时间由于城里断粮，早已经把花谷正原先骗来的、雇来的几百装门面的百姓给赶跑了，而今，人到用时方恨少。于是，鹿野不得不又搞了两次突袭，到山里去抓人，甚至突破到沁源县的境外去抓人，因为那里的老百姓本是搞了维持的，以为给"皇军"纳粮扛差，"皇军"是不会去抓他们的。所以当初花谷正要找顶门面的人就得花钱去雇，可不承想这个鹿野太抠门，连这点小钱也不肯花，干脆就把百姓当八路军给抓来然后再让你当苦力。这事闹的，结果是不仅周边县里的百姓恨他，就连周边几个县的伪政权和那里的鬼子也对他有意见："你鹿野大佐有能耐自己抓沁源的老百姓啊，干吗跑我们这里来抓人呢？"

鹿野不管这些，反正老百姓我是有了，那么，用完再给你放回去不就得了？

万事俱备，这一天，在花谷正开辟的广场上，鹿野摆上了另一种"排场"，荷枪实弹的日军和皇协军站满了一个周沿，而鹿野则一身戎装端坐在一把皮椅上，离他不远处，宪兵队长伊藤俊和皇协军团长高明亮歪着身子站着，嘴里叼着的香烟正在冒着袅袅青烟。大会开始，几百名刚刚抓来看热闹的百姓被带到场子中央，最后才是躺在担架上依然被绑着的李猛和他的媳妇。

鹿野叫来张玉甫、齐标峰两个汉奸，耳语几句，二人点头哈腰来到李猛媳妇面前，对押着她的伪军训斥道："你们也不看看这是谁？怎么把李大队长的夫人就给绑起来了？还不赶快松绑！"

伪军知道这是鹿野的意思，赶忙松绑，李猛媳妇理理蓬乱的头发，伸伸胳臂，走到李猛担架前，轻轻抚摸李猛。

鹿野走近李猛媳妇，笑嘻嘻地说："你，李猛夫人？"

"我是李猛媳妇，怎么样？"

"你也是共产党？"

"那我还够不上，不过我男人可是，响当当的共产党。"李猛媳妇一脸的骄傲与自豪。

"我的知道，我的知道。共产党夫人，皇军很佩服你的丈夫，他是大大的英雄，皇军喜欢英雄，很想和他交个朋友，你能不能劝说你的丈夫你的大英雄和皇军好好合作呢？"鹿野从来没有像今天这样耐心。

李猛媳妇的回答却是那么的干脆利落："哼，说得好听，告诉你，沁源人宁死也不当汉奸，别做梦了！"

鹿野仍不死心，绕着弯儿说："不，不，不当汉奸，皇军不是让你们投降，而是要给李队长治伤，治好伤想干啥干啥，总可以吧。"鹿野显示出十足的热情。

"是吗？"这时李猛在担架上说话了，"你是说给我治好伤还让我拿枪抗日打鬼子？"

"唔，李队长，这就不够意思了吧。"汉奸齐标峰凑过来，搭讪着说，"咱做人要有点良心，皇军给你治好伤，你怎么好反过来打皇军？"

"来，来，来。"李猛朝齐标峰用眼睛打着招呼，姓齐的赶紧过来，李猛却说，"就你这条狗还跟老子提良心？你也配！你他妈的有良心吗？中国的粮食喂大了你，你倒认日本人做了爹，你的良心不是被狗吃了就是你爹没给你做上良心。"

淋漓尽致，一顿好骂，齐标峰恨不得一口把李猛给吃了，但是鹿野不放话，他连个重话都不敢说，所以就任由李猛骂，还得赔上笑脸。倒是一旁鹿野有点看不下去了，接住李猛的话说："李队长，你这是何苦呢？大家做朋友嘛。中日亲善对谁都好啊。"

李猛笑道："好，怎么好？就要我和他们一样给你们当走狗，欺负中国人？"

鹿野道："唉，不能这样说，应是中日亲善，咱们同文同种，应该不分彼此的。"

"哼，亲善，有你们这样亲善的吗？强盗！我告诉你，别做你的维持梦了。"李猛的话还没完，就听李猛媳妇转向被押来的群众，大声喊道："乡亲们，咱沁源人誓死不维持，这我是听李猛说的，今天我要讲给大家。"

"八嘎！"鹿野终于原形毕露，"唰"地抽出指挥刀，横在李猛媳妇面前："再胡说，我砍了你的头。"又对闭目养神的李猛吼道："李猛，你就忍心看着你心爱的妻子被砍下人头而不管不顾吗？"

李猛双目微启，和妻子的目光闪电般对撞一下，微微笑了。

"老百姓，你们看好了，谁和皇军作对，谁就是她的下场。"说着，鹿野举起战刀，向着李猛媳妇劈来。

"慢。"一旁静观不语的宪兵队长伊藤俊中佐开口了，伊藤是正儿八经的陆军大学毕业，在军中属于那种官职不大但是架子不小的人，原因也很简单，他有着绕开鹿野甚至当初的花谷正而直接向陆军总部打报告的特权。那么，他要说什么话，鹿野一般来说是不会挡横的，只见这位表面上儒雅倜傥、实质上阴险狡诈的白面书生走上前来，用一种不急不躁的口吻说道："大佐，以我看，应该再给李队长一次机会。"然后转向李猛："李队长，你是条汉子，我不能不佩服。可是，作为中国传统概念中男人的含义你应该知道，那就是你必须保护你的女人，尤其是一个即将为你带来下一代的女人。李队长，不是这样吗？你可以当你的英雄，可你为你的妻子还有尚未出生的儿子或者女儿考虑过吗？她们何罪之有？凭什么尚未出生就要因为你的这个做父亲的缘故而失去生存的权利？难道这就是你们共产党人的人道吗？"

真正的巧舌如簧，恍然间，就连早已抱定了必死决心的李猛都听得不由得紧张了一下。但李猛知道，无论鬼子说得再好，也是不能相信的。所以，干脆闭目养神，就当没有听见一般。

伊藤以更慢的速度却更具杀伤力的语气切近了说："我还听说，你们共产党人是为人民服务的。以人民的利益为最高利益，那么，请问，当你的妻子，你的孩子，和这三百多老百姓，也就是你们服务的对象将要统统因你而被杀头的时候，你能为他们做什么？你能做又为什么不做呢？你不做是不是就等于你的虚伪？是不是就是对你们的党所追求的最高利益的背叛？如果你承认这一切，那么，我们就不需要再谈了，如果你不承认，那么，你这个共产党不就是假的了吗？一个假共产党，你装什么英雄？"

不能不承认，伊藤这一套理论首先把鹿野给震撼了，他从心底不能不佩服这个年轻人的厉害，伊藤的理论也把李猛给打蒙了，一时间他真的不知该如何反驳这个看起来不温不火的家伙。但是，一种本能的意识，使他很快反应过来，这些年，老李跟着刘凯蔡青这些人，理论水平不敢说有多高，但你要骗他也还不那么容易，眼前这个人，说得很轻巧，但是，越是这样，越是说明鬼子是在狗急跳墙。李猛没有伊藤的理论，但李猛有李猛的底线，决不投降，决不做汉奸！因此，老李开口了："刚才这位我不知如何称呼你，但我可以告诉你，中国人讲究的是好汉做事好汉当。你说的这几百人是怎么来的，你比我清楚，不就是拿来演戏的吗？你把演员都杀了，那你的戏也就完了。你的维持梦连假的都做不成了。那样，你的上司也不会饶过你的。你说那么多，老李我听不懂，但有一条我必须告诉你，你有诡计千条，我有主意一个，决不投降！有种的，你就给爷爷来个痛快。"

伊藤明白，此人没"救"了，摇摇头走向一边。鹿野则早就不耐烦了，干脆一声令下："李猛，想来痛快的，没那么容易，抬铡刀！"

北风骤起，乌云突至，李猛被大铡刀铡为数段。

松涛吼，密云翻，三百多群众掩面而泣，旁观的日伪军面露怯色。张玉甫两腿在打颤，伊藤面如死灰，鹿野则是恶狠狠地狂笑。只有一个人，心里在流泪，表面上还必须做出若无其事的样子，这个人就是高明亮。

"打倒日本帝国主义！"

"誓死不当亡国奴！"李猛就义前的口号在人们心中和耳际久久震荡。

而李猛呼唤的声音尚未落下，他的亲人、他最思念的战友、为他甘愿付出一生的媳妇，就从容不迫地走向了李猛刚刚就义的地方，这个并不高大的女人以高于一切的伟岸，向广场上的人群微微一笑，一甩头发，紧跟她的爱人而去。

书到此处，笔者需要说明的是，在两年半的围困斗争中，沁源一县像李猛一样威武不屈、英勇就义的革命烈士何止一二，诸如一区武委会主任张法中同志，二区区分委赵正中同志，一区麻巷村支部书记张成同志，每一个都可以单独写成一本厚实而沉重的英雄传记。

夜半惊魂，张"书记"殒命

1943 年的春天来到了太岳山，本着长久围困与自力更生的两大精神，太岳区和沁源县委号召全县军民展开春耕大生产运动。

沁河两岸，八路军与老百姓一手拿枪，一手扶犁，正在春耕播种。河水在潺潺流，毛驴在昂昂叫，八路军战士赤膊上阵，和瘦弱的耕牛、偏孱的毛驴一块儿拉犁。每一个山冈上都可清晰看见显眼的消息树。树下站着扛着步枪的民兵和扛着红缨枪的儿童团员。

而在二沁（沁源—沁县）大道的交通枢纽交口的日军据点里，在紧邻沁河的招则垴炮楼上，日军中队长小野伸二手持望远镜，正通过枪眼观察着离他并不远的那种人欢马叫闹春耕的场面。说实话，依着小野的性子，他早率兵冲下山去，要给这些目无皇军的八路军和民兵一点颜色看看。可是不行，据说是由宪兵队长伊藤出主意，鹿野联队长下令：为了"山岳剿共实验区"的长久与持续，皇军今后也得就地解决粮饷供给。然而，皇军是不可能下田耕作的，那么，好吧，就让八路军和百姓先替皇军把庄稼种下吧。这样，等到秋天的时候，还不是谁收到手算谁的？因此，全县各个据点的日伪军这一次就要做春耕的旁观者，当然，这也并不影响一旦发现有八路军和民兵的小股部队，还是要不失时机去捞上一票。应该说，伊藤的这个算盘打得够精，从战略的角度讲，无疑是正确的。可是，算盘打得再精明，要想实现所谓的"山岳剿共实验区"计划，首先还是得驯服人。驯服那些丝毫不给皇军面子的沁源人。伊藤计划和鹿野的命令本来天衣无缝，可是，这个本想讨好上司的计划一报到冈村大将那里，就被大将在电话里把鹿野骂了个狗血喷头。

冈村的脾气是在突然之间爆发的："鹿野，你鼠目寸光。作为帝国军人，你怎么能够光看到眼前的蝇头小利，而看不见'山岳剿共实验区作战计划'的战略意义呢？你必须明白，我之所以让你接替花谷将军的职务，这是帝国和陆军总部对你的信任。你的首要任务不是为皇军节省多少粮食，而是为帝国在共党的腹心地区建立一块真正的王道乐土。为所有为共党盘踞地区的帝国军人做一个榜样。如果你们仅仅为了一点小小的利益而放弃和共产党八路军的每一次较量，那么，你们将在百姓心中给皇军造成什么形象？"说到最后，冈村大将再次强调，"沁源的维持会不能仅仅凑合一个就了事，你们应该趁此机会，在尽短的时间内在全县范围内发展更多的维持会，建立真正的具有广泛代表性的政权。"

放下冈村大将的电话，鹿野感到了一种窒息般的沉重。他略微整理一下思路，立即通知日伪和汉奸的各部要员前来开会。

会议开始，鹿野一改往日粗暴的脾气，说话也显得和气了很多，但是在他人看来却颇有失魂落魄的样子。鹿野大佐首先传达了冈村大将的电话训示，他的优点是这一次传达得原汁原味，而他的缺点也在于这一次他传达的时候太过原汁原味，没有了以往他惯有的那种独断与自信。好在，他在最后还是强调了一下："诸位，冈村大将的命令就是天皇的命令，和共产党八路军争夺民众，这样的仗比执行三光政策更难。但不管什么困难，我们只许成功，不许失败。帝国利益高于一切，今后我们要切实执行三分军事、七分政治的方针，不得再乱杀人、乱烧房子，玩女人也要到慰安所，不得公开抢花姑娘。张队长，你的便衣队要加强便衣侦察，对民众晓以利害，各个击破，总之，一个月内，我们要在全县建立起至少五个维持会。"

鹿野说干就干，有了冈村大将的命令，众头目也不敢含糊。趁着八路军和民兵更多的精力都集中在春耕播种上的机会，几次出击，不仅抢回了一批物资和耕牛，而且裹胁回大约四百多名的老百姓，其中更有多达一半的妇女儿童。抓这么多人，这也是开展"山岳剿共实验区"作战以来沁源县城内最多的本地老百姓。鹿野很是高兴，这样弄来的百姓总比上次在外县抢"良民"在经济上要合算得多，而且也不会引来其他地方皇军的不满。

按照鹿野的计划，在名义上已经是那个治下没有"良民"的挂名维持会会长的蓝妮儿立即就成了大忙人。因为鹿野给了她一个"培训会干"的差事，让她在抓来的百姓中寻找具有培养前途的干部以及有一定经验的会长人选。

蓝妮儿毫不犹豫，这下她可找到一个可以风光几许的机会了。应该说，虽然杨铭之的"失踪"也给她带来了一定的痛苦，但当"会长"的乐趣很快就弥补了这个女人的精神空缺。尤其是杨铭之的离去，使得本来就很有些自由的她有了更多的自由，而张玉甫、齐标峰，甚至鹿野这些色狼一个个都有了更多的机会与这个日伪眼中的"大众情人"厮混。尤其是，在花谷正的"时代"，由于花谷正的要求，沁源县城的日军队伍是有一支小小的随军"慰安妇"队伍的。那些女人，有的说是朝鲜女人，有的说是台湾女人，可也有人说听那说话就是地道的东北口音。人虽少，但"工作"效率很高，所以那个时候在沁源县城虽然基本不见女人，但鬼子们的性饥渴似乎还不是什么迫切的问题。伪军就要委屈一些，但既在屋檐下，不能不低头，因此起码在表面上还不至于因此而爆发什么事件，诸如常见的争风吃醋等等。而花谷正一走，那本来就不多的慰安妇们就被太原的鬼子调到更需要的地方去了，有人说是下了南洋，和增援那里的鬼子一块儿去的。鹿野一开始对这事很不满意，向冈村司令官也抱怨了几句，因为这个会影响部队的情绪，也是人之常情。可是，也正是由于花谷正的离去，蓝妮儿渐次成为鹿野公开猎取的目标，也成为他新的满足。到现在他才知道，和这个真正的尤物相比，那些慰安妇根本就不是"女人"。"牡丹花下死，做鬼也风流"，真是经典。鹿野凭借他并不高深的中国文化来欣赏着蓝妮儿，也满足于这种土皇帝的生活。但是，作为带兵的司令，他犯了一条大忌，那就是夺人所爱，因女色而和部下心存芥蒂。而现在他的"情敌"竟然包括了宪兵队长伊藤俊中佐、特务队长张玉甫以及本来是亲信特务的齐标峰这样一些他自己手下的骨干力量。而且，这还不算这些人之间另一个层次上的明争暗斗。终于有一天，这种暗中涌动的急流掀起了波浪，而且一下子就把花谷正精心构筑的特务机构给打了个落花流水。

且说蓝妮儿受鹿野之命去以身说法，培训"维持会"干部，张玉甫则作为前国民党县党部书记去给他曾经的工作对象讲课。偌大的会场，这两人一时间就成为惺惺相惜的一对。要说张玉甫和蓝妮儿有一腿那要比鹿野早得多，当初花谷正在的时候这就是公开的秘密。为此，在杨铭之失踪那一天还几乎因此而葬送了性命。可是，此一时也，彼一时也，自从鹿野勾搭上蓝妮儿，也不是说蓝妮儿就把他这个老情人给忘了，而是鹿野根本就不给他这个机会。几乎每天晚上，鹿野都要请蓝"会长"谈那个根本不工作也没法工作的维持会的"工作"。而且一谈就谈到天亮了。好多次，张玉甫是望眼欲穿，夜不能寐。而今天可好，一则张玉甫有了名正言顺地和蓝妮儿单独在一起的机会，二则这天下午鹿野联队长和伊藤宪兵队长，带着一众人等到远离县城达三十公里以外的郭道和交口两个据点视察去了。正常情况下，鹿野一行今天晚上应该是不会回到县城了。这个情况当然不只张玉甫知道，蓝妮儿更知道；也不只这两个人知道，还有诸如齐标峰等对蓝妮儿垂涎欲滴的人们也知道。在张玉甫想来，鹿野太君不在，那蓝会长就应该是和我张某人谈论"工作"了。但齐标峰不这么想，就算你张队长官大一级压死人，但弟兄们在一块儿出生入死，何至于为一个女人伤和气？彼此关照着点也就是了。

可是齐标峰又看出来了，张玉甫根本就没有通融的意思，而且恰恰因为齐标峰这个"兄弟"碍眼，就派他当晚带班，理由是鹿野大佐不在，需要特别加强戒备。而齐标峰身为副队长，原本是不需要亲自带班的。事实是，这天晚上齐标峰根本就没有安排什么值班，更别提有谁带队，而且，妒火中烧之下，齐标峰竟然一连两次打断了张玉甫与蓝妮儿的好事。使得张队长特别恼火，最后直接告诉齐标峰："姓齐的，你他妈再来捣乱，老子崩了你。"

齐标峰何许人也？前面说过，曾经在沁源县里做过皮货商。此人为人阴险狡诈，嘴巴也甜，兼之爹娘给了一副还算不错的身板，一米八的个子，走起路来雄健挺拔，因此在他来说就认为，蓝妮儿对张玉甫也好，对鹿野等一应日本人也好，那都是假的，迫不得已。只有对他齐标峰才是真的，是杨铭之之后的唯一。至于蓝妮儿是不是这样想的，齐标峰无暇过问，反正齐标峰自己是这样认为的。现在看到张玉甫竟然如此霸道，不禁由妒生恨，他就想到了何不就此事向鹿野太君打个报告，相信鹿野也不是吃素的佛，那样的话，说不定结果不仅仅是张玉甫在这件事情上要吃飙，而且还有可能因此而……想到此，齐标峰竟然偷偷地笑了。

夜半时分，张玉甫与蓝妮儿正在巫山云雨，也是长期以来的性压抑所致，起码在张玉甫来说是全神贯注，离他一步之隔的卧榻之侧鹿野已经在齐标峰的带领下"聆听"良久了，这二位在里面竟毫无觉察。也难怪，原先张玉甫是派有专人给他听风瞭哨的，可是那人属齐标峰亲信，齐标峰一来就把这听风的给放假了。而鹿野呢？这位大佐先生本来是安排在郭道据点休息一晚的，但出于某种不良感觉，或者说是因为有人提醒，具体说就是同去的皇协军团长高明亮的提醒，高明亮说，他是一定要回县城过夜的，一是不想增加下面弟兄们的负担，二是对城里"那帮小子"不放心。又说，要不，大佐可以留下，而高本人和伊藤队长是决定赶回来的。那伊藤俊就更是一种迫不及待的样子，说什么军人嘛，走走夜路也属演练。又说，大佐安心休息，城里的一应事情将由他来照料。鹿野心想，怕的就是你去照料，他知道，很久的性饥渴已经使伊藤这个谦谦君子也快憋不住了，自己决不能给他们这种机会。

于是晚饭以后，一干人马连夜赶了回来，而令鹿野想不到的是，他刚一进城门，迎面就碰上了齐标峰，说有紧急情况汇报，什么情况？蓝妮儿蓝"会长"在晚饭以后就再未出现，而齐标峰是为了防止杨铭之失踪的故事再次发生受张队长之托带队巡逻时发现蓝"会长"不在住所，然而，当他欲向张队长汇报此事时却遇到了尴尬的一幕。

不用多说，也无须解释，当天夜里张玉甫便以破坏治安罪被抓了起来，第二天便被秘密处决了，蓝妮儿则从此受到了更加严密的"保护"。

除掉张玉甫，可谓大快人心，在宪兵队长伊藤和汉奸齐标峰等人来说，那是去掉了一个可恶的"情敌"，对于鹿野来说，那是拍死了一只苍蝇，而对于白皮红心的高明亮来说则是铲除了一个最大的危险。所以这样一个重要人物的"非正常死亡"竟然没有在县城内引起一点点波澜，这还真令鹿野很为自己的用人之道和识人之法骄傲了一下。

但是，鹿野清楚，当务之急是赶紧再折腾出几个像样的维持会。这件事，已经成为悬在他头顶上的一把无形之剑，随时都会从天而落。尤其是在处决张玉甫之后不到三五天的时候，身在北平的冈村大将竟然一大早就给他打来了一通电话，或者说是劈头盖脸地将他臭骂了一顿。据冈村大将说，太原城里的报纸《新民报》刊发了一篇报纸的王牌记者董长庚采写的随军采访，里面说道：皇军虽然占领沁源全县已经有些时日，可是，如今的沁源城里的状况却是令人不寒而栗。"城内人烟稀少，暗无天日，望之全城各处，无一点活气。"冈村大将质问："这究竟是怎么回事？你知道这样的报道会对我们的事业造成多么严重的损害吗？"冈村大将特别提到：维持会是怎么回事？报道说你鹿野居然赶走了花谷正好不容易请回来的百姓，使得沁源城里唯一的维持会名存实亡。你必须要对这件事情的后果负责！更让鹿野恼火的是，冈村大将把他骂完，连一句都不听他的辩解便将话筒给摔了。还有同样让人窝心的是，冈村大将所说的这张报纸，时至今日他都没有看到。一时间，鹿野平洋恨透了所有的人。他恨花谷正，那个把他扶上司令宝座的人，事实上却是把他置于火上来烧烤；他恨冈村，这位大将实际上就是把他当作一只任意宰割的替罪羊而已；他更恨张玉甫和伊藤俊，如果没有这些人掣肘，是啊，如果没有这些人又能怎么样呢？鹿野一时找不到答案。于是，他转而痛恨那些八路军和"土八路"，正是这些家伙，完全不讲光明正大，总是用一些偷偷摸摸的手段来和皇军对抗，正如这城里的皇协军士兵原创并流传到皇军士兵中也在哼哼的那首歌谣：

　　望虎深山虎不在，
　　你不找虎它偏来。
　　你当老虎是只羊，
　　羊吃你时猛如虎。

　　是啊，这就是皇军在这个倒霉的地方所碰到的事实，可是，可是，为着自己的仕途，也为着皇军和帝国的尊严，本来上次那个什么姓董的狗屁记者到沁源城里采访时，鹿野严词警告过那个家伙不得把皇军的实情暴露出去，因为这是"军事秘密"。可是，可是那个家伙胆大包天，怎么竟然毫无保留地把沁源城里的实际情况给报道出去了呢？如果不是这个姓董的这么报道，冈村司令官也不会那么气急败坏地要我鹿野来担责任吧。看来，只要有机会，应该把这个狗屁记者找出来好好羞辱一顿才能解恨，不，直接把他弄死得了。然而，时不我待，眼下的情况，最迫切的是怎样才能把大批的老百姓给弄回城里，让他们成为皇军的"良民"。然后再像花谷正一样，想办法溜之大吉。

为了这个当务之急，鹿野让他手下的日伪官员们尽献其策，可是等来等去，总也不见计从何来，倒是等来了冈村大将提到的那份姗姗来迟的《新民报》，当他把董长庚的文章细看之后，才越发为自己的处境担忧起来。因为他从中看出了那文章中提到的一句话，一句让他如鲠在喉的"题外话"："对于沁源驻军的情况，第一军司令部已经表示了极大的关切。"鹿野明白了，董长庚的文章其实表达的是岩松义雄司令官的意思，也就是说，对于目前皇军在沁源的遭遇，太原城里的那位将军不仅心知肚明，而且有点儿幸灾乐祸。这也就不难解释为什么周边几个县的日本驻军那些狗屁少佐中佐甚至尉官之类的竟然敢于对身为大佐的他指手画脚。看来，不拿出一点真功夫，让那帮家伙看看是不行的了。还好，世界上的事情总有个物极必反否极泰来。正在鹿野困顿无解的时候，就有人给他送来了一份珍贵的礼物。

现在有必要说一下皇协军团长高明亮了。

高明亮，辽宁海城人，早年曾经是张少帅手下的青年军官。"9·18"事变时，他所在的部队正好就在北大营驻扎。那天夜里，日寇突然袭击北大营，张少帅下的命令是不许抵抗。但时任连长的高明亮还是和他最要好的几个弟兄向鬼子开了枪。也正因为如此，高明亮成了那天晚上整个北大营少数受伤的几个人之一。

后来，整个部队在不抵抗政策的道路上越走越远，退到了关里。而高明亮却因为养伤留在沈阳城里，直到第二年伤好以后就参加了杨靖宇将军领导的抗联，成为一名具有高度觉悟的中国共产党党员。也就在此后不久，接受组织派遣，高明亮又以一名东北军军官的身份进入皇协军。并因其出众的军事指挥才能迅速成为一团之长。就高明亮本身的想法，进入沁源以来，他已经多次向太岳军区城工部提出建议，组织一次战场起义，将手中这上千人的队伍改变为八路军，然后带领弟兄们痛痛快快打鬼子。可是，当城工部把他的情况向陈赓司令员汇报请示之后，陈赓司令员明确指出：就目前的情况而言，还是继续潜伏对党和人民对抗战的作用更大一些。

作为一名共产党员，高明亮无条件服从了组织的决定，也确实在战斗中发挥了巨大的作用。可以说，自从冈村宁次的"山岳剿共实验区作战计划"实施以来，除了一开始的时候冈村和花谷正在战役发动阶段真正做到了极度机密，从而使得我军事前没有得到任何情报以外，在日军入驻沁源以来，几乎日军每一次重大的行动都为我方密切掌控。这中间最大的功劳无疑正在于高明亮的出色工作。

今天，在鹿野提出抓捕裹胁百姓进城以求加快"强化治安"，建立更多维持会的任务后，高明亮就陷入了又一次苦苦思考之中：敌人的计划一定要提前告诉我围困指挥部，可是，现在的问题是，鹿野将采取什么样的计划？什么样的计划又能够为鹿野看中？高明亮清楚，在这些计划中，自己既不能冲得太靠前，又不能缩得太靠后。在整个潜伏行动中，潜伏者的第一要务是表现得和正常人完全一样。在这一点上，高明亮不仅早在接受潜伏任务时就已经受到过严格的训练，来到太岳区之后，更是受到陈赓这样一位在中国共产党内协助周恩来同志最早开创了地下工作的先驱的亲自领导和悉心关照。虽然说，这段时期以来，高明亮尚未真正一睹陈赓的风采，但是陈赓在上海白色恐怖的世界里如鱼得水般开展地下工作的故事已经深深地感动着他、激励着他，而陈赓的每一次至关重要的指示，也都越发让他渴望早日见到这位心目中的真正英雄、人生榜样。

现在，很明显，又一次考验在等待着自己。想一想，如何才能借船出海，让鹿野再上一次大大的当、吃一次大大的亏呢？正所谓瞌睡时就有人送上枕头，老牌汉奸杜成亮来了。

这天晚饭后，高明亮正在翻看《宋史》，勤务兵报新任特务队副队长杜成亮来访。高明亮放下手中的书，很是热情地接待了这个平日里看起来话不是很多，却据说当汉奸当得已经很有点儿资格的老牌汉奸。杜成亮倒是开门见山："高团长，我老杜没有别的本事，就是办事实在，这点你放心。咱不是那种吃里扒外、过河拆桥的人。但是，老杜的心只给朋友交，不给那些白眼狼看。你高团长为人够朋友、讲义气，所以我愿把一个立大功的机会献给你。"

高明亮心想：好家伙，该不是来试探我的吧，听说这个人原来在这一带做过豆腐，但阎锡山搞防共自卫团的时候就回老家防共去了，后来日本人进太原他又第一批主动进了特务队。虽说五年多了也没混上个正经官儿，但升官发财的梦倒是做得继续狂热。今天来此，莫不是又有什么残害人民的损招子吧。不过，高明亮想归这么想，说出话来却是滴水不漏。

"杜队长啊，还没喝你的喜酒呢，哪天祝贺祝贺，兄弟我做东。"

杜成亮一面感谢，一面贴近了说："高团长，鹿野太君想往城里弄更多的老百姓给那些狗头记者看看，我有一个一试准灵的办法。"

高明亮眼睛一亮："说啊，杜队长，高某洗耳恭听。"

杜成亮道："永宁沟我去过，藏几千人那是小菜一碟。但是上次死去的张队长那个办法不行。幸亏上次半路让八路军给领到迷魂谷去了，其实真要打永宁沟也没那么容易。八路军那么重要的地方，你硬打肯定是不行的，只能智取。"

"智取？怎么个取法？"高明亮感觉其中应有文章。

"这样啊，"杜成亮继续道，"咱们不是手里有他几百个老百姓吗？那女人小孩也该有上百个吧？八路军不是说他们是人民子弟兵吗？好啊，咱们让那些女人孩子在前面开路，看他们打不打？哈哈，他要打，那就不吹自破了，在老百姓眼中的形象一下就完了，那咱的目的不就达到了？如果他不打，也好啊，咱可要打了，想打谁打谁，我就不信个永宁沟，任它是铁壁铜墙，在咱们手里也只是纸糊牛头。"

好家伙！高明亮心中一沉，这个家伙看来比张玉甫可狠多了，此人不除，天理难容。可是在杜成亮面前，他却好似一副很感兴趣的样子，拍拍杜成亮的肩膀夸赞道："唔，好主意，这么好的主意告鹿野太君没有？"

"告给他我还找你干吗？兄弟的意思，这件事要先征求一下高团长你的意见。高团长你可能不愿说，其实弟兄们早就把你当作咱中国人的主心骨了，除了那个自以为高明的张玉甫和那个白眼狼齐标峰。"

高明亮作沉思状，心里也在激烈地思考着，这个计划太过恶毒，以鹿野的性格，只要他知道这个计划必然要遂行的，必须尽快把这个情报送进山里。可是，怎样才能既送了情报又不至暴露自己呢？还有，对杜成亮又该如何作答呢？思虑再三，高明亮才缓缓说道："杜队副啊，这个事呢，我看是可以的，而且必须上报鹿野太君，让他来做决断。在此之前，不能向任何人再说起此事。其实，尽管咱是兄弟，你也不应该和我说的，因为我不可能给你那么多军队进山去完成这个计划。而且这样的事情，只要八路军早知道一刻，它就失去了意义。"说到这里，高明亮又安抚杜成亮道，"不过呢，我相信，你不会去告诉八路军，我不会去告诉八路军，鹿野太君更不会吧。所以，只要我们严守这个秘密，成功的把握还是很大的。只是，这样做，你考虑过和齐队长的关系了吗？"

杜成亮道："高团长，不说他咱还不来气，这个人，你说张玉甫张队长那事，要不是他，能闹个死罪吗？为了一个臭女人他都能干出卖兄弟那样的事，弟兄们谁还敢跟他干？"

"所以你就先找我商量来了？"

"对啊，高团长你说兄弟不找你找谁？"

高明亮故作沉思状，然后说道："杜队副啊，你老兄信任老高，这没说的，我一定替你保守秘密，到时配合你的行动，让这件大功落到咱们兄弟手里，也让杜队副新官上任火上一把。但是，待会儿你到鹿野太君那里可千万别提我知道这事，否则，鹿野太君会以为你目中无他，那就弄巧成拙了。"

杜成亮连连点头，然后找鹿野献计去了。杜成亮一走，高明亮就忙碌起来，兵贵神速，这情报如不及时送出，永宁沟必遭大难。试想，如果鹿野明天一早就按此计划行动的话……可是，让谁去，怎么去？他有点后悔上次和城工部联络员接头时没有要陈赓司令员为他准备的电台了，如果那玩意儿在，这个时候就用上了。当然，当时不留电台也有不留的理由，毕竟以一座小小县城，那玩意儿只要一动，鬼子就很容易查到的。可它的好处则是碰到这种紧急情况时可以发挥特殊作用。然而，现实是不允许如果的。到了冒险的时候了，高明亮不再犹豫，让勤务兵把皇协军三连长沙成海找来，如此这般嘱咐一番，这才以视察部队的名义和沙成海到皇协军站岗的北城门和东城门查岗去。

半夜时分，一个平民打扮的男子从城北门侧身而出，趁着月色当空，急如星火般向山里跑去。

三战永宁沟，赔了夫人又折兵

　　不出高明亮所料，凌晨五点，鹿野就下令吹响了紧急集合号，日伪军各以一个大队（营）的兵力去执行一次特殊任务，但是，到哪里去、什么任务，并不告诉大家，只跟着特务队副队长杜成亮走就行。这本是一件很平常的事情，但这一次鹿野听了杜成亮的建议，为了绝对保守秘密，行动之前根本不和别人包括宪兵队长伊藤以及皇协军团长高明亮这样的重要干部通报一下，而是直接命令特务队全体乃至两个大队（营）七八百人的日伪军，听命于一个特务队副队长杜成亮的指挥，而特务队队长齐标峰的任务只是负责押护一百名妇女儿童随队前进。齐标峰甚是不快，心想他妈的鹿野得杜成亮什么好处了，竟然让他爬我头上逞威风。心里有气，又不敢和鹿野去说，就在出城的时候蹭到高明亮身边给他心目中这位忠厚义气的大哥发牢骚："高团长，你说这姓杜的念了什么咒，竟然叫鹿野太君这么信任他，以后我这队长在弟兄们面前还怎么混啊，唉，真是令人不可思议。"

　　高明亮做出一副很同情的样子道："你还说呢，我以为你的副队长出风头，你这队长还不同样风光啊，谁知你却，唉——"一声长叹，几多同情，令齐标峰很是感动。

　　太阳出山的时候，鹿野和他的大军来到了永宁沟。屈指算来，日本鬼子已经是第三次光顾永宁沟了。第一次，就是花谷正在张玉甫的引导下突袭永宁沟，本来是确有胜算的一局棋，谁知半路蹦出来江德昌和他的"豹子"，把皇军引到了迷魂谷，七折腾八折腾使那次奇袭流了产，害得皇军无功而返。第二次倒是真正的奇袭，指挥官就是鹿野平洋，但他的行动却让皇军尝到了沁源人的地雷阵简直是铜墙铁壁、天罗地网，而民兵游击队无处不在的冷枪冷炮又使得皇军在那里分秒不敢停留，所以也就是匆匆光顾一下就又溜了。但是，也正是这次不成功的袭击使鹿野大佐从中总结出了一条深刻的教训："土八路"的老巢是绝不能轻易踏入的。这些天来他也正在为此发愁，而杜成亮的"妙计"恰到好处地解决了这个问题，这个原来并不显山露水的特务队副队长在他眼里一下子就成了刘备的诸葛亮、刘邦的张子房。而为了一劳永逸地解决永宁沟的问题，鹿野又命令炮兵部队肩扛人抬，硬是把六门沉重的山炮弄到了永宁沟前的空地上。

由于高明亮情报的及时准确，县围困指挥部有针对性地在鬼子上山之前做了一系列的紧急部署，首先是里三层外三层的地雷阵，前山后山，各个路口，总数多达一千二百多颗的地雷在鬼子到达之前必须全部撤掉，然后再换上一部分拉线雷。可惜的是临时准备，拉线雷最多也就百十来颗，剩下的只好空缺了。其次是转移，老人妇女儿童先走，牲畜也要进入更深的大山里。最后才是根据现有的兵力做最有效的战斗部署，以仅有的一个主力连队，也就是洪尚礼的一营一连为主体，配以一区、二区的民兵轮战队，把山场一片的永宁沟在几个小时之内变成一架严阵以待的战斗机器。

当日伪军各部依次到达永宁沟沟口那片开阔地时，鹿野平洋颇有些得意地让齐标峰把他所押护的一百余名妇女儿童带到队伍的最前面，然后由杜成亮开始喊话。意思有两点：一是各位当爹当娘的，叔叔大爷们，婶子阿姨们，今天皇军让我们一百多名妇女儿童到这里来寻找自己的亲人，希望你们和我们一样回到城里去，皇军给我们吃给我们穿，还要让我们上学。城里的日子要比山里好多了。二是我们现在要到你们住的地方去和你们聊天拉话，希望你们认准人，千万别开枪。如果有地雷，就请告一声。别让那东西炸了咱自己家的孩子，诸如此类。喊完之后，果真就有一百余名妇女儿童出现在进入沟内的道路上。

杜成亮喊话的时候，江德昌就想回骂几句。对这个气壮如牛的小伙子来说，他是连一句话的亏都不愿吃的。可是，"准姐夫"洪尚礼搂住了他，告诉他，没有命令不准说话，这是战场纪律。江德昌努努嘴，也知道这个"准姐夫"说得对，只好把枪口早早瞄准了那个卖豆腐的杜成亮。

眼看着那一百余名妇女儿童走过一道土坎，进入上次皇军吃了大量地雷的区域了，地雷没有响，再往前走，已经进入那一排排散发着泥土气息、窑壁上书写着"战斗庄""抗日村""英雄沟"等不同标语的土窑洞了，山沟里仍然一片静悄悄。鬼子在看，八路军和民兵也在看。终于，鹿野看不下去了，他不能让那一百余名妇女儿童无所事事，必须为他们找到一份恰如其分的"工作"——继续为皇军当掩护。于是，鹿野大手一挥，大队的鬼子浩浩荡荡跟了上来，眼看着就要越过那可恶的雷场，追上走在前面的妇女儿童了，突然，"轰，轰"两声，两颗地雷，肯定是两颗地雷在刚刚还是喜笑颜开、庆幸今天没有遇上地雷的日军队伍中爆炸，其余的鬼子和跟在后面的伪军立马就地卧倒，四顾搜索八路军与"土八路"。可是没有，一个人的影子都没有。那么，这两颗地雷也许是恰好遗漏下来的了？于是抬高的枪口放低下来，卧倒的人们又爬了起来，继续向前走，企图一步赶上那些妇女儿童，或者干脆就自己变成妇女儿童。可是，他们刚爬起来没走出两步，又是两颗地雷爆炸，看起来，这些地雷并非遗漏，而是有人在操控着的了。既然是雷区，那又何必去冒这个险呢？鬼子和伪军掉头而回，鹿野也没有阻止他们，而是使出了另一手，让那一百余名孩子和女人到窑洞里面待着去。然后把那千辛万苦、费尽心机弄上山来的六门山炮推到前面来，要它们"说话"，让躲在犄角旮旯的八路军和"土八路"也光明正大地出来和皇军对一下话。要说这山炮的厉害，还确实是让仙山静处的永宁沟历史地尝到了现代科学技术的威力。六炮齐发，六孔窑洞的门门窗窗立时倒塌，再发六炮，一座被鹿野认定是八路军指挥部所在地的小山包烟火升腾。然而，仍然没有人出来和鹿野对话，鹿野决定要用炮火扫开一条通道，八路军的地雷居然能够"长眼睛"，这确是鹿野当然也包括那个自作聪明的杜成亮所没有想到的。但这也说明了一个问题，那就是日军布置如此机密的作战行动竟然早在八路军的股掌之中。那么，是谁向八路军传递了情报？杜？不可能，那剩下就只有鹿野自己了。难道是我鹿野平洋做梦泄露了机密？或者八路军居然能够窥探我的大脑？一切的一切，只有我鹿野平洋和杜成亮两个人知道，难道真的是见鬼了吗？鹿野不信神也不信鬼，他相信只有捉住这里的八路军，才能让这谜底揭晓。而为了能够活捉八路军，那就必须让皇军深入虎穴，所谓不入虎穴焉得虎子是也。

在山炮和迫击炮的合力打击下，从沟口到永宁沟里竖立着各种抗日标语的"广场"之间炸开了一条特殊的通道。鹿野相信，八路军的地雷埋得再是诡异也已经在这一轮炮火打击下灰飞烟灭了。如果八路军还不出来，那就等着皇军把这个可恶的山沟当作一片坟场。把所有的窑洞全部用炸药炸掉，我就不信，八路军离开城镇、离开村庄，再毁掉你这最后的家园，难道要真的到树上去当猴子？在鹿野大佐的亲自指挥下，日伪军兵分两路，沿着炮弹炸过的痕迹小心翼翼地走了进来。离那最近的窑洞只有五十米了，八路军还没有动静，只有二十米了，有的鬼子已经把平端的步枪扛到了肩上，鹿野也在疑惑，难道八路军已经从这个传说中最强大最坚固的堡垒撤走了吗？难道我鹿野平洋这样倾力一搏的结果竟然会是一场自己玩给自己的游戏？

八路军和"土八路"没有撤，八路军和"土八路"严阵以待，江德昌的眼睛都快盯出血了，尽管那杜成亮所在的位置与他起码有两百米以上，但这位青年猎手相信，自己一定可以叫这个狗汉奸一枪毙命。洪尚礼的手也在痒痒，光让鬼子唱独角戏煞是无趣，而战士们准备好的机关枪手榴弹也实在应该让它们发发言了。但是，最急的还莫过于躲在一处隐蔽极好的窑洞里面操控所有地雷的民兵地雷大王郭占奎和二区轮战队队长郭维胜。这些玩意儿，当初正是聂佩璋和他们两个人共同设计布置的，今天聂连长不在，那所有的地雷爆与不爆可就由他们两人说了算。要命的在于郭占奎天生是个"吝啬鬼"，在他看来，他和师傅聂佩璋鼓捣的这些玩意儿，每一个都像自己的孩子，轻易是不能随便乱动的。刚才鬼子一阵炮击就毁掉他十几颗心爱的地雷，其中有两颗还是用鬼子飞机炸弹里掏出来的 TNT 改装的大号连环雷，如果不是让鬼子的山炮给连炸药带引信一起炸得没了影，那家伙，每一颗都起码够一个班的鬼子集体会餐了。也正因为这样，现在，当鬼子以为已经越过雷区、可以为所欲为的时候，地雷大王就开始盘点手中颜色各异的拉线，他们要再次发言了。

一群鬼子在"广场"的中央集中，一个鬼子指手画脚，似乎在给同伴布置着什么。然而，这鬼子一句话还没有说完，"轰隆，轰轰轰"一串子母雷（一颗地雷带三到四颗手榴弹）爆炸了，不偏不倚，恰在这群鬼子中间，鬼子连死带伤倒下一片。一个鬼子肩扛迫击炮筒，显然是想把重火力搬进沟里进行新一轮火力打击，可是，他那沉重的炮身还没放下，就被一颗地雷炸得身首异处。

其他的鬼子和汉奸伪军被这突如其来的打击给炸蒙了，鹿野则恼羞成怒，命令他的六门山炮继续猛轰，直到把八路军给打出来为止。但是，这个时候八路军和"土八路"已经不需要他再请了。洪尚礼一声令下，经聂佩璋改装的铁皮榆木炮首先发言，那声势，那响动，那一打一大片的覆盖面积真令鹿野的山炮蒙羞。说起来，在改装榆木炮的时候，聂连长那是左比划、右算计，做过一番文章的。结果就是将这前清时期盛行的榆木炮用铁皮包了起来，再加上两道原本是老百姓箍粪桶用的铁箍，一下子就将这"大炮"的射程增加了一倍，杀伤力也大大增加。顺便说一句，在几年后的解放战争中，正是聂佩璋在总结这些榆木炮升级的基础上，精心设计了威震战场的"炸药抛射器"，在陈赓大将指挥部队全歼"天下第一旅"的战斗中，在淮海战场双堆集全歼黄维兵团的战役中，发挥了无可比拟的威力，被胡琏黄维等国民党军将领冠予"没良心炮"的美誉。甚至有人说这是"共军"得到苏联帮助弄来了世界最先进的武器。此是后话。当然，平心而论，聂佩璋的改装纵然厉害，但这玩意儿真的和人家那些山炮野炮比起来还是有些相形见绌的。主要的一点，此炮一般来说一战只能打一次两次，再打它就要炸膛，而且耗费时间也太久，会成为敌人的火力打击目标。但就当时来说，这种"大炮"对敌人的震慑力却是显而易见的。

初见八路军威力无穷的"大炮"不由得一震的鹿野尚未镇静下来，八路军与"土八路"的机枪步枪从四面八方又向鹿野和他的部下聚集的这狭小地方倾泻而来，江德昌一枪打准杜成亮，让这个铁杆汉奸短暂的做官梦戛然而止。也让一旁观察甚久，从各自利益出发都想给这小子背后一枪的高明亮和齐标峰暗自吐了一口恶气。

应该说，敌人尤其是训练有素的日军士兵还是有着相当高的战术素养和单兵作战能力的，当对手不知所在的时候他们是一群无头的苍蝇，而一旦目标明确，双方战成胶着状态时，他们的基本素质优势很快就显示了出来。而作为战斗的另一方，洪尚礼在战前就分析过，以我方现有的兵力，连部队加民兵总共不到三百人，要和近千人的鬼子伪军打下去，不仅不能保证胜利，甚至很难脱身。然而，这个仗又是必打，因为不打就不能遏止鹿野平洋的嚣张气焰；不打就不能解救那一百多被鬼子作为人质的妇女儿童；不打就不能保卫沁源人民的抗日战斗堡垒——已经成为沁源人民围困日寇精神象征的永宁沟。而打呢，就必须打得巧、打得准，打得敌人疼痛难忍，不得不让我军牵着鼻子走才行。

鬼子的炮火和日军准确的射击能力及其单兵作战时所特有的沉着与冷静，使得其很快就在火力上与我军立判高下。而鹿野的山炮和迫击炮也找到了新的目标。在鹿野的亲自指挥下，大批的日伪军向着刚才八路军枪声最为密集的两个山包包抄而去，反倒在自己的背后留下了一个宽阔的空当。杜成亮死了，但是接替他喊话的却大有人在，眼看鬼子已经把八路军和"土八路"团团围住，一个声音再次响起："八路军弟兄们，你们缴枪吧，皇军……"喊话的汉奸和指挥他喊话的鹿野既没有想到，也没有看到，这时候，早已潜伏在鬼子背后的上百名八路军战士和民兵，突然出现在那一百多妇女儿童躲避炮弹的窑洞面前，在战士们的掩护下，妇女儿童能跑的撒腿就跑，不能跑的也在战士们的帮助下连拉带拽向着身后不远茂密的森林跑去。等到鬼子和汉奸发现那一百多妇女儿童竟然已经跑掉时，这些人已经连影子都没有了。更令人沮丧的是，鬼子和伪军费尽九牛二虎之力终于攻上那两个小山包的时候，他们才发现，阵地上空空如也，八路军和"土八路"已经顺着在这里纵横交错的交通壕不知跑到哪里去了。

鹿野下了决心，今天就是掘地三尺也得把八路军和"土八路"给挖出来，让你这个永宁沟从此变成永宁坟。然而，他的这个命令还没有下达，参谋将一连两封急电送了过来。鹿野不能再淡定了，县城受到八路军主力一部攻击，王和、郭道、交口、中峪、阎寨五处据点同时受到八路军强大火力之攻击。各据点纷纷呼吁救兵，似乎一夜之间八路军就平添魔力，根本不把皇军的小股部队和独立据点放在眼里了。

后方告急，前瞻无望，无奈之下，鹿野只好下令迅速撤兵。

"赔了夫人又折兵，赔了夫人又折兵啊！"鹿野平洋是自嘲也是感叹。要说收获呢，倒也不能说一点没有，因为这次进攻永宁沟的教训不能说不深刻，这也使得鹿野明白，从此再也不能主动进攻像永宁沟这样易守难攻的地方了。而且也正是从这次挫败中，鹿野及时做出了一项事关重大的决策，收缩防线，把王和、郭道、中峪、阎寨四处据点主动让给八路军，把皇军兵力更加集中地布置在县城与交口两个相距不到二十公里的点上，这样两处之间以骑兵部队相互支援在半小时内即可到达，也就使得所有驻沁源的日军实现了一体化。当然，在这个主动撤退的背后，是整个大日本帝国在第二次世界大战中正逐步走向衰落与败亡的缩影。鹿野不得不在兵力本就只有减员没有补充的情况下，再次抽走两个中队的日军以增援南洋。他现在所有的兵力总共也就一千五百多不到一千六百人，而更主要的问题在于，这一千五百多人的兵力之中，皇协军又占到了一半以上，从整个部队的战斗力来说，已经大大地今非昔比了。

冬天的故事，冰坡伏击

鹿野收缩据点后，原先捉襟见肘的兵力反而充裕起来，但是作为一个合格的帝国陆军大佐，鹿野平洋更清楚地知道，收缩，只能是权宜之计。皇军放弃中峪、郭道、阎寨等四个据点，也就等于是给八路军和"土八路"更加广阔的空间。而作为原本已经无所不在的八路军和"土八路"来说，他们又增加了持续作战的能力。在这种情况下，要实现冈村大将那个宏伟的"山岳剿共实验区作战计划"，基本上就等于是一个永远不能实现的神话。

战争形势的发展，确实证实了鹿野平洋大佐的预见。由于敌人兵力与据点的收缩，我军民也相应进行了战略调整，将躲在深山里的两万群众有组织地转移到距离县城与交口两个据点相对较远的村庄里去，由县区两级为移民分配一定的土地，让他们以生产来自救，同时也生产更多的粮食以支援抗战。而那些相对平安一些的村子里原来的群众也在党组织和村干部的影响下，积极接纳了"躲反"（沁源方言，逃避战乱之意）的兄弟姐妹。在这个抗战的特殊时期，人民群众之间所体现出来的那么一种亲情友爱，无时无处不在温暖着人心，也更加坚定了增添了沁源人民跟共产党走、坚决抗战到底的决心和信心。

对于八路军和"土八路"的一系列变化，鹿野大佐其实心知肚明，但越是这样，他就越坚定了自己对于这种作战方略的认识。表面上看起来有些粗鲁，实际上在当初上士官学校时也曾熟读兵书，是为那一届学生之"操练典范"的鹿野平洋在军事上还是有着一定造诣的。这次收缩兵力，他就如实将情况汇报给了太原的岩松义雄中将，也将报告用电文发给了北平城里的冈村宁次大将。意思很明显：我现在的兵力火力就这样，不是我不想为帝国为大将您完成那个计划，而是您能给我的太少了。

鹿野的小聪明冈村宁次大将当然一看便知。为了以实际行动来体现皇军大本营对太岳山上这场战役的重视，到了1943年秋天的时候，冈村大将居然在整个侵华日军兵员都很紧张的情况下，答应给鹿野增加一个中队的日军。尽管这些日军大都是从日本本岛刚刚进入中国的新兵。必须说明的是，这些新兵是真正的皇军，不是皇协军，也不是那些从台湾岛和朝鲜半岛征集的兵员，但事实上他们打着皇军的旗号却根本不具有真正皇军的战斗力，更不可能在关键时刻为了天皇而杀身成仁。不过，毕竟是生力军，一个中队虽然不够奢侈，但已经足以让人感到兴奋了。为什么呢？因为鹿野从中看出了冈村大将对于沁源作战的重视程度确实非同一般，那么，只要自己能够出奇制胜，多建几个维持会，像花谷正一样借此平步青云又有什么不可能呢？

不仅如此，更让鹿野大有意外之喜的是，在冈村大将的亲自过问下，岩松将军从太原派出来一支工兵分队，干什么呢？竟然要在沁源山上建造一条现代化的公路。说白了，就是为鹿野建造一条运输线、生命线，从此鹿野和他的一千五百多人将再也无需为武器弹药、军用物资的供给而耗心费力。

公路很快就建好了。这说明，日本陆军的工兵部队是具有很高工程技巧、也具有很强的工作纪律的。从沁县到沁源，一条整整六十公里长的公路，逢山开路，遇水架桥，沿途多有险阻，好不容易抓来的民工倒是廉价或者说无价，反正那工钱是招募时确实开了一次，而直到公路贯通也再没有和民工们见过面的。也就是说，修路本身确实困难多多，但是，处在一种战争状态下，这公路所过之处几乎无不处在八路军和"土八路"的控制之下，仅仅三个月的时间就能够将这么一条公路建成通车，确是一件出乎意料的事情，也可以称之为"奇迹"。然而，这其中令这条公路的设计者施工者一应人等想不到的是，公路之所以这么全无阻挠地能够贯通，其实最应当感谢的是这块土地上真正的主人——沁源人民、八路军和"土八路"对他们的贴心"关照"。

鬼子要修路的事情，其实早在花谷正挥军两万实施"山岳剿共实验区作战计划"的时候就已经提到桌面上来了，只是那个时候皇军的工兵部队捉襟见肘，山西境内仅有的一些工兵都投放到恢复"百团大战"时被八路军摧毁的交通线上去了。那当时，整个白晋线、半条同蒲路陷入瘫痪状态，这种状况如果仅仅应付在华战事尚可勉强，而太平洋战争爆发以后，日军为了更加无度攫取山西能源，就需要从山西拉出去更多的煤炭、更多的钢铁、更多的机枪大炮等等紧缺的战略物资。所以，尽管花谷正的"山岳剿共实验区作战计划"需要一条公路来让他的坦克重炮进山里来发挥作用，但当时的情况确实轮不上冈村宁次为此而舍本逐末扭转整个帝国的战略抉择。现在，当各大交通线基本保持一个较为稳定状态的情况下，恰恰是沁源这个地方却让皇军处于一种欲罢不能的尴尬境地。因此，腾出手来的冈村宁次大将决心尽快结束这个让他如鲠在喉的"实验"，这也就决定了让鹿野高兴一时的两件事情，其一，为鹿野增派一个完整中队的日军，此时此类的增兵，可以说在整个华北绝无仅有。其二则是开天辟地第一回，要把公路修到崇山峻岭中的沁源县城，以期彻底解决繁重的后勤供给问题。

同样，鬼子要修路，这个情报早在日军工兵部队开进太岳山之前，就已经通过不同渠道来到太岳军区首长们的面前。让不让鬼子修路，让鬼子怎么修路？这个问题一开始就在领导层中分成两种意见。大多数同志认为，决不能让鬼子把路修通，而应当在鬼子修路的时候乘机先把他这个工兵部队歼灭，还可以趁机多打几个伏击，让鬼子的运输线彻底断绝，把鬼子困死在沁源城里。然而，另一部分同志则认为，这路不管是谁修建，路本身是无罪的，无阶级性和正义非正义之分的。就目前这条路的修建来说，表面上看是鬼子在修，其实真正出苦力的还是广大的中国劳工。也就是说，修路者绝大多数是我们的同胞。如果在他们辛苦劳作的时候发起战斗，则势必会伤及无辜，伤及我们的同胞，这是完全没有必要的，也是一定要避免的。更重要的问题在于，公路的建成，无论如何对于太岳山区来说都是一件大事，值得庆贺的事情。这条路修好了，对于沁源山中的交通状况就会有一定的改善，这在今后的日子里才能更加显现出来。至于现在，它的建成确实会给我们对敌人的围困造成一定的困难，但是，这也增加了我们对付敌人的机会，公路是死的，人是活的，我们什么时候想在什么地方让这条公路瘫痪，那就得由我们说了算，而整条公路的命运则在不久的将来一定会交给我们的人民来掌握。正因如此，鹿野平洋尽管为公路修建时的安全问题战战兢兢了很长一阵子，但八路军与"土八路"的袭击与破坏竟始终没有出现。这使鹿野觉得自己的脸上很是光彩了好长一段时间。因为在鹿野以及为鹿野的战绩或政绩而肆意吹捧的人们看来，这分明是鹿野大佐指挥作战有方，把八路军和"土八路"打怕了，甚至鹿野自己也觉得有了这条公路，皇军在沁源的"剿共实验"大获全胜指日可待。

公路真的修通了，一开始的时候，鹿野觉得事实证实了自己的乐观既真实又现实，因为皇军的汽车运输确实畅行无阻。因为公路的修通，日军从沁县通往沁源的后勤补给一下子就摆脱了每每被"土八路"半途袭击的命运，曾经，每一次从沁县到沁源的后勤补给都是一场充满了凶险的"赌博"。因为在这六十公里漫长的旅途中，尤其是进入沁源县境内的这一段路程，几乎随时都可能遭到"土八路"

冷枪冷炮的骚扰。这还算好的，如果遇上八路军的袭击，那就一定会爆发一场激烈的战斗，这也造成了从沁县来的日军几乎每向沁源运输一次补给，就要平均付出三个人的生命。以至于沁县日军人人恐惧了到沁源的这种"旅行"，最后的结果是，每逢遇到向沁源运输补给的任务，沁县日军就要开展一次在中国民间看起来最能体现"公平"的游戏——抓阄。也就是说，这倒霉的任务靠长官是分配不下去的，于是只好求助于你们每一个人的"命运"，命运不好的人，那就只能祈求恰巧八路军那一天正好不会袭击。否则，你便有可能成为那"一天三个"的平均数。

现在好了，公路通车的第一天，鹿野派出了整整一个连的皇协军专程到沁源与沁县的边界去迎接车队，同时又命令一个中队的日军整装待发，随时准备车队一旦在某地受到伏击时快速增援。可是，一切都白白准备了，皇军从沁县开来的十辆大卡车，一路前行，毫无阻碍。再过几日，虽然"土八路"也曾在公路上埋设地雷，但由于"土八路"的地雷基本都是自制石头雷，即便引爆，也只是荡起一阵烟尘，这玩意儿对付骡马大车可以，却并不能对皇军飞驰而过的汽车造成什么大的伤害。这也使得鹿野以及押运物资的日伪军大为兴奋，从此再也不用担心每一趟那三个人的生命付出了。

面对鬼子由骡驮马车改为汽车运输的新形势，首当其冲受到考验的是战斗在二沁大道上的二区民兵。一开始，在二区轮战队队长郭维胜的带领下，郭占奎、江德昌打头阵，先在公路上埋了雷，而后就近潜伏起来准备像以前对付鬼子驮队马车队一样打伏击。可是，一连几次，眼看着鬼子的汽车驶过之后，明明地雷爆炸了，可汽车却最多只是抖动几下，然后便扬长而去。更有甚者，那车上押运物资的伪军汉奸还要扯着嗓子喊上几句："土八路，快来呀，看你们两条腿快还是皇军的汽车轮子快。"

这事，别人还好说，江德昌可就气得两次端起枪来照着鬼子的汽车就是个打，虽然那汽车跑得快，这公路本身又颠簸不堪，枪子儿只是打在车身上并不能造成什么杀伤，可也让那喊话的伪军汉奸乖乖地闭上了嘴。

怎么办？有人提议，斩断运输线，鬼子能修路，咱就不能破路？土炸药炸不着汽车还炸不开那黄土稀松的公路？先把公路断上他一段，让他的汽车跑不起来再说。毫无疑问，持这种观点最突出的就是江德昌、郭占奎几个出名的"好战分子"。

然而，也有不同意见。二区区委书记王壁和正关村支部书记张成，还有江德昌的姐姐江淑英等人就不这样认为。先是王壁认为，吃一堑长一智，我们的方针是在战争中学习战争，公路与汽车，是现代条件下必然出现的产物。我们不能拒绝这种产物的到来，而是要适应它、战胜它。

王壁这么说，江德昌也知道不能随便顶撞这位让自己破格进入轮战队的领导，但心里又不服，于是不由得小声嘀咕："不破路，那倒是拿出个法子来呀。"

江德昌的嘀咕，王壁还是听到了，但是王壁并不生气，而是指着江德昌表扬起来："瞧瞧，我就喜欢德昌这性格，有话就说，不要憋着。办法是咱们大家想出来的。不是说，三个臭皮匠顶个诸葛亮吗？咱这么多人还不顶两个诸葛亮。"

这时，一向以沉稳细致出名的正关村老支部书记张成说话了："这么着啊，我想吧，我记得上次县委刘书记说过，这公路它本身是无罪的。而且鬼子这公路一通，给咱带来的最大变化是什么呢？"张成掏出旱烟袋来，点着火，抽上一口，先把一口浓浓的蓝烟吐出一片烟云，而后又开始咳嗽，把个江德昌和郭占奎急的，两人一人一句催上了老支书。

德昌道："张叔啊，你就不能先说完再抽你那破烟？"

占奎说："好我的老叔哩，你这口烟是要把人急死啊。"

然而，张成的烟没有停止的意思，倒是连王壁等人也都趁机点着了各自用半烟叶半树叶凑合着碾成的旱烟抽了起来。一时间，原本就不大的窑洞里烟云缭绕，那个时候可不像多年以后人们抽烟要讲个公共场所尽量不抽、妇女儿童面前不要抽烟之类的，那个时候的人们虽然也隐约知道一些抽烟过多不利健康的道理，但是其中缘由、各种数据等等却仍然要过很多年之后才会被人们提上课题。总之在那个时候，开会抽烟这似乎已经是天经地义的事情，似乎就是一种仪式，表示参加会议的人们在开始动脑子了。

然而，什么时候都有另类，江淑英就当真闻不了这烟味。倒不是说淑英本身有多高的医学理论，也不是有多少大道理在支撑着她，总之就是江淑英受不了这烟味的熏染，烟味一呛就要头晕流泪。所以，一看这窑洞里面烟云升起，就赶紧跑到外面去透透气。可是，就这一下子，奇迹出现了。

窑洞里的人们没有想到，当然江淑英自己也没想到，她一出门，就不由得脚下一滑，几乎摔倒。站稳了看，原来是刚才开会前不知谁把半盆脏水泼在门口，目的是为了压一压院里的尘土，谁知就在他们的会议正在进行之时，老天下起了大雪。天气也一下子变得异常地寒冷。1943 年的第一场雪来到了太岳山上。这雪花，纷纷扬扬中又饱含着一缕温情，它提醒人们，冬天到了！江淑英深深地呼吸了一口冰凉又清新的空气，身上不由得打个激灵，一个由脚下而直冲头脑的想法令她不再呼吸那清新的空气，转而一脚跨进窑洞，兴奋地说："王书记，张叔，我有一个想法，不知当讲不当讲。"

王壁书记笑道："好啊，让我们的女英雄先说，老张你继续想你的高招。"

江淑英这时却有点儿腼腆了，掏出绣花手绢捂着嘴，轻轻咳嗽一声说起来："我也是突发奇想吧，刚才我出去这一下，几乎摔了一跤。"

弟弟江德昌不等姐姐说完，横插一杠："你才摔一跤，我和爹上山打猎经常摔跤呢，也没摔出个打鬼子的好办法。"

江淑英气得对着弟弟直瞪眼，还是王壁书记拍拍江德昌，截住了他："德昌，让你姐说完。"

江淑英再瞪弟弟一眼："哼！"然后道："为什么摔跤呢？因为外面下大雪了。刚才咱们不知谁往门口泼的水这一下子就结了冰。"

这是，闷葫芦张成老支书"啪嗒"一声磕一下他那硕大的烟锅，接上了话茬："淑英啊，叔刚才不说话，就是觉得这话不能说呢。你这么一说下雪结冰了，叔这话可就该说了。"

"啊！"

"什么？"

几个人不约而同地发出了疑问。王壁书记却哈哈一笑道："老张啊，先把你的锦囊妙计留着，这不，看起来淑英也有一条妙计。咱们三人学学周瑜诸葛亮，把这计策也用一个字写在手上好不好？"

"好！"窑洞里掌声一片，大家都为这个小插曲兴奋起来。倒要看看王壁、张成、江淑英三人谁能拿出什么妙计。

淑英拿出随身携带的洪尚礼送给的钢笔，先在手心写了一个字，而后将笔交给张成。张成也在手心写了一个字。王壁看张成写完，伸出手来，让大家看时，果然只有一个大大的"冰"字。再看张成、江淑英手中的字，也都是一个"冰"字。张成、王壁哈哈大笑，淑英微微一笑，紧跟着众人都笑。区武委会主任赵正中先停下来道："王书记说，三个臭皮匠合成个诸葛亮。咱们这有三个诸葛亮了。"

王壁让大家静一静，然后说："同志们，这个冰字一计啊，最早那是归曹操曹孟德的。当年曹操大战袁绍的时候，曾经一夜之间用水浇出一座冰城，让袁绍眼睁睁看着就是没有办法。咱们这段时间老对鬼子的汽车没办法。为什么呢？原因有两条，一是鬼子汽车跑得快，咱再用原先打鬼子步兵和骡驮马队的办法跟不上人家的速度；二是咱们的自制石雷爆炸威力小，对汽车构不成重大杀伤。所以，要想在公路上打伏击，就必须满足两个要素，一是让鬼子的汽车慢下来，还不能让他事先有所觉察；二是要增加咱们的打击火力。"说到这里，王壁停下来，转头对张成道："老张，下面的话该由你来说了。"

张成对王壁竖竖大拇指，然后说道："咱们应该感谢淑英啊，其实对于在公路上打鬼子，我是早有想法的，上次刘书记说，公路没有阶级性，对啊，鬼子利用公路跑得快，咱们就要利用公路让他死得快！"

郭占奎插话："张叔，谁不想让鬼子死得快呢？可咱跑不过它呀。"

张成微笑着对郭占奎摆摆手，继续说道："奎子，你小子除了鼓捣地雷就再不用脑子了。刚才王书记不是说了吗？那三国时的曹操能够一晚上弄出一座冰城来，咱就不能给他小日本浇出一条冰路来？"转而又对王壁、江淑英两人笑笑。

王壁接着说："同志们，现在大家听明白了吧。下雪了，江淑英同志的发现给我们在公路上打鬼子的汽车提供了一个特殊的条件。咱们以前之所以对鬼子的汽车没办法，其实除了它跑得快之外，还有一个问题不能忽视，那就是咱用自制火药装填的石雷威力太小，就算炸到鬼子的汽车了，仍然让它能够逃跑。可是现在如果咱不用石头雷，改用一次铁西瓜，再把公路上结上一层冰，这样，鬼子的汽车跑得再快，在冰上它还是要打滑的。跑得越快，滑得就越狠。这公路从咱们村前过，公路旁又有着沁河水，你们说，咱就不能像曹操那样给他让这两样东西结合一下啊？"

"嘿，我知道了，我知道了。"江德昌终于恍然大悟，一拍大腿，"走，咱现在就到狗日的公路上去把河水给他浇个结实。"

王壁摆摆手，拦住江德昌："不急，不要急，咱还有两个条件不具备呢，一是大号的铁西瓜指挥部说了要给咱配备几个，估计也就这两天该送到了。再是咱还不知道鬼子的汽车哪天来呢，这个要搞准了，不能来不来先暴露了咱的计策。"

俗话说得好"心想事成"。王壁刚说要等指挥部配给的铁西瓜，决死队三十八团一连连长洪尚礼就冒着漫天大雪带人给送过来一排溜整整三颗个顶个的日本铁西瓜，还有一批上好的制式手榴弹。全是三十八团外线作战刚刚缴获的战利品。县围困指挥部急前方之所急，为了给民兵轮战队补充对敌汽车运输确实有效的杀伤性地雷而让洪尚礼马不停蹄连夜将这些家伙送了过来。当然，对洪尚礼来说，他到正关村来的目的就不那么简单。首先是完成任务，其次呢，也可以顺便看看自己的心上人。所以，当英雄连长把地雷的使用方法交代完以后，王壁书记当即"命令"："洪连长，你和同志们先在这里休息一下。淑英，你就在这里给大家弄点饭，反正锅灶米面都有。其他人，到我那里再聊聊。"

王壁一使眼色，众人马上明白书记这个大媒人的意思，纷纷跳下地来走了，就连一向反应迟钝的郭占奎和江德昌两个，本想再和洪连长聊聊洋地雷的事，一看王书记那个样子，也只好悻悻地走了。

现在有必要说一下洪尚礼了。这位经历百团大战而在四年之内由战士提拔为连长的战斗英雄，今年只有二十三岁。1937年卢沟桥事变的时候，十七岁的洪尚礼就在那一年刚刚考入山西大学物理系就读。伴随着忻口前线隆隆的炮声，山西大学理学院南迁临汾。洪尚礼当时的意念是在战火中读书，为国家奉献。可是，战争形势的急转直下，使得迁移到临汾的山西大学很快就宣告无限期休课。洪尚礼不得不和大多数同学一样回到家乡晋东南的深山老林闭门读书，好在其与学校告别的时候从老师那里借到许多教辅教材，算是回到家中却没有停止学习。然而，那个时候的晋东南即便是深山老林又岂能安放一张自由的课桌，1939年冬天，日本鬼子的大扫荡，使得洪尚礼从老师那里借来的书籍竟然被鬼子一把火烧光。这一下，激怒了之前埋头读书的小伙子，从此决心弃文从戎，投身抗日队伍。正好当时决死队三十八团路过，这个十九岁的小伙子就成为团长蔡青最为欣赏的青年之一。只是那时的洪尚礼空有一米八的身高，却满打满算也不过一百二十斤的体重，按照蔡青的说法，那时的洪尚礼，就怕一阵大风给刮跑了。所以，原本蔡青留下他是要他当警卫员，实际上反是老蔡自己要照顾这个孩子。可洪尚礼却不领情，警卫员只当了六个月就嚷嚷着非要下连队不可。可也怪，洪尚礼虽然刚到部队六个月，整个儿体型却已经大不一样。原先一根细擀面杖似的胳膊已经布满了一棱棱的肌肉，原先空荡荡的裤腿，已经不再那么走风漏气。不仅如此，就这短短半年时间，洪尚礼还学会了骑马。尽管也曾从马背上摔下来过，却到底还是很快就成了马背上的主人。唯有一条那是无需老蔡操心的，那就是洪尚礼竟然天生就是个神枪手。当初老蔡让他当警卫员的时候，问他打过枪没有，洪尚礼说没有打过，但射击的原理我知道得一清二楚。老蔡当然不相信什么人光靠原理就能把枪打好，结果让洪尚礼打几枪试试，谁知一试才知道，这小伙子竟然天生就是个好把式，一连三次，次次没有脱靶的。一个新兵，能不脱靶，那已经是奇迹了。再后来，经过战场历练，这天生的枪王就成为整个三十八团乃至太岳军区响当当的头号射手。直至碰上个江德昌，两人从一开始就要比试比试，只是到现在也没真正比下个高低长短，倒是洪尚礼和江德昌的姐姐江淑英之间的关系越来越紧密了。

今天，洪尚礼是准备好了要有一大箩筐憋在心里的话要和心上人讲的，可是，当这窑洞里只剩下他和淑英两个人的时候，反而急得头上冒汗，舌头却像被外面的冰雪给冻僵了一样，怎么也转不过弯来，只能拿两只充满了无限爱恋的眼睛一转不转地盯着淑英看。还是淑英先走过来，靠近了，从什么地方拿出一双绣着一对鸳鸯的鞋垫，递到洪尚礼手里，然后说："试一试，合适不？"

洪尚礼的手似乎不听使唤，伸到半中间，却就是接不住鞋垫，嘴里却说："合适，肯定合适。"

淑英轻轻一笑，娇嗔十足地一努粉嫩的嘴唇，低声说："你还没试呢。"

洪尚礼也意识到自己的失态，赶紧把手伸直了去拿鞋垫，却又一不留神握住了淑英的手。

洪尚礼刚想把手缩回来，这才发现，他已经很难缩回来了。因为，他那只手，被淑英热乎乎的两只手给紧紧地握着，接着淑英的身子也紧紧地靠在了他的身上。

久久，也许是三分钟五分钟，也许是十分钟二十分钟。"啪嗒"外面一声响动，使得洪尚礼和江淑英两个人不由自主地一下子分开了紧紧握在一起的四只手。淑英的脸上飘起了绯红，这时，反倒是洪尚礼显得更成熟一些了。他把鞋垫深深地藏在自己的怀里，然后说："这个我可不能把它踩在脚底。我要永远保存着，想的时候就拿出来看看，那多带劲。"

淑英说："就是让你垫在脚下的，咱这里净是山路，硌脚，会起泡的。你喜欢我就给你多做几双，直到让你看见就烦为止。"

说完，自己先笑了。

洪尚礼没有笑，而是再次深情地盯着心上人，口中喃喃道："真好看。"

"哒哒"，有人敲门，淑英赶紧开门，是老支书张成。张成一只手里攥着几个金黄色的窝窝头，一只手还端着一大茶缸香喷喷的菜汤，走进来，笑嘻嘻地说："真让王书记给算准了，就知道你们也没有做饭呢。好好吃吧，洪连长，你那几个同志，我们都已经安排过了。"

两个年轻人都不好意思地笑了，老支书的脸上也洋溢着喜气的笑容。

第二天，洪尚礼他们刚走，又有好事到来。县围困指挥部专人送来指示：据可靠情报，十一月二十三日，日军将有四辆汽车从长治向沁源交口两处据点运送军用物资。这本是一个绝好的伏击机会，但由于我决死队主力三十八团、二十五团近期将全部有外线作战任务，一时很难返回。故请二区轮战队王壁等自主决定伏击与否。要求，战则必胜。

虽然上级并没有要求一定要打敌人汽车的伏击，或者说要打与否需要认真推敲。但在王壁、张成、赵正中、江淑英、江德昌这些人看来，这封情报的全部内容就一个字：打！

怎么打？办法是已经想好了的。十一月二十二日晚，月上中天，山路上走过来了一队人马，这些人，挑着担子，提着铁锹，一阵风似的，来到距离正关村不到二里路的喘口坡上。这喘口坡，乃是沁县到沁源之"二沁大道"上一处最为险要的隘口。顾名思义，人们走过此坡，那是一定要停下来喘口气的，早先鬼子公路未修之前，三十八团洪尚礼连队和二区民兵轮战队，当然主要就是江德昌他们曾经在此打过鬼子的伏击最少不下三四次，鬼子那是记吃不记打，不过也因为此地背山面水，山上树木葱茏、荆棘丛生，可潜伏的地方太多，坡道又太长，即使你到跟前使劲地查看一遍，也未必就能发现离你不到方圆几十米之内的人群。所以那个时候鬼子的运输队只要来到此地就一定高度警戒，十有八九都有所损失。但自从这公路一通，喘口坡就不再是鬼子们发愁的地方，反倒成了民兵轮战队头痛的隘口。因为正如我们前面说过的那样，伏击也打过，地雷也炸过，但就是不能给鬼子造成很大的杀伤。现在，这一切将是彻底翻篇的时候了。

王壁、张成、赵正中、江淑英、江德昌、郭占奎等人来到这喘口坡前，停下来，当真先喘口气，然后按照事先分工好的，赵正中、江德昌等人下到沁河边上，用榔头砸开冰封的河面，将一桶桶水挑上来，挑到喘口坡顶。而王壁、郭占奎等人则早已在坡顶上，用凿子凿开了三个大坑，并已经将仅有的三颗装满了真正 TNT 的日式地雷埋了进去。等到江德昌他们的河水挑上来，又把这一桶桶水浇到路面上。那河水，经过刺骨的寒风一吹，刚一落地就已经冻成了一层结实的坚冰。

一切布置停当，王壁正要下令撤退，淑英却说："王书记，这冰面上咱是不是再做点儿文章更好。"

王壁问："好啊，你说做什么文章？"

淑英道："咱这人造冰好是好，可是，稍微仔细一点还是可以看出来和别的路段有些不一样的。要不，咱再在这冰面上撒上一层黄土，那就算鬼子到了跟前也看不见下面的冰，不是更保险吗？"

"好主意！"王壁夸奖一句，然后命令众人用铁锹将公路边上的黄土收集起来，轻轻地撒在那层冰上。直到大家反复查看，都满意为止，这才收拾东西，打道回府。

第二天，难得的冬日暖阳照耀在太岳山上。迎着初升的太阳，草草吃过"早饭"的民兵轮战队队员们已经人人反穿羊皮袄，潜伏在喘口坡顶。地雷大王郭占奎手中攥着三根细细的拉线，蹲在距离公路不到五十米的一坨草丛之中。王壁、张成、赵正中、江德昌、江淑英、赵小四等人则各自找好了自己的伏击阵地，耐心地等待着预报中鬼子汽车的到来。

日上三竿，大约上午九点多的时候，赵小四最先神秘兮兮地告诉大家，鬼子汽车就要来了。可是众人把耳朵伸直了，仔细听，就是没有任何声音。于是，江德昌说小四吹牛，以后不带他参加战斗了。小四却说德昌耳朵有问题，人家老年人中年人听不见可以原谅，你一个年轻人怎么也是长了个聋子的耳朵？

江淑英插话："小四，我也听不见啊。怎么回事？"

小四说："淑英姐，你把耳朵贴在公路的地面上，别动，再听听。"

淑英照着做了，也邪门，这一次淑英刚把耳朵贴在地面不到十秒钟，就激动地说："咦！是有动静。小四你这办法从哪学的？"

小四笑道："我在太原跟人学的，那帮流浪汉三教九流这种本事可多呢。这还是在公路上，人家在铁路上可以听到几十里路以外的火车呢。"

正说着，就见远远地，一股烟尘从沁县方向沿着公路刮了过来。再往近走，再走，渐渐地人们都看清楚了，一溜四辆大卡车，屁股后面冒着黑烟，开始向这喘口坡爬了上来。

人们的心都提在了半空中，这段时间以来，多次对鬼子运输队伏击的失利使得今天的伏击更蒙上了一层特别的意义。江德昌手中的钢枪早早就打开了保险，但等区委书记王璧一声令下，无论那地雷炸与不炸，都要让它今天把鬼子的鲜血喝个饱、吃个够。

　　鬼子的汽车呈一字长蛇向着坡顶冲来，由于自从这公路开通以来，原先令日伪军望而生畏的这条路已经改变成为一条平安大道，原先未曾发现的一路风景也在日伪军中盛传开来。平心而论，别的不说，仅仅说是这二沁大道上一眼望不到边的漫漫大森林，即便在整个山西一省，甚至整个中国北方都一定是出类拔萃的。而几乎是顺着公路蜿蜒而下的沁河水，更为这条路增添了不尽风光无限美景。当然，这样的美景，在无时无刻不对八路军和"土八路"的袭击不敢掉以轻心的日子里，无论胆大的日军还是怕死的伪军，欣赏风景那在他们来说简直就是天方夜谭般的不切实际。而今，一切都今非昔比了。于是，乘着皇军的现代化交通工具，到风光旖旎的太岳山中去旅游一趟，无论如何都是一种在战争岁月中的特殊享受了。自然，作为军人，而且你的对手是一向神出鬼没、不可预测的共产党八路军和"土八路"，必要的防范还是不可或缺的。但是，面对皇军的汽车轮子，只有步枪土炮石头雷的"土八路"你又能奈我何？

　　近了，近了，鬼子的汽车在可着劲地向坡顶冲刺着，第一辆汽车上明显看见几个押车的家伙怀抱大枪，半躺半卧在车上各种物资的夹缝中，唯有车顶上架着的那挺歪把子机关枪在虎视眈眈地扫视着即将到来的一切。

　　一百米，五十米，三十米，二十米，眼看着第一辆汽车就要冲到坡顶上了，那汽车轮子还在飞快地转动着，似乎没有对民兵轮战队几个小时前的辛勤劳作发生任何的反应。

　　"要坏事！"江德昌实在有些忍耐不住了，搂紧扳机，轻轻问王璧，"王书记，打吧，再不打，又让狗东西们跑了。我保证一枪打掉他那个开车的。"

　　王璧也急，但他却冷静地制止了江德昌："听命……"一个令字尚未出口，就见那辆冲在最前面的汽车突然神经了似的一个趔趄，车轮子不由自主地滑了一下，然后在原地打起转来，那司机大约也是一时着急，一脚油门踩下去，车轮子不仅没有朝前走，反而倒退回去。再看后面那三辆汽车，一看前面的领头车停住了，也都放慢了车速，王壁不再犹豫，手中枪一挥："打！"随即一颗子弹飞了出去。

随着这声枪响，路边的丛林中，茂密的蒿草间，步枪手枪手榴弹，一瞬间齐齐飞向公路中间。鬼子汽车猛地再颠一下，竟然"跳"出了那段冰封的路面，顺着公路向后退了回去。不等王壁令下，郭占奎"嘿嘿"一声："还想跑？来了就不让你走了。"手中那条线儿一拽，"轰"的一声，打头的这辆汽车就在那坡顶再次跳了起来。不过这次跳得可比刚才它自己跳得高多了。随车的几个鬼子有的身首异处，有的缺了胳膊断了腿，而那个机枪射手则趴在机枪后面，"哒哒哒"拼命向着"土八路"们扫射起来。

王壁头也不回，喊一声："昌子，机枪！"

江德昌也不含糊、不说话，只扣动一下扳机，那机枪便成了哑巴。

眼见打头的汽车遭了殃，后面几辆汽车也停止了前行，鬼子们纷纷端起枪来，向着草丛和树林射击着，开车的鬼子更是慌乱间企图掉头逃跑。可是，郭占奎的"地雷大王"不是白叫的，太岳区的工兵之神聂佩璋的徒弟也不是白当的。眼看鬼子要跑，郭占奎手中那两根绳子往回一拉，"轰隆！""轰隆！"又是两声爆响，两辆汽车一前一后翻到了几十米高的悬崖下边。原来，郭占奎的地雷埋的是极其讲究的。它们并不是一字排开，也不集中使用，而是在那喘口坡的坡顶、坡中和刚开始爬坡的地方各自埋了一颗拉线雷。这雷的好处是你不拉线它不炸，所以当汽车第一次从地雷上面走过去的时候，它没有吭气，等到鬼子汽车打滑了，想往回跑，郭占奎可就拉动了手中的机关。如此设计，那叫手拿把攥，谅你个孙猴子也逃不出如来佛的手心。

再说鬼子的最后一辆汽车，那上面按说是有着一个班的皇协军和四五个鬼子负责押运物资的。他们的武器配备也更强一些，不仅有机枪两挺，还有小钢炮，更重要的是，这车队本身有着在这支小小部队来说几乎就是取之不竭的武器弹药。不说这个地方距离沁源县城只不过十公里，而距离交口据点那就更近，满打满算也不过十几千米而已，只要这两处鬼子接到报信，不说汽车，骑兵最快十来分钟就可以到达。所以说，指挥部给二区轮战队的指示是相机而动，并非必须行动。因为谁都知道，一旦这个伏击打不好，让鬼子缓过劲来，就地和你对抗起来，那就容易陷于被动。可是，谁也没有想到的是，这最后一辆车上的鬼子伪军一看前面的情况，先自吓破了胆，根本没有想着对抗，而是首先要逃命。仔细想想，站在这些受伏击者的角度看问题，其实这么做也是情有可原。谁能想到，一支充其量只有几十号人的民兵游击队竟然敢于和"皇军"的一支现代化运输队正面开打，而且还有这么猛的火力、这么精确的部署。正常情况，这应该是八路军主力的干活啊。所以，他们要跑，俗话说"好汉不吃眼前亏"，又道是"留得青山在不愁没柴烧"，还是现实一些先做青山好吧。

然而，战场的胜败关键并不在于实力的强弱、武器的优劣，更在于士气的高低、谋略的得当与否。在王壁张成们看来，鬼子你既然来了，那就好走不得。虽然上好的"铁西瓜"仅有三颗且已经各尽其用。但手榴弹土地雷可有的是。鬼子最后一辆车转得急也跑得快，一转眼就调过了头，向着交口据点方向跑去。如果真的让鬼子跑到交口，和交口的鬼子合兵一处，反杀回来，那首先第一个问题就让人有些进退维谷：眼看着鬼子汽车抛撒出来的那一堆堆无比诱人的战利品，少说也够几百人使用半年。而且好些是你见都没有见过的宝贝。如果鬼子杀个回马枪，这些东西肯定是要先毁掉的，因为很简单，如果我用不上，起码不能让你用上。其次那就是谁也不愿意在这样一场战斗中让"煮熟的鸭子给飞了",三辆汽车都给它干翻了,还能让这最后一辆单独跑掉?

关键时刻,王壁再次想起了江德昌,对,小鬼子你的汽车轮子再快,还能比子弹更快?王壁拍一把江德昌:"昌子,看中了,这次打鬼子汽车的轮子,行不行?"

江德昌嘿嘿一笑:"王叔,你说行咱就行。"话没说完,"啪"的一枪,王壁睁大眼睛看时,那汽车已侧歪了身子,再走几米,彻底趴在了公路上。车上的鬼子伪军这时早已彻底丧失了再战下去的勇气,几个鬼子边打边撤,竟然三步两步蹚着刺骨的冰河连滚带爬跑到了喘口坡对面的沁河岸边,再一鼓气,几个鬼子钻进深山老林里面不见影儿了。一个班的皇协军则没有一个逃跑的,也没有一个下车后还继续抵抗的,乖乖地把枪一扔,一个个举起了双手。可是,当他们看见前来缴枪并让他们报上姓名职务的竟然全是一帮上身反穿着颜色并不统一的羊皮袄、下身却是五花八门的男女老少各色人等都有的"土八路"时,一个个的眼睛里多少都不由得露出了一丝丝懊恼的神情。想不到,这般情景让一贯看人并不那么仔细的江德昌发现了,竟然将一支大枪捡起来,硬生生塞给一个看起来像个老兵的伪军,然后指了指自己手中的枪说:"怎么样,不服气?来来来,比比枪法,和我江德昌比试比试,小爷爷要是输给你,立马放你走人。要是你小子输了呢?怎么办?"

这时,老支书张成走过来,当着那帮皇协军的面点燃了自己的烟斗,然后笑着对那几个人说:"不用试,你们加起来也不是他的对手。刚才没听见吗?江德昌,这是全沁源最好的猎手,三五十丈之内,要打你鼻子不打眼的。你们有这个本事?"

"江德昌?"

"啊!啊啊!"

有几个经过事儿的拍拍自己的脑袋,这下傻眼了。一个说:"前几天在沁县城还听要来沁源当特务队长的李守清说呢,千万别碰上正关村的江德昌。那是和李猛一样的'土八路'杀手。比老八路军一点不差的。谁知今天就让咱见识到了。"

另一个说:"是呀是呀,还有什么地雷大王郭占奎,不是说土八路炸不了皇军的洋汽车嘛,怎么……"

这话没说完,便被张成给截住了:"哎哎,你们刚才说什么呢?李守清,哪个李守清?怎么还是特务队的?"

年龄大点的伪军班长接话:"李守清,是,前几天在沁县时候他说要来沁源当交口特务队小队长的。可能也就这几天要过来吧。"顿了一下又说,"这李守清可是日本人刚刚任命的交口据点特务队长,据他说对你们这一带很熟悉的。"

张成严肃起来:"你们说的这李守清,戴一副眼镜,中等个头,三十六七不到四十岁的样子?"

几个皇协军都点头称是。张成摆摆手,让那些人到武委会主任赵正中那里登记去,自己转身赶紧去找区委书记王壁。

王壁也在找张成,因为这一下缴获的战利品太多,多到连王壁自己都不敢想象。四大车物资,又是各种枪炮子弹,包括两门小炮,四挺歪把子机关枪,两挺九二式重机枪,还有不计其数的牛肉罐头、呢子军大衣等等,都是我军急需的军用物资。尤其是长治的鬼子给鹿野平洋配备的成套大功率电台,连带发电机密码本一应俱全。这些东西,在从前鬼子仅仅通过马匹骡驮搞运输的时候,那是绝对不敢一次集中运送这么多的,这一次,实在是太相信他们的汽车和公路这些现代化的东西,谅你"土八路"也奈何不得了。可是,谁知这一下就让二区轮战队就和买彩票中大奖似的把这个天大的"买卖"给做成了。

然而,有道是,人无远虑必有近忧。现在摆在王壁面前的"忧"就是如何在短时间内将这些战利品拿走,拿到一个不会被鬼子轻易发现的地方去。这又是因为,正如我们前面已经说到过的,这段时期,我太岳军区主力三八六旅的七七二团、十六团、决一旅的二十五团、三十八团全部在外线作战，县大队虽然拥有三四百人，可平时基本都分散在各自的战区里面，很少集中作战。二区轮战队本身只有几十号人，即使加上半武装半轮休的那一半人，也不过百十来人。而眼下这四大卡车物资，靠这些人来搬运的话，怕是没有三五天搬不完。所以，最好的办法就是集中附近正关村和作坪村、下柳村、洪林村的村民，让人民群众也投入到这搬运物资的大军中来。

然而王壁多虑了，他还没有和张成把这十万火急的事情讲清楚，就见不远处的山路上，正关村妇救会主任江淑英正领着一队人马急匆匆赶来。再看那人群，推着独轮车的，赶着牛车的，套着胶轮马车的，当然更多的还是揣着一根扁担两条绳子的。不用说，这个妇救会主任，已经把支部书记和区委书记该干的事情提前给干了。

那么，江淑英就怎么就能够提前预判出这一仗将会取得这么大的胜利、缴获这么多的战利品，而有关战利品的搬运又必将成为一件令人挠头的事情呢？

说来，这还真是多亏了洪尚礼。那一天，王壁、张成为了给洪尚礼江淑英腾出时间让他们两人拉拉呱，因为大家都觉得这是一桩再好不过的姻缘好事，佳偶天成。可是，当那窑洞里真的只剩两人时，除了一开始几乎冷场的静默，当江淑英用一双鞋垫打破僵局后，又好奇地问洪尚礼："你说那汽车到底有多大力气，它一次能拉多少东西？"

洪尚礼道："这么说吧，那一卡车可拉的东西，装满了，最少也有个六七千斤，你算算这得多大的力量？"

江淑英又问："你今天放下的那三颗日本铁西瓜，能管用吗？"

洪尚礼道："应该管用的，再做一个比方。这一颗制式地雷，起码顶你个几十上百颗石头雷加在一起的杀伤力。不用多的，一颗就能把一辆汽车送上西天，让他们回老家去。"

正因如此，江淑英在昨天晚上和大家一起布置好战场后，回到临时战斗庄榆皮沟就先叫上几个相好的姐妹，让她们准备准备，说是第二天一旦看到江家的猎狗"豹子"出现就立即带领全村能走得动的中老年男女，统统集合到喘口坡去有重要事情做。

所以，今天这场战斗刚一结束，淑英马上就把乖巧无比的"豹子"叫过来，在它脖子上系上了一条绣花手绢，让它回村里去搬兵。

等江淑英和她组织的那三四百人的运输大队到了，张成把突然蹦出来个李守清的情况也给王壁汇报完了。作为一名曾经在长治城里做过多年地下工作的老革命，王壁马上意识到这个李守清将会给正关村和二区的围困作战带来前所未有的困难，因为这个敌人对二区、对正关村那是再熟悉不过了。

只是，他们并不清楚，此时此刻，李守清已经出现在了榆皮沟战斗新村。

李守清，沁县城南一个财主的独生子，本是长治城里正牌的国民中学毕业，毕业后就来到沁源教书，在正关村一带绝大多数人都知道其人。原因有二，一是此人教书认真且确有两把刷子，直到三年前还曾在这里教过近十年的书。正关村的好些人，诸如江淑英、江德昌姐弟、郭占奎等就都受过他的教育。二是此人天生带有一种善于自嘲的幽默感。譬如说他长有一脸浓密的麻子，这本是一个缺陷，一般人是不愿意有人提及的，可李守清就不一样，不仅不怕人提及，而且往往自己就把它当作和人接触的一种媒介，一见面就说："我这个人，保准你见一面就忘不了。不信，你瞧瞧本人这脸麻子。"即使对于学生，李守清也主动告诉大家，你们就叫我麻子老师，用不着背地里叫的。这样一来反倒一下子就拉近了师生之间的距离。如果说李守清有什么不好，那就是明明沁县老家有明媒正娶的媳妇，可他就是要在外面采野花，你找别人也就罢了，又偏偏找上了正关村有名的俏媳妇张二俏。前面说过，二俏的男人是在外面做买卖的，长年不回家来，偏巧有一次中秋节前，那天天刚擦黑回来就碰上二俏正和李守清在一起，很亲近的样子。二俏后来说那是找人家李老师代笔给丈夫写信，可丈夫却说，写信你为什么不能大白天写，偏要找个没人的时候，一男一女能不让人浮想联翩？

中秋节过后，二俏的男人再次外出做生意去了。这一走，按照往常的规矩，起码要等到年关才回来的。可是，这一次二俏男人留了个心，刚走第三天，夜深人静时，突然就敲响了自己家的门。因为那门里面插着呢。二俏男人一看这动静便知有事，一个骑马翻墙进了院子，三步并作两步来到正堂屋，一脚踹开了门。此时，李守清与二俏两个还没有穿好衣服呢。

第二天，人们发现小学校的李老师瘸了一条腿，却还是坚持着给学生们上了课。第三天，人们又发现不知什么人就在李老师的卧室门口给他吊了一个大大的叫驴生殖器，而在张二俏家的门口则挂上了一只被剪成乱花的原本应该是精巧至极的绣花鞋。这样一来，闹得李守清很没面子，也闹得张二俏很是窝火。张二俏何等泼辣，照直找到李守清，当着众人的面就说，李守清你要是个汉子你就当真娶了俺，反正现在民国了能离婚，我离你也离，反过来说，你要不是男子汉，就从这正关村滚蛋，老娘不跟你惹这身骚。

平心而论，李守清是多么地喜欢张二俏啊，当然一开始的时候只是仰慕，尤其是和家里老爹给他订的那个娃娃亲相比，那二俏就是传说中的天仙。老实说为了二俏他是什么都可以放弃的，可是他又明知自己回到家里不敢和强势的父亲张口。他也不愿意在自己心爱的女人面前说话不算话。所以他犹豫，所以他徘徊，所以他给张二俏造成了只是一个企图采花的印象。他在正关村的教育事业也就到此为止，第四天真的就卷铺盖滚回沁县去了。但是，当他离开心中的女人，他才体会到什么是痛苦。两年，他几乎什么都没干，直到花谷正招募在沁源干过事的外地人进特务队，他觉得自己正好符合这个条件就报了名。可是，也许就是命中安排，就在李守清收拾行装要到太原参加花谷正的特务培训的时候，一场大病悄然而至，直让这小子一病病到年三十。那时候，花谷正的特务队在沁源已经大大小小各色官员都配备齐了。李守清不想居于人后，就干脆在沁县城里当起了汉奸，反正是干一样的活儿、拿一样的钱，在沁县还比沁源安全系数高上不止几百倍，何乐而不为？可是，这样的日子过了没有多久，他就明白自己是在自欺欺人，因为深藏于内心的一种直觉告诉他，你李守清之所以要当汉奸，不是为了混饭吃，身为地主家的大少爷，有几百亩土地做后盾，有好几家买卖挣钱花，日本人还找他爹当了维持会长。李守清什么都不干，躺在家里也不愁没有人伺候，何苦背这个汉奸的骂名呢？

世上的事，所谓一波三折。李守清正想打退堂鼓，忽又闻听两件事，让他对再回沁源、重到正关村，甚至迎娶张二俏有了新的希望。一是张二俏男人在沁县做生意时被日本人抓住了，说他给八路军采买军需物资，但张二俏的男人严刑拷打也死不认账，闹得日本人也没有什么办法。老实说，要搁别人，李守清根本就懒得管呢，可这是张二俏的男人，是那个让他成为瘸子、丢了面子的大仇人。一股愤怒瞬间生起，似乎不是他李守清曾经霸占过别人的女人，而是这个男人夺去了他李守清的女人。"哼哼，这下你也落到我的手中了，让你见识一下姓李的手段。"李守清这么想着，然后就跑到日本宪兵队，给日本人指证说二俏男人早就是共产党的探子。这一下，日本人算是得到一个证人的指证，二俏男人的"罪名"就坐实了。那当时，二俏男人看样子是恨不得把李守清生吞活剥了的。这也激起了李守清无限的快感，使得他觉得自己更向往和张二俏在一起了。

第二件事，则是和这个第一件事几乎同时到来。驻沁源的日军最高长官鹿野平洋大佐在沁县城里又贴出了告示，再次重金招聘曾经在沁源工作过的外地人到沁源去"工作"。李守清清楚这个工作的性质，更重要的是，据说，这一次鹿野要为驻扎在交口据点的日军配备特务队。李守清就是奔着这个目标来的。而他的情况鹿野只看了一眼就欣然同意给李守清一个特务队小队长做做。得意忘形，就在前天，当李守清打听到将有皇军的运输车队开往沁源的时候，就主动请缨"为皇军带路"。可是，今天一早车队出发的时候，却又找不见这个家伙了。

那么，李守清到哪里去了呢？李守清此时此刻就在正关村开辟的战斗新村榆皮沟。这个地方李守清来过非止一次，榆皮沟里有民兵游击队的传说在他的耳中也不止闻听过几回。本来李守清是计划搭日本人的汽车前来上任的。可是那天晚上静下来想想，又觉得不如先来一个"微服私访"，把当特务队长的侦察工作做扎实了，省得将来处处被动。当然，更重要的是，李守清一旦决定要上任交口特务队，他那颗心就已经有一大半飞到正关村、飞到张二俏那里去了。趁早不趁晚，先见到张二俏，试探一下她的态度再说。如果张二俏愿意跟着他走，那还做什么特务队长呢？如果张二俏像普通沁源人那样冥顽不化，那就别怪我老李无情无义了。到头来，一定要你张二俏乖乖跟着老李洞房花烛，再做新娘。

李守清这么想着，从家里骑头毛驴就走上了来正关村的路。毛驴比不得汽车，但李守清又不愿意落到汽车的后面，那样的话，就不能趁着这次移交物资直接到交口据点去做他的特务队长。也是为了保险起见，李守清人虽然是骑毛驴来的，有关从沁县转往沁源的手续乃至行李等等却是随着车队一块儿走的。所以，李守清要提前一天行动，也正好在今天半晌午的时候就赶到了正关村人们的战斗新村榆皮沟。

李守清来到时，江淑英正在组织妇女们准备转运物资。尽管村里的男人们基本都到喘口坡上打伏击去了，但榆皮沟的战备警戒却并没有丝毫的松懈。李守清刚一进到沟口，就被两个手持红缨枪的半大小子连人带毛驴给一下子用绳索绊倒，然后又用一块黑布蒙上了眼睛。李守清表现得毫不慌张，任凭那俩孩子将他双手绑了，然后才说："我叫李守清，在这里教过书的。我认得你们的妇女主任江淑英，你们家的大人应该有认识我的。"

听李守清这么一说，其中一个孩子似乎想起了什么，盯着李守清看了半天，突然说道："大麻子，你是大麻子老师。"

于是，两个孩子带着李守清来找江淑英。淑英正在忙着给大家编组，准备出发搬运物资，看见李守清不由得一阵紧张来袭。这个人，这个曾经的老师，对于他，在江淑英来说那件使他丢人瘸腿并离开正关村的事情并没有多么重要，而李守清这几年来的情况才是让她不能不担心的。

"淑英啊，我是李守清，我想找二俏说说话，可以吗？"李守清以攻为守，主动发问，毫无生涩之感。他清楚，事实上，也只有这样一不做二不休，干脆拿张二俏说事，反倒会显得他李某人在某种意义上还是一个真汉子。而这样做的好处弄得好一下子就会使得所有的人都将他这个离开正关村已经三年的人当作自己人而再次接纳进来。

然而，李守清没有想到，当年的学生江淑英已经不是那个羞涩的女孩，严酷的对敌斗争，已经使她学会了在任何情况下都保持一种永不松懈的警惕。所以，当李守清自报家门以后，江淑英愣了一下，并没有让他直接见张二俏，而是反问："哟，李老师，这些年您一向可好？今天您这是从哪里来的？"一连两问。

李守清早有预案，顺嘴就说："我这不是回去以后就先养伤嘛。后来，日本人来了，我就在家待着，后来沁县也有了抗日游击队，我就出来参加了游击队。前两天，我们的队伍给日本人打散了，我这不就跑到沁源来寻咱的抗日队伍来了嘛。"李守清说话时，语气平缓，表情镇定，说完了还不忘给江淑英一个小小地将军，"淑英啊，你能不能帮老师找到咱们的队伍啊？"

这时，有人来报告，悄声说刚才仔细搜查了李守清所带的行李，没有任何可疑之物。江淑英心里稍显安顿下来，又不想让李守清继续纠缠，于是让人带着李守清去找张二俏见面。这也是人之常情，再说，见个面，又能发生什么大不了的事情呢？

行走在榆皮沟的土路上，雪花尚未消散，北风瑟瑟，李守清感到一股凉意。他整理一下自己的思维，没有乱，千万别乱。但另一方面又在想，怎么样才能让张二俏相信自己，愿意跟着我李守清远走天涯呢？这么想着，李守清已经来到张二俏家的临时窑洞。按说，以二俏的身子骨，也应该编入江淑英的物资转运大军的，可是事不凑巧，偏偏这几天一是有人从沁县城里传来了信息，说是二俏的男人已经死在沁县城里，这让二俏多有不便；二是这两天二俏也正赶上身子不利索，所以淑英让她留下来负责看家。当李守清在两个半大小子的带领下找到张二俏的时候，二俏正坐在一条板凳上低头纳军鞋。飞针走线，煞是利落，纵使坐着，那娇柔，那风姿，那白里透红的肤色，仍然无处不让李守清浑身颤抖。不过，让他震惊的却是张二俏腰间的两样东西，一是那蛮细的腰间缠上了一根白色的麻绳，在沁源，在太岳山，这就是戴孝的象征，说明二俏已经知道丈夫的死讯。李守清不能不想，该不会也知道是我一手陷害的吧。再就是在这麻绳里边还别着一颗长柄手榴弹。之所以说是长柄，乃是因为这手榴弹的弹体倒还正常，唯独木柄却要比一般的手榴弹长上差不多三分之一。原因所在也不复杂，因为此种手榴弹盖为沁源人民自办的兵工作坊制造。顺便要说，在沁源围困战两年半漫长的战争中，沁源人民、沁源民兵的武器弹药主要有两个来源，其中一个，那是来自于战场上对于日伪军的大量缴获，另外一个来源就是当时在沁源广泛存在的小型兵工作坊。尤其地雷手榴弹这样的武器，基本都来自于这些民间并算不上正规的小作坊，但它却是我军民取之不尽的最有效的武器来源。

"二俏，我来了。"李守清的第一句话颇有些怯生生的。这完全不是他的风格。但张二俏还是从声音就听出了这个曾经的冤家。

"谁让你来的？你来干啥？你那个地方可出了不少汉奸，你该不是也当汉奸了吧？"一连三问，每一问都让李守清心惊肉跳。但是，每一问也都在他的预料之中。

"二俏，我是专门来看你的。你说得对，沁县城里汉奸特务多的是，我就是不想当汉奸才要来找你的啊。"不等张二俏接话，李守清反攻为守，"二俏，我还要问你，你这是给谁戴这呢？"说着，把手指向二俏的腰间。

张二俏"唉"了一声，淡淡道："人家说我家那口子死在你们沁县城里了，可是这尸首都弄不回来。你们沁县人跟日本鬼子跑能有个好？"

李守清感觉机会来了，有些迫不及待道："二俏，这三年，可把我给憋坏了，这不，思来想去，还是放不下个你。以前还有你家那口子，现在你一个人了，我就更不能让你一个人继续孤单。如果你愿意，我就跟你远走天涯，咱到哪里去都行。"

"哼！"二俏哼了一声，却已经没有那么咄咄逼人，"你想我，想我当初怎么一拍屁股就走了？你知道你害得我一个人顶了多少骂名。现在你还好意思来找我。你不是家里有老婆，还有小妾呢吧？"

李守清赶紧赌咒发誓："二俏，只要你同意，这一次，我是坚决和她离婚，哪怕咱俩一块儿参加八路军都行。"

张二俏可不饶人："听你这意思，参加八路军还够勉强的啊？告诉你，我张二俏现在就是半个八路军了。不信，你看看。"说着，把手榴弹从腰间拔出来，拿在手里晃晃。

李守清并不怕这个，反倒激起了他一如既往对张二俏的欣赏，觑着一张麻脸，眯缝着眼睛拼命地欣赏着，口中念念有词："好一个花木兰，老李愿为你拉马坠镫。"

张二俏的眼中流露出一丝丝浅浅的笑意，李守清不禁心花怒放："二俏，你看你守在这个穷地方，连村里都回不去，城里就更不说了，你让我于心何忍？我可不能让你再受这个罪了。"

李守清说得畅快，张二俏听得可就起了疑心："李守清，按你的说法，这是要带我到哪里去呢？你找我敢情是要把我带走啊。"

这时的李守清已经顾不了很多，再说，他已经清楚地知道，正关村所有的成年男人都出去执行什么任务去了，村子里只有几个女人和儿童团，以后应该很难再有这种机会了。所以，不由得半真半假地试探道："也不去哪，咱们先到城里去，我的行李、给你带的贵重点的东西都在城里几个老乡那里呢。我总得去拿上吧。"

"什么？你已经去过城里了？还要让我也跟你去啊？你该不是和城里的汉奸有勾搭吧？"

李守清赶忙辩解："我怎么会当汉奸呢？只是几个熟人在城里干事，他们也不是真心当汉奸的，不就是混口饭吃吗？再说了，在我们那里，搞维持的多了，还能个个都是汉奸？你就跟我走吧，我李守清这辈子保证让你吃香的喝辣的，永远不再过这穷苦的日子。"李守清说着，就来动手拉张二俏。

可是，这个汉奸卖国贼这一次完全看错人了。在他最后说这些话的时候，张二俏一直没有说话，直到他的那只手将要搭到张二俏肩上的时候，只听"啪"的一声，张二俏一个巴掌甩在了李守清那张麻脸上，一股愤怒喷发而出："李守清，是你瞎了眼还是我张二俏瞎了眼？你也不看看这是在哪里？这是在沁源，你听说过沁源人当汉奸吗？"

一瓢冷水泼在了头上，李守清很后悔自己有些操之过急，可是事到如今，只好硬着头皮往下顶了："二俏，不，不，亲亲，我不是让你当汉奸，我只是想和你在一起啊。"

"滚，你给我滚！"张二俏手中紧紧攥住了那颗手榴弹，让李守清赶快滚蛋。事到此时，李守清明白这个女人起码现在是不会跟自己走了，可是，可是以后，一旦自己走马上任，成为交口据点的特务队长，那张二俏就更不会心甘情愿跟自己走了。可是，无奈，再这样拖下去，弄不好江叔英她们回来，就怕是连走也走不成了。就在这也许是千分之一秒的时间里，一个念头突然涌上心头："一不做二不休，我干脆把她绑走得了。"李守清慢慢地往张二俏身边靠去。张二俏似乎发现了这个企图，一步步往后退着，手里的手榴弹举得更高。

"婶子，淑英姐她们回来了，叫咱们去搬东西呢。好多的战利品啊，还有牛肉罐头呢。"这声音呼唤着，几个儿童团员，包括刚才带李守清来的那两个半大小子已经来到张二俏家的窑洞前。

李守清悻悻地走了，连张二俏的手都没有拉上一下。这让他懊丧至极。可是，当他亲眼看见江淑英等人推着各式各样的车子、挑着沉重的担子，将一堆堆宝贵的物资运回榆皮沟的时候，他的心里简直就是一堆打翻了的调料瓶子。他不敢再停留片刻，也不敢返回身去拉他的毛驴，而是抄小道急匆匆向着县城溜去。

李守清的又一次亡命暂且不管，且说喘口坡一次伏击，缴获的战利品足足让正关村和周边几个村子三百多人的运输队伍搬运了一个上午还没有搬完。直到最后，眼看着交口城关两处鬼子已经距喘口坡不到几里路了，王壁这才下令把汽车连同车上一些不便搬运的物资诸如成桶的汽油、挖战壕的铁锹等一把火烧掉，然后才沿着小路撤回榆皮沟战斗庄这个临时村落。

回到榆皮沟，王壁、张成、赵正中、江淑英一起正式清点所有物资，别人不说，王壁首先吓了一跳。显然，这些物资大都不是王壁自己和二区民兵轮战队可以处理的。基本而言，都需要上缴组织。一者因为这些物资尤其是机枪小炮、各式弹药，还有那部大功率的电台，无一不是上级急需的东西，就连那成箱的日本"炮台"香烟和牛肉罐头也是王壁不敢私自处理的。可是，问题在于，这么多重要的物资，一时转移不了，储藏又往哪里存放呢？尤其是，当大家听说李守清这个老熟人将要回到交口据点做特务队长的时候，那就更加增添了对于这批物资安全存放的担忧。

经过讨论，大家一致的意见是，把这些重要物资转移到曾经和鬼子打过一仗的迷魂谷去。理由有三：第一，上一次鬼子虽然在那里吃了败仗，但是，那时候的鬼子司令官是花谷正，对鹿野来说，他未必会对那个地方感兴趣。第二，如此多的物资，放在榆皮沟临时战斗庄里总归是不安全的。无论县城还是交口据点的鬼子很快就能嗅出这批物资所在。更何况还有一个李守清，一切都不得不防，决不能把这些得来不易的物资再交回到鬼子手里去。第三，也是一个有力的论证：迷魂谷距离正关村并不算远，最多不过五六里路，转运物资比较方便，更重要的是，迷魂谷战场特殊，绝对有利于我方据险而守，而敌人纵使千军万马也奈何不得那溶洞内的三五守军。

取义成仁有张成

日上三竿的时候，沁县方面就来电话说车队应该很快就到沁源境内了。可是，直到中午，鹿野平洋都没有等来车队的一点影子。一种不祥的预感油然而生：莫非车队遭到了八路军的袭击？不可能啊！据可靠情报，共产党太岳军区所有的主力部队目前都在外线作战，跑到中条山下去开辟新的根据地去了。就在昨天，八路军之太岳部队还刚刚夺取了皇军在中条山战役之后，从国民党军手中接手过来的两座县城几十个集镇。随行这些作战任务的正是前几天刚从沁源拉出去的二十五团、三十八团。从中条山下到太岳腹地，少说也有四五百里的山路，八路军纵使个个长了飞毛腿也不会这么快就杀个回马枪啊！反过来说，也正是因为知道这些八路军的主力悉数南征，鹿野平洋才敢于放心大胆地恳请长治日军把今后两月的补给一下子全部送来。为了保险起见，沁县的日军还特地增派了几乎一个小队的日军和半个连的皇协军一路押运护送。以这么强大的兵力加之远超八路军和"土八路"的火力，就算是沿途有几个毛猴子捣乱，也不至于会给整个车队造成重大损失啊！这些日子，八路军和"土八路"也不是没有在皇军的运输队身上做过文章，伏击的事几乎就没断过，可是，那又怎么样，还不是每一次都乘兴而来败兴而归，眼睁睁地看着皇军的汽车一路烟尘，扬长而去？可是，现在的问题是车队究竟去了哪里？鹿野拿起了电话，想给交口据点打个电话问问他们发现什么情况没有，或者说是皇军的汽车要在交口卸货，将原本应该运到县城再往下分发的物资提前截留？这件事驻扎交口据点的小野中队长是一再说过的，但鹿野始终没有答应。或许那小子竟然敢于蛮干？鹿野使劲地摇着电话，可是，没有动静，仔细听听，不是没有人接电话，而是电话根本就没有反应，这说明什么？说明电话线断了。一股冷汗直冲脑际，不用任何情报，鹿野已经意识到了问题的严重。看来，这是八路军和"土八路"一次计划严密的行动。没准，关于中条山的情报本身就已经充满了欺骗，看来，车队已经凶多吉少了。

鹿野平洋让自己冷静一下，整整四大卡车皇军急需的物资（当然八路军更急需），竟然就这样不翼而飞，这件事情的严重性，怎么说都是不为过的。而且更要命的是，丢了这些物资，又让他到哪里去跪求这么多人人看了都会眼红的东西！

必须把这些物资找回来，相信八路军和"土八路"一下子也吃不下这多物资的，有句话说，哪里跌倒就在哪里爬起来。对，立即集合所有能够出动的皇军和皇协军，挖地三尺也要把物资找回来。

正在此时，有人报告也没喊就一个跟跄连滚带爬地将门撞开，人没站起来，一口结结巴巴的日语已经先行到达鹿野的耳中："报告大佐，不好了，车队、车队、车队被袭击。土八路的干活。"

"什么？你给我站起来。"鹿野一股怒气，等对方站起身来，这才发现自己并不认识此人。

"你，你是谁？"鹿野不由得诧异。一般人是不可能就这么滚进鹿野司令部的，除非他已经经过了起码两层审查，也就是前面卫兵和宪兵队斋藤队长的问话，确认来人有重大情况汇报。然而，饶是如此，也应该由司令部外作战室里的作战参谋前来汇报请示，然后才有可能决定召见与否。

事实正是这样。来人已经经过了层层审问，但由于事关重大，无论作战参谋还是斋藤队长都不愿把这个倒霉的情况由自己转达给一向喜怒无常的鹿野大佐，而是把这个必定会触霉头的差事交给这个滚进来的人做。

来人正是李守清，也就是尚未到任却在沁县出发来沁源之前就已经确定的待任交口据点特务队长李守清。按说，李守清的差事定在交口，直接到交口上任不就是了吗？非也，这其中有两个原因。一是李守清之所以能够当这个特务队长，乃是由于驻沁源城里的特务队长齐标峰的推荐，因为当初李守清在正关村教书的时候曾经和齐标峰有过交往，也算是个江湖朋友。现在齐标峰在县城当队长，李守清有必要向他表表忠心，以求得在今后的日子里混得更好。其二，李守清这个小小的特务队长名分是有了，但是手下没有兵，因为交口据点原先是没有特务队编制的，现在有了，那就得有人干活。给李守清几个人、给什么人，那就得由齐标峰报告鹿野，最终由鹿野大佐说了算。所以，李守清不能直接到交口据点去上任，而是必须先到县城来找齐标峰和鹿野大佐报到。另一方面，趁这个时机，还可以在上任特务队长之前先去见见张二俏，万一能够如愿以偿呢？所以，李守清提前一天就出发，所以，这多绕了一个弯子却捡回了一条命。李守清暗自庆幸。这多出来的短短行程让他经历了有生以来第二次生与死的考验，在鬼门关转了一圈。

李守清是在离开张二俏之后很快就知道日军的汽车队被袭击了。因为他看见了江淑英那一大帮子人车拉人扛地搬运那么多的军用物资，他也隐隐听到妇女们热烈议论民兵们一下子就把鬼子的汽车运输队给全部干掉了。这也就是说，运输队的日军和皇协军全军覆灭了。而城里的鹿野大佐至今还未必知道这件事呢。怎么办？现在自己应该怎么办？李守清首先想到的是就近去交口据点搬兵，然后带兵回来立功，趁着"土八路"转移不及，把皇军的物资抢回来。可是这个想法马上就被他自己否定了。万一交口的日本人不认识你怎么办？把你当作奸细处理掉又怎么办？交口不能回去，那就只有到县城去了。李守清记得，前几年是去过几次沁源县城的。那时候国民党县党部书记张玉甫曾经想把他发展为党员，并且还想把李守清弄到县城里去工作。关于这个工作的问题，确确实实地让李守清产生了一些比较迷乱的想法。到县城去，不用再当孩子王，不用再给孩子们上课吃粉笔灰。也算祖宗坟墓冒青烟，让从来只以土地吃饭的乡绅李家出上一个吃皇粮的官家人，不是官也算个吏吧。不过，遗憾也是有的，离开正关村，也就离开了自己心心念念的女人。那个时候他已经被张二俏深深地迷上了。关于那个女人，怎么说呢，反正那当时李守清是一次也没有真正上过手，但似乎每一次都让他充满了希望。张二俏长得是真俏，也真叫人看一眼就再也忘不了。那白里透红的皮肤，永远清澈透明的眼睛似两潭深水将男人的灵魂深深地摄了进去，然后便再也不可自拔。当然，在张二俏身上李守清隔着八丈远也能闻见她骨子里散发出的那么一种淡淡的幽香，似迷药，似云雾，将李守清的身体与灵魂紧紧地压迫至窒息。确实的，有几次，李守清感觉自己已经和张二俏马上就要好事成真了，却总是让她以种种"莫须有"的理由给搪塞了过去。当然最令人难忘也不能忘却的是那一天，当他把自己花重金从沁县城里精心定做的一件金饰——桃心里面镶着杏仁大的张二俏肖像的一条项链捧在张二俏手中，眼看着那个已经脱去外衣、只有一件水红肚兜浅浅地遮盖着身子的女人眼中的水潭在动，身子也前倾下来的时候，李守清曾经以为，自己精心模仿现代小说家笔下都市贵妇们一般都逃不过的必杀招即将成功的关键时刻，张家的门开了，张二俏那个平时看起来窝囊稀松的男人突然跳了进来，挥舞着一根粗短的棍棒恶狠狠地就打在了他的腿上。还好，那一天，如果不是张二俏拼死拦住已经发了疯的男人的话，说不定自己就永远也见不上这个心中的女神与命运的无常了。

后来，后来呢？李守清不能忘记，回到沁县，回到家乡的日子，那是标准的大少爷日子，自己瘸了一条腿，却没有人敢问这是因为什么，包括自己家里那个粗笨的老婆，不仅不问不以恶脸相向，反倒像是中了大奖似的恨不得把这个背叛自己的男人捧在手心，让他衣来伸手饭来张口，时不时还得让李守清给臭骂一顿却从来不曾表现出一丝丝的不快。可是呢，家里的妻子越是如此，就让李守清越是看不起她，进而对张二俏也就越发地思念起来。

漫长的思绪被空中飞过的一只色彩绚丽的锦鸡给打断了。李守清知道，这锦鸡又称红腹锦鸡，是太岳山中一宝，被当地人称为凤凰的。那么，张二俏是不是就是人中的凤凰呢？我李守清与张二俏的关系通过这一次爆裂能不能浴火重生呢？李守清发现自己的思维有些混乱了，赶紧随手抓一把冰冷的积雪拍拍脑门，让自己清醒下来，然后就选择一条虽然难走、沿路长满荆棘的羊肠小道向县城赶去。之所以要走小路而不走大道，这是因为李守清早就知道，沁源民兵在这二沁大道上打伏击的并非只有正关村一家，也并非只有二区的轮战队，万一让哪家民兵碰见了，说不准又会惹出什么麻烦。最佳的方案当然是走山路，虽然绕远，虽然难走，但是保险。所以，当他连滚带爬地来到县城的时候，已经是三个小时以后的事情了。但是，这仍然不是他这漫长一天中霉运的终结。因为城门口站岗的日军和皇协军士兵看见这个乞丐的时候，第一反应是不能让其进城，进而便怀疑他是一名八路军的探子。不管李守清怎么说，说破了嘴皮，把他最善于幽默、巧舌如簧的特长都发挥到极致，对中国话半懂不懂的鬼子和明明听懂了却装作不懂的皇协军却分毫不起作用，直急得李守清不由得扯开嗓子大骂："你们这帮笨蛋，算我李守清瞎了眼。怪不得人家土八路也敢袭击皇军的汽车队呢，就凭你们这些笨蛋，活该！"

骂声惊动了一个人，而此人偏偏正是路过的特务队长齐标峰。齐标峰虽然已经几年没见李守清，但是关于李守清的近况，他还是知道的。而且他还曾经听张玉甫说过，此人是极富才干的。所以他才在鹿野再次征召特务人选时果断向鹿野推荐了李守清。而鹿野又亲自圈定李守清为新任交口据点特务队队长人选。现在一听此人自报"李守清"，便停下来走过去看看，这一看，果然是那个被人家打断了腿的李大麻子李瘸子，那也就是李守清了。

在齐标峰来说，首先见到李守清的时候，是想怎么才能把这个人真正弄成自己人。现在，李守清需要有人帮助，自己就应该卖个人情给他！可是，当他一听李守清叙述车队遭袭的情况，便开始一退六二五，告诉这个倒霉蛋，此事还是先向宪兵队斋藤队长汇报为好，然后齐标峰便忙自己的"事情"去了。

李守清无奈，只好饿着肚子，好不容易让人领着找见斋藤俊，那斋藤却和齐标峰的套路如出一辙，转眼就把他推给鹿野大佐去了，不过，斋藤也知事关重大，不敢让鹿野的卫兵再难为这个报丧者，直接派了自己的亲信参谋将李守清一路送到鹿野的司令部这才转身离开。

对于李守清，鹿野自然是未曾见过的，但仅仅一段简短的汇报，鹿野便认定此人乃是一个皇军可以重用的干才。更重要的是，这个人以他亲眼所见、亲耳所闻告诉鹿野，伏击皇军车队的竟然只是一帮"土八路"，真正的老八路军好像连一个都没有。这简直令人不可思议，但鹿野大佐深信不疑。因为现在的鹿野平洋已经不是当初刚进沁源时候的鹿野平洋，而是一个经历了与八路军和"土八路"无以数计苦战、吃过无以数计苦头的指挥官。今天这个伏击，对于皇军来说无疑是种耻辱，但同时也是一次难得的机会。一是据李守清所说，"土八路"总共也不过数十人最多一百人左右，而八路军的主力部队最快也不可能在一两天内返回沁源。二是"土八路"一下拿到那么多军用物资，尤其是枪支弹药和电台物资，他们既不会使用，也一定舍不得毁掉，那么，这就为皇军夺回这些价值连城的物资留下了机会。对！机不可失，时不我待，立即集合人马，到正关村去，到"土八路"新建的所谓战斗庄去夺回原本就属于皇军的东西。让那帮"土八路"空欢喜一场，怎么吃下去的，你就怎么给我再吐回来。

下午，未时前后，如果以二十四小时计算，也就是两点左右，鹿野平洋统帅的沁源县城与交口据点两处几乎所有的日伪军一千多人，齐刷刷黑压压似漫天乌云般包围了正关村战斗庄榆皮沟。

没有炮轰，没有机枪扫射，村子里面也没有任何反应。任凭鹿野的大军在村口那块草坪上集合，纷乱杂沓。鹿野的部署有条不紊，四挺 92 式重机枪占据了庄口四个山头，然后是特务队的汉奸们拿着喇叭喊话："正关村的老乡们、兄弟姐妹们，皇军知道你们在这里建立了自己的新家园。皇军不愿毁掉你们躲避战乱的家园。但是，你们的亲人，你们中的一些人受共党八路军的蛊惑，公然袭击了皇军的车队，抢夺了皇军的物资。这是一种犯法的行为，是应当受到惩罚的。但是，皇军不计较这些，只要你们把抢夺皇军的武器弹药、军用物资交出来，皇军就饶恕你们的罪行，还要给你们大大的奖励。如果拒不交出物资，那就不要怪皇军不客气了。"

如是喊话，整整十几分钟，直到喊话的人嗓子哑了，鹿野大佐也不耐烦了，终于撤下了温柔的面孔，露出了凶恶的一面。日伪军分成多个集团，向着一排排窑洞摸了过去，每到一眼窑洞门前，先向窑洞里面打上几枪，这样的动作连着进行多次，看到空荡荡的窑洞里一个人都没有后，鹿野命令属下不再开枪，从现在起，皇军也得节省子弹。于是，为日伪军开路的不再是枪声，而变成了一把把明晃晃的刺刀。并且所有的人都是小心翼翼，先用刺刀把门或帘子挑开，看清了确实没人，这才大胆地进到窑洞里，进行一番搜查或者再将本已空空如也的窑洞点一把火。想想也是，万一从那眼窑洞里突然冒出几个"土八路"呢？这样的事情，大家又不是没有经历过。

眼看着时间在一分一秒地过去，而八路军和"土八路"根本不见踪影，大批的物资也不知去向，鹿野有些着急，两眼不住地冒着凶光。这情景李守清看在眼里、急在心里，这样的情况即使是李守清这个自以为对正关村了如指掌的家伙也有点蒙了。整整四大卡车物资，那可不是三筐两簸箕的土豆胡萝卜，要把它们放在一个地方，那也需要很大的空间，"土八路"能把它们藏到哪里去呢？李守清苦思冥想，突然开了窍似的，一拍脑门，大喊一声："对呀，应该就在那里！"

李守清这一声喊，声音盖倒了山岭间呼啸的北风，鹿野平洋看到了这一切，招招手，把李守清叫过去："李，你的，有什么发现？"

李守清这时已经不再对凶神恶煞的鹿野大佐抱有那么多的畏惧，他清楚，现在是鹿野太君需要我李守清的时候，也是我李守清在日本人面前有所表现的时候。此时不建功，更待何时？于是清清嗓子说道："太君，我想起来了，这个村子附近有一个存放大批物资的最好地方，那个地方叫寨子。"

"李，你的说明白，什么寨子？难道还有一个村庄？"鹿野果然来了兴致。

"对，太君，是寨子，但这个寨子不是人住的寨子，而是圈羊的寨子。最多的时候曾经圈过几千只羊的。关键是那里面还有一些隐蔽性相当强的土窑洞。"李守清力争把问题说得更加言简意赅一些。

"你是说，土八路把物资藏到那些窑洞里去了。"

"对对，太君英明。现在这个地方只是好藏人，藏东西太难了。而那个寨子里，放下几卡车东西根本不是问题。八路军不往那里藏物资又能藏到哪里去呢。"

"好，你的带路。找到物资，皇军将大大的奖赏。"鹿野许下了一个没有具体目标的"宏愿"。

李守清所说的寨子还真是王壁、张成等人想出来的一个存放那批物资的地方。由于时间紧迫，而有关李守清的情况又迫使王壁、张成、赵正中、江淑英等人不得不想出一个更加具有迷惑性的办法来保护那批重要的物资。

说起来，这寨子至少也有几百年的历史了。在早的时候，这里曾经是正关村最重要的羊群集散地。充分使用起来，那寨子里最少可以圈进四五千只羊都不嫌拥挤。这寨子如名所示，乃是一方石头垒起来的石头寨子，里面的窑洞也大都是牧羊人为遮风蔽雨自己挖下的土窑洞，只是日积月累竟成为有模有样、可以正经住人的场所。按说，不仅是现在，即使在从前，正关村作为这一带土地最肥沃、种地最讲究的村庄也是一概以农业为主体，正经人家都以"耕读传家"作为人生追求与家庭传承的。即便养几只羊，也大都是为了自己家人冬天的时候吃羊肉喝羊汤自给自足准备的。满打满算，整个正关村最多不过五六百只羊就不得了了。既然如此又为什么要保有这样规模的一处羊圈呢？原来，这又和当地农村的一个习惯有关。这里有必要用 21 世纪第三个十年时候的语言做一些交代。沁源这个地方，在中国北方其实是一种独特的存在。在人们一般的概念中，北方山地基本上都是灰突突一片，很少见到森林覆盖的。而沁源就不一样，在这个县一千五百四十平方公里的土地上，即以 2020 年的国家统计为准，这个县拥有的森林覆盖率为 63%，总面积为 220 万亩的茂密森林，其中原始森林两处，沁源又是华北最大最成功的油松基地和落叶松基地。在这里，进入国家林草局保护范围，登记在册的著名古树就有上千棵之多，几乎每一棵树都有一个与这里的历史文化相关联的动人故事。除此之外，沁源还有着一百一十万亩优质的牧坡，上好的饲草，每到夏天便吸引着周边各县的羊群来这里跑山吃草养膘。最多的时候，大路上天天都可以看到成群的羊和牧羊人牧羊狗在急匆匆赶往水草丰茂的沁源西山一带。而一过白露，进入小麦播种时节，又到了羊群从沁源返回各自家乡的时节，这个时候，这些羊群可就有事干了。干什么呢？卧地，真正的卧地。在太岳山区，地广人稀，以少的人力来耕种广阔的土地，肥料就是个问题。但是聪明的劳动人民自有自己的办法。一般来讲，除了大众广知的牛羊猪鸡人粪尿之外，就是以两种现在看起来不够现实的手段来解决这个肥料的问题。一是割蒿沤肥，每到夏秋交季，地边沿棱蒿草茂密，农民们便挥动镰刀，将成捆的蒿草割下来，用铡刀铡碎了，浇以水，覆以土，让其发酵，如是者三，便是上好的肥料。再就是这个卧地，卧地主要是指为麦田卧地。为什么呢？因为夏秋之交这个时节本是农民最忙的季节，而恰恰又是前述各种肥料最缺少的季节。然而，也正是这个时候，又是周边各地羊群返回的季节。这羊要走路，要消耗，牧羊人也要消耗，每天走的路程就不能太多，基本以十里八里为准。白天走路，晚上干什么？晚上就要有地方休息，要吃要喝要拉撒。好了，请注意，在农民看来，那所有的排泄可是最好的肥料补充。于是一种最为实惠且真正双赢的交易应运而生：你把羊群赶进我指定的地方，为我生产肥料，而我则为你的羊群提供青草，为牧羊人提供饮食旱烟，为牧羊狗提供足够的吃食。同样要提醒的是，这种卧地，并非只有羊的排泄物才是肥料，羊群踩踏过的土地本身就是上好的肥料。所以，这地主人指定羊群卧地的地方也并非一定就是直接到麦地里去。大羊圈就是卧地的形式之一。办法则是人们先将成堆的黄土摊开铺在羊圈里面，然后将羊群赶入，一夜之后，这些黄土便是绝佳的肥料了。

以羊圈这样的地方，按说教书先生李守清是不应该涉足的，可是偏偏这羊圈它是张二俏夫家祖上的基业之一。在抗战开始之前，羊圈每年初秋的时候是一定要开放的。所以张二俏到这个季节也少不得要来离村子几里路的这个地方走上几趟。李守清自然是与羊圈无关的，可是这小子断不了要跟踪一下张二俏，要说也干不了什么，就是想多看上几眼，半路上以"偶遇"的姿态和人家说上几句话。对于李守清的这种用烂了的手法，你说张二俏就不知道，应该有些说不过去。但张二俏就愿意以这种形式和李守清说上几句话，说白了其实是让李守清有事没事的讲上几段笑话，说上两段外面的新鲜事。然后也就该进村。李守清的精神世界就再次进入下一次的等待之中。后来，日本鬼子1938年第一次来沁源大扫荡之后，外地的羊群是再也没有夏秋之交到沁源西山享受饕餮盛宴的福气了，张二俏家的羊圈也渐渐被人淡忘。但是，李守清知道，这个地方其实是极其容易被人们忽视，而实际上却很有价值的一处藏匿大批物资的地方。因为其外貌不事张扬，因为其内里纵深广阔，因为其窑洞奥妙无穷。

李守清一定会带领日本鬼子找到羊圈。因为在正常人看来，正关村附近一带可以藏匿大批物资的地方也就这里最为合适了。场地又宽大，地方又隐蔽。王壁、张成、赵正中、江淑英在知道李守清已经成为特务汉奸之后便一致猜到了这个结果。所以大多数人都认为不应该把那些最重要的军用物资存放到这里。可是，老支书张成却摇头道："依我看，不是不应该，而是一定要拿一些物资存放到这里。"

江德昌首先急了："叔，你明知狗东西能找见这个地方，为什么还要把东西存放在这里呢？"

王壁摆摆手："德昌，你听老支书把话说完。"

张成也不客气，一口气说道："这次我做一次主，咱们把那些目标大而价值不太高的东西放到这里。我给咱在羊圈看着这些东西，占奎你给咱在院子里多埋上点地雷。给我留上三五个人就行了。万一鬼子不来呢，咱不就赚大了。"

"张叔——"淑英正想插话，张成又打断道："你们剩下的人，王书记、赵主任、淑英、德昌你们赶紧把那些重要的东西，枪支弹药、电台什么的，还有那些牛肉罐头，什么日本香烟的，统统转移到迷魂谷去。对了，我仔细想了一下，德昌你有经验，在那里打过一仗，相信你们还能给咱守住这些东西。"说完，张成眼睛一瞪，"赶紧的，就照着我的话去做啊！"

在这一刻，王壁的眼中已经有一层浓浓的液体在涌动。他不能不为自己的老战友、这位老共产党员时刻准备献身的精神所感动。王壁知道，这一次，非同寻常，对于二区轮战队和正关村的党组织、人民群众来说是如此，对于狗急跳墙的日本鬼子鹿野平洋来说更是如此。现在，可以说我们已经掌握了敌人的生命线，因为谁都清楚，即使鹿野可以得到长治太原日军给他再次补充，那也绝对不会有这一次的物资这样充足。所以鹿野平洋是一定会拼了老命来争夺这些物资的。而对于我们来说，既没有足够的兵力运力来把这些物资及时转移，又决不能让物资落入敌手，这就需要用我们有一个足以迷惑敌人、可以与敌周旋的策略。而张成显然也考虑到了这一点，但是，张成的办法是以自己的生命来换取与敌周旋的时间与空间。让大家能够把物资转移到迷魂谷去，然后在那里展开与敌人的另外一场战斗。

这一次，王壁没有像往常一样征求大家的意见，而是当机立断，以最简短的方式开始分配任务：赵正中、江德昌二人组织精壮民兵和男子迅速转移重要物资；江淑英组织群众转移进山，在鬼子撤退之前不得回转；另派二人到大林区去找县围困指挥部请求支援；张成则负责带领几位年龄稍大的民兵将鬼子的棉被、部分军大衣、军用水壶等物资转移到羊圈；郭占奎、赵小四负责在羊圈与迷魂谷两处的地雷埋设。

马不停蹄，鹿野平洋在李守清的带领下，率领上千人马一阵风似的来到大羊圈。果然发现许多杂沓纷乱的脚印，显然是有人刚刚来过此地。也许是求胜心切，也许是利令智昏，不等同行的扫雷兵将随身携带的探雷器扫上两下，就有几个急先锋冒冒失失地跳进了羊圈，紧接着，"轰隆！轰隆！"两声爆响，几个鬼子伪军不死即伤，所有人也都停下了脚步，机关枪扫射与探雷器摸索一阵之后，李守清亲自上阵，开始了又一轮的喊话。

出乎意料，李守清刚喊了几句，就有人答话了："啊呀，听声音，这不是李老师吗？你什么时候回来的？"

李守清听得清楚，可就是不见人。这声音很熟悉，李守清开动大脑中记忆旋转的机器，想起来了，这个声音在正关村可不是一般声音，那是一种具有凝聚力带有强大磁场的声音，这个声音一出，往往就会形成一种行动，哪怕前路再难，只要有了这个声音，正关村的人们就一往无前。对了，这个声音就是正关村那个在抗战一开始就公开了身份的老共产党员，人们叫他老支书的张成的声音。是他，肯定是他，有他在，正关村的民兵游击队八九不离十也一定在这个地方，那么，那批重要的物资就也应该在这个地方了。

李守清略带兴奋地把这个发现告诉鹿野，鹿野也很兴奋。踏破铁鞋无觅处，得来全不费工夫。这下，真的应该重赏这位新上任或者说即将上任的小小特务队长了。鹿野招招手，告诉李守清："李，你告诉张，皇军很喜欢他这样有魄力也有威信的领导者。只要他把皇军的物资交出来，皇军绝不追究抢劫者的一切责任，还要给他们以大大的奖赏。只要张能够和皇军走到一起，皇军给他维持会长做，也可以给他黄金和银元大大的。"

鹿野给张成的许诺让李守清颇感醋意，凭什么，张成这个老牌"共党"会不会跟你鹿野大佐合作还很难说，你就给他许下这么大的宏愿，我李守清不惜背上汉奸的骂名死心塌地跟你干，你却只给我开了一张毫无实质内容的空头支票。心里这么想，但是此时此地，李守清又岂敢有半点对鹿野的命令不遵之意？只能鹦鹉学舌地把鹿野的话用小喇叭传了出去。可是，没有回音。这让李守清感到莫名其妙，也让鹿野大佐有些着急。于是，命令李守清把话筒交给齐标峰，让这个铁杆汉奸展示一下他的嗓门。齐标峰接过话筒，扯开嗓子喊道："姓张的，我是皮货商齐标峰啊。我在你们村和你做过……"齐标峰话没说完，就听得"啪"的一枪，几乎把齐标峰戴的帽子打掉，吓得齐标峰原本站着的身子一下就弯成了个虾米，声音也由高八度转而低了八度，甚至有些战战兢兢的样子。这形象也引得鹿野大佐哈哈大笑起来，一只手指头指着嘲笑道："齐，你的不行，军人的不是，胆小如鼠。"

齐标峰可好，顺水推舟就把小喇叭又塞到李守清手里。张成为什么在李守清喊话的时候，默不作声，而刚一换成齐标峰就开枪了呢？这其中可是大有文章。李守清二次上阵，还没有开始喊话，窑洞里面就传出了话："李守清你记住，我老张刚才不打你，是因为你刚刚才当上汉奸，老张觉得你还可以悬崖勒马回头是岸。齐标峰这个狗东西，作恶多端，已经无可挽救，就让他来吧。看看老张这个共产党员的成色够还是不够。"

李守清略微有些尴尬，齐标峰却再也忍耐不住，指挥手下的特务队弟兄们就往羊圈里面冲去。可是，他那些"弟兄们"平日里要说跟踪盯梢、偷鸡摸狗倒还有些门道，你让他直冲冲就冲锋陷阵，那就有戏看了。于是，尽管齐标峰可着劲儿叫喊"弟兄们，冲进去抓住老共党，皇军有大赏啊！"，他手下那些人也跟着叫喊："冲啊，冲啊！"可是，那阵势是标标准准的只打雷、不下雨。倒是一旁看热闹的日本鬼子有些看不下去了，先是有几个扫雷兵，拿着探雷器小心翼翼地搜索着，扫雷兵的身后便是呈散兵队形的日军步兵。

羊圈的战斗没有持续多久，老支书张成多处受伤，不幸被俘。当然，对于鹿野平洋和李守清来说，最大的收获还在于经过一番搜索，终于在两处窑洞中发现了成捆的军大衣和棉被。遗憾的是，这些东西几乎就在他们向窑洞进攻的同时被人为地点着，当它们出现在鹿野面前的时候，已经有一半成了灰烬。

于是，一次规模庞大的军事行动，最终的结果却只是抓住了一个年近花甲的伤者。但是，对此鹿野并没有显示出多大的失望。他相信，有这个"共党"干部在，其余的那些物资总归是会有结果的，何况八路军和"土八路"再狡猾，也不能把那些武器弹药像这些棉被大衣一样一把火烧成灰吧。

当更多的日伪军还在整个羊圈以及周边范围内掘地三尺地寻找物资的时候，鹿野已经开始对张成的审讯。只是，这一次，他并没有直接上刑，而是首先命令医务兵给张成包扎伤口，又将自己携带的香烟抽出来颇似亲密地递给张成。张成也不客气，你包扎就让你包扎，你递烟我就拿过来瞅瞅，还点头赞叹道："这玩意儿是香啊。比我老张的烟斗也贵多了。你不给我这辈子还真抽不起。"说着，又伸手和鹿野要火："你看。既然给烟了，就把火也点上啊，不看我这手都吊着绷带也不方便。"

张成这一系列的举动令鹿野大喜过望，一个共产党的干部，一个全太岳区最顽固的和皇军作对的堡垒的共产党书记能够和皇军合作的话，那个影响绝不会比当初花谷正鼓吹的杨铭之小吧。可是，他的这种希望很快就伴随着那支香烟轻轻飘起的青烟化作乌有，消失在羊圈外尚未消散的硝烟之中去了。

鹿野问："张书记，你的知道那批物资藏到哪里去了？"

张成："知道啊，就在这个院子里，刚才不是让你们给烧掉不少吗？"

"张，你的开玩笑了，不是皇军烧的，皇军怎么会舍得烧自己的物资呢？是你们烧的。"

张成哈哈一笑："你这样说也对，不过不只你们舍不得烧，我们也舍不得啊。你们不来，我们肯定就不烧。"

鹿野觉得在这个问题上再绕圈子已经没有多大的意义，于是又换下一个问题："张，我很敬佩你的，你是中国人的这个。"说着伸出大拇指来跷跷。

张成依然不卑不亢："这你算说对了，我也觉得我是中国人的这个，不过，你会知道，所有的沁源人都是这个。"

鹿野："张，只要你把物资交出来，皇军绝对不会亏待你的。维持会长，或者更大的官任你挑选。你要钱也不成问题，皇军奖赏你大洋一万元。"

张成摇摇头："你看你这个人，你要物资我不是告诉你了吗？就在这个羊圈院子里，你下力气挖吧。你看你那些人都是给地主家应付差事的，腰来腿不来，一个个没吃饭似的，那哪能行啊。"

张成说得快，又是方言，鹿野有些听不懂了。瞪着眼睛看李守清。李守清赶忙充当翻译。

鹿野笑了："张，你不要兜圈子了。你老实说，物资是不是还有一个地方？"鹿野根据现场情况的判断，这里已经不可能再有什么物资了。也就是说，"土八路"在抢夺物资之后又像捉迷藏似的摆了皇军一道。因此，他对张成的忍耐已经到了极限。

鹿野开始变脸："张，你不要敬酒不吃吃罚酒，再不说实话，皇军可就不客气了。"

张成："好啊，我老张可没有让你客气过。客气那是你愿意。现在你想大刑伺候那就来吧，也让老张见识见识。"说完，将那支已经吸得烧到嘴边的烟蒂"噗"的一声吐了出去。

鹿野阴险地"哼"着，将齐标峰招了过来，示意下面的事情由他来做。

齐标峰连忙招呼自己的特务兄弟，一番密语，而后对张成说道："张书记，这可是你自己不识抬举。来，我替皇军给你把筋骨松动松动可好。"说着，用手指着羊圈院子里一盘原本用来给羊群碾盐碾饲料的石碾，几个特务将遍体鳞伤的张成摁在碾盘上，然后将起码五百斤重的石磙压过他的双手。鲜血顺着碾盘在流，张成牙关紧咬，一声不吭。

"张书记，感觉怎么样，舒服了吧？"齐标峰阴笑着。

张成怒目圆睁，"呸"的一声，将一口血痰朝着这个铁杆汉奸狠狠地吐了过去。

"张书记，别这样嘛。这也不是我和你过不去。咱都是中国人，何必呢！"齐标峰的语调中充满了嘲讽。

"你个狗汉奸，有什么资格当中国人？你不过是日本人的一条狗罢了，还自以为是人呢！"张成回敬给齐标峰的是更加深刻的嘲弄。

齐标峰有些气急败坏，亲自上手，让特务们把石磙从张成的两条大腿上碾过，张成昏迷了过去，齐标峰让特务们提来一桶水，恶狠狠地从张成头上浇了下来。张成显然已经疼痛难忍，但是，这个老共产党员竟然以不可思议的力量睁开双眼，一股怒火从中蓬勃而出，一声怒喝响彻云霄："来吧，狗汉奸，怕死，老子就不姓张。"

石碌从张成的头颅上碾压过去，脑浆迸裂。所有人，都在这一瞬间惊呆了。鹿野走过来，沉思片刻，向着碾盘上的张成深深地鞠上一躬，而后发了疯似的大喊："给我把这个羊圈放一把火烧掉，然后，重回榆皮沟，烧光，杀光，抢光！杀他个天昏地暗。"

李守清目睹了张成牺牲的全过程，在某一个时刻，他也对这个老熟人不由得心生敬意。可是，当他听到鹿野最后命令的时候，突然间，"天昏地暗"这四个字使他的头脑中闪过一道亮光：迷魂谷！

李守清似乎发现了什么，就像一个濒临死亡的病人突然间看见了可以救命的神药，大叫着："太君，迷魂谷！"

再战迷魂谷

当鹿野平洋的上千大军出现在距离正关村大羊圈不下十里路的迷魂谷口的时候，太阳已经偏过了中天的位置。这也就是说，张成以自己的牺牲，为王壁、赵正中、江德昌等人的转移物资和战斗准备抢到了足足半天的时间。这个时间已经足够江德昌等人把那些既珍贵又笨重的东西安置妥当，同时也赢得了充足的休整时间。而在同一时间里，鹿野的大军则已呈疲劳态势，且滴水未进，更无吃饭的可能。所以，当大军来到这个这些部队当中许多人曾经来过一次并且留下了深刻记忆的地方时，他们的战斗意志已经不能和刚到榆皮沟的时候相比，更没有人愿意挺身而出，首先冲击那个看起来并不十分坚固的堡子。

李守清为什么会突然想起迷魂谷这个地方呢？说来话长。正像他曾经为追求张二俏而几次走进羊圈一样，迷魂谷之于李守清来说同样不可忘却。当然这并不是因为张二俏曾经出现在这里，而是因为身为运动健将，在长治省立师范第四学校当学生的时候就是多项运动成绩的纪录保持者和创造者的李守清，即便在乡村学校教书的时候也是一个充满了冒险精神的探险者、运动旅行家。这一点，应该说很像多年以后风靡一时的所谓"驴友"。

还是在他即将离开正关村的那一年，夏天的时候，有一天，他曾经的学生，同样喜欢野外运动但目的却与李守清大有不同的江德昌，带着他的好伙伴"豹子"一大早就离开村子向深山走去，可巧路上碰到早上散步回来的李守清。当老师的很自然地问学生："德昌，你这是要干什么去？"

学生回答："上山，弄只野猪山羊的回来，好久没吃肉了，肚子里没油水了。"

老师关怀地问道："昌子，就你一个人啊？你爹呢，那野猪可是很厉害的，你一个人能行吗？"

学生："嘿，李老师，敢情你也这么胆小啊。要我爹在，他能让我一个人上山？可那是他不知道我和'豹子'的本事，今天我就是要打只野猪让他瞧瞧。"说完，看着李守清半愣不愣的，又加上一句，"怎么着，要不，李老师你也和我走上一遭？"

打猎，对于李守清来说是个新鲜事，但凡新鲜事对于李守清就有着一定的吸引力。何况，他马上就想到，这事儿也是向张二俏证明自己是男子汉的一部分。

这一天，让李守清见识到了青年猎手江德昌百步穿杨的枪法和临危不乱的胆魄，见识到了猎犬"豹子"的机智英勇和凶猛善战。一只两百多斤的大野猪，也多亏了与李守清结伴而来，若是江德昌独自一人，偌大的猎物要扛回来还真是一个不大不小的难题。江德昌虽然年纪小却是那种天生的江湖豪杰，见面一半，说话算话。李守清刚回到小学校他那间办公室兼卧室，还没有洗漱完毕，小伙子就扛着一整扇野猪肉"咚"的一声撂到了他的办公桌上，把个李守清高兴的，只给自己留了一小块，照旧扛着那近百斤重的野猪肉送到了张二俏家。当然，关于这肉的来源，少不得说是自己当了一次猎手的回报，也算在自己心爱的女人面前将脸上的麻子实实在在抹了一层厚厚的脂粉。也正是这一天当中还有的一点特别的细节，使李守清在今天这个场合突然就记了起来。

那一天，当李守清陪着江德昌在深山老林中巡游了一个上午以后，江德昌的枪还是没有找到一个瞄准的目标，这倒不是说，他们两人就没有碰见猎物，恰恰相反，野鸡兔子甚至山羊都碰见了，可是一开始还说打只山羊也可以的江德昌在时过正午后就又改变了口风，说是打只山羊不够味，一定要弄只够分量的野猪才行。走着走着，他们就来到了一个山高林密岩洞丛生的地方，正是在这里，江德昌突然来了兴趣，他告诉李守清，这个地方叫作迷魂谷，迷魂谷中有着许多岩洞，洞洞相连，其中便有野猪出没。也有一些洞穴本身可能就是野猪的老巢。江德昌还说，在迷魂谷这许多洞中，有一个最大的洞是一般人不敢进去的，因为那里面经常有包括野猪甚至金钱豹之类的野兽藏身其中。那个洞便叫作藏兵洞，传说是北宋年间沁源绵上村猎户田虎造反时藏匿武器和秘密练兵的场所。关于这个神秘的洞穴，李守清虽然没有进去，但是，学生所讲的这个令人神往的故事却让老师深深地记在心里。那当时，李守清曾经想过，应当让江德昌带着自己进去看看，因为据说那些洞穴弯弯绕绕，若非熟人，往往会让人进去就出不来的。可是，可是后来不久就发生了那件让他瘸了一条腿的事件，这事也就成为永远不可能实现的梦想。谁知就在今天，当鹿野平洋气急败坏地要将正关村人们的临时村庄榆皮沟也烧个天昏地暗的时候，他才突然想到了这个距离正关村其实不过十来里路的天然藏物之所。是的，当李守清在张成英勇就义的那一瞬间突然冷静下来的时候，他意识到，这个老共产党员从一开始就是在给日本人、给鹿野当然也包括李守清在内上演着一出精妙到家的好戏，以自己的牺牲来吸引了日本人上千兵力，而让他的同志有时间去将那些大量重要的物资转移到真正的藏匿之所。而这个地方，无疑正是江德昌曾经说过的迷魂谷。

　　由于曾经在迷魂谷吃过一次亏，虽然那一次的指挥官并非鹿野自己，但是关于这石头堡子这层层洞穴当中你根本无法防范的冷枪冷弹，在鹿野的记忆当中却是不会忘记的。因此，他需要冷静地调整一下自己的思路，找到一条破解这洞穴的妙招。同时，这上千的皇军和皇协军也需要解决一下吃饭的问题。因此，在布置好对迷魂谷口和堡子洞穴的各个火力点之后，鹿野想到了留守城池的高明亮。之所以让高明亮留守，在鹿野来说也有前车之鉴，八路军和"土八路"诡计多端，而中国兵法之中的围魏救赵是他们惯用的手法之一，这一点，当初在士官学校上学的时候那位严厉教官讲课时鹿野就已经深深地记在心里了。而高明亮的老练与厚重是鹿野对手下这些人当中最为看重的。可是，现在不一样，时间已过正午，攻打堡子和洞穴的战斗必将是一场艰苦的鏖战。而士兵们吃不上饭的问题又必须解决。因此，是让高明亮来帮自己一把的时候了。

快马传讯，高明亮接到鹿野的命令也是吃了一惊。鹿野让他留守，在高明亮来说是求之不得的。因为只有这样，他才可以让沙成海派人将有关敌人动向及正关村方面急需支援的情报及时送达县围困指挥部，也只有这样才可以将皇协军真正能够打仗的第一营全部留在县城。但是，不到第一线，又让他对形势的发展多了一份担心。看到鹿野的命令，高明亮立即组织属下将早已备好的干粮——每人一份玉米面窝头和一小包咸菜送到前线，然后对一营长稍作安排便随运送干粮的队伍一同到达迷魂谷。

当高明亮来到迷魂谷的时候，这里已经乱作一团。正因为有了前车之鉴，所以这一次鹿野依旧让工兵当先去扫雷。可是，尽管几个工兵穿了防护服，戴了钢盔，还是被堡子里根本不知什么地方射出来的枪弹给一连干倒三人。工兵是不敢去探索了，鹿野只得命令炮兵用迫击炮向那个堡子射击。炮弹倒是打了不少，可对面连一点反应都没有。鹿野叫过李守清。以不可抗拒的口气命令："李，这里，你的来过。江还是你的学生，现在你为帝国立功的时候到了。"

李守清有些为难，也有些后悔，自己干吗要把鹿野引到这个鬼地方来呢？原本还计划趁着"土八路"不知道自己已经投靠日本人的时候先去和张二俏联系，如果一切顺利，那就两人一起远走高飞，管他什么日本鬼子"土八路"呢。现在可好，你在江德昌面前一暴露，张二俏岂能不知道？一切都毁于一个贪念，现在怎么办？现在的李守清是清明时节放风筝，只能顺风飘去了。李守清借过一顶钢盔，又从齐标峰手中拿过那个喇叭，清清嗓子开始对江德昌喊话：

"德昌，我是李守清，你的老师啊。"

堡子里面没有声音，李守清有些怀疑，江德昌是否真的就在这里面。如果不在，那对于自己生命的威胁是要小一点的，可是如果那个煞神不在，是不是又说明这里并不是"土八路"存放皇军物资的地方呢？

其实李守清想多了，江德昌迟迟不开枪，只不过是不想过早暴露自己的位置，同时也是想找几个值得狩猎的猎物再来开荤。现在听到李守清的声音，起始还是一愣，虽然他在三个小时前已经知道李守清当了汉奸，而且还是交口据点的什么特务队长，可是在江德昌看来，这个李守清怎么也和那个狗汉奸联不上的。所以，听到李守清的喊话，江德昌竟然不由自主地愣了一下。等那声音下去了，江德昌探起身子，从岩缝的窟窿中往外瞧瞧，果不其然，那个手拿小喇叭的正是他曾经的李老师，那个和气幽默的李老师。一股从小养大好开玩笑的脾气油然而生，江德昌也扯开嗓子向外面喊了起来：

"李老师好啊，你怎么不当人而当狗去了？这让学生怎么叫你呢？"

是江德昌，听清楚了，李守清也就更谨慎了，因为他清楚这个人如果想对他开枪，那是无论如何也逃不掉的。但是他也清楚，起码说现在江德昌还不会要他的命。因为这江家虽然是小户人家，却与这里绝大多数人一样，从骨子里信奉孔学，敬师如父，所谓一日为师终身为父，你要江德昌开枪把他爹打死，即便这个爹再不堪，那也是不可能的。再说，我李守清是当了汉奸，可我这个汉奸起码现在还没有标得上号的罪行，共产党八路军处理汉奸是要讲究你的罪行够不够得上处决这个标准的。但是，也不能粗心大意，毕竟江德昌这小子又是个愣头青，说不准哪会儿火起来，让你老李再缺上两条胳膊一条腿也不是没有可能。这么想着，李守清的喊话就带有了许多的与众不同。他没有像其他汉奸那样赤裸裸地要江德昌向皇军投降，而是祈求江德昌救救自己这个可怜的老师。

"德昌啊，老师也是没有办法啊。我本来是要到咱村找你二俏嫂子的。可是半路就让他们给绑来了，非让我喊你把那批军用物资交出来不可。人家说了，只要你走出来，想去哪里去哪里，日本人绝不阻拦，他们只要物资，不要人。"

李守清还想说下去，他的学生可听得不耐烦了，"啪"的一声，先送过来一颗子弹，不偏不歪，正正打在李守清身前不到一尺的地方，一股尘土冲起来，把李守清弄了个灰头土脸，眼睛里鼻子里全是土，随着，江德昌的声音也传了过来："李老师，撒谎不是好学生。这可是你教我们的。老师也不能撒谎啊。你再撒谎，就不要怪学生不客气了。你当你的汉奸我管不着，可你不要当小爷傻。要说军用物资，也简单，你那日本鬼子干爹想拿他就进来拿，就怕他没有这个本事呢。"

李守清一听纸里的火早已包不住了，干脆撕下最后那点儿伪装的面纱，开始了鹦鹉学舌般的劝降："德昌啊，不要这么说，你骂我，老师不怪你。但我要跟你说清楚老师为啥给皇军干事，这事呢，其实说透了就是给老百姓干事，给咱中国人干事呢。你想啊，你们跟上共产党和日本人作对，共产党给你什么好处了？共产党不让你们在村子里住，就让你们住荒山，吃冷饭，还得为他们卖命。你再看看我们那里搞了维持的，皇军待老百姓好着呢。还给三岁大的小孩子糖吃，你三岁的时候见过糖吗？"

李守清看着躲在一旁的鹿野平洋满含赞许的目光，还想继续发挥。江德昌却不给他这个机会了。只听那堡子岩缝中不知什么地方传出来江德昌满含嘲讽的声音："李守清，闭上你的臭嘴！你再多说一句，信不信小爷让你狗头搬家。沁源人宁死不当汉奸，你那套汉奸理论哄你自己玩去吧。"话音未落，又是"啪"的一枪，这一次，子弹的落点距离李守清只有不到三五寸了。

李守清老老实实地听从了学生的劝告，不再吭气。

鹿野平洋却不能不吭气，当然他的语言不会像李守清这样"温和"，而且就在刚才李守清与江德昌对话的时候，鹿野已经看清了江德昌前后两次不同位置的射击点，也就是说在那个石堡和岩洞之中，现在很可能并非只有江德昌一个射手。于是，江德昌的话音刚落，就有两发早已计算好落点的迫击炮弹，准确地落到那两个射击位置。只是，炮击的结果却有些让人失望，因为炮弹打在岩石上激起的烟尘和纷纷散落的弹片还没有落地，在那岩洞的另外一处缝隙中就再次射出了复仇的子弹，刚刚还在装填炮弹的两个鬼子炮手一前一后中弹倒下，炮口还散发着硝烟的迫击炮筒呆呆地矗立在空旷的雪地上，没有一个鬼子再上前去收拾这个让人沮丧的残局。

"喷火器！"鹿野暴躁地吼叫着，"给我用喷火器把土八路统统烧死在里面。"

没有人给他送来喷火器。这时，高明亮走上前来，抽出一支香烟递给鹿野，而后凑在他耳边小声说道："太君，喷火器不是没有汽油了吗？"鹿野这才想起，冈村宁次特意从南洋抽调回来仅有的几具喷火器从来到沁源只使用了一次，就因为没有配套的凝固汽油而一直再也没有真正使用过，也正因为如此，鹿野自己才反复向太原方面打报告，要求送来一些可以使用的凝固汽油，而这些宝贵的东西，已经在几个小时前，被可恶的"土八路"连同汽车一起烧毁了。

"八嘎！"鹿野气急败坏，恨不得一口吞掉藏在石堡岩洞之中的江德昌和他那些"良心大大坏了"的伙伴们。可是，面对这铁蒺藜老虎，一时间他又真的想不出什么办法。

这时，高明亮再次凑到他耳边低声道："太君，这个地方，不适宜于皇军大部队行动，但是，以属下看来，要收拾这些土八路还是有办法的。"

鹿野眼睛一亮："高，你说。"

高明亮道："太君还记得花谷太君在的时候，皇军也在这里和土八路打过一仗，花谷太君最后的策略不就是以其人之道还治其人之身吗？这个鬼地方，皇军是不好往这溶洞里边打，但只要皇军守住这个谷口，'土八路'就困也困死在里边了，我就不信他没吃没喝的能在里面待几天。只要他一出这个乌龟壳，那还不是皇军想怎么收拾他就怎么收拾他？"在高明亮的心里，真正想的是鬼子只要撤离这个洞口，江德昌他们就一定有办法坚守到主力部队赶来的那一刻。因为高明亮清楚，县围困指挥部已经把情报转送太岳军区，而我增援部队也正在赶回沁源的路上。无论如何，这批物资对于敌我双方都是至关重要的。如果不能为我所用，那至少也不能为敌所有。而让日军让鹿野先撤离这里显然是当务之急。

"嗯。"鹿野在思考。上一次迷魂谷之战虽然不是他自己一手指挥，但是那个过程他是经历了的。只要对手钻在岩洞中据险而守，即便你把那个石堡的外围炸个稀巴烂，在没有重炮的情况下，你对钻到岩洞中的对手仍然是毫无办法。反过来说，纵然是再厉害的对手，只要你出了那个洞，来到旷野之中，那你就长两只翅膀也飞不起来了。"嗯！"鹿野看着高明亮，点点头，正要说些什么，一直戳在旁边的李守清开腔了："太君，不能撤啊！我听村里帮着'土八路'转运物资的女人们说，这批物资可不只有枪支弹药，还有许多吃的喝的，什么牛肉罐头、日本香烟、太原饼干都有，'土八路'只要有吃的，他们在里边待个一年半载的，皇军还能在沟口守上一个月？"

"嗯——"鹿野又是一个长长的"嗯"，然后看着李守清，点点头。

李守清得到主子的认可，心里顿时也轻松下来，继续献计："太君，在下虽然没有进过这个洞的里边，可也曾经听'土八路'江德昌说过一些这里面的情况。据江德昌说，这个洞实际上是由许多洞连在一起的，但真正能存放大批物资的也就一个藏兵洞。而藏兵洞是有好多缝隙通向外面的，有的甚至可以钻进一个人去。只要我们找到这些缝隙……"

李守清还没有说完，鹿野已经完全明白了他的意思，伸手拍拍李守清的肩膀，颇有些夸赞道："很好，李，这个任务就交给你。人你随便挑，一定要找到可以进去的缝隙，然后，把里面的'土八路'——"鹿野两手做一个掐住某个东西的凶狠状，微微笑了。

对于李守清这个半路杀出来的程咬金，高明亮可以说毫无防备，正像狭路相逢的一场遭遇战。高明亮清楚，从实际情况看，对于鹿野来说，李守清的办法要比自己那套调虎离山之计好得多，但对于被困在里面的民兵轮战队来说却是一个十分阴毒的计划。因为，以高明亮自己观察，守在里面的民兵不会有许多人，当然在这一夫当关万夫莫开的险要之地，短时间内也用不着许多人。一人一枪，只要子弹足够，那就足矣。也正因为如此，里面的人一定是眼睛死盯着外面的风吹草动，而未必会留心有人要抄后路，从天而降。李守清的恶毒在于，他的主意正是让鬼子汉奸从天而降。那样的话，不仅守在里面的人在劫难逃，这大批的物资也将落入敌手，这是绝对不可以的。

怎么办？难题再一次摆在了高明亮面前。他明白，从现在开始，这个李守清已经成为他不得不重视的又一个对手。而现在，他必须坚决粉碎李守清的歹毒之计。不等鹿野再说什么，高明亮抢先一步伸出大拇指来，笑嘻嘻地对着李守清说："李队长，好主意，这个事兄弟我来和你一起做，不要把功劳让你一个人占了啊。"而在内心里，高明亮已经想好了自己的策略：尽量拖延时间，必要时，将李守清直接干掉。

就在迷魂谷鏖战正酣的时候，洪尚礼也正在带着一支特殊的部队以飞快的速度奔驰在回援正关村的路上。从太岳山南部安泽县尖山到太岳山中部的沁源县正关村，将近一百二十里路的行程，司令员给他的命令是最多五个小时之内必须到达。而为了实现这个看起来不可能完成的任务，团首长又送给洪尚礼一份最好的礼物：一个临时抽调的骑兵连。其实也就是把刚刚从日本鬼子手中缴获的战马和骑兵装备拼凑起来，以保证让洪尚礼的这支援军在最短的时间内赶到正关村，配合县大队和一二三区的民兵轮战队，解围迷魂谷，等待后续部队到来再给鬼子以决定性一击。然而，这支特殊的"骑兵"对于它的所有干部战士甚至战士胯下的战马来说，又都是一个严峻的考验。首先，虽然所选干部战士都是能征善战的骨干，而且有一个基础条件是人人都会骑马。但是，平心而论，不说别人，单以洪尚礼自己而言，虽然在给蔡青当警卫员时也曾有过骑马的经历，但在马上舞刀弄枪却是第一次。所以，当他从军马饲养员手中接过那匹高大的东洋马的缰绳，飞身上马的一瞬间，竟然有一种一跳入云端的感觉。这匹马实在是太高大了。好在马匹本身训练有素，而洪尚礼一米八的身高和八十公斤的体重又足以让它感觉到新主人的分量，所以它只是颠了两下就服服帖帖地为新主人驯服了。而有的战士就没有这份"礼遇"，桀骜不驯的东洋马，跑着跑着，猛地一停，就能把它的新主人甩出几丈远去。好在，我们的战士都是千锤百炼的勇士，整个骑兵连一边行军一边训练，当走到一半路程的时候，就已经基本上做到人马一体，不再有人摔下来了。也只有到这个时候，洪尚礼才有兴致欣赏一下这支部队的别样风采。战马驰骋，恍如闪电，而马匹上的骑手，一个个直让你不由得不赞叹。除了全连绝对"超标准"地装备有四挺轻机枪之外，尤其令人羡慕的是骑手们的个人装备：腰间挎马刀，身上背马枪，关键是战士们身上随身携带的子弹那是空前地充足，更有甚者，连洪尚礼在内，连排班长，人人马枪之外还斜背着一支美国造汤姆森冲锋枪。这玩意儿，打开连发，那也不比歪把子机枪差到哪里。之所以给骑兵连配备这么好的装备，一是说明迷魂谷的战事和那些对于敌我双方来说都至关重要的军用物资具有举足轻重的意义；二则说明随着战争形势的发展，我八路军在一定程度上已经不再是抗战开始的时候那样几乎就是拿着烧火棍打鬼子。是的，仅仅在几年前，甚至百团大战的时候，洪尚礼就在自己的脑海里牢牢铭刻着一句话："一颗子弹消灭一个敌人"，事实确实如此，那时候，漫不说你当兵也未必就能保证每人有一支真正的枪，即使有，也不能保证每一次作战前能够给你补充几颗子弹。那时的子弹是以个位数来计算的。而现在，仅仅一个挺进中条山，就让太岳军区的部队，尤其是威名赫赫的三八六旅七七二团、十六团、决死一纵队、二十五团、三十八团这样的主力部队从日本鬼子手中夺取了大量的武器装备，而且还完整接收了一年半以前中条山战役时，国民党军根本未来得及启封更没有机会使用的一座军火库。虽说那些武器弹药有些陈旧，甚至过期，但相较于我根据地人民自己制作的那些地雷手榴弹而言，还是要好用得多。现在，当洪尚礼和他的骑兵们一个个精神抖擞、全副武装将要投入到另外一场战斗中的时候，那种意气风发，那种马到成功的心态，可以说已经大大不同于之前任何一个时期。

迷魂谷，李守清接到寻找岩石缝隙的任务，很快就为自己的没事找事后悔了。关于那些岩洞中直通外面的缝隙，就李守清来说，他只是听江德昌说过，在江德昌看来，那些岩缝是可以容得下一个人钻进去的。可是，这些岩缝究竟在哪里？又只能容得下什么样的人才可以钻进去？或者说岩缝它本来就是一个荒诞的传说？一切都只是江德昌的一句话而已。而现在却要仅仅是道听途说的李守清自己去探索了。事已至此，硬着头皮往前闯吧，万一真的因此而在鹿野面前成就一件大功呢？这么一想，一种莫名的冲动又直冲脑门而来。然而，想象是美好的，现实是苦涩的。李守清带着高明亮拨给他的几十号兄弟在一连长沙成海的带领下，沿着石堡的背后摸索前行，李守清想的是如何找到岩缝，而紧跟在他后面的沙成海想的却是万一李守清真的找到那些岩缝的话，自己该如何处置？让李守清把这个可以置岩洞中人于死地的秘密告诉鹿野那是绝对不行的！这也是高明亮给沙成海的命令。可是仓促间把李守清除掉也是要冒很大风险的，那样就不仅把自己暴露在鹿野面前，而且鹿野顺藤摸瓜还会危及高明亮的存在。怎么办？沙成海苦苦思索而不得要领。

为了在荆棘丛生的山坡上开辟出一条可以让人走的道路，李守清向沙成海借了一把刺刀，一边走，一边挥动手中的刺刀，充当着清道夫的角色。这种动作一开始的时候倒还颇有爽劲，一举一落，刀下便是通途。可是时间一长，胳膊臂膀便开始较劲，不到二十分钟时间，就有些力不从心，实在是抬不起胳膊、挥不动刀了。李守清很气愤，想让沙成海的人接过来继续这份苦力工作，何况那些皇协军士兵们本身就都带着刺刀呢。可是，他不敢直说，跟在他屁股后面、冻得直哆嗦、嘴里叼着烟卷的这个长官，看样子至少是个连长，如果他吭下气，让他的弟兄们也挥动挥动刺刀，或者大家分头找找，不是更有效率吗？于是，李守清停下来，用棉袄袖子擦擦头上冒着热气的大汗，搭讪道："长官，这么冷的天气，还得让弟兄们在这荒山野岭上挨饿受冻，是够辛苦的啊。"

李守清以为，这位长官应该会接着他的话茬问怎么样才能像他一样出出汗，谁知对方非但没有这样说，反倒没好气地说道："可不是呢，谁他妈出的这馊主意，跑迷魂谷来找岩缝，也不怕大鬼小鬼屈死鬼把魂给吸走。"

满拧满说，李守清掂量出了这位皇协军军官的不满，也就不敢再想法让人替自己披荆斩棘了。只好忍下这一时之辱，怀着满肚子愤怒，继续把劲道使在该死的荆棘身上。沙成海呢，看看李守清这份铁了心要为鹿野建功的架势，也不能不设想下一步如果李守清真的找到了进入岩洞的捷径，自己当如何处置。可是，他们谁都没有料到，就在李守清真的即将找到一处可以从顶上进入岩洞的道路——一条足有六七寸宽窄，但往下看去则深不见底的缝隙。这条缝隙的奥妙原本只有江德昌等几个出了名的冒险分子知道，德昌本人则是从洞内循着这缝隙微微射进来的一丝丝光亮，一直从洞里摸索到这缝隙即将通往外界不到几米的地方才返回洞里的。当然，一个不可避免的情况是，这缝隙虽则有光线通往洞外，但真要有人从缝隙中进入，那还有待于将这缝隙或撬或炸，开辟成一条真正的道路。这样的事对于江德昌来说，既无必要，也过于复杂。但对于日本鬼子来说就再容易不过了。正因为知道这个情况，又明知李守清已经投敌当了汉奸，所以，粗中有细的江德昌在进入洞内独自镇守洞口的时候，还就在外面留下了后手，那就是将自己的好兄弟郭占奎、赵小四和另外两个民兵留在外面，两人一组，各自占据一个小山包，时刻以警惕的目光监视着这个完全有可能成为另外一条通道的地方。

再说郭占奎和赵小四这两组人马，人虽然不多，但这一次装备却足够精良。因为喘口坡一战，对于区区民兵轮战队来说，缴获实在是太过奢侈了。因此，也没有经谁批准，江德昌在存放这些武器的时候，顺便拆包，将两挺歪把子机枪分给两组各自一挺，又将日本制式手雷分给每人两颗，然后就是每人两包太原出品的饼干。两组人马的任务也很单纯，任凭敌人在石堡前面如何折腾都不要管他，唯有当他们出现在岩缝附近并马上就要找到那条缝隙的时候，才可以坚决不留后患地消灭之。对于江德昌的这个安排，占奎和小四一开始是不同意的。认为他有些太小瞧他们了。把坚守洞口这个谁都知道最艰巨的任务留给自己，而让他们两个在外面看热闹，这也未免有些太不够意思了。小四干脆就说："德昌你不就是个临时领导吗？凭什么有油水的仗都留给自己，让我们就歇凉凉？"

占奎倒是没说啥，可就是死活要和德昌在一起。直把个德昌逼急了，瞪着眼珠子和两人从没有过地严肃地说："好我的大哥爷爷们呢，你们知道今天这一仗有多重要不？你们知道张叔老支书为什么要到羊圈去？鬼子一旦去了羊圈，找不着这些东西，张叔还能走得了？明摆着张叔是给咱往这里搬运东西抢时间呢。你俩活祖宗可倒好，让你们帮我看着点后山还挑肥拣瘦的。实话告诉你俩，万一鬼子真要找到这条道，就凭咱几个？再加上十倍咱几个不也是白搭！"最后，撂下一句话，"你俩说吧，要不你们守在这里边，我一个人上山去看守后路。"

一看德昌真急了，小四也好，占奎也罢，两人也就不再吭气，扛着机枪，拖着步枪，腰间脖子上缠着吊着的都是子弹手雷手榴弹，歪歪扭扭这才爬上了遥相对应的两座山包。按照德昌的部署，以形成互相接应之势。说起这事也是蹊跷，根据事后洪尚礼对这件事的分析，根本就不能理解江德昌一个小学毕业生，一天军校没上过，一天正规军事训练没经过，他怎么就能把一场战斗部署得和军事院校的高才生似的？然而，事实就是如此，在沁源围困战的两年半艰苦战斗中，我们的人民，我们的民兵，我们的军队中确实就是涌现出一批又一批"土包子"军事家，他们在战争中学习战争，往往就能出奇制胜，制造出一桩桩惊天动地的人间奇迹。

小四和占奎表面上是执行江德昌的命令去了，可心里那个不平衡却是越来越严重，两个人，在各自的山头上远远地眼睁睁看着江德昌一个人一杆枪，把老鬼子鹿野平洋和上千的日伪军玩弄得晕头转向，一会儿一枪干倒一个，一会儿喊话又把汉奸李守清骂得狗血喷头，那叫一个痛快。尤其是对于李守清这个曾经的老师，两人心中也是急吼吼地想骂上几句。可是不行，德昌布置的任务只是监视后山动静，敌人不往后沟走，德昌就让他俩死也不能动，敌人一旦快要发现那神秘的岩石缝隙，那可就一定要把他们消灭在未发现之前。就这样，干耗着，烟不能抽，话不能说，饿了，啃上一口又香又甜的太原饼干，这玩意儿，好吃是好吃，其实是不顶饥的，小四在太原流浪时是吃过的，占奎还是第一次吃上这么洋气的东西，所以还有点舍不得吃，一上午就吃了一块饼干，却感觉自己好像不知道饥饿是什么感觉。反正就想留着德昌分给他的那一包大约二三十块饼干好给谁看稀罕。只是究竟给谁看这个问题在占奎的心中其实也没有个着落，因为村里有好几位姑娘占奎都是喜欢的，可是这位地雷大王自己却从来没和人家说个明白，人家姑娘们就更不会找上门来和一个穷小子相好了。小四呢，小四饼干是吃过的，区别在于，上次他在太原城里吃的饼干是人家吃剩的半块，而今天德昌让他拿的是几乎半包，小四也就尝了一口，但觉得这饼干似乎没有上次的好吃。味道差在哪，他也品不出来，更不好意思说出来，只是在心中琢磨个没完。就这样，小四也好，占奎也好，眼睛盯着山坡，耳中听着江德昌那边热热闹闹的杀声，心中想着各自的心事，渐渐地，两人都有点困了倦了，虽然天寒地冻，但反穿着大皮袄，窝在浓密厚实的白草丛中，阵阵睡意不禁悠然而来。正在此时，突然，一阵声音似乎并不太高的话语声从前面山坡上传来，小四定睛一看，果然让德昌给说准了。有一队人马大约十几个人，正在山坡上摸摸索索搜寻着什么，小四睁大眼睛，支棱起耳朵，屏住呼吸，调动所有的器官仔细听着看着，隐隐约约，进而越来越清晰了。是那个曾经的老师李守清在说："谢天谢地，看见了，看见了，就是这里，就是这里，应该就是这里了。"李守清突然双臂高举，欢呼着，扭头要往回返，可是也怪了，紧跟在李守清后面的一名伪军军官却一把将他推了回去，口中还不干不净道："嚷嚷什么啊？让我看看，是什么东西让你这么兴奋？"

小四明白，李守清一定是发现了那条可以钻进去人的缝隙，如果真让他和他身后的这群伪军把消息告诉日本鬼子，那德昌的坚守就会腹背受敌，存放的物资也将得而复失。不能再等了，小四想将李守清一枪毙命，学着好朋友德昌的样子，端起刚刚拿到的那支三八大盖，瞄了瞄，"砰"的一声打了出去，子弹飞得没影儿了。但是这一枪却引发了一连串的枪声。首先是对面山头上郭占奎的机枪"哒哒哒哒"扫出了一梭子，但是小四看得清楚，地雷大王郭占奎的机枪扫射那声势是大，效果却和自己差不多，子弹都不知道飞哪里去了。可是也怪，虽然自己和占奎的子弹都没有打中李守清，李守清还是一个仰面朝天倒在了山坡上，连哼一声的机会都没有。这一枪是谁打的呢？

这一枪是皇协军连长沙成海的杰作。李守清发现可以钻进岩洞的缝隙，沙成海明白这也就意味着在自己和李守清之间再也没有可以闪展腾挪的空间了。当机立断，必须将这个汉奸立即处死，可是，无论你以什么样的理由，鹿野都将毫不犹豫地怀疑到沙成海本人和他后面的高明亮。然而，李守清不除，又如何才能保证岩洞的秘密不被泄露？如何才能悄无声息地将李守清处理干净？沙成海正在犯愁，赵小四的一声枪响给他解决了所有的疑难。小四的枪声未落，沙成海一声"卧倒，有埋伏！"李守清还没有反应过来，沙成海手指一抖，一颗子弹准确地钻进了这个目前来说最危险的敌人的脑袋。这时，这块两个山包之间的小小山坡上已经成了枪林弹雨的密集场所。沙成海的弟兄们个个训练有素，在整个皇协军中那是精锐所在，这些人也都是高明亮和沙成海长期以来唯二人马首是瞻的好兄弟，要说战斗素质，那不知比赵小四郭占奎要高出多少。但沙成海事前就有暗示，和民兵对阵，枪口一律抬高一寸。所以，尽管十几个人十几条枪玩命地射击，却对赵小四、郭占奎两组四人并不构成多大的威胁，反倒是郭占奎，一挺机枪在他手里那是越打越溜，一眨眼就把四个梭子给打完了。占奎也没空给梭子再压子弹，抄起三八大盖瞄准了，"砰""砰"一枪一枪地放起来。而这个时候，赵小四的机枪才刚刚摆弄顺溜，"哒哒哒哒"又在对面山头上打了起来。

再说高明亮，派出沙成海跟随李守清前往探路之后，他的心就高高地悬了起来，一刻也不曾放下。直到赵小四那一声枪响，高明亮率队一个冲锋就来到沙成海等人所在的山包下面。高团长这个举动，直把鹿野大佐有些感动不已，作为指挥官，他不能不喜欢这样主动作为的部属，而现在皇军和皇协军中像这样的军官显然是太少了点。高明亮冲到小山包下，第一个当然是要找沙成海，还好，沙成海只一个微笑的眼神，高明亮心领神会，两人也未来得及再说什么，鹿野已经带领更多的人马杀到。于是，日军和伪军合兵一处，向着赵小四和郭占奎两组人马各自占据的山包发起冲击。

要说埋地雷，操作各种各样的地雷，郭占奎那是绝对的高手，虽不能和他的老师聂佩璋相提并论，在民兵里边绝对是千里挑一，难寻对手。今天这小小的战斗，就正好给郭占奎留下了广阔的施展空间。眼看着高明亮的皇协军要抢头功，有几个日军不甘人后，端着枪，猫着腰，以他们绝对娴熟的单兵作战技术，三步两步就抢到了前面。这时，郭占奎好久没响的机枪突然又吼叫起来，鬼子兵不惧山路上荆棘圪针扎人疼痛难忍，就地一个打滚，躲过了占奎原本就没个准头的机枪，却万没料到，他们倒地的地方正是郭占奎埋设地雷的区域，两个鬼子连一个翻身的动作都没做完，就被"轰"的一声再次掀翻在地，永远地把生命定格在这迷魂谷中。正在冲锋的鬼子们齐刷刷停止了脚步，鹿野赶紧掉过来几门迫击炮，准备把被"土八路"占据的这个山头轰他个泥土搬家。可是他们怎么也没有想到，炮兵们刚刚选好炮位，迫击炮的底盘还没架好，又是一阵机枪子弹从他们背后泼洒而来。这一次，是赵小四的机枪发威了。本来，小四是摆弄不了这玩意儿的，可是占奎的机枪刺激了他，而鬼子伪军从前山赶来之后又全部面向占奎的山头，这让一向颇好面子的小四感到太让人有些小瞧自己了，于是，冷静下来，想一想自己是怎么样见人家操弄这可以打连发的东西，谁知，三弄两弄还真的让他给把机枪打响了，"哒哒哒哒"那机枪子弹一连串扫了出去，小四高兴地大叫一声："来吧，小鬼子，叫你们小瞧你爷爷。"

腹背受敌，而且都有机枪火力，这让鹿野有些吃惊，小小迷魂谷中，竟有如此多的八路军或"土八路"，现在他甚至严重怀疑出现在这两个山头上的未必还是"土八路"了。因为"土八路"是肯定没有机关枪的，要让他们玩玩步枪手榴弹尤其是地雷土地雷那是行家，可皇军进入沁源一年多了，还从未听说过"土八路"也有机关枪。但是，出现在这两个山头上的八路军或"土八路"怪就怪在他们虽然有机关枪却似乎兵力并不够多，这与"土八路"一向的麻雀战又有所不同。一般情况下，"土八路"那是雷声大雨点小，你要找他找不见，你不打他他偏来。今天这些"土八路"却是兵力虽小，火力强大，主动出击，毫不避让。这就让人有些摸不着头脑。这些"土八路"或者仅仅是小股的八路军究竟是要干啥？难道他们是来救援被皇军封锁在石堡岩洞中的江德昌？还是完全出于偶然的遭遇？困扰在几分钟之后就不存在了，因为鹿野清楚地看到，两个山头上的"土八路"或者八路军的机枪都不再响了，不用问，他们把子弹打光了。于是，日军士兵开始再次向两个山头分别摸了上去。之所以说摸而不是冲锋，是因为日军下层指挥官已经发现了这两个山头上似乎都只有两个人在虚张声势。那么好吧，鹿野大佐于是命令分兵从侧翼包抄过去。这个时候，高明亮就是想什么办法都是没有任何价值的了。他只能默默祈祷坚守在两个山头上的同志赶快撤走，可是又不能以任何形式把这种信息发送给他们。

当鬼子从后面包抄上来的时候，郭占奎其实早就意识到了，这个时候，他唯一的战友已经牺牲，他也清楚自己根本没有退路可言。渐渐地，他冷静下来，清点一下自己身边的弹药，机枪子弹是彻底打完了，步枪也只有压在枪膛里的三颗子弹。再就是两颗日本造制式手雷。这个东西一定要用好，听洪连长说这东西的威力足有两颗手榴弹大的，就让鬼子尝尝他们自己制造的这东西到底有多厉害吧。占奎把手雷放在身边，正准备把枪膛里的那三颗子弹打出去，突然又拍了一下自己的脑门：嘿，还有那个宝贝疙瘩没响呢。这可不能留着，留下反是害了。这么想着，拨开自己做的简单工事上的土，一根麻线露了出来。占奎把它攥在手中，眼睛盯着不远处的岩洞缝隙那里。轻轻地，轻轻地，鬼子的脚步声已经由隐约而渐近清晰了，显然，即将出现在占奎面前的鬼子以为这个"土八路"已经没有任何还手的能力，他们将按照鹿野大佐的命令，把这个"土八路"生擒活拿。然而，他们怎么也不会想到，就在他们距离这个"土八路"仅有不到一步的时候，占奎两只手同时动作了，一只手将那线绳拉动，一只手则按下了手雷，两个鬼子兵根本来不及任何反应，就化作一片带着冰雪飞溅的泥土，不远处的山坡上，一颗地雷的引爆翻起的土石则把那道岩洞缝隙遮盖了个严严实实。地雷大王郭占奎以自己短短十九岁的生命换来了岩洞的安全。

占奎的英勇行为，小四完全看在眼里。这时小四的伙伴也已经多处中弹，不能行动。小四用树枝盖在同伴的身上，又整整自己仅剩的两梭子机枪子弹和手中压满子弹的三八大盖，像占奎一样把手雷手榴弹摆在身边，一股从未有过的热血与豪气直冲脑门，赵小四兀地站起，大喝一声："奶奶的，占奎哥，看我小四给你报仇了。"端起机枪就向山坡下还在懵懂中的鬼子扫去。

"哒，哒哒"小四的机枪突然不响了，顶天立地的赵小四站直了胸脯往上一扬，直挺挺倒在了自己的阵地上。这个刚刚满十八岁、曾经有些猥琐的青年，在生命的最后一刻为自己画上了一幅无比壮丽的英雄画图。

当鹿野平洋站在赵小四的阵地上，眼望着不到两百米处另一座山头上被郭占奎的手雷炸得一片狼藉的山坡，口中不禁念念有词："高，你说，这里就只有四个八路军？"在鹿野的潜意识中，他是无论如何也不愿意承认，刚刚这一场小小的却是激烈而残酷的战斗中他的对手仅仅是四个"土八路"。

"太君，"高明亮也是满脸疑惑状，"按说不应该呀，土八路哪来这么猛的火力？何况属下刚才听一连长说，他们受到八路军袭击的时候至少是一个班甚至一个排的交叉火力。至于为什么皇军赶来增援后只看到这四个不穿军装的八路军，这也很好解释。八路军嘛，他们不穿军装从来都和老百姓没什么两样的。而且他们对这里的地形地貌太熟悉了，看见皇军赶到，往深山老林一钻，你哪里还能找得到？"看看鹿野若有所思的样子，高明亮又说道，"太君，现在属下担心的并不是这小小迷魂谷中那个什么姓江的土八路，而是……"

"而是什么？"鹿野警惕地反问。

"太君，中国兵法有调虎离山之计，那是极其阴毒的一条计策。现在属下担心的是咱们的大本营县城啊。"

鹿野点头，显然这半天来毫无胜算的鏖战，损兵折将，又把一个刚刚投靠皇军的铁杆汉奸李守清给赔了进去，这迷魂谷中处处充满了迷雾，那个可恶的江德昌和他镇守的石堡岩洞又让你真的有劲使不上，有兵用不得。而高明亮提醒的县城方面，现在的留守兵力充其量只有不到一个连的皇协军，如果八路军真的攻打县城，那么现在就是最佳时机。然而，尽管如此，想想那整整四卡车的物资，鹿野还是有些不甘心，可是，可是还有什么更好的办法呢？

　　妙计还真有人给鹿野献上来了，这就是齐标峰。应该说今天一整天齐标峰都感到了十足的晦气。最早是李守清的到来，原本当是投靠他来的，可这家伙一来就巴结上了鹿野大佐，处处抢他头功，让鹿野大佐在他劳心费力审讯老张成时，将那个顽固的老共产党员用石磙轧死，之后还让他遭到了鹿野太君的一顿无端训斥。再后来，就在这迷魂谷中，还是那个李守清，竟然隔过他这个队长而直接向鹿野太君献上计策，领着一班人到后山要去断洞中"土八路"的后路，而那个善于用看风使舵的高明亮高团长似乎也和姓李的打得火热。齐标峰真恨不得拔出枪来一枪把那个白眼狼给毙了：哈哈，让你个李守清再蹦跶，还不是让"土八路"给你小子浑身上下穿了几十个窟窿？现在好了，李守清已经不在了，而高明亮则在劝鹿野撤兵，还有谁能够给本就缺少智谋的鹿野大佐献计献策呢？舍我其谁！齐标峰坚定地认定，现在是自己发挥作用的时候了。

　　"太君，咱不能撤啊。"齐标峰走到鹿野身前，毕恭毕敬地九十度鞠躬，而后接着说，"高团长刚才说得是有道理，咱们县城的防守确实兵力不足，但太君说了，八路军主力远在中条山下，就凭几个'土八路'，他们又没有大炮，拿什么攻打咱们钢筋水泥的碉堡炮楼？老实说，以小人所见，他来咱不怕，就怕他'土八路'不来呢。太君想啊，一旦'土八路'真的攻打咱们县城，这一次可不比上次他们偷偷进城偷抢粮食，他们想进就进，想走就走，这一次只要他们敢于攻城，咱们正好从外面把他们包了饺子。里外夹攻，看他'土八路'往哪里走？"

齐标峰一口气说完，就等鹿野回话，鹿野略微怔怔，伸出手来捻捻自己并不太长的一字胡须，却是对着高明亮道："高，你说，齐队长说得有道理吗？"

高明亮很难猜想鹿野的真实想法，他知道，从军事常识上来说，并不懂军事的齐标峰其实说得是很有道理的。鹿野岂能连这个都听不出来？那么，听出来却装听不出来，那就有考验你高明亮的成分在里边了。这么想着，高明亮一个立正，一本正经回答道："太君，属下认为齐队长说得很好，很有道理，也说明齐队长对皇军忠心大大的。"

鹿野点点头，又问道："不撤自然好，可是我们拿什么办法让里面这个姓江的小子屈服呢？齐，你不是认识他的父亲吗？你应该比李更有资格劝他效忠皇军，不，不要他效忠，只要他离开这里，皇军就有大大的奖赏给他，让他到太原去做官，到东京去上学。"鹿野开始许愿，这一切的弥天大愿，不说高明亮，就连齐标峰也知道全是假的。可是，齐标峰又该怎么办呢？喊话的把戏他不是没玩过，上次就碰了一鼻子灰，这次说不准让江德昌一枪就给开瓢了。这小子枪法那叫个准，听说比他爹都厉害，而江德昌的爹有多厉害，齐标峰是知道的。想当初做皮货生意，每年冬天收皮子的时候都是从老江家收得最多。不仅有大量的山羊皮、野猪皮，甚至还每年都有狼皮豹子皮，只是没有狐狸皮。那是因为据说沁源山里的猎户是从来不打狐狸的。什么原因齐标峰不想探究，但他知道后来那几年老江家那兽皮一半是江家那个半大小子打的。现在把自己放在他的枪口下，那还有个活命？所以，尽管齐标峰对鹿野唯命是从，但喊话这事他却死活不干。不喊话那就得再出主意，而齐标峰也确实想到了一个主意。于是更进一步靠近了鹿野，以商榷的口气提醒道："太君，小人记得，当初张队长带领皇军活捉悍匪李猛的时候，不就是久攻不下后用什么毒气把那小子给熏过去了才捉住的吗？也不知那东西还有没有。"

好办法！鹿野大佐也想起了花谷正曾经引为自豪，并大吹大擂一番的活擒李猛之战。赶忙招呼派人速到县城去取来仅剩不多的瓦斯弹。而似乎灵感突至的齐标峰却又献一计："太君，派人取瓦斯弹是一高招，可是县城到这里少说也有二十里路，远水不解近渴，咱们这么多人在这里也不能干等着啊。所以小人还有一计，这山上有的是柴火，咱们在那堡子下面顺风头给他点着了，就这烟，熏不死他个小王八蛋也保证给熏成个獾子了。"说着，这家伙竟自我得意地笑了起来。只是得意忘形之余，他忘记了鹿野一个日本人，怎么会懂得熏獾子这么一个带有十足太岳山区地方特色的捕猎行为，又怎么会知道獾子被熏之后才会顺着洞口往外走，主动落入围捕者布下的罗网。

"齐，你的，在说什么？不就火烧这个石头堡子吗？哪那么多啰唆？你的军人的不是，废话的太多。"鹿野到底还是对齐标峰拉下了脸子，但围绕着石堡布下的一堆堆柴火也开始燃烧起来。风助火势，火借风威，一刹那间，烈火和浓烟弥漫着整个迷魂谷内外。在冬日里吹不断的西北风助威下，烟火顺着石堡的洞口向着江德昌所在的岩洞吹了进来。

对于火攻这一招，在江德昌进来之前这石堡中就有所准备，这倒不是江德昌自己多有能耐，居然可以算计到敌人会有如此卑鄙的手段，而是从前包括江德昌的父亲他们那一代猎户在冬季狩猎时，一旦遇到风雪天气便躲到这石堡中来烧点水喝，甚至点火做饭吃，以解一应疲乏。而石堡的自然属性决定了这里面容不得烟火，尤其外面刮西北风，那烟便呛住怎么也走不出去。后来又发现这烟其实还是可以走一点点的，只是走得慢而已，而那个天然的烟道恰恰就是那些联通外面的岩石缝隙。道理也简单，只要你将那些缝隙往大里捅一捅，那烟道就越来越大。

眼看着烟火点起来了，鹿野也好，齐标峰等人也好，就等着江德昌自己走出来，像那被烟熏的獾子一样自投罗网了。可是，烟越来越大，火也越来越旺，洞里面那个人却不见动静。有人提议，向洞里扔手雷手榴弹，可是连扔几个，扔进去的还没有被反弹回来的多。而且里面依然没有声音。那么，江德昌是死是活，总归应该有个明白吧。就在这等待瓦斯弹的空当，鹿野指挥齐标峰等几个汉奸特务，摸索着要到洞里去探究一下江德昌究竟被熏成什么样子了。或者已经被熏了过去，岂不就可以重演李猛的故事。

然而，大家似乎都想到了，又似乎都没想到，齐标峰吆喝着几个特务刚刚走到洞口，连一只脚都没有迈进，只听一声枪响，走在最前面的那个特务便一命呜呼，吓得齐标峰和其余人一窝蜂哄的一声又退了回来。

"八嘎！"鹿野有些恼羞成怒，正要命令日军发起强攻，在天黑之前一定拿下江德昌这个煞神。突然，一匹快马飞奔而至，先前派去到城里取瓦斯弹的人回来了，然而，来人并没有对鹿野呈上瓦斯弹，反而一副急匆匆的样子向鹿野大佐道："大佐，不好了！八路军主力攻打县城。好几百人，不，也许是一个整团的老八路军。不仅有机枪小炮，还有大炮和大批的骑兵部队，这两样可是从来没有过的。再不撤军回援，县城就怕守不住了。"说着，来人还用手指指耳朵，"大佐你听，八路军的炮声在这里都能听见了吧。"

突如其来，该来的不来，不该来的全来了。鹿野怎么也想不到，事情的结局居然真的应验了高明亮的预言。这八路军的主力是从哪里掉下来的呢？

攻打县城的正是洪尚礼率领的那个骑兵连和由朱秀带领的沁源县游击大队以及一区、三区民兵轮战队。这几方面加在一起，足足有近千人的队伍。至于那鬼子通信兵所说的大炮，要说有也真是有的，却有些上不了台面。因为这家伙看样子是确实不小，尤其它那碗口粗的口径绝对是够份的，一炮打出去，响雷般的声音也足以令人震撼；但缺陷也是有的，一是这炮因了其装药只是自制的黑火药外加一些铁砂之类，所以杀伤力有限，射程也很有限，二是一炮打完，再次装药十分麻烦。当然鬼子那个通信兵只是远远一看一听便调转马头报信去了，这许多奥妙又从哪里知晓？

按照命令，洪尚礼的任务是解迷魂谷之围，怎么解这个围，上级包括蔡团长在内并没有给他明确的指令。洪尚礼呢，接到命令也顾不得多想，一边走一边整理他那个骑兵连的各种不规范是当务之急。好在战士都是优中选优的精兵，马匹也是久经战阵的战马。一路走来，不到三十里路，这支队伍便已经是一支看起来训练有素的精悍骑兵了。也只有到了这个时候，他才不得不考虑怎样才能以最佳方案既解迷魂谷之围，又不至于和鬼子陷入消耗战中不得脱身。恰好，就在骑兵连一路风尘刚刚从安泽进入沁源，迎面碰上了同样骑一匹高头大马的朱秀。老朋友见面，又是在紧张的战斗间隙，没有更多的寒暄，全是直接的交流。

朱秀："你计划怎么打？"

洪尚礼："我想听听副总指挥的意见。"

朱秀："硬碰硬不是办法，咱先打狗日的县城，看他着急不着急。"

洪尚礼："好，围魏救赵。朱大队长早想好了吧。"

朱秀："我把县大队、各区轮战队都弄到县城周边了，就等你这主力部队给大家伙壮胆呢。"

洪尚礼："好！从现在起，我这个骑兵连听从朱副总指挥命令。"

于是，声势浩大的攻打县城之战开始了。

迷魂谷撤军，在鹿野来说是极不情愿的，也是迫不得已的。可是，当他的大军浩浩荡荡以急行军的速度赶回县城的时候，却连八路军和"土八路"的影子都没有看见一个。偌大的城墙边上，倒是雪地上杂乱无章的脚印告诉他，这里确实刚刚经历过千百人的踩踏。

欢乐的沁源人与困惑的日本兵

公元 2019 年，作者在搜集有关沁源围困战的资料时萌生了一种想法，当然也是基于多年来有关抗战题材之文学作品所患通病而产生的一种意念。这就是，人们为什么总觉得我们一些以抗战为题材的作品不真实，为什么在这些作品中会出现诸如手撕鬼子、裤裆装手榴弹等等完全违背生活常识、更有悖于战争真实的荒唐情节，而恰恰是这样一些作品的出笼，丢人现眼，也给一些心怀叵测之人留下了口舌话柄。也正是由于这样一些作品违反生活真实，也在另一个层次上肆意贬低了我们的老一辈英勇抗战的英雄风貌，所以，我下决心在这一次关于沁源围困战的文学创作中，一定要有一颗求真之心，有一种求实之态，用无可辩驳的事实来再现那个时代，那场战争，那场战争中中国人民不屈抗争的英雄风貌。天假我便，也许正是这种求真求实的心态意志感动了上苍，恰有一位朋友，通过一些特殊渠道，给我送来了一大本已经解密的日本陆军战时解密档案。让我们看看这些档案记载了一些什么秘密吧：

档案中所记载的正是 1944 年年初到 1945 年春，归日本陆军第一军编制的陆军独立步兵二十三大队的一份历史记载。正是在这部日本陆军的档案中，基本真实地记载了该大队自编成到开进沁源，作战，其间，这个不到四百人的大队竟然有三十多人因精神疾患而不得不离开这原本就兵力捉襟见肘的沁源，跑到太原和北平的陆军医院和陆军总院去看病，而那些认真负责的日本军医们对这些所谓的患者的诊断只有四个字："不予投药！"

也就是说，这些人，这些大日本帝国的军人们，在沁源那个特殊地方是一天都待不下去了，所以他们要"病"，要离开这个令人恐惧的地方，宁肯接受日本陆军严苛的处罚，被判刑，被遣送回日本去到煤窑上做苦力，唯一的要求就是离开沁源。

档案使我发现了一片文学创作上的"新大陆"。当初的日本兵，那些畏难惧死、逃避战争的日本兵们，显然和曾经喧嚣一时的军国主义武士道精神相去甚远，之所以造成这样一种情况的原因是什么？日本方面，尤其是日本军方长期以来隐瞒这种历史真相的原因又是什么？追根溯源，我们在历史的深处找到了一位昔日的"精神病患者"——当时的日本陆军独立第二十三大队的新兵中村信之。

话分两头，我们先说一件在沁源和沁源人的历史上，甚至可以说在世界反法西斯战争的历史上具有重要意义的大事。1944 年 1 月 17 日，中共中央机关报延安《解放日报》在头版位置发表了一篇名为《向沁源军民致敬》的社论。社论指出："抗战以来六年半的长时间中，敌后军民以自己的血肉头颅写出了可歌可泣的英雄史诗，在这无数的史诗中间，晋东南太岳区沁源县八万军民的对敌斗争，也放出万丈光芒。"社论高度赞誉沁源人民："模范的沁源，坚强不屈的沁源，是太岳抗日民主根据地的一面旗帜，是敌后抗战中的模范典型之一。我们向沁源致敬，祝沁源军民保持这光荣的地位。沁源军民更加团结起来，在共产党的领导之下，你们将无敌不摧。"这篇社论据说是陆定一同志手笔，毛泽东同志亲自改定的。这个时候的媒体传播虽然还十分原始，但是这篇社论在沁源、在各解放区的传播速度却是真正的一夜春风度千山、百舸争流鼓征帆。在沁源，一个个战斗庄，一家家沁源人，口口相传，把党中央的关怀、党中央的鼓励铭刻在男女老少所有人的心里，也更坚定了沁源人抗战到底、绝不投降的信念与决心。第二件事也是令人鼓舞的，那就是太岳区党委和太岳军区决定，决死队三十八团将由原来只留一个营的主力部队参与沁源围困战而改为基本由两个营常驻沁源。主力部队的增多，敌我力量对比形成明显的此消彼长，这对于沁源军民来说，无疑是一种极大的鼓舞和支持，也对沁源日军形成了巨大的压力。

形势的改变还在于敌人内部的变化。简而言之，也是两点，一是鹿野平洋大佐终于实现了他像花谷正将军一样离开沁源的愿望，但不同之处在于，花谷正的离开是由少将荣升中将，是得到屈指可数的一线甲种师团长的职位。而鹿野平洋则是因正关村冰坡伏击战后大批军用物资的彻底丧失，而受到太原第一军司令部严惩不贷的处罚，让他带了一个中队的日军去了南洋，投入到太平洋战争的生死肉搏中去。二是宪兵队长伊藤俊中佐成了驻沁源日军的最高指挥官。伊藤为了弥补由鹿野带走一个中队日军所造成的兵力紧缺，申请上面增兵。原本以为一个时期以来，日军在整个山西战场上的兵力都有点捉襟见肘，拆东墙垒西墙，已经成为常态，要想从兵力原本不充沛的上面给你增兵，几乎是一件不可能的事情。可是谁知道这一次的申请还很快就得到了回音，太原的日军司令部给伊藤的答复是：增加一个满编的日军中队，但同时要从沁源的皇协军中抽调一个营的兵力到长治去。这种兵力的调动如果放在几年之前，你很难说对于伊藤来说究竟是喜是忧，因为实事求是地说，在抗日战争开始的时候甚至是在一年之前的时候，日军一个中队的战斗力至少是不低于一个皇协军满编营的。可是时光荏苒，今非昔比。1944 年的春天到来的时候，你还要这样认为的话，那就只能说你的思维还停留在曾经的时代里面。然而，终究是增兵，伊藤也不得不把他们拆开了，留两个小队在县城，分出另一个小队到交口据点去。在分到交口的新兵中间，有一个身高臂长身体素质远超过一般日本人的学生兵，此人名叫中村信之，我们的故事将从他的身上展开另外一个层面。

　　严格来说，中村和他的许多同学一样是被骗或者说是被变相绑架来当兵的。从小的时候，中村就受到了很好的教育，小学、中学、大学，一路顺风。必须说明，中村信之所上的大学叫作早稻田大学。虽然这名字似乎和农民种水稻挨得很近，其实这个大学除了每年会吃进数量不少的稻米之外，几乎是与农业毫不相干的。中村在大学的专业是哲学，他的理想是在毕业之后做一名社会科学的研究者。其中最大的理想就是到中国去，了解中国和日本这两个东亚最重要国家之间的哲学意义上的文化关系。然而，他这个"愿望"在他尚未来得及完成知识储备的时候就被迫提前实现了。因为国家要征兵，而日本原来正常情况下所准备的兵源几近枯竭，大学甚至高中成了疯狂扩军的最佳场所。仅仅上了两年大学的中村信之和他的许多同学在毫无心理准备的情况下被迫成为日本陆军的一员。然后，只是经过一个月的新兵训练就在一个夜晚被装上闷罐列车送到一条大船上，经过两天两夜的航行，在上海下船，中村本以为可以一睹这座远东名城东方巴黎的盛景了，因为这也是他的一个夙愿。可是新兵们下船之后连顿饭都没吃，就再一次被塞进闷罐列车，听着"轰隆，轰隆"的声音，在昏昏沉沉中来到黄土高原上的太原，成为日本陆军第一军的一员。应该说，太原这座城市和它所在的山西，在中村信之的知识范围内同样是久已向往的。一千三百年前，这里作为大唐的第三都城，最早获得了"北京"的称号，这里也曾走出过唐太宗李世民、女皇帝武则天、名宰相狄仁杰这样一些一流的政治家。这里的古迹古建更是名满天下。令多少日本人心向往之。然而，出现在中村信之面前的太原古城却是一派荒凉与凄苦、破败与杂乱。他和他的新兵同学们在一位曾经参加过太原战役的军官带领下，瞻仰了皇军在当年攻破太原城时的"辉煌"战绩：那一段段残破的城墙，一座座化为灰烬的明清建筑，几百年前就已经以繁华闻名于世的柳巷、开化市，在大日本皇军的统治下萧条无比，整个城市人烟稀少。

更令人不可思议的是，东京的报纸每天都在鼓噪皇军在大陆和中国人之间亲密无间的"共存共荣"，可是出现在中村眼中的却是一个个冷漠呆滞的眼神，或者说根本就有眼无神。中村他们这个部队的驻地也让中村深感不安，因为这里是山西大学的文学院，战争使这里的主人不得不搬迁到晋南乃至隔河相望的陕西去了，学校图书馆的图书却大部没有搬走。这就使得每天除了训练之外无所事事的中村信之，反而有时间钻在图书馆里浏览了大量原先根本不可能见到的图书。但是，也正是在这种读书过程中，他发现许多日本兵不仅拿走图书馆里的书籍，而且在这种庄严的地方随意抛撒脏物垃圾，这使得中村有点不可接受，而当他向那些日本老兵提出意见的时候，反而遭到了他们集体的嘲笑。中村很庆幸自己在早稻田大学时有几位中国同学，这使他在几年的接触中学到了基本可以阅读一般书籍的汉语水平。在太原，也曾试图接触几个中国人，用自己半生不熟的汉语和他们聊聊天，谈谈自己从书本上了解到的风俗民情，可是，那些中国人，男人们一个个只是低头而过，摆摆手表示听不懂。而女人尤其是女孩子（本就很少见）则犹如躲避瘟疫一样视皇军为猛虎如野兽，唯恐避之不及。这让中村很受刺激，对于日本帝国喧嚣一时的"大东亚圣战"，日本陆军本身都不能不在心底里缀上一层深深的怀疑：这是圣战吗？这样的战争能给日本带来什么？又能给亚洲带来什么？这是对历史的亵渎与破坏，这是对文明的践踏与侮辱。然而，他不能说，也不敢说。他只能随波逐流地跟随他们这个除了中队长小队长之外几乎全部由新兵组成的中队，来到距离太原坐汽车都走了一整天的太岳山中的沁源县，然后又被分到了交口据点。

中村信之，一个大学生，一个未来的哲学家历史学家从此不得不在恐惧与死亡的威胁中迎来一段艰难的日子了。

在县城，曾经的花谷正将军的司令部办公室，坐在曾经为花谷正将军专配的那把宽大皮椅上，仅有中佐军衔的现任最高指挥官伊藤俊十分清楚，自己现在这个驻沁源日军最高指挥官是远不能和花谷正将军相比的，将军是冈村大将的心腹爱将，也是堂堂帝国陆军中以谋略与胆识傲视群雄的佼佼者。也不能和鹿野平洋大佐相比，因为大佐的军阶要比自己高上一级。他手中的权力和对于长治沁县驻军说话时候的威慑力就要高出自己许多。然而，饶是如此，当初这把交椅上坐着花谷正将军的时候，就断送了皇军除二沁大道之外的所有补给线。而鹿野大佐坐在这把交椅上时，则因为喘口坡一战而葬送了自己的前程。现在的问题是，一方面，太平洋战事的僵持导致了帝国军用物资的全面紧缺；另一方面，沁源"土八路"无限制地骚扰和袭击，使得二沁大道成为一条死亡大道，这也直接导致沁县和长治方面为了尽量避免遭受袭击而打破了传统，不再按照供给规律运送物资，而是采用极其不规则的方法，有一次没一次零敲碎打地为沁源日军运送有限的物资，其中主要是枪支弹药，而食品，尤其是粮食和蔬菜则基本陷于断供。为了应付这种"兵马未动，粮草先缺"的局面，也为了显示自己与两位前任的不同，伊藤俊主动提出了"自给自足，就地征粮"的方针，要实现真正的"以战养战"。于是，一系列让沁源人有些发蒙的情况出现了：

春天，耕种的日子里，往年民兵们都是严阵以待，一手扶犁，一手操枪，手播五谷种，腰缠子弹带，轮战队三班倒，谁也不敢掉以轻心。一旦鬼子来扫荡，全民皆兵上战场。可是今年的鬼子却要规矩得多，不仅不进山扫荡，而且连据点的大门都不出。眼睁睁地看着沁源人，沁源的男女老少在八路军和民兵的掩护下把种子播撒进大地，就连交口据点近在咫尺的地方也都一改几年来任其荒芜的状况，不到清明便已是一片葱绿。

事出反常必有妖，针对这种反常的情况，县围困指挥部进行了认真的分析。刘凯、蔡青，包括朱秀在内一致认为，鬼子正在改变策略，伊藤这样做，并非对沁源人心慈手软，而是图谋着当我们辛勤劳作的果实将要成熟之际再行抢劫，抢夺我们的劳动成果。这一方面说明我们的围困正在显示日益明显的效果，鬼子的日子更难过了；另一方面则预示着今后的斗争更加复杂，更加短兵相接，需要我们提起百倍的警惕，决不能让敌人不劳而获得到一颗粮食。

农历六月即将到来，在太岳山区，这是麦收的季节。沁河边，山梁上，一片片小麦在微风吹拂下宛如金色的波浪，散发出阵阵幽香。今年的小麦长势好，也令所有的人垂涎欲滴。这其中既有辛勤的劳动者，也有伺机盗窃的强盗。驻沁源日军最高指挥官伊藤俊中佐就给所有的日伪军下达了不同的麦收指标，其中给交口据点小野伸二中队长的指标是："皇协军、特务队，每人收麦子不得少于五百斤，日军每人不得少于三百斤。"对于这个指标，伪军和特务队倒还没有什么说的，恰恰是在日军中引起了极大的风波。第一个，小野伸二本人就带头破口大骂："伊藤这个狗杂种，凭什么让我们当兵的去干老百姓的工作？我们每天出生入死，冒着最大被八路军和'土八路'袭击的风险，还要再给他去收割小麦。哪有这个道理？"可是，说归说，骂归骂，就在伊藤下达抢收小麦任务的当天，长治日军给沁源日军用汽车送过来整整一车镰刀。小野接到镰刀以后也还是不得不请两位曾经使用过镰刀的皇协军弟兄教给大家，包括小野伸二自己如何挥舞镰刀、如何收割小麦。

正像所有的大战之前必然会有一段平静一样，鬼子和伪军准备抢收小麦，我们怎么办？这个越来越明显的问题也在整个围困指挥部和全体民兵中间成为一段时期的焦点。沁源人民、沁源民兵在这场战斗中所体现出来的智慧和能力可以说旷古未有。

这天傍晚，站在交口据点高高的炮楼上，已经命令全体日伪军官兵养精蓄锐，准备第二天开始抢收夏粮的小野伸二从望远镜里发现，就在并不太远的沁河滩上，有那么几个人正在三个一堆、两个一伙地在沁河边好像是在摸鱼还是找什么东西。小野猜想，八路军这也是青黄不接、没有吃的了，企图捉河里的鱼虾去充饥。按说，这河里的东西也不应该给他们随便吃的，可是为了明天，他决定不去管这些。再说距离也远了点，步枪够不着，开炮又不值得。

然而，让小野后悔的应该就是这次简单的"放纵"，当天晚上，月上中天，准备第二天一早就出发抢粮的日伪军和特务队的所有人刚刚躺下，一阵铺天盖地的噪音"呱，呱，呱""呱呱，呱呱""呱，呱呱，呱，呱呱"一声高似一声，一浪高过一浪，由低吟浅唱到激情高亢，由蛙声小调到"呱"声一片，整个儿就是把一场规模空前的蛙声音乐会开到了交口据点的中心炮楼下面。

原来，小野伸二看到有人在河边的时候正是江德昌、郭维胜、江淑英等领着正关村和作坪村的民兵在河边大捉蛤蟆（青蛙和蟾蜍）。只不过，他们捉来这些天生的高音特长生后，并不是像某些地方的人们那样捉青蛙是为了改善伙食，他们的目的，是为了更大的用途，先把青蛙以及蟾蜍们统统放到十几只筐子里，待夜色笼罩、月光暗淡之时，他们又出发来到距鬼子炮楼不到百十米的地方，往每一只蛤蟆嘴里塞上一粒胡椒，然后再把这些音乐精灵放归自然。这时再看，受到胡椒刺激，原本夜晚就喜欢歌唱的蛤蟆们就开始了一轮又一轮此起彼伏的多声部大合唱。直把个鬼子炮楼都快让这并不悠扬的音乐声给掀翻了似的。

一开始，小野也好，还是已经睡下的鬼子伪军也好，还都没把这烦人的噪音当回事，后来实在是睡不着了，有人提示，是不是打上几枪可以把这些家伙给吓跑。小野想想，有道理，于是下令，机枪伺候，机关枪"哒哒哒哒"一梭子子弹扫了出去，蛤蟆们果真被这威力更大声音更响的家伙给吓得不敢吭气，可刚过了一会儿，不知哪只具有冒险精神的蛤蟆发现这枪声只是吓唬谁而已，率先再次叫了起来，紧接着就是比原先更加热闹的大合唱。刚刚有点迷糊的鬼子汉奸再次睡意全消，小野伸二命令机枪再次发言，于是蛤蟆们也再次休息片刻，而机枪射手刚下哨位，蛤蟆们就不失时机地又唱了起来。如是再三，整整一夜，全炮楼的鬼子汉奸没合上眼，天明的时候，蛤蟆们终于停止了歌唱，可你叫这些一夜没休息片刻的家伙们就这样出去抢收小麦，那还不全得在麦田里睡觉不可。没办法，小野伸二只好眼睁睁地看着不远处的麦田里，江德昌、郭维胜、江淑英等人和二区民兵保卫麦收的洪尚礼以及他的一连战士，身背长枪，手舞镰刀，在金灿灿的麦田里挥汗如雨地奋战着。

第二天夜里，合唱团的蛤蟆们不请自到，这一次小野想出了新办法，派人下去捉蛤蟆，捉住就拿回来，研究研究看它们晚上为什么要来捣乱，难道此地的蛤蟆也知道与皇军对抗吗？

令小野失望的是，蛤蟆的反应之快，简直不是人可以比拟的，而且这些精灵对于光束的敏感也出人预料，小野的人一出去，手电筒一亮，蛤蟆的歌唱就暂停；小野的人刚回来，还没躺下，它们就又给你唱了起来。鬼子的抢粮任务再次泡汤。

拿蛤蟆来与皇军作对，该死的"土八路"，这是一种什么战法呢？将近两年的时间里，小野经历了其间所发生的一切。从前，他还是一名小队长的时候，他的部队是在县城驻扎的，所以他见证了杨铭之失踪事件，也目睹了蓝妮儿与鹿野、伊藤等人的丑事，更深知二沁大道上皇军屡屡遭受伏击的可怕与无奈。他知道沁源的老百姓、沁源的"土八路"在对付皇军的问题上是无所不用其极。可是，即便如此，他还是不能理解这些"土八路"怎么会像马戏团的驯兽师们那样让蛤蟆听命于他们，没完没了地与皇军作对。毕竟，那些蹦蹦跳跳的家伙们是不可能听懂"土八路"说话的。黑灯瞎火的夜晚，青蛙们也不可能听凭"土八路"发号施令的。让青蛙或者说蛤蟆们连续几夜地折腾，小野有些受不了了，他向县城的伊藤报告，伊藤说这样的事情要小野自己处理，总之是你小野伸二弄不来粮食，到时候饿肚子别找我。小野向自己的部下咆哮，问他们谁能知道这些青蛙或者蛤蟆是怎么回事，谁有办法可以控制它们。没想到，这一次还真的有一个人从容地站在了他的面前。

这个人就是中村信之。说起来，小野中队长与中村信之是老乡，两人都是地道的北海道人。加之这个年轻人在所有新兵中特别突出，身高臂长，别样健壮，一看就是那种体育方面有一技之长的阳光青年。再看简历，还是全日本最有名气也最具实力的名牌学府早稻田大学的高才生。所以，这个青年人刚来的第一天就已经深深印在了小野队长的脑海中。现在，当这个青年人出现在他面前的时候，已经连续几天没有一丝笑脸的小野伸二笑了，笑得很灿烂。

"信之，你怎么过来了？不知道我正在发脾气，不怕我会臭骂你一顿吗？"小野的问话中充满同情与爱怜。

"中尉，我不相信我们的长官会无端发脾气。我只是听见长官在问关于这些青蛙的事情，我想把我所知道的告诉长官。"

"好啊，我倒想听听这些鬼蛤蟆还有什么故事。"小野嘴角龇出一丝笑意。

中村点头，侃侃而谈：在中国，早在两千五百多年前的时候就有一本很有名气的古书叫作《水经注》，即使在今天、在世界范围内来说，它也是一本权威性的经典地理著作。但是在这部著作中也记载了与河流有关的神话和传说。而沁源境内的沁河也就是我们脚下的这条河流，作为黄河的一级支流，山西省内的第二大河流，也附着着许多经典的传说。说着，中村信之在小野面前用日语款款背诵起来："赵人有琴高者，以善鼓瑟，为康王舍人。行彭、涓之术，浮游砀郡间二百余年。后入砀水中取龙子，与弟子期曰：皆洁斋待于水旁，设屋祠，果乘赤鲤鱼出，入座祠中，砀中有可万人观之，留月余，复入水中。"

一段古文，虽然已经很早就翻译为日文，但在纯行伍出身的小野伸二听来依然是一头雾水。于是中村只好耐下心来，干脆用大白话解释道："这段古文说的是什么呢，说的是两千五百多年前，那时候的中国叫作战国，大致的形势就和我们日本三百年前的战国时代差不多。总之是群雄并起，天下大乱。这中间在一个叫作宋国的诸侯国，他们有一个很有朝气的国君宋康王，这个康王有一个御用乐师叫作琴高。此人在作战的时候用声乐帮助康王打了许多胜仗。中尉，需要注意的是，这个宋国是个小国，而它攻打的却是几个比它大几倍甚至几十倍的国家。这其中有许多偶然，所以琴高劝康王要励精图治，也要和那些大国修好。可是康王在打了胜仗之后就以为自己可以称王称霸了，对内也开始腐败。琴高看见康王这样就离开了康王。结果康王在几个大国的联合攻打下，很快亡国了。而琴高则跑到我们现在所在的这个地方。中尉，就在距离我们这个据点对面不到两公里的地方，有一个村庄叫作琴泉村。"

对于琴泉村，小野伸二是知道的，因为那里有一汪令人难忘的清泉，那是一次扫荡时，口渴难耐，小野等几个士兵在山野间找到的水源，泉水旁边好像还有一座石碑。上面写的什么似乎当时也看懂一半，正是说什么神仙的。于是，小野拍手道："中村，你说对了，那是一个美丽的村庄，那里曾经有一座书院，可惜给烧毁了。"

看看小野停下了自己的叙述，中村信之接着说道："中尉，关于这个琴高的故事，学生是在太原整训的时候因为知道要到此地才临时找书看到的，但是，恰恰是在这本书中，就说到了让中尉耿耿于怀的青蛙的问题。"

"啊，你是说那个琴高的时候就已经让蛤蟆为他服务为他作战了？"小野一派茫然。

"是的，确实可以这样说啊。"中村信之笑道，"关于琴高，在西汉著名史学家刘向所著的、中国也是东亚第一部系统记述神仙的著作《列仙传》中就有详细的记载，琴高在离开宋康王之后，周游列国，居然活了两百多岁，想一想啊，两百岁，不是神仙又是什么。那么这个神仙是在哪里得道成仙的呢？正是在我们刚才所说的琴泉村。"

"啊，你的意思是说，有一个神仙在那个村子里得道成仙了。也就是说，这个地方是真正出过神仙的？"

中村信之点头称是，接着说道："按照那部《列仙传》的说法，琴高不仅在此地成仙，而且正是在这里用包括青蛙在内的一应水族为他和一条代表黑暗势力的黑龙打了一仗，并亲自以鲤鱼为坐骑，下龙宫，取龙胆，还了百姓一方平安。"

中村说得兴致盎然，小野早已不耐烦了，"啪嚓"一声一拍桌子，厉声喝道："不要说了。我不需要你这些毫无意义的废话。如果真有神仙，那也应该是我们大日本帝国的神仙。现在我需要的是如何对付这些青蛙的办法。"

戛然而止，中村不得不停下他兴致盎然的讲解，转而以一副无奈的样子说："对付青蛙的噪声，用耳塞把耳朵堵上不就行了吗？掩耳盗铃，鸵鸟政策呗。"

按照中村的提议，第三天晚上，小野果然给每位士兵都配备了临时做成的耳塞。我把我的耳朵堵上，任你蛤蟆再叫，我自岿然不动。第二天不就可以精神饱满地出击抢收小麦了吗？可是，又有没料到的事情发生了，原本这炮楼虽临河而建，但因位置较高，夏天的夜晚是比较凉爽的，沁源这地方山高林密，气候凉爽，即使夏日也很有少蚊子的打扰，所以无论鬼子汉奸都没有配备蚊帐，更缺乏防蚊措施。可是谁知这第三天夜晚鬼子们刚刚准备休息，就被一股股冲天的臭气给熏了起来。仔细闻闻，这味道来自外面，小野下令把所有的窗户部关上，尽管又闷又热，好在那股味道不至于钻鼻入脑，令人呕吐了。于是小野命令大家赶快准备入睡，可人们总算从那熏天臭气中挺过来了，却突然被也不知从哪来的一群群蚊子折腾得乱了起来，这些天外来客不比地面部队的蛤蟆那般只唱不做，它们是空军，有着天然的优势，它们已经饿了很久，急需新鲜血液来吮吸。而要命的是，由于为了防止蛤蟆的噪音，鬼子伪军都把耳朵塞了起来，这就使得本来可以通过蚊子"嗡嗡"的叫声辨其一二加以防备的人们又失去了这唯一的屏障。结果，半夜的时候成群的鬼子和伪军就起来找能够止痒的东西，或者拔掉耳塞以防蚊子，可是这样一来又重新落入蛤蟆们的噪音干扰之中，两害相比，也只能取其轻了。

有人要问，这突如其来的蚊子又是什么奥妙呢？这还真与中村信之和小野伸二的那番对话有关。

事实上，正关村和作坪村的民兵之所以能够创造出后来被人们尊称为"蛤蟆阵"这样的战法，最早的根源正是因为在沁源已经流传了不知几百上千年的琴高真人大战黑龙的故事。

那一天，当瞭望哨上的民兵看到沁县的鬼子竟然派汽车给交口据点的鬼子卸下一大批镰刀绳索后，人们就想到，这一次，鬼子是要和我们这些小麦的主人们争抢果实了。面对鬼子这确实有些出人意料的动作，王壁书记召开了二区轮战队与各村联防会议。

也正是在这个会议将要开始前的空当，江德昌在与邻村来的民兵干部们聊大天时讲到了一件让人有些哭笑不得却又颇有些想象力的故事。故事的主人公正是江德昌和他那位已经在迷魂谷被处死的老师李守清。

平心而论，当年的李守清教书还是很认真负责的，不然他也不可能在正关村一教就是许多年。那个时候的老师，所谓负责，第一条就是要对学生管得严。而管人的手段最常用的就是教师那里经常备有一块尺把长二寸宽的板子，干什么用呢？专打顽皮不听话的学生。当然基本上是只打男生不打或少打女生。江德昌正是那种经常性享受这块板子的人之一。那时候德昌还只有十来岁，长得倒像十五六岁的小后生。虽然也多少知道人家老师管教自己是为他好，可是这板子享受多了就免不了想给老师报复一下。怎么报复呢？正是夏日，天气炎热，李守清和其他老师一样，晚上睡觉不关门也不关窗户，尽情让那清风徐吹，人好入睡。这情景被江德昌等人看见了，有人就提议要整整老师，和他李大麻子开个玩笑。怎么整呢？就地取材。沁河边多的是青蛙，当然也有水蛇，小四提议弄条蛇，把它的毒牙给捋掉，好好吓唬一下李大麻子。但德昌觉得蛇是有点儿太吓人了，稍微温和一点儿，给他弄几只青蛙吧，这东西吓吓人是可以的，却也没有什么害处。谁知当天晚上，李守清与张二俏幽会去了，江德昌、赵小四几个人就真的到河边捉了几只青蛙用草纸包上塞到李守清被窝里面。然后呢，几个孩子藏在了学校后面的麦场上，静等李守清钻被窝时那惊魂的一声喊叫。可是，也怪这李守清睡觉前心情太舒畅了，钻被窝前仍然想的是刚才和张二俏的一番甜言蜜语。他并没有直接钻被窝，而是顺手把那被子拿起来抖了一下。就这一下，青蛙给抖床下去了。江德昌等人等了许久没有等来李守清的尖叫，却等来了青蛙们久久不息的鸣唱。"呱咕""呱咕"，直弄得李守清几次翻身下床也找不到这声音所来何处。这件事，天明之后当李守清看到纸里包着的青蛙便什么都明白了，但是，这位老师却并没有生气，不仅没有给江德昌、赵小四打板子，而且还笑嘻嘻地把江德昌喊来和他说："德昌啊，你们这个法子还差点火候，要是我想整人，就把那青蛙用针线和被子连一块儿，肯定能把人吓一跳的。"这件事之后，江德昌和李守清师生之间的关系就大不一样了。所以才有了后来带他去狩猎的事情。所以李守清才对江德昌了如指掌。

德昌说起往事，说了也就说了。一旁听到这些的区委书记王壁却拍手叫好："好啊，德昌说得好，这小故事里面文章大了去了。"

书记的夸奖让江德昌怪不好意思，连忙说："书记逗我，我们就是玩的，有什么文章啊。"

王壁却说："德昌啊，我能瞎说吗？咱这是要开作战会议呢。但你这个故事，使我想到了咱这里早就流传的一个要比你的故事早得多的青蛙故事。"

这时，江淑英接话了："王书记是要说琴高真人和蛤蟆阵吧。"

王壁点头然后说："对呀，对付妖魔鬼怪，咱沁源人有的是办法。当年琴高真人不就是用两万蛤蟆兵打败黑龙怪的吗？"

王壁所提到的这个故事在沁源在整个太岳区也是流传甚广的。当年，至少是在两千年前，琴高不辞而别宋康王，周游列国，最终选择在沁河之畔的琴泉村作为自己修仙养道之所。琴泉村，位于正关村之侧，不到五里的河边。此地山林幽静，泉水潺潺，一年四季，水中群鲤遨游，岸上水鸟鸣唱，确乎胜景。琴高在此，每日里无非三件事情，一为抚琴诵经，二为办学授课，三乃行医治病，使得这一方水土上的人们真正进入一种悠游乐哉的状态。男耕女织，不亦乐乎。

　　然而，琴高的不辞而别也让宋康王和他身边的几位佞臣恼怒不已，便派出诸多刺客以图追杀琴高。其中一刺客自知凭自己的本事杀琴高无异以卵击石，便携重金来求沁河深潭中的一条黑龙来为康王完成这件事情。黑龙受贿，觉得琴高不过区区一介凡夫俗子，有何能耐？于是一口应承下来。其实，从黑龙本身来说，也是早对琴高有所烦怨。想想也是，这一方的人们原来凡有小病小痛便要到庙里来为黑龙进上香火祈求平安的，黑龙从不治病但香火却又从不少要。如若哪家哪户上得少了，它便化形为人，跑到人家门上去变着法儿地追索一番。自从琴高来了之后，黑龙的这份额外供奉便凭空少了许多，因为琴高会看病，看了以后人家还好得真快，于是人们有了病痛便不再去庙里烧香，而是跑到琴高门上去看病了。这个状况，黑龙岂能不恼？恰巧，现在有人以重金要买琴高性命，岂不正合我意？

　　于是，从此开始，黑龙便在琴泉村不断地兴风作浪，或祸害谁家牛羊，或掳掠谁家妇女，甚至掀起滔天大浪，要水漫琴高用作讲学基地的学堂。面对这妖孽的作乱，琴高与琴泉人民奋起抗争，琴高拨动琴弦，弹起阵阵音波，摆出一场浩大的蛤蟆阵。整个沁河滩上两万只青蛙蛤蟆（蟾蜍）齐齐涌入黑龙洞穴，日夜鸣唱，形成直穿耳鼓的声浪，把个黑龙一次次由龙而化为人形，又由人而化为一条长角的蛇形。最终，琴高乘鲤鱼入龙宫，屠恶龙，取龙胆，为沁河流域的人民迎来了风调雨顺美满和谐的好时光。

王壁大致回顾这段故事，莫说别人，就连江德昌也大叫两声："好我的书记叔啊，你是说这下咱也摆他个蛤蟆阵？"

正是在这样的群策群力之下，连续两天，蛤蟆阵大显神威，小野尽管心急火燎却不敢轻易迈出据点半步。只能眼睁睁看着民兵和群众将成片成片的小麦收割之后，车拉人挑地运到远离据点的地方去了。第三天，根据敌人的动作，王壁、江淑英等发现据点里的鬼子又在摩拳擦掌，准备出动了。也就是说，看来敌人已经找到了对付蛤蟆阵的办法。那么，我们怎么办？还真有能人，那个时候的中国人还不知道生物战，也从来不曾想过用什么办法让动物来对付人。正是战争教育了人民，人民学会了战争。正当王壁等人发愁如何用新的办法来对付鬼子的时候，作坪村的民兵队长，也是二区轮战队的值班队长之一郭维胜大大咧咧道："好办呀！咱后山上不是有不少鬼子冬天扫荡时打死的牛羊猪鸡、死猫死狗吗？咱们还正为如何打发这些发臭了的东西发愁呢，整天混得苍蝇蚊子一堆一堆的。咱给它弄到鬼子炮楼下面去，再把咱沁河边最能混苍蝇蚊子的铁杆蒿给他弄上几堆，让鬼子尝尝咱沁河边苍蝇蚊子的厉害。"

说干就干，连夜实施。

第三天早上，小野集合队伍，本来是要出发抢收小麦的。可是一看自己的队伍，一个个鼻子不是鼻子脸不是脸，青头肿面浑身乱挠者有之，嚷嚷自己中毒神经混乱者有之，说是头疼脚疼不能走路者更有之。一下子，小野的中队就出了二十多个病号，大家一致的要求是马上送我们到长治或太原去看病。皇军的制度，是不允许让重病号长期服役的。士兵有病也是应当给予治疗的。再说小野也看这些人眼不见心不烦，你们滚蛋还少些麻烦呢。只是，中村信之也在这二十个人的名单之中，这让他有些想不通，也有些舍不得。毕竟这个年轻人是他的老乡，也是很明显出类拔萃的青年，不说别的，光说中村刚来这里没到半年就已经比自己对此地的情况了解要多得多，这说明什么？这说明这个年轻人未来可期，是一个真正的好苗子。中村还为他出主意，并亲自设计了新的工字形炮楼的图纸，现在工字形炮楼尚未成形，中村却要走了。这使得已经绝少人性的小野也不由得暗自伤情。是的，把中村留在自己身边于公于私应该都是一个最好的选择，可是，他为什么就一定要走了呢？而且小野发现，这二十个齐刷刷要请病假去长治太原看病的人，竟然多半都是和中村一样新来的大学生和高中生新兵。小野很不理解，在他这一代大日本皇军陆军士兵中，忠君爱国，效忠君主，那是信仰；作为军人，就是要战死沙场、马革裹尸。小病小痛，在小野这一代军人来说简直就不是任何事情，他们的字典里，只有用自己的刀枪去消灭敌人，或者用军刀来结束自己的生命。而这些人，这些顶着大日本皇军名誉的所谓军人，竟然说因为蚊子的叮咬会传染上什么可怕的疾病，因而就一定要到外面去治病。没办法，小野只好给县城里面的伊藤打了电话，请示该如何处理。谁知伊藤在电话里告诉小野，县城里虽然没有"土八路"的蚊子叮咬，也没有蛤蟆阵的噪音围困，但那里的新兵居然也有许多人生病，而且是莫名其妙的疾病。目前统计，已有二十多个士兵要请假到外面去看病。而所谓头痛脚痛精神疾患等等的症状也和交口据点这边大同小异。这简直是神了，难道这些士兵们是相互约好了要逃避在沁源的战争吗？这不可能，虽然两点之间有电话联系，但这电话是只有长官才可以用的，那些士兵们，根本就不可能有那样的机会通话的，至于写信，部队是有通信自由，但那是通过军邮每月才会有一次机会的。那么，这些士兵们又是怎样串联起来的呢？答案是没有。他们只不过是某种心灵感应而已。是时代在作祟，现在的年轻人，已经不可能承担起大东亚共荣的重任了。

小野想归这么想，但是部队出现这么严重的减员，这么大面积的伤病，你做领导做指挥官的怎么说也是有责任的，上峰一旦怪罪下来，就是麻烦。而伊藤的态度也是一样，正好隔天会从长治过来两辆运送给养的汽车，就让他们乘坐这两辆汽车滚到太原和长治去看病吧。我们需要的是顽强作战的战士，而不是贪生怕死的病号。

那么，有人会说，民兵们把死猫死狗死牲口尸体弄到人家据点下面，就不怕人家日本人下来给你再弄走吗？还能让那些蚊子苍蝇硬生生地给轰炸上没完没了？这话问得对。但在当时，鬼子也确实不敢轻易下来挪动民兵们给他埋下的东西。原因也简单，因为他们在这些东西身上吃过大亏。那些动物死尸下面弄不好会给你挂个地雷什么的，你移动它一下，它会要你命的。这个也有讲究，当时有一首沁源秧歌正是唱给这种屁股下面挂地雷的圪针的：

> 沁河畔上埋圪针，瓶瓶罐罐藏了身。
> 鬼子胆敢来动它，轰隆一声丢亡魂。

舍生取义，杨铭德赴死

小野伸二起了个大早却连晚集都没赶上，吃了热热闹闹的"哑巴亏"，但这并不等于说他的运气是最差的。相比较而言，小野虽然没有出动抢收小麦，交口据点也没有一例因战而伤亡的人员。相比之下，倒是在县城，伊藤确实组织了不下三次的突击抢收小麦，也确实抢回了一些小麦。但这些小麦的代价却是沉重的。因为每一次的突击抢收都是一次真刀真枪的拼命搏杀，八路军与"土八路"在每一条路上都埋设了足够的地雷，皇军每前进一步几乎都要付出血的代价。也正因为如此，在县城的皇军和皇协军弟兄们甚至都羡慕交口据点的弟兄，虽说是人为财死鸟为食亡，但一切的一切还是以生存下来为前提吧。顺便说一句，驻扎县城的日军之所以也出现了十八二十例以精神疾患之名而脱离部队到长治太原去治疗，后来甚至一直闹到北平去看病的士兵，究其原因，显然是和驻扎交口据点的中村信之等人的原因有所不同，因为县城的日军和伪军并没有遭受蛤蟆阵的围困，也没有领教"土八路""空军"的轰炸，他们之所以也要闹病，后来还一直闹到北平，又因此而被遣送回岛国，到不见天日的地球深处去挖煤，真正的症结在于这些较少受到军国主义灌输的学生兵，比他们的前辈更早也更深地看到了这场不义之战的前途毫无希望，他们不愿意成为这场战争的炮灰。

作为太岳行署的资深参议，杨老太爷杨耀宗对抗战事业的关心有目共睹。而和老爹真正在抗日的大熔炉里生活一段时间以后，杨三公子杨铭之也为老爹这种以天下为己任的精神所感动。反正北平是暂时回不去了，而山里的生活除了清苦一些还真是令人大开眼界，心旷神怡。于是，杨铭之向老爹提议，尽管是战争时期，也不能让孩子们长期失学，现在自己有这个能力可以给孩子们当当老师，传授一些现代的科学知识，只不知这事应该和谁说去。杨老爷子一听高兴坏了，当下拍着儿子的肩膀夸赞道："三儿啊，这话爹爱听，早先范仲淹说过'处江湖之远，则忧其君；居庙堂之高，则忧其民'。你是咱们家最有知识的了，当然应该为老百姓做些事情，这样，我找刘凯书记打个招呼，你就和你二哥把咱们的抗战学校办起来吧。"

老爷子说到做到，第二天刘凯就专程赶来找杨铭之和杨铭德谈了办学的事。刘凯认为，这是一件大事，不仅要办，而且要办好。不仅永宁沟一个地方要办，而且所有有条件的难民新村和战斗庄都应该逐步办。而针对目前的实际情况，刘凯还表示要为杨家兄弟配发短枪一支、子弹十发、手榴弹两颗，作为必要的防身武器。

对于这个只出力不挣钱的差事，杨铭之立即就投入了全部的精力，从小学一年级到高小毕业班的教材，他仅用五天的时间全部备齐，而杨家老二本就是当地的教育家，这个学校"招生"的事情一传开，立马就有四五百人报了名，而其中不只有永宁沟的学生，更有其他难民新村（战斗庄）的孩子。杨铭之知道后，一拍脑门，和二哥说，一个不落，照单全收，而且还振振有词："孔圣人三千弟子，也不是一日之内全教遍嘛，我和二哥可以当两个流动教师，只要学生相对集中一些，再配以其他辅助教师，完全可以把这个学办起来。"

要说杨三少那真不愧是燕京大学的高才生，教起书来也确实不负燕大名头，数学、科普、历史、地理一人独扛，就是二哥为主的国文和书法他也样样精通。而杨铭之讲起课来那个专注，那个旁征博引、滔滔不绝，更是无人能及。这样一来，抗战学校的老师虽少，课程也不够多，但其名声远播却使得不仅是学校的学生，就连洪尚礼这样在太原读完中学又上过半年大学的知识分子偶然旁听之后也大呼过瘾。名声越传越大，引得刘凯与蔡青两人也专门抽出时间在永宁沟的桦树林中听了杨铭之的一堂科普知识课。一堂课下来，两人不约而同地感叹："要是有机会，今生今世一定得到大学里去受受教育。"刘凯更是主动征求杨铭之的意见，希望他在适当时候也为县里的干部们上几节课，当然前提是不能影响抗日学校的正常教学。

杨家兄弟创办抗日流动学校的事情不仅在广大的抗日军民中成为美谈，也在日伪阵营中引起了反响。那个曾经为花谷正将军所看好的维持会长杨铭之竟然甘愿为共产党去当小学教师，这可真是对皇军强化治安的莫大讽刺。而对于在夏收小麦的斗争中遭到惨败的日军中佐伊藤俊和特务队长齐标峰来说，这个杨铭之虽然不是在自己手里逃走的，但是，杨铭之这个名字本身所具有的价值他们却是知道的，对之恨之入骨也是难免的。只是，永宁沟那个地方是不能靠近的，杨氏兄弟把学校办在永宁沟，那就只能干瞪眼。而当齐标峰又探知杨氏兄弟在作坪村与正关村之间的战斗新村龙王沟也开设有一个流动学校的教学点后，心中便动起了念想，纵使你正关村再戒备森严，比永宁沟还是要好对付吧。于是，齐标峰加强了这方面的侦察，也曾几次计划偷袭，只是苦于那正关村一带的民兵警惕性同样很高，县城和据点里面的一举一动都在他们的监视之下，要想悄无声息地实现对杨家兄弟的突袭简直比登天还难。但是，这难不住齐标峰，做生意出身的他，随机应变那是本能。所谓敌变我变，你沁源人不是喜欢八路军吗？八路军不是喜欢夜里行动吗？在人们的印象中晚上不是八路军的天下吗？好，我反其道而行之，你那个流动学校的学生来自几个地方，学生们来一趟并不容易，而杨氏兄弟的老窝又在永宁沟，虽说距离不是很远，但二十多里的路程也不是说到就到的。这就决定了杨氏兄弟每一次来到正关村这个教学点的时间都不会太早，而他们撤离的时间也不会太早，起码应在日落西山、夜色将启的时候。而这个时候也正是八路军和"土八路"警戒最为松懈的时候。

这一天，又是正关村抗日学校的孩子们欢天喜地的日子，因为他们最喜爱的老师杨铭之要来给他们上课。本来这个教学点的学生并不很多，也就五十来个，放在两孔较大的窑洞中由兄弟俩轮流上课是完全可以的。可是，由于来蹭杨铭之课的人越来越多，甚至洪尚礼这样的知识分子也一有机会就要听上几句，所以，为了方便大家，上科普和世界知识的时候，杨铭之就把教室改在了一处较大的窑洞院里。洪尚礼是最讲究尊师重教的，为此还专门在院子里摆了几排可以当作课椅的圆木。为保持课堂秩序，又为老师专门做了一把椅子，让老师能够有空坐坐，不致太过疲劳。这一天，从上午大约九点开始，直到傍晚，杨家兄弟对五十来个孩子分成的六个年级进行了有条不紊的课堂教学。当最后一堂课即将上完的时候，杨铭之和学生一一挥手告别，先送走了最远的学生，杨家兄弟收拾好东西，然后和十几个年龄大小不一，但都是非等上两位老师一齐再走不可的学生说着笑着，离开那所院子，踏上了回永宁沟或到附近几个村庄的路程。走了一截，两个学生拐上了弯路，再走一截，又两个学生依依不舍地告别，就剩下九个学生连同两个老师了。突然，杨家老二杨铭德感到什么不对，抬头一看，可不，前面不远的山坡上，一队人马等在那里，回头一看，不知什么时候已经有几个人早已尾随在他们身后，这两头的人都没有和杨铭德他们打招呼，老三杨铭之心里并没有往别处去想。因为这些人，这两股人马都穿着八路军的军装。杨铭之甚至想走过去和他们说上几句话。万一八路军同志有什么要问的呢。然而，和弟弟不一样，细心的老二杨铭德走着走着就不由得留起了心。他发现，这两伙人虽然穿着八路军的军装，但是看那样子却和自己日常见到的八路军不大一样。怎么不一样，杨铭德一下说不出来，但这两股人总是若即若离、不远不近地保持着和他们兄弟俩以及九个孩子的距离，这就使他心中不由得一阵紧张。按说，自从鬼子来到沁源，那是无恶不作，但乔装八路军来蒙骗百姓的事情还真未听说，可是，越是没有听说过，这心里就越是感觉不踏实。平时八路军碰见老百姓，那可热情得不得了，譬如自己挎着这么沉重的一包书籍粉笔之类的，八路军见了就会主动上来打招呼，帮你背着。八路军和小孩子们那更是天然的亲如一家，可是这些八路军怎么一个个冷若冰霜呢？

杨铭德正在想着，前面来到了一处三岔口，往前走，那是通往永宁沟的路，向右拐，可以走到交口镇上，往左边上山坡，就是漫无边际的大森林。走在前边的八路军在路口停下了脚步，其中一个叼着一支香烟不紧不慢地向着杨铭德走了过来，一边走，一边打着招呼："老乡，你好，我们是三十八团二营的，有任务要到正关村找人。你是哪个村子的，怎么带着这么多小孩子啊？"

听口音，倒是确实的中国话，一口浓厚的晋南口音。杨铭德突然想起来了，这不是从前那个皮货商齐标峰吗？虽然他穿着八路军的服装，可即便抽了筋、剥了皮、脱胎换骨也改不了这副油腔滑调。

确实是鬼子化装进山来了，不然，村村都有瞭望哨，庄庄都有轮战队，鬼子怎么可能不声不响就来到距离县城二十多里路的龙王庙这地方呢？怎么办？杨铭德悄悄摸了摸揣在身上的手榴弹，低声对老三杨铭之说："老三，咱们碰上鬼子了，你带孩子们从左边短崖处跳下去，没几步就进入大森林了，我来对付这帮鬼子。"

杨铭之完全没有来得及反应，二哥已经快速地迎着齐标峰走了过去，一边夸张地招招手，高声喊道："八路军同志，碰上你们真好。"一边已经把两颗手榴弹攥在手里，眼看着和齐标峰就要碰在一起了，突然间就听"轰"的一声爆响，整个山坡上弥漫起一片烟雾。

杨铭之听清了二哥那毋庸置疑的话语，他了解他的二哥，向来是温良恭俭让的典范，和什么人说话都是用商量口气的。可今天，这完全就是部队指挥员的命令。情况紧急，杨铭之当然知道二哥这样做的后果是什么，他还想争辩一两句，可是二哥已经和手榴弹的爆炸声一起消失在山坡上。再也不能犹豫了，杨铭之带领九个学生迅捷逃进那片树林，危险离他们远去，而在身后，他清清楚楚地听见了二哥高喊着："狗日的，有种冲我来！"然后就是"砰，砰"的枪声。现在杨铭之明白了，为什么当县大队朱秀大队长亲自把那支枪交给兄弟俩后，从来对这些玩意儿避之不及的二哥突然没时没分地练习起了射击。一阵激烈的枪声之后，枪声渐没，"轰"又是一声手榴弹的爆炸，一场小小的战斗结束了，在沁源人民伟大的围困作战中，又多了一位与敌同归于尽的英雄。而在此之前，人们一直以为富家少爷出身的杨铭德肩不能挑、手不能提，除了教教书是百无一用的。

伊藤俊和齐标峰精心设计、精心指挥的突袭收场了。"杨铭之"虽然没能活捉，但在伊藤看来虽然死了三个皇军，但能将杨铭之置之死地。这件事怎么说都算功劳一件。为此，伊藤命令手下立即赶写一份报告，向太原的第一军军部请功，因为他认为，除掉"杨铭之"，那是比消灭八路军一个连队还要大的功劳。太原军部的嘉奖通令也很快就下来了，因为他们同样认为这是一个具有代表意义的象征性的胜利。可是，令伊藤和齐标峰尴尬的是，就在伊藤向大家宣布嘉奖的当天，又有人亲眼所见，杨铭之的抗日流动学校仍在流动，并没有停止办学，主要授课教师仍然是那个炸不死的杨铭之。

这怎么可能呢？杨铭之是许多人亲眼所见已经被他自己炸死了，而且由齐标峰亲自上缴了杨铭之的手枪，他的教案就在伊藤的办公桌上，这会有假吗？一定是"共党"的鬼把戏，坚决不能上当。伊藤一肚子的不信。

齐标峰自己倒比伊藤中佐冷静一些，因为他知道并不是没有这种可能。在沁源，在这个可怕的地方，出现什么事都是不奇怪的，只是不能让上峰知道，反正杨氏三兄弟长得几乎一模一样，就说这是共产党八路军的障眼法而已。那个死了的，必须就是杨铭之。就这样，杨铭之最终是在日军的所有情报统计中给"死掉了"。至于还在办学的那个，也就只能是二哥杨铭德了。

然而，通过突袭龙王庙流动学校这件事，对于伊藤来说还是总结出了一些前所未有的经验。那就是以假乱真，化装突袭，不分白天黑夜，不论山里山外，只要是八路军和"土八路"过去经常出现的地方，皇军也可以像他们一样大摇大摆地走进去。为了这种化装更像、更有欺骗性，伊藤和齐标峰当然也包括皇协军团长高明亮一起策划，每次突袭，都要由日军和皇协军特务队打乱编制，每一队人数一般不超过二十人，机动灵活，短小精悍。所有出头露面，应付"土八路"盘查的事情一概由讲中国话的伪军尤其是特务去做，而皇军则只在必要时才出面指挥部队进行实打实的行动。

于是，一种前所未有的情况出现在沁源一县茂密的林海、高高的山梁之间。就在杨家兄弟龙王庙遇袭没几天，先是王家沟的几个妇女被一群穿着八路军衣服的人以赶路口渴为名，将他们引进家里后反被这些"八路军"给轮番奸污，又抢走了家里仅存的粮食，临走还恬不知耻地说："我们当'八路军'，为你们卖命打日本，你们慰劳慰劳还不应该吗？你应当为有'八路军'看上你而高兴。"

此事一出，围困指挥部当然高度重视，可是查来查去，无论决死队三十八团、二十五团，还是洪赵支队的所有部队，这些天都没有到过王家沟。更何况王家沟远在大林区深处，是真正的深山老林，而配合沁源民兵作战的部队平常都在县城和交口两大据点和交通沿线活动，怎么可能会有人到深山老林中的王家沟去呢？然而，越是这样，这件事情在不了解真相的群众中的影响就更坏。因为像王家沟这样自从围困战开始以来还未曾经历过战火考验的地方恰恰是我军和民兵最可靠的大后方。每每在经过一个阶段的艰苦作战之后，主力部队都会集中到类似的村庄进行休整的。

第二件事，也就在王家沟事件的同时，在马森村，我三十八团一营的一个班护送伤员到灵空山后方医院的路上，迎面碰上了一伙穿晋绥军服装的军人，那些人一个个先是拦住问我们的战士，问前面有没有日本人，又说要看看这些伤员是不是夹带了什么违禁物资。我方战士不允许他们无辜拦截伤员，乱翻乱看，那伙人就突然动手，不仅杀害了我们的三个伤员，而且一个班的战士也只有三个人拼死逃脱。这件事，在整个沁源、在太岳区都引起了极大的轰动。因为打从1939年年初，晋绥军和川军还在沁源景风山一带和日本人打过一仗，胜负不说，总算是在抗日的战场上流过血、露过面之外，整个沁源一县两千五百四十九平方千米的土地上就再也没有见过什么中央军晋绥军川军陕军之类的军队。现在他们来了，却是一来就无端挑起事端，这当然不能不引起我方的重视。得知这个情况，朱秀首先气得拍了桌子："娘的，老子们拼命抗日杀敌流血流汗，国民党他妈的不抗战只捣乱。刘书记，你叫咱的报纸也好好写写文章，揭露一下这些狗日的。"

蔡青总指挥却对老朱的说法并不赞同："老朱啊，我看这事咱不能急，更不能先写文章。原因很简单，根据各方面反馈回来的情报，近期并没有晋绥军的部队来过沁源，更不要说和咱们发生冲突了。"

刘凯点头："如果这个冲突并不是晋绥军搞的，那就只能是日本鬼子了。这么看来。我们现在这个对手伊藤俊可不简单啊。"

蔡青道："是不简单，这个伊藤俊别看军衔只是中佐，官阶比咱们的老对手花谷正要低上好多，比鹿野也低一级，可他毕竟是宪兵出身，上过陆军大学的。对我们也算知根知底，既知己也知彼，似乎对中国兵法也研究过，现在这条计策不就是离间计吗？"

刘凯点头，接着说："所以，我们的策略也要改变一下了。以前各村各山头路口咱们的岗哨基本是只看服装不看人，无论多远，只要看见灰军装，就一定是自己人。等人家到了跟前再盘问，已经没有机会报警了。看来，这个办法要改变一下。"

于是，根据围困指挥部的指示，所有的村庄，原先的岗哨都改过去每班只有一人一枪的制度为每班岗哨都有两人两枪，其中一人为民兵轮战队队员，一人为八路军决死队战士，为了切实贯彻这一决定，还把留驻沁源的部队在原有三十八团一个营的基础上又增加了洪赵支队的一个连。这样，各村各岗的预警制度是建立健全了，可是新的问题又出来了。以正关村为例，原先只有民兵值班站岗即可，现在不仅民兵站岗的没减少，又把部队给搭进去了。仅仅一个正关村，四个口子，一天六班岗，这样一算，就把一个排的部队给拴死了。结果几天下来，一点情况都没有，反倒影响部队的训练和特殊任务的执行。再说沁源围困的特点本身在于打一场人民战争，据说太岳区的领导在延安向中央领导、毛泽东主席、朱德总司令、周恩来副主席以及其他高层党政军领导同志汇报沁源围困战的情况时，中央领导都一致高度肯定并赞扬了沁源人民全民皆兵，置敌于人民战争的汪洋大海之中的战法，我们现在的做法是不是有悖于这个人民战争的初衷，而陷于和鬼子逐城逐地争夺的死循环呢？必须改变这种被动的战法，决不能让敌人牵着我们的鼻子走。

那么，怎么样才能改变由敌人牵着我们的鼻子走而为我们牵着敌人的鼻子走呢？江德昌献上了一条妙计。

那一天，洪尚礼、王壁、二区轮战队队长郭维胜、江淑英等人围坐一起，个个挠头，江德昌却想也不想就说："这个好办啊。就像我们打猎吧，你要打豹子、打野猪，那就是让它牵着你的鼻子走，就看你的鼻子好不好使、闻见闻不见它那个味道，只要闻见了，找准了，一打一个准；可是你要打獾子，那就不能跟着它走，而是得堵着它的窝去打。咱先把网窝布好了，再往里面给它熏烟去，保准它一出来就落入我的网窝。"

洪尚礼拍手叫好："德昌说得对呀！想一想啊，咱们现在各村都在自己的战斗庄村口布置岗哨，这个得浪费多少人啊，如果我们把这个岗哨给他布置到鬼子跟前去，譬如交口据点，我只要三四个点上有人，就可以随时随地监视住它的一切，不管鬼子穿什么衣服化什么装，只要他一出动，看准了他往哪个方向去，我们再报警。一站一站往下传，谅他能跑到哪里去。"

江德昌始发建议，洪尚礼完善补充，很快，全县范围内形成了对敌监视与围困并举的新的高潮。之后，鬼子也曾从交口或县城有几次企图化装进山，故伎重演，再次祸害百姓嫁祸于八路军和民兵，却每一次都早早就被识破，不得不惨败而归。

也是受此启发，一区的民兵在朱秀大队长的亲自组织下，展开了"为李猛报仇，把鬼子困死"的运动。而在监视敌人使其不敢轻举妄动的前提下，一区民兵还在围困指挥部的统筹下做了一件惊天动地的大事：杨家老大主动请缨，为民兵和部队带路，重复了一次年关大抢粮的故事，用巧取加强袭的方法在县城东南打了一座杨家存放布匹和杂物的地下仓库，光布匹就取出一百多匹，一下子解决了部队和民兵以及大部群众又一次过冬的换装问题。紧接着，又在高明亮的配合下，民兵进城用石头和大粪封死了所有供鬼子用水的水井。这一来，鬼子吃水就必须到皇协军团部驻扎的那所院子里取水或者到城外二里远的沁河里去取水。可是，新的问题又来了，从鬼子集中居住的中心炮楼和县府大堂到最近的河边，少说也有两千五百米，这个距离，正常情况一个加速跑也就到了，可在沁源，在当下，谁敢保证你在什么地方就会碰上一颗连皇军的探雷器都探不出来的地雷蹦出来和你打招呼。因此，尽管伊藤俊为了解决近千人的吃水问题而专门打造了三辆运水车，可是由谁去运水却成了问题，因为这城里没有老百姓，那也就压根谈不上像日本人在中国其他地方一样把此类脏活累活危险活让所谓"苦力"干的问题，有人倒是提议让伪军干，可那位皇协军团长高明亮根本没商量，就两个字："不行。"为什么不行？因为大家都是为建设"山岳剿共实验区"而工作，不分彼此，这话是冈村宁次大将说的，也是鹿野平洋大佐和伊藤俊中佐说的，怎么能让一部分人为另一部分人当苦力呢？自然有日军军官不服，认为这些皇协军太把自己当主人了，可是伊藤中佐不这样认为，因为他清楚，现在皇军所有的人员加上交口据点那些也不过一个大队不足，四百人多一点点，其中还包括相当一部分非战斗人员，而皇协军那一个团虽说也被抽走了一个满员营，但现在至少也还有齐装满员的二营六连外加一个机炮分队，也相当于一个连，这样兵员就达到八百还多，这样一个兵力对比，意味着两个问题，一是全县的治安，和八路军与"土八路"作战主要的力量已经不再是皇军，而应该是皇协军；二是，一旦这支部队发生叛乱或情绪不稳，那对于皇军、对于伊藤本人来说就是灾难。所以伊藤不能听别人的怂恿，所以他支持高明亮的决定。除了日军司令部的水由皇协军派人随时送到之外，其余日军全部自力更生。在机枪大炮的掩护下每天排着队到沁河边去取水。一时间，前有开路的，后有保护的，中间还有拉车的，荷枪实弹，提心吊胆，沁源城的鬼子运水吃水简直成了一道风景。

1944年的冬天到来了，天寒地冻，滴水成冰。满山满岭的大雪，也预示着1945年将是一个丰收的年景。两年的围困斗争，沁源人在荒山野岭之间安家落户，发展生产，他们度过了最为艰难的岁月，战胜了日本侵略者的野蛮杀戮和烧杀抢掠，战胜了饥荒寒冷和无限的劳累，迎来了属于自己的欢乐和幸福。

寒冬里的一天，北风呼号，半雨半雪的冰雨打在脸上令人疼痛难忍。带着刘凯蔡青二位首长的指示精神，洪尚礼骑马回到一连在正关村（战斗庄）的驻地。离村还有几里地的地方，他就发现在雪雨中有一朵红花在村口闪烁。他知道，这一定是她在等待和迎接他的归来。洪尚礼快马加鞭，眨眼之间来到江淑英身边，滚鞍下马，充满温情地问道："淑英，这么大冷的天，你也不嫌冷，冻坏了吧？快，回屋里去。以后不许这样等我了。"

淑英却说："谁说等你了，人家就出来透透气。"说着，眼角余光瞟了洪尚礼一眼。

洪尚礼不知其中有"诈"，拍拍脑袋牵着马正要走，淑英却又瞪他一眼道："谁让你走的？害得人家等你半天，还以为你出什么事了。"说着，从棉袄的袄襟处掏出一件绣了喜鹊登梅图案的兜肚，柔柔地说，"也不知合适不合适，天冷了，系在身上暖和些。"

　　洪尚礼在整个三十八团都号称能说会道的知识分子，竟然愣愣地，把那兜肚拿在手里半晌说不出一句话来。还是淑英大方些，往洪尚礼跟前靠了靠说："不是要回屋吗，大家可就等你了。"缓过劲来的洪尚礼这才连连点头，和淑英相跟着往二区轮战队和一连的联合指挥部而去。

　　来到指挥部的院子，洪尚礼把马牵着要往一棵树上拴，也不知是怎么回事，高大威武的枣红马竟然前腿一弯，似乎用力挺了一下才勉强站住。直把个洪尚礼心疼的，抱住枣红马的马头，连拍三下，忙问："好伙计，你怎么啦？饿了？可是我从马森出发前喂你你也不怎么吃啊。不是有病了吧。"看那样子，就和自己的亲兄弟生了病一样。

　　这匹枣红马正是上一次为了增援迷魂谷之战中受困的江德昌和赵小四、郭占奎，军区首长让洪尚礼组建临时骑兵连时奖赏他骑的那匹战马。马是标准的东洋马，高大威猛，跑起来四蹄生风，确实是个可以信得过的好伙伴。骑兵连后来转正归建，枣红马却经过蔡青总指挥特批留给洪尚礼作为坐骑，以备应急所用。要说洪尚礼对这匹马，那是心爱有加，每天只要有空就为它梳理鬃毛，洗刷马尾等等，伺候得和自家媳妇似的。可是，尽管你再精心伺候，也架不住它有个病痛啊。洪尚礼正在和枣红马说话，一旁二区轮战队队长郭维胜接过了话茬："洪连长，这马吃草料如何？"

　　洪尚礼赶紧说："平时很能吃，可这几天它越吃越少，喂什么都不行。"

　　郭维胜："你喂它食盐了没有？"

　　洪尚礼一片难为情："部队吃的盐都没有，哪能给它呀？再说，以前这马是有专门饲养员的，我接上总共也不过几个月。"

郭维胜走过去，掰开枣红马的嘴仔细瞅瞅，用非常肯定的口气说："洪连长，你看，这马的牙槽都有点萎缩了。这就是长期缺少食盐的结果啊。唉，牲口恓惶，它不会说话，可它知道你对它好，才会不顾自己身体的状况驮着你跑呢。要搁人，早倒下了。"

洪尚礼不由得一阵慌张，对于马匹，这个从小成长于山区的男孩子只是喜欢，上中学和大学时也曾和朋友蹭着学过骑马，但真正骑马还是在给蔡青当警卫员的那段时间，而有关马匹喂养的知识却几乎是空白。现在听人家这么一说，才知道这里面大有学问，赶忙问道："郭队长，那你说，咱现在有什么办法没有？这盐可是大家都缺呀。"

郭维胜笑道："洪连长，这你就不用发愁了，今天有老郭我在，好歹祖上三代都伺候着牲口呢，能让你的马跑不起来？"

说着话，郭维胜把缰绳解开，拉着枣红马，向河边走去，洪尚礼和江淑英紧跟着，来到一片盐碱地，郭维胜道："看着，这马儿，它自己就会找到食盐的。"一边说着话，郭维胜一边又告诉洪尚礼：就一般情况来说，一匹马每天的食盐摄入量应该在四到五钱（也就是二十克到二十五克左右），而运动中的马匹则应该更多。如果长期不给它足够的食盐，马匹就会拒绝吃草，进而肌肉萎缩，直至死亡。

问题在于，就目前来说，整个沁源都存在着严重的缺盐问题。根源所在，又是那个大汉奸齐标峰。

原来，在沁源军民齐心合力坚持不懈的围困下，伊藤和齐标峰的化装偷袭接连失败，这也致使沁源县城和交口据点的鬼子都感到了极大的恐慌。因为从那以后，他们的每一次行动都被我军民联合观察哨看得一清二楚，再加上以洪尚礼、江德昌为首的特等射手群，对鬼子据点和炮楼的定点封锁使得鬼子只能龟缩在据点里挪不得动不得，这情况既让伊藤焦急万分，也令远在北平的冈村宁次恼火不已。毕竟，"山岳剿共实验区作战计划"当初是他和花谷正亲自拟定的，现在，两年的剿共，不仅没有剿出一个像样的"模范区"，反而倒打出一个铜墙铁壁的共产党八路军根据地。说实话，不仅中村信之等年轻人想方设法逃离沁源，也不仅伊藤中佐在他那个位置上如坐针毡，就连冈村大将也为沁源这钢打铁铸的共产党"老巢"费尽了心机。为了尽快实现建设一个真正的"山岳剿共实验区"，冈村大将在整个华北日军兵源紧缺的情况下，答应给伊藤临时增派日军两个大队，并将高明亮的皇协军原先抽调走的那个营也完整归建，任务只有一条：务必在三个月内彻底清剿沁源之八路军，最少建立起五个以上的维持会，让大日本帝国大东亚共荣的旗帜在太岳山上能够飘扬起来。

增兵添人，这当然是好事，但是伊藤知道，以沁源的实际情况，漫说你仅仅增派两个大队的日军，即便是增派两万日军，也不可能把全民皆兵的沁源八路军和"土八路"彻底剿完。至于建立几个维持会，伊藤倒是蛮有信心。因为，他有齐标峰这个高参出谋划策，他认为已经找到一条可以致沁源百姓不回城里、不搞维持就只有死路一条的妙计绝计。

"101" 智斗齐标峰

　　特务队队长齐标峰的计策本来是要献给高明亮的。在齐标峰眼里，一般的伪军特务他是看不起的，就连当初的国民党县党部书记张玉甫也是不放在眼里的。要说这县城里的一众伪军汉奸真正能被这个自恃高明的原皮货商看好并真心佩服的，那还只有皇协军团长高明亮。当然这个印象首先是从花谷正那里得来的。花谷正多有水平，可是他就对这个高团长高看一等。在齐标峰的记忆里，似乎花谷正把所有的日伪军官员都骂遍了，唯独没有对高明亮说过重话。而且实事求是地说，在这个地方，花谷正在的时候且不说，那时皇军的军事训练那是一等一的严格，谁都不敢偷懒耍滑的，而现在，除了高明亮的皇协军，还真是没人把什么训练当回事，无论日军，还是特务队，都是如此。在齐标峰看来，所谓兵马未动，粮草先行，既然皇军的粮草供给不正常，你也就不能要求弟兄们耗时费力下那般功夫。什么瞄准射击呀、徒手搏斗呀，总之是摸爬滚打那一套，多费力，又用不上。连日本人在这里待久了都不待见练这些东西了，你高明亮为什么就不能对弟兄们手高一寸呢？问题就在于此，高明亮为了啥？齐标峰觉得这里面一定大有文章。难道你高团长对日本天皇比日本人还忠诚？另一方面，齐标峰又在想，表面上看，高明亮这些年来做事那是滴水不漏，可是仔细想想，有哪一次扫荡高明亮是真正让他的部队舍生忘死打冲锋的？没有，一次都没有。倒是有几个人的死不能不令人产生一些疑问，譬如说张玉甫的死，譬如说杜成亮的死，表面上是齐标峰自己在使坏，但是，事后想想，促成这一切的难道没有高明亮的功劳？难道仅凭我齐标峰一人之力可以做成这样的事情？这么一想，就不能不使人倒出一身冷汗。可是，怎么样才能让这个县城的统治者，那个阴险又刚愎的伊藤中佐相信高明亮有问题呢？没有充分的证据，你连提都不用提，非得让那家伙给臭骂一顿不可。再说了，万一高明亮真的不是什么八路军或者阎锡山系统的人呢？自己岂不是没事找事？怎么办？齐标峰苦思冥想而不得其解。正在齐标峰带着这样一脑袋的烦心事茶饭不思的时候，好消息来了，伊藤宣布，冈村大将将给沁源增派近千人的日军来增援，并务求一战以定乾坤。只是，伊藤中佐一时还想不出什么高招来实现大将的这个宏愿。齐标峰一想，机会来了，但是怎么才能把自己的想法变成伊藤的方案呢？这天吃晚饭的时候，齐标峰一不小心竟把咸盐当作小菜一股脑儿倒进碗里。不用问，这碗饭是不能吃了，但是齐标峰却从中受到了启发，人是离不开盐的，八路军和"土八路"不是处处封锁皇军，给皇军捣乱吗？皇军也有可以封锁八路军和"土八路"的撒手锏，那就是盐，毕竟此地不产盐。好，主意已定，齐标峰决定先找高明亮通个气。不过，现在的齐标峰已经不是几个月前的齐标峰，那时候他找高明亮商量事情是真心的，想让这个人给自己当一个"定盘星"，而今天他找高明亮则是企图一箭双雕，既看高明亮的反应，也要以此证实自己对这个人的怀疑。

高明亮对于齐标峰的来访颇感蹊跷，同样的，放在几个月前，这也只是一个正常的拜会，那时候齐标峰给张玉甫做副队长，实际上在"张书记"眼里是一钱不值的。而现在，齐标峰不仅做了特务队长，而且处心积虑地想在日本人面前立功受奖，也就是说，现在的齐标峰可是急红了眼的赌徒，做什么事都不是没有可能的。

然而，高明亮还是对齐标峰的所谓计谋大吃一惊。毫无疑问，这是一记极其毒辣的损招。

不能不承认，齐标峰这个皮货商做生意做得精明。按照他的说法，八路军之所以能对皇军造成威胁，不是因为他们有多强大，而是因为他们掐中了皇军的脉搏。谁都知道皇军在据点里是生产不出粮食的，所以八路军卡断了皇军的运输线也就卡住了你的生命线，而皇军不可能在沁源一县两千五百多平方千米的范围内不让八路军和"土八路"自己去种地打粮食。这正是前一阶段双方斗争的焦点。在这一点上，显然八路军占有先天的优势。然而，如果皇军换一个思路，不管你打多少粮食，我只卡住你当地生产不出来必须从外地引进的生活必需品，是不是就反过来会卡住八路军的脉搏呢？毕竟，皇军具有比八路军更快更灵活的机动能力，何况现在又有了足够用的兵力。当然，即使皇军加派了部队，但是你要想以现有的兵力，用这两千号人去覆盖全沁源仍然是远远不可能的，甚至是得不偿失的。但如果皇军仅仅是想封锁几条交通线，以现时的兵力来说就是绰绰有余的。那么，接下来的问题就是，什么才是八路军必须从外地引进的生活必需品呢？齐标峰得意扬扬地向高明亮卖弄："高团长，是盐啊，俗话说，五味调料离不开盐，开门七件事首当盐。为什么呢，因为人的身体没有盐吃就要发软，而恰恰沁源这地方啥也不缺，它就是不产盐。"

高明亮打心眼里对这个铁了心当汉奸的家伙恨得要命，可是表面上却不能不顺着他的话往下赶："齐队长的意思是要把盐这种商品给八路军和'土八路'卡死？"

"对呀，对呀！"齐标峰也在审视着高明亮的表情，"只要皇军和你高团长的部队在沁源通往外地的各个路口设卡子，对所有进入沁源的客商进行严格盘查，决不允许一粒食盐流入八路军和'土八路'手中，那样的话，不要很长的日子，八路军和土八路就会排着队到城里来和皇军讨盐吃了。"

"好主意，齐队长，你这招可真够狠也真够缺德。"高明亮心想，这家伙不是在探试我吧，如果我要一味地顺着他，那反而会让他觉得我心里有鬼，倒不如表现得很不在乎，嬉笑怒骂，毫不遮掩，我看他倒是要怎么地？

"高团长，人家八路军对付咱们的时候也不会让子弹在咱俩身边拐个弯啊。你们皇协军还好，看我们特务队吃个水多难，还不都是八路军和'土八路'给害的？现在咱只让他少吃几天盐，让他们也来求求咱还不行？"齐标峰多少有点失望，高明亮一如既往地胸怀坦荡，这倒让他拿不准主意了。

高明亮这时却像是十分认真地研究起齐标峰的方案来："齐队长，你不是做皮货的吗，怎么，也做过盐的生意？"

齐标峰道："高团长，和你我就实话实说，早年的时候，我倒是想做食盐的，可这行当利润大，资本需要雄厚，哪能轮上咱啊？所以那时在沁源，全县的食盐都是一个人在做，那就是杨老爷子杨耀宗。为什么呢？因为他有资本、有门路，直接和省里的专卖局说了，包税，全县一年的盐税啊，人家一次就交了，放给咱能交得起？但也说明在这个县里，除了杨家，就没有人有这方面的门路。哼哼，我倒要看看他杨老爷子怎么着跑到城里来找咱们要盐吃。哈哈！"看那样子，齐标峰已经想象到杨老爷子跪在他跟前讨盐吃了。

齐标峰走了，高明亮却意识到对于战斗在围困斗争第一线的沁源军民来说，一场更加严酷的考验在等待着他们。这是敌人最后的疯狂，也是对沁源军民来说从未有过的另外一场战斗。而对于高明亮自己来说，一个阴谋，一种威胁正在步步紧逼过来。

第二天一早，伊藤召集日伪军高级军官开会，显然是受到齐标峰所描绘的美好蓝图的鼓舞，伊藤一反近段时间以来脸上永不消逝的阴霾，笑嘻嘻地对大家说道："各位，今天我要特别表彰一下我们的特务队长齐标峰先生。齐队长给我们出了一个好主意，只要按照这个办法来开展我们的工作，完成冈村大将所提出的'山岳剿共实验区作战计划'指日可待。"

于是分兵把关，首先是在日军高层的命令下，不仅沁源的日军，沁源周边各地日伪军都积极主动地参与到这一行动中来。从源头上做起，太原、长治、平遥、沁县、临汾各地盐店盐庄，坚决不允许往沁源再卖一粒食盐。而在沁源与安泽、沁源与沁县、沁源与平遥、沁源与屯留相接的四个路口则由日军与皇协军重兵把守，重新设立关卡，严格盘查过往行人和各式车辆，什么东西都可以带，就是不许带咸盐。而恰在这一时期，对于沁源境内则几乎完全放弃了大小扫荡，摆出一副"姜太公钓鱼愿者上钩"的架势，单等八路军和"土八路"尤其是老百姓的屈服。

敌人在食盐上做文章，一开始的时候这个问题的严重性还体现不出来，但是，一个月以后麻烦就不断出现了。因为几百年来，甚至有记载以来，沁源虽然不产盐却从来没有缺过盐。所以，这几年"跑反"，老百姓从家里带出来的食盐也就不可能多，反正这也不是一个奇缺的物资，过去这个县的食盐由杨家一家独包，进盐的渠道却有两条，一是走沿海，从山东往回进海盐；二是走运城，从晋南往回进潞盐。但是不管哪种盐，都不缺的。现在鬼子把进盐的渠道一卡，老百姓初始还能互相挪借几天，时间一长，家里没有的不说，仅有一点的也不敢轻易借人了。更重要的是医院，我军野战医院和各级医疗队本就缺少有效的消炎消毒药品，平时连洗纱布洗伤口也多用盐水来替代，现在盐成了部队和群众不可或缺的生活必需品，再拿来洗纱布就有点难以取舍。为了解决这个问题，军区领导指示远在中条山地区作战的部队，特意从运城弄了一批潞盐派部队武装押运，一路上打了四仗，突破三道封锁线，好不容易运到沁源，可是，刚运回来看时，几千斤的东西不算少，但仔细一算，虽然每个人每一天用的盐可以忽略不计，但你一计算就不得了，光是转移进山的两万群众吃盐，每月少说也得一万多斤，这还不说部队和医院用盐。总不能让外线作战部队老这么辛辛苦苦为盐而战啊！洪尚礼心爱的枣红马就是在这种情况下不得不停止了在其草料中加盐，也才因此而体力下降，肌肉萎缩。

面对敌人使出的新手段，刘凯和蔡青陷入深深的思考。如何才能立足于自我，在自力更生的基础上解决这个问题呢？刘凯想到了杨老爷子杨耀宗。杨耀宗果然有货，老爷子说，长期解决问题不敢说，短期先顶一下的办法还真有，什么办法呢？就是沁河边那白茫茫的盐碱地。杨耀宗说，只要把那盐碱地表皮上的一层土刮起来，用水过滤，留水弃土，再用锅熬，则盐碱自分。这个土法制盐的技艺乃是老祖宗流传下来的，好多年已经不用。不过，好办法是好办法，只是这样制作出来的盐，纯度不够，杂质也多，土作坊用时还可以，要是人吃，怕不敢长久。

于是有人开始试制，很快就熬出了第一批自制的盐，吃起来自然不够味，但比没有要强多了。可是，能让我们的人民和我们的战士总用这明知不可长久的代用品来维持最起码的生存条件吗？首先想到这个问题的并不是别人，而是根本不需要吃这种土制盐的皇协军团长高明亮。

齐标峰的一条毒计，给我根据地军民制造了极大的困难，也给高明亮敲响了警钟，庆父不除，鲁难未已，此人不除，作祸不已。一连几天晚上，高明亮彻夜不眠，齐标峰得意地奸笑的影子总是出现在眼前，高明亮觉得，现在是自己挺身而出，为根据地军民除掉这个恶魔的时候了。而随着这种长久的思考，一个完整的计划也渐次形成。

临近年关，这已经是日本鬼子占领沁源县城以后的第三个年关，也是沁源军民围困斗争进入一个新阶段的年关。一个阳光灿烂的日子，在安泽与沁源两县交界的神山岭上，一支商队依次而行，在经过用沙袋和拒马组成的关卡时先出示"良民证"（这玩意儿在沁源是从来也没有发过的），然后由伪军和日军两道岗连续检查，当伪军查到一个自称是皮货商的时候，一个带队的大个子伪军从客商所赶的骡驮上厚厚的皮货下面抽出一袋东西问是什么，皮货商说是自带的小米。可是那检查的人却说不是，因此要打开看看，这令皮货商很是不满，不仅不让检查，而且颇为居高临下地说他是特务队长齐标峰的亲戚，而这货也和齐队长有关。于是两人争辩起来，一个要查，一个不让，惊动了旁边带队的日军小队长，小队长过来问是怎么回事，那大个子如此这般一说，小队长哪管什么齐队长、短队长，刺刀一捅，布袋破裂，金黄灿烂的小米顺着那口子往外流，皮货商一副得理不饶人的样子，正要和大个子说个长短，却见那袋子里流出来的不再是小米，而是——食盐。

"啊！啊！"大个子皇协军一声惊呼，一声叹息。

"啊！啪！"日军小队长一声惊呼，一个耳光，当然是赏给皮货商的。

"啊！啊！"皮货商一声惊呼，一声惨叫。

这是伊藤设立禁盐哨卡以来发现的最大走私食盐案。检查的结果，皮货下面的几个袋子里竟然藏了上百斤的食盐。这个倒霉的"走私者"乃是齐标峰的同乡，也是齐标峰曾经的同行。伊藤惊呆了，这怎么可能？但是证据确凿，人赃俱获。当天晚上，就在伊藤的队部，也就是当初花谷正和鹿野的司令部，从长治临时增援来的日军大队长以及伊藤请来参加会审的新任宪兵队长井上三郎，皇协军团长高明亮等人一致认为此事和齐标峰脱不了干系。诚然，世界之大，无奇不有，可是哪里当真就有这么多的巧合会发生在同一个人身上？禁盐——齐标峰的主意；贩盐——齐标峰的同乡和同行，而且还和齐队长有着深深的瓜葛。不能忘记，齐标峰乃半路出家的"僧人"，他的本质就是一个奸商，那么他之所以要在沁源一县实行禁盐，是不是想趁机做做盐的生意，以此发上一笔横财？禁盐已经一月有余，按照齐的说法，最多一个月就有百姓哭着喊着要向皇军讨要食盐了。可是，断了盐的八路军和"土八路"照样每天和皇军周旋，而断了盐的老百姓照样不给你搞维持。是什么能让他们坚持下来的呢？一定是皇军的封锁出了问题，一定是八路军和"土八路"弄到了食盐。

高明亮一副不太相信的表情："齐队长早就金盆洗手，不做买卖了，现在做皮货能赚几个钱？弄不好还把命也搭上。"

"不，高，齐的做的不是皮货生意，而是盐的生意。不让别人做，自己独家买卖。这是要发财大大的。不要忘记，齐不是和高团长你也说过，他的理想是要做现在的杨老太爷，发杨那么大的财吗？"伊藤中佐的提醒更让高明亮暗暗一惊：原来齐标峰把他和自己说过的每一句话都分毫不差地告诉伊藤了。这个阳奉阴违、两面三刀的家伙，看来不让你灭亡还真是天理不容呢。

高明亮看似若有所思，对着伊藤欲言又止，伊藤看出了他的为难和犹豫，在散会时又把高明亮和井上三郎两人留下。当只留下他们三人的时候，伊藤先让两位最重要的部下坐下，然后对高明亮说："高，现在你可以说了，就你、我、井上队长。"

井上三郎却伸出手来挡了一下，抢先道："中佐，有一件事我想应该给二位先通报一下。"说着从随身的公文包中取出一封密电道："这是在下在从太原来这里之前接到北平特务机关的密电，我想事关重大，不便文传，干脆当面说吧。这电文里说，八路军太岳军区有一名代号'101'的王牌间谍已经成功打入沁源县城的皇军核心部门。两位想想，谁最符合这个条件？"

按照井上三郎的思路，齐标峰无疑是最具危险的。因为他在太岳军区所在地待过，而且据他自己说和八路军打过很多交道，而他的离开和投奔皇军现在看来也很有问题，八路军历来对叛徒严惩不贷，怎么就唯独会对齐标峰网开一面呢？

高明亮一派左右为难的样子，想了想才说："二位太君，老实说，我一开始根本就不敢把齐队长和这个走私的事情联系起来。齐队长那是我高某人的好朋友啊。如果老齐出事，那是不是说我老高自己也有问题呢？何况，这个禁盐的事可是老齐自己提出来的啊。世上难道真有这种人，自己给自己下套子，然后让自己钻？"

伊藤俊点点头："对，你说得对，可是，那个带了私盐的人怎么解释，人赃俱获。我怎么向别人解释？何况现在有了这个'101'，除了齐的行为与众不同，我们还能够怀疑谁？又有哪个是从什么八路军的太岳军区走出来的啊？"显然，现在的伊藤宁愿相信齐标峰是有问题的了。

高明亮点点头，又摇摇头回道："是啊，我也是这么想的嘛。可是冷静下来，排除个人感情因素，仔细想一想，好像又发现了一些新的疑点。"

"啊，什么疑点？说。"伊藤已迫不及待。

高明亮不再欲言又止，而是突然加快了语速，说出来的话也更加一句比一句逻辑缜密，分量叠加："二位太君，你们是不是还记得，在特务队，有两个人本来是可以至少和齐队长平起平坐的，一个是张队长张玉甫，一个是杜队长杜成亮，而且从工作能力和对皇军的忠诚度上讲都是无可挑剔的。可是，这两个人都不在了，现在想想，他们的死好像都和齐队长有关啊。"

伊藤当然记得那天晚上当他和鹿野大佐以及高明亮等从郭道、交口一线回到县城时，齐标峰是如何急不可待地向鹿野大佐报告张玉甫与蓝妮儿的"通奸"，而事后又有迹象表明，其实齐标峰也很想和蓝妮儿插上一腿的，那么，他对张玉甫的"举报"就不能不说具有争风吃醋的性质；而在杜成亮献计奇袭永宁沟的时候，又是齐标峰带着上百妇女儿童先期进入永宁沟却没有受到八路军打击，相反在八路军截走那一百多的妇女儿童以后又把齐给放过了，最后反倒是在后面喊话的杜成亮遭到了八路军神枪手的点杀。尤其令人不可理解的是，那天的行动本来只有鹿野和杜两人知道，连伊藤自己和高明亮都绝对不知道的，齐是否知道这事不敢肯定，但他和杜同在一块儿办公，是否从中窥探出什么了呢？总之八路军显然是早有准备的，那么，八路军又是怎么知道的呢？那当时，齐可是杜的队长，而对于杜的被重用是公开放出风来表示不满的，难道这家伙竟然敢拿这么大的事泄私愤？反过来说，难道他仅仅是在泄私愤吗？

豁然开朗，伊藤俊感觉自己真正是豁然开朗，这个齐标峰确实有问题，这个商人，所谓当初以假充真才被八路军赶走的家伙本来就和八路军是一伙的，不能肯定的是，之所以离开八路军的军区机关，仅仅是因为他的以次充好的恶行为八路军所不容才投奔皇军吗？或者这本来就是一出苦肉计？谁能证明当初据说是齐标峰已次充好的那批八路军棉帽当真就是齐标峰所供的呢？也就是说，他的一举一动表面上都是唯利是图，而事实上却存在着另一张隐蔽的面孔，那么，他提议禁盐的真实目的就有两种，一是投机，禁盐的目的也不过是为了垄断私盐，自己发财，听说今天检查出来那个齐的同乡还给齐带有什么缅甸手镯，那一定是要送给蓝妮儿的，这个胆大包天的狗头，竟然也敢动蓝的心思；现在的蓝妮儿可是我伊藤俊的专有私物了。但这还不是最可怕的，因为还存在着第二种可能，那就是借禁盐而分散皇军的兵力，把皇军固定在沁源的周边，而让八路军和"土八路"在县域内更广大的空间想干什么就干什么。而且在皇军各地兵力都捉襟见肘的情况下还不得不从外地抽调兵力，以实施禁盐这一愚蠢的计划，这简直就是在从战略上直接破坏大东亚圣战。而这样做的结果却是给八路军留下了更大的空当，使他们可以更加自由地发动群众、发展势力，而本县的皇军却在一个禁盐的问题上疲于奔命。这一切都太可怕了，真是不想不知道，一想吓一跳。自作聪明的伊藤俊思维开始混乱，一刹那之间齐标峰在他头脑里的印象整个儿变了个样。而恰在此时，高明亮不失时机地又说了一句："太君，这段时间设路卡，咱们可动用了太多的兵力，这活儿他妈的没把八路军给困住，倒把咱们给拖垮了。我的人手已经差不多一个月没训练了，这样下去，咱们会连兵也带不住的。"

"我同意高团长的看法，而且我认为，有必要立即审查齐标峰。"井上三郎说出了分量更重的一句话，而作为宪兵队长，伊藤俊当然清楚现在的井上本来就是有这个权力的。

对于并非野战部队出身却以真正军人自诩的伊藤俊来说，高明亮这几句话具有决定性的摧毁力，这段时间，部队训练极不正常，按高的话说，都他妈设卡查盐去了，如果陈赓的主力一旦回师沁源，这散布在各个点上的部队岂不被八路军一个个都吃了去吗？兵家大忌！伊藤突然意识到齐标峰的鬼主意事实上是把他引入了一个死胡同。而井上三郎的话则从另一个方面使他认识到问题的严重性。"八嘎！"从不说粗话、自诩为文明人以有别于鹿野等行伍出身军人的伊藤俊中佐狠狠地从牙缝里挤出两个字，然后拍拍高明亮的肩膀："高，撤卡的事，我需请示冈村大将，可这件事，我不好和大将说啊。"又拍拍井上的肩膀："井上君，齐的，交给你处置，一定要挖出'101'，不管齐是不是，至少他应该与此有关。"

对于伊藤的处境，高明亮当然知道，在日军目前各个战略要点上都兵源紧缺的情况下，向冈村请求增兵这本身是一件多么难的事，而伊藤做到了，这说明什么？说明冈村宁次十分看重这件事情，可现在八字只写了一撇，你伊藤却又自己要把这笔给收回去了，这叫什么事？那么，怎样才能趁热打铁让伊藤下决心收兵回营，从而一解我军民无盐可食的困局呢？最好的办法是让我们的部队趁此机会端掉他兵力和火力都不足以支撑多久的几个哨卡，以此佐证伊藤现在的想法，那样的话，谅他伊藤也不会再犹豫了。

真是心有灵犀，恰恰就在鹿野和高明亮谈话的当天晚上，鬼子设在沁源与屯留交界处的雕梢岭哨卡和沁源与沁县交界处的圣佛岭哨卡两处临时哨卡被我三十八团一部和二十五团一部分别整体端掉，两个哨卡各一个班的日军全部战死，而各一个排的伪军则大部被俘。消息传到沁源县城，伊藤恼羞成怒，这个时候，莫说齐标峰的行为确有可疑之处，就算他当真做得滴水不漏，吃了大亏的伊藤中佐也肯定是要找一个合适的替罪羊的，而现在有了齐标峰，有了那个"101"的存在，那齐就不是小小可怜替罪羊的问题，而是罪有应得！

"啪！啪！"一连两记耳光甩在齐标峰的脸上，齐标峰顿觉眼前一片金光灿烂，定神看看，打他的人竟然是新任宪兵队长井上三郎。齐标峰不由得一个激灵，浑身唰地冷了下来。因为他知道这个人的厉害，他代表的是宪兵队啊，莫说你是中国人，就是日本人进了他这里也是十有八九要掉层皮的。于是齐标峰见风使舵，不去伸手摸自己疼痛难忍、红肿发胀的脸，而是一个深深的鞠躬几乎扑倒在井上的怀抱，一串莫名其妙的鬼话顺嘴吐了出来："井上队长，这是怎么回事？兄弟这几天正计划到府上看望太君，我的兄弟这就会从晋南弄一批缅甸带回的玉镯过来，我给您准备了两只，您可以送蓝小姐的。"死到临头，齐标峰依然相信通过这种手段可以买通一切。

"什么？仅仅是玉镯吗？还有食盐吧？还有情报吧？可惜我不是你的八路军太岳军区的领导。你找错人了。尊敬的'101'。"

井上三郎冷冰冰地回答，令齐标峰越发地头脑发蒙。什么是"要留要"？他不敢问，可也不敢不问，因为他实在不知道什么是"要留要"。于是只能试探着说："太君，我的，不要留，我的要走。我不知太君找我何事，我是真的要找太君谈点儿事。您来到此地这么多天，兄弟忙于公务，一直没有登门拜访，实在该死，该死！"

"哈哈。"井上三郎得意地笑着，"齐，不，'101'，你很会和我演戏啊，伊藤太君那里你就不要着急去了，在这里把事情说清楚去也不迟。"

齐标峰知道这是遇上麻烦了，昨天晚上，就有人告诉他，有一自称他老乡的人被查出私盐而带回县城了。当时齐标峰就想，要不要去找一下这个人，因为他很难说那个人是否老乡，也不敢说此人是否与他认识。几经思考，他没有去，因为那样会让人觉得你不打自招，但一夜难眠之后，他又觉得应该去见一下这个人，万一有人拿这个做文章呢？可是，刚一开门，就有人，而且是特务小队长温九城把他拦住，说是井上太君有请。而现在的问题是，井上请自己来的目的何在？简直是一盆浑水，齐标峰突然产生一种想法，你说啥我都认，到时候再找伊藤太君说清楚，反正我齐标峰对他妈日本人是真够可以了，对我爹我娘也没这么孝顺过，你们还要怎么样？

审讯的结果，齐标峰就是"101"，当年也就是1938年的时候，接受八路军城工部培训受命打入日伪特务机构，然后，在沁源特务队里设计除掉了张玉甫和杜成亮两个死心塌地的汉奸特务，从而有效地配合了沁源军民的围困斗争。为了配合反法西斯战场的全面形势，把敌人拖死在太岳山上，这次又精心设计了禁盐闹剧，把日伪军拖在哨卡上不得脱身，而暗地里又放进大量私盐，从中滥发走私财。也正因为如此，所以在私盐被扣的第一天夜里就发生了八路军袭击皇军哨卡的事件。

一份缜密而完整的供词，齐标峰连看都不待去看，大字一签，钢笔一撂，整整衣衫，脖子一歪，问井上道："现在可以带我去见伊藤太君了吧。"

平心而论，井上三郎对这个齐标峰也就是看不惯而已，多年的特工经验使他清楚地知道，真正的共产党特工、王牌间谍"101"是决不会这么容易就招供了的。否则，那就是更大的阴谋、更高的高手。难道齐是这个闻所未闻的高手？井上不相信，也觉得这个"共党"来得太容易了点，可是，直接把齐标峰推出去也有其独到的好处，上峰对"101"的重视说明这个人很重要，限期破案，如果不拿这个现成的"101"先凑个数，那可真是遥遥无期。那么只能先委屈你齐先生了。

一小时后，共产党王牌特工"101"在送往伊藤队部的途中企图夺枪逃跑，在打伤两个皇军警卫后被皇军当场击毙。

高明亮在得到这个消息之后，派人把齐标峰草草埋葬，为此，那些根本不敢出头露面为齐标峰办理丧事以防和共谍事件扯上关系的齐标峰的弟兄们不由得私下议论："这地方，还就他妈人家高团长够丈夫。"

又是一年正月三

　　清除掉所谓代号"101"的八路军间谍齐标峰，对于整个驻扎沁源的日伪来说，无异于晴天霹雳，但对于交口据点的特务小队长阴培元来说却是意外之喜。因为特务队没有了队长，而齐标峰在特务队的弟兄们一个个又都因为齐标峰的案子而不同程度地受到审查和怀疑。但是，作为特务队这个必不可少的机构来说，没有队长怎么可以？权衡利弊之下，小小交口据点的特务小队长阴培元却已经证明了他是一个合格的特务队长，伊藤在审视整个特务队人选之后，决定矬子里面选将军，让阴培元来顶替齐标峰担任新的特务队长。

　　正是雪中送炭，雨中送伞，想睡觉就有人送来了枕头，阴培元觉得自己真是流年大吉，在交口据点几年，江德昌的神枪都没能伤着他，他自知这是因为前有李守清为他挡枪子，后有齐标峰为他顶名头，人家"土八路"从没把他列入必须除掉之名单。而一旦当了特务队长，那以江德昌、洪尚礼为首的八路军和"土八路"一众特等射手就会时时处处寻找他，这又使他不禁未曾上任就感到了一丝前所未有的恐惧。

　　阴培元说走就走，连小野伸二特意给他准备的饯行酒都没喝就搭乘从沁县往沁源运送给养的汽车赶往县城报到。谁知也许是他的行动快得出人意料，也许是伊藤正沉浸在清除齐标峰而带来的忘我欢乐之中而不可自拔，当阴培元在伊藤中佐的指挥部门口连喊三声"报告"的时候，明明里面有人却许久没有人出来给他开门。直到阴培元心灰意懒、准备离开时，一个女人打开了门。

刺鼻的香气，勾魂摄魄的眼神，那一刻，聪明的阴培元立刻意识到，这应该就是那个名震北平八大胡同胭脂巷的名妓之花蓝妮儿。和她这样的真正尤物相比，自己曾经见过的那个让李守清倾心多年的张二俏倒成了上不得厅堂、见不得世面的村妇山妞。真是人比人，气死人。怪不得张玉甫、齐标峰两位前队长都死在了这个女人身上。就在这个时刻，阴培元暗自发誓，今生不将此女搞到手中誓不为人！至于是否也要走和前两位队长一样的不归路，他甚至都无暇去想。

齐标峰的被清除和鬼子禁盐哨卡的撤除使我战斗在围困第一线的军民大大缓了一口气，而阴培元的调离则使交口据点的日伪特务队处于一个新的十字路口。曾经因禁盐而增派的日军和伪军正在一一离去，对于交口据点的日军中队长小野伸二来说，阴培元的离开反而激发了他的那么一种向上攀升的欲念。其中的奥妙就在于，小野也早已不满足于继续在一个小小据点称王称霸，为什么阴培元小队长可以凭借无功受禄的所谓资历而到城里去做队长，而作为他的上司我小野伸二反倒要继续在这穷乡僻壤当和尚呢？据阴培元这位老朋友的信息，阴在到达县城的当天就看到了那个据传姿色绝佳的蓝妮儿小姐在伊藤中佐的指挥部不知所处若何。这也使得小野的怨愤涌来。

说来，小野的抱怨自有他一定的道理，盖因在侵华日军的体系中，从一开始就带有慰安妇这一特殊机构，那里面的女人最早基本是日本本土或朝鲜、台湾等殖民地或占领区的妇女，后来则包括了大批所谓"满洲国"的女子，以此解决长期在外作战的士兵们生理和心理上的性欲需求。在花谷正统兵进占沁源，以求在尽短时间实现"山岳剿共实验区作战计划"的时候也没有忽略这一问题。县城里当时就有一个不算大却"效率"极高的慰安所，可是后来花谷正调离，大批的日军撤走后，鹿野平洋大佐因为粮食问题竟然把这一机构给撤销了。当然也因为他本人几乎占有蓝妮儿的全部专享权，也就对慰安妇的问题不够上心。再后来当他发现这个问题不解决不行的时候，东拼西凑算是在一定程度上又解决了这一问题，以驻扎交口的小野中队为例，所有的日军官兵就都享有每月一次到县城去开"荤"的待遇。但是，随着我军民对县城围困的日益加强，原有的几个慰安妇早已病的病、跑的跑，实在不敷支应"皇军"的需求，干脆就把这项定期的服务给免了。再到现在则连仅有的那几个慰安妇也成为某些人的私产而不再服务于日军士兵和中下级军官，以至于连续发生日军士兵在扫荡过程中肆意强奸"花姑娘"甚至老太太的恶行。然而，相对于部下如此的"不幸"，伊藤中佐却和那个蓝妮儿过着花天酒地、淫欲无度的腐朽生活。如果从更深层次上说，那些仅有的慰安妇之所以成为某些人的"私产"恰恰是受到了这位最高长官的示范与引导。当然，这一切，对于小野来说就很难接受。可是他又不敢也不能向他的顶头上司公开提出这样的要求，就说你也应该给我小野伸二分配一两个慰安者以应不时之需云云。那么，既然是从伊藤那里得不到的东西，小野队长就干脆要自己解决这个问题了。所谓问题没有办法多，最好的办法当然还是自己动手，到八路军和"土八路"那里去找回自己需要的东西，建立自己的慰安所。也算给皇军的长治久安做一分贡献，到了那个时候，我再看你伊藤中佐还能说什么？

小野说干就干，而且是兔子专吃窝边草。一连三天，在交口据点附近的村庄和道路上连续发生了小规模的"战斗"，而最终结果都有妇女被绑架回据点。针对这一新的情况，洪尚礼、江淑英等人连夜研究，一致认为鬼子闲不住并不是坏事，倒应该说是一件好事，但这个小野这次专门为绑架妇女而行动似乎又有点山大王的感觉，其带给人民群众尤其是妇女们的心理危害则尤甚，必须给予坚决打击。

恰逢1945年的春节来临，原本这一年的春节应该是沁源人三年来最为畅快的一个节日，山沟里、沁河畔，村村寨寨都搭起了传统的松树牌楼，牌楼两旁的松树柱子上还写上了新鲜的对联：

"一年打败日本鬼　三年消灭法西斯"，横批"抗战胜利万岁"；

"日本鬼兔子尾巴长不了　沁源人誓死抗日不维持"，横批"坚持就是胜利"。

诸如此类，各村都有各村的花样，各村都有各村的口号。从打围困战开始就成立的难民秧歌剧团，在刘凯书记的亲自关怀下已经改名为沁源县抗日绿荫剧团。现在赶上过大年，绿荫剧团就在山里的战斗庄、英雄村之间来回串演抗日秧歌剧。尤其是由杨铭之这个大学生亲自主笔编剧的革命现代戏《苦孩翻身》，以近乎真人真事的故事，反映了一男一女姐弟俩在共产党的领导下，在抗日烽火的考验中成长为顶天立地的抗日英雄的过程，更是受到广大人民群众的喜爱。

这一天，绿荫剧团带着《苦孩翻身》要来正关村演出。这可忙坏了江淑英。作为村干部、妇女主任，她有责任为剧团的演员和剧务等一应人员准备吃住招待等事项。尤其王壁书记有交代，起码要为剧团的同志们准备一顿可以称得上丰盛的年饭。要完成这项任务，首要的一条是要准备足够的肉食。这个任务倒好办，弟弟江德昌只到山里走了不到半个时辰就领人拖着一头野猪、两只山羊回来了。不到中午，整整三百多斤猪羊肉摆在了临时搭建的大灶案板上。而江淑英组织的厨师队伍也在张二俏的带领下挥刀弄杖摆开了架势。

而作为全县知名的秧歌皇后，原来在剧中扮演女主角的演员提出，说啥也不敢在江淑英面前演这个女主角。目的只有一个，希望由江淑英这位秧歌皇后和现实中的女英雄、剧目中的生活原型来扮演这个艺术化了的女主角。对这事，淑英一开始是不愿接手的，因为这对人家原来的演员是不尊重。可是剧团的团长却好说歹说，一再坚持江淑英不演才是对剧团的不尊重，而如果演了，正是对剧团和那位演员的支持。江淑英还要推辞，王壁书记出来说话了："淑英，你就演上一场，我可听说，那戏词你早都背会了啊。"

有王书记兜底，江淑英没可再推的了，但这演出毕竟不同于一个人独唱。所以，尽管时间紧迫，淑英还是必须得和唱对手戏的男演员至少对上一次台词唱词。走上一遍"台子"——当然这所谓的戏台只不过是临时将一片小山坡平整一下，不至于再有沟沟坎坎而已。

别说，江淑英的秧歌女皇真不是白叫的，只是第一次走台，就博得了包括剧团导演和团长在内所有人的一致称赞，认为这才应该是真正女主角的样子。

天色将晚，山路上又来了一拨人马，当然这是真正的人和马，不仅有人马，还带来了这两年来很少使用过的玩意儿——两盏汽灯。这玩意儿，最早是在太岳军区司令部所在地阎寨使用过的，那时，每当军区文工团有演出，或者要开什么群众大会之类的重要活动，只要在夜间，便必然有几盏汽灯为大家照明。再后来，阎寨有了柴油发电机，这汽灯才退避三舍，成了"备用"之物。而现在，当这家伙出现在已经很久没有在夜间使用过灯光的山里战斗新村的时候，它所带给人们的已经不仅仅是一片灯光，更是信心和希望，也是光明与号召。它告诉我们的人民，这里是我们的天下，日本鬼子不会长久了！正像村口松树牌楼上的对联所写的那样："胜利将会属于我们！"

招呼剧团的演员们吃完饭——一顿正如王壁书记所安排的那样丰盛的年饭，两荤两素，包括红烧野猪肉、萝卜炖山羊肉这样的大餐，江淑英赶紧找个地方去化装。毕竟是演出，要对得起全村老少包括周边几个村子前来看戏的人们。一边听着演员们对年饭赞不绝口的夸赞，一边心不在焉地找着自己的戏服，一边还在左顾右盼地寻找着什么。没有人看得出来，其实淑英是在等待一个人的到来。因为那个人说过："哪一天你再唱秧歌，一定要告诉我来啊！"可是，今天这事，事前根本想不到的，又让人怎么告诉你呢？淑英暗自嘀咕着，看看人群已经聚集起来的"场子"，不由得又有点儿失落。

正所谓心想事成。江淑英正在有些惆怅地化着装，突然就听得一阵轻轻的脚步声似乎向着自己走来。淑英愣住了，凭感觉，她知道这是他的声音，可是，又不太敢相信，他怎么就来了呢？真的有他说的那种什么心灵感应吗？还是……

"淑英。"确实是他，年轻英俊的英雄连长洪尚礼。"蔡团长说，今天有你的演出，要我把汽灯护送过来。一会儿，团长也要来呢。"

本来就有些窘迫的江淑英似乎得到了解救困境的机遇，但还是有些羞怯怯地说："蔡团长那么忙，怎么还专门来看一个演出？又不是人家大城市里那些名角唱戏。"

洪尚礼笑了："那可不一定，我就看江淑英同志比那些个名角都好。"停一停又说，"不过，蔡团长是几件事一起办，并不是专门为这一件事来的。"

"我说呢，要不叫你说得人家都不敢演了。蔡团长还有什么事？要不要等他一下？这可马上就要开演了。"

"不用等，团长也不让等的，这是蔡团长的习惯，从来不等人开会，演出就更别说了。"

"噢，那我就放心了。"淑英说着，回头向洪尚礼莞尔一笑。

晚上七点半，正关村军民新春联欢晚会正式开始。开幕式只有区委书记王壁不到半分钟的讲话，然后就是新编现代戏《苦孩翻身》。"舞台"上，苦孩和姐姐在地主家干活，地主的儿子因调戏姐姐不成，竟放狗咬姐弟俩人，年少勇壮的苦孩一怒之下，将狗和他的主子打得落荒而逃。演到这里，台下一片掌声欢呼声。而演到地主将苦孩告到官府，县长竟然判苦孩有罪，让他们赔偿地主家大洋一百元，并将父亲以纵子行凶罪捉拿进监狱时，台下观众群情激愤，"打倒剥削阶级！""打倒国民党反动派！"口号声此起彼伏。当演到抗日风潮涌起，姐姐加入共产党，弟弟成为民兵轮战队队员，姐弟俩杀敌立功的场面时，欢呼声再次响起。"誓死抗日！决不投降！誓死不当亡国奴！"口号声震撼山野，直冲云霄。

演出期间，江淑英精彩的唱段，高亢激越的情绪，由表入里的演出，博得观众们一次又一次的掌声。演出结束，就在所有演职人员登台谢幕时，高潮又一次来临，或者说，这个晚上的高潮才真正到来。

这时已经是八路军正式编制的决死第一旅副旅长兼三十八团团长、沁源围困战总指挥的蔡青一身戎装地出现在"舞台"中央，先向台下成千观众拜大年，而后向所有的演职人员致以感谢。正当人们以为这台晚会将要结束的时候，蔡团长却转过身来，双手向下平压，示意大家静下来，然后高声道："同志们，乡亲们，现在，我还要向大家宣布一件对于我们所有战斗在围困斗争第一线的战士和人民群众都具有重要意义的大喜事。"

人群再次轰动，但没有人说话，只是在炽热汽灯的光亮下互相传递着眼神。

"同志们，乡亲们！"蔡青大声宣布，"我们的县委书记刘凯同志代表我们全体沁源军民已经于年前到达我们日夜向往的延安。大家要知道，我们的县委书记是作为全国唯一的县委书记正式代表参加党的第七次全国代表大会。这也是我们全体沁源军民的光荣和幸福！"

人群沸腾。

"中国共产党万岁！"

"毛主席万岁！"

"抗战胜利万岁！"

"跟着共产党，中国有希望！"

欢声似海。掌声如浪。

刘凯确实已到延安，作为出席中国共产党第七次全国代表大会唯一的县委书记正式代表，无疑体现了党中央对沁源围困斗争的高度认可。在延安，刘凯同志先后受到毛泽东、周恩来、叶剑英等中央领导同志的亲切接见。在周副主席的安排下，这位县委书记受邀给延安各界多次介绍了沁源围困战的真实情况。沁源人民可歌可泣英勇顽强的斗争故事在延安广泛传播。受其影响，鲁迅艺术学院著名作家王震之、吴雪特邀请刘凯作为合作编剧，共同创作了七幕话剧《沁源围困》，当该剧在延安大礼堂正式演出时，周恩来等中央领导给予了高度的评价。而接下来的一件事情则更有特殊的意义。当时，延安的鲁迅艺术学院正在排练著名现代歌剧《白毛女》，主要演员包括王昆、田华、陈强等，按照剧院的标准，排练已经成熟。可是周恩来副主席观看之后却觉得这台歌剧在思想深度上还差点劲。也就在排练现场，周副主席突然就给剧院的同志们说："我给你们找一个好的导演吧。"

周恩来同志所找的这个好导演正是刘凯，一个根本没有正式上过什么学、更没有文化艺术细胞的"土包子"。

在当时，接到这个任务的刘凯也很犯难，我一个土包子怎么能当得了这么高雅的艺术舞台的导演呢？然而，周恩来却大声对他说："我看你就最有资格当这个导演。只要你把自己亲身经历的生活感受说出来，把你的阶级感情说出来，就是对他们最好、最大的帮助。"

正是周恩来的话拨亮了刘凯的眼睛，开阔了这位"土包子"县委书记的心胸，让他大胆地向那些大牌的艺术家们提出了真挚的意见，并一举抓住了这部剧在当时存在问题的关键："过场都有了，但是穷人演得不苦，地主演得不狠。"他用亲身经历的生动事实诉说了千百年来积压在穷人心上的一本血泪账。活灵活现的人和事，鲜明的阶级观点，使演员们很快就找到了"喜儿"和"黄世仁"的内心形象。《白毛女》的演出大获成功。后来，还是在"七大"期间，有一天，周恩来同志观看《白毛女》演出，一坐下就问："刘凯导演来了没有？"刘凯从后排站起来，周副主席一边拉刘凯坐下，一边还说："到前边来啊，'土包子'导演就应该坐在前边。"

正月初一，正是新春团拜的时候，伊藤俊就听到了八路军和"土八路"居然在除夕夜举行联欢晚会的情报。遗憾的是，这情报不是他手下的特务队探听回来的，而是长治日军在无线电报中告诉他，是共产党太岳区的机关报《新华日报》刊登了这则消息。这可真是莫大的讽刺，就在前天，伊藤还在电报中向太原方面汇报近期扫荡的赫赫战果呢。不过，同样也就在昨天，太原第一军司令部就很不客气地责问："电话不通是怎么回事？"虽然伊藤以可能是沁县方面的线路出了问题为由搪塞过去了，可他自己清楚，如今的沁源，不仅山里是八路军和"土八路"的天下，山外除县城这弹丸之地外也统统是八路军和"土八路"的天下，不仅黑夜依然是八路军和"土八路"的世界，即使白天也几乎没有属于皇军的世界。然而，作为大日本帝国的军人，作为用武士道精神培养出来的一代天皇战士，伊藤的骨子里是不肯认输的。"山岳剿共实验区作战计划"不能彻底葬送在我的手里，越是在困难的时候，才越能体现一个人一支军队的战斗精神，此时的伊藤，完全被八路军和"土八路"除夕夜里胆大至极的行为给激怒了，他要报复，他在一开始的时候可以用钢牙咬碎四个字来形容，可是稍微一冷静下来，他马上就想到自己应该镇定，应该趁着八路军和"土八路""得意忘形"的时候给其以出其不意的打击。他想起了曾经给自己出过很多主意的齐标峰，可是，现在齐标峰已经不在了，他有些后悔，但转念一想，新任特务队长阴培元应该也是一个不错的选择。

两天以后，恰是农历正月初三。这一天按照传统习俗乃是出嫁的女儿回娘家的日子。秧歌有词唱道："正月里，正月三，出嫁的女儿把家还。"这一天对于妇女们，尤其是那些刚刚出嫁的新娘子来说是必定要回娘家的一个好日子。果然，一大早，就有三五成群打扮艳丽的媳妇们沿着沁河边走边聊。她们有挎着篮子的，篮子上还盖着花花绿绿的绣花丝巾手帕。有的则是骑着毛驴，驮着布袋，似乎那袋子里也装满了礼物，她们唯一的共同特点是没有男人陪伴。看她们那个清闲，那种怡然，仿佛使人忘记这个地方还处在残酷的战争之中。然而，如果你走近这些着装艳丽、神态悠然的"新媳妇"你就会知道，她们其实并不悠然，她们其实不仅艳丽，她们其实个个都是既爱红装也爱武装的巾帼英雄。这就是江淑英的主意，乔装打扮，引蛇出洞。她们就是由江淑英亲自挑选的张二俏、白玉兰等十多个精悍而勇敢的女子，在江淑英的带领下，大家都打扮成一个个新媳妇的模样，转着圈儿在交口据点前的沁河边上演《回娘家》的好戏。而在她们身后不远的树林中，早已潜伏着一支神枪狙击队，在离她们不远的河边小路上，前日夜里便有一连串的地下伏兵（地雷）也早严阵以待。

　　小野伸二是在头天傍晚接到命令的。命令上说：为了给八路军和"土八路"近期的猖狂活动给予坚决回击，决定借当地正月初三回娘家的日子，相机出击，多抓几个回娘家的妇女，至于抓住之后怎么处置，那就到时候再说了。

　　这个命令可以说正合了小野的心思，关于"慰安妇"的问题，他曾向伊藤中佐提出过，但伊藤并没有给他满意的答复。既没有满足他回到县城的要求，也没有考虑给交口据点增设慰安妇的问题。现在好了，抓一批花姑娘，到时候首先解决自己的问题，那还不是自然而然、顺理成章？只是，他怎么能够知道，就在伊藤命令下达的同时，我围困指挥部已经接到高明亮通过沙成海送达的情报。阴培元的毒计和伊藤俊的阴谋早已完全为我掌握。而蔡青总指挥的方针是：针锋相对，将计就计，打他一个措手不及，以彻底粉碎敌人的报复计划。这次行动，由洪尚礼总体负责指挥。

上午的表演没能引蛇出洞，这使江淑英、张二俏等人颇为沮丧，是不是自己的"表演"出了什么破绽？为什么敌人变成了禁食鱼肉的猫？难道是小野看穿了我们的计谋？

洪尚礼却笑着解答了这个疑问："姐妹们，大家不要着急，咱不是有句俗话吗'迟饭是好饭'，又说，心急吃不了热豆腐。以我看呀，你们的表演非常成功。但是，我们也要给敌人以充分的准备时间，人家不能轻易上你们的当啊！"

洪尚礼所说没错，当早上看到三三两两的"花姑娘"从距离炮楼并不遥远的河边小路上怡然自得地"回娘家"的时候，小野确实是动心了，很想下去"捞一把"，先弄几个"花姑娘"回来，一来应付伊藤的差事，二来以这近水先解解渴。可是事到临头，就在队伍集合完毕，马上就要出发前，他又改变了主意。何必呢？"土八路"狡猾，诡计多端，这也不是没有见过的。当初在士官学校的时候曾经学过兵法，有道是虚虚实实，实实虚虚，实则虚之，虚则实之。眼前这块肥肉，万一是"土八路"的鱼饵呢？虽说，依照一般情况来讲，莫说"土八路"，就是真八路军、老八路军，他也未必敢在我炮楼机枪射程之内打伏击。而眼前这片河滩，除了淙淙流水和那片小树林之外，可谓一览无余，谅他八路军和"土八路"也不会从地下钻出来、天上掉下来。可是，尽管如此，小野还是决定再谨慎一点，因为他已经打听到了，既然是回娘家，按照当地风俗，女儿正月里是不允许在娘家过夜的。那也就是说，如果眼前这些"花姑娘"真是回娘家的媳妇，那么，她们当日天黑之前是应该还要原路返回的。那么……小野伸二于是下达了原地休息的命令。

当日下午，未时刚过，申时将到，也就是三四点钟的时候，花花绿绿的"花姑娘"再次出现在沁河边的小路上。只不过，这一次与上午"回娘家"时的心情似乎有所不同，她们走路的速度有所加快，她们胳膊上挎着的竹篮子好像也有些空落。无疑，这正是新媳妇回娘家后应有的表情、应有的行速。小野掐掐时间，这个时候，即便那片小树林中有那么几个"土八路"的所谓"伏兵"，这大半天的不吃不喝也早撤走了。此时不动，更待何时？当然，为了慎重起见，小野还是兵分两路，一面派人由圆形炮楼出正门，直奔河边小路，迎面截住"花姑娘"，截一个算一个，往据点里面送一个；另外一路则从新建的工字形炮楼出后门，沿河滩边小树林侧翼包抄过去，分南北两个方向掐断"花姑娘"们的退路，同时也控制那片小树林，不给任何人以潜藏的余地。

计划是好计划，不能不说是周密的、可行的，对小野来说也应该是万无一失的。可是他又怎么能知道，这一切，早在洪尚礼的算计之中。

要说起来，交口据点新建的工字形炮楼是小野伸二的杰作，也是半年前离开的中村信之留给小野的唯一纪念。那当时，中村还是一个新兵，却受到小野中队长的格外照顾，因为他们是老乡，中国话说人不亲土亲，老乡见老乡，两眼泪汪汪。从来杀人不眨眼、受伤不流泪的小野伸二在新兵名单中见到中村信之这个正宗乡亲的时候却不由得眼中湿润。只是他控制住了，没让它流出来。关于这座工字形炮楼，也是在一次乡亲之间的聊天中，中村对于相对而言有些憋屈的原有炮楼发表了自己的意见。那时的中村，还是一个忠实于天皇、忠实于大东亚圣战的帝国军人。出于对小野中队长当然也包括自己在内执行任务方便的考虑，这个并非建筑专业的大学生公然抨击了那座炮楼的缺点。中村认为，从严格意义上讲，炮楼这个东西根本不适应于现代战争。虽然就中国战场而言，目前日本陆军在占领区所奉行的炮楼方略确有成效，但是，决不能因此就忽视了它天生所带来的缺点，甚至是致命的缺陷。就拿交口据点的炮楼来说，居高临下，具有很好的视野，只要炮楼上机枪一响，就可以控制周边方圆几平方公里范围内的空间。但是，为什么八路军和"土八路"却总是能够在皇军控制这些空间的情况下在你的炮楼附近为所欲为呢？因为这个炮楼孤立无援，你可以看得清人家人家更能看得清你，你将自己局限在这么一个小小的空间里面，八路军和"土八路"只要稍微离你远上那么一点，你就干瞪眼没办法。从另一个角度来说，一旦八路军获得较好的火器譬如平射炮，更别说榴弹炮，只要几炮过来，你这个炮楼就会让你倾家荡产。所以，中村建议，应该修建一座与原有炮楼相呼应的工字形炮楼。为什么要是工字形呢？因为工字形的炮楼本身就具有自身掩护的功能，让敌方从任何一个角度都不能观察到你的全景，也就不能全方位对你形成威胁。又因为工字形炮楼内部将建有以一条连接两座独立方形炮楼的通道，这就使得据点内部的人员调动、火力配置等等都处于一种高度机动的状态，即使敌人具有重型火器也不可能将这种用钢筋水泥浇筑的建筑在短时间内摧毁。

这座工字形的炮楼无疑是文科学生中村信之对日本陆军工事建筑学的丰富与贡献，大约也是由于构想新奇独特，方案一经上报，很快就获批准，尽管这时整个华北驻屯军都处在兵源紧缺的状态，这座炮楼还是在太原第一军方面的关注下只用一个月的时间就全部建成。（需要补充一句的是，这种工字形炮楼或曰碉堡，后来的继承者竟然是盘踞山西三十多年的阎锡山，1948 年 10 月到 1949 年 4 月的我军解放太原战役中，阎氏的这种加强号工字形碉堡就曾让我人民解放军大为头疼。）

眼看太阳偏西，天气也渐渐冷了下来。如果鬼子再不来，不说别的，那些在小树林中已经潜伏了多半天的狙击手们可真受不了了。早晨出来的时候，大家是吃了饭的，天气也是渐渐变暖的，大家都以为最迟中午以前战斗就会结束，所以，既没带喝的水，也没带吃的饭，就这么硬挺着过了七八个小时，现在已经是饥肠辘辘、前心贴后背、饥寒交迫。江德昌实在忍不住了，颤抖着问郭维胜："哥啊，你说咱不开枪，我到树上掏几个鸟蛋成不成？"

郭维胜笑了："你小子，饿傻了吧？亏你还跟你爹跑山多年当猎手呢。大冬天，树上能有鸟蛋？等春天，真有鸟蛋了，你去掏几个，看哥给你摊鸟蛋油饼吃。撒点葱花，可带劲呢。"

江德昌憨憨一笑："好，一言为定啊。"停了停又说，"嘿，哥啊，你这么一比划，我都感觉到那鸟蛋油饼的香味了。"

在河沿小路上已经走过两个来回、衣服也换过两次的张二俏也实在憋不住了，声音并不很低地再次问淑英："淑英，你说这鬼子别是看出咱们了吧。"

其实淑英也急，但是她知道急也没用，正要告诉二俏别急，就听"唰唰，唰唰"的声音从不太远的地方传来。淑英一把拉住二俏道："别乱动，看我的。"另一只放在篮子里的手则把已经顶火上膛的手枪攥得紧紧的。

显然，另外的几个妇女也听到了声音，一个妇女话音带颤地说道："淑英，好像来人了，咱还不跑？"

淑英显得越发冷静，把枪再次放进篮子里，低声道："别乱跑，听我的。"

淑英刚说完，就听"咚咚，咚咚"几声巨响，然后是"哒哒哒哒"的声音急速传来，妇女们不再嚷嚷，一个个从不同方向聚拢过来，紧紧靠在了淑英的身旁。淑英心里也才稳了下来，低声说："姐妹们，这是鬼子的火力侦察，不是对着咱们的。注意，这枪炮一停，鬼子就来了。"

果不其然，在小野的亲自指挥下，两座炮楼上的机关枪迫击炮一阵乱扫乱轰，让那大树小树密密麻麻的小树林顿时升起一片火光。枪炮刚停，就听另一种声音出现在距离淑英她们不到几十米的地方："喂，女同胞们，不要慌，不要怕，皇军想和你们交个朋友，交完朋友就让你们回家去的。""皇军给你们带来了东洋礼物，还有你们家孩子一定爱吃的水果糖。"伪军和特务队的汉奸们在喊话。

"花姑娘的，花姑娘的。吆西，吆西。"日本军人在乱叫。

张二俏等人一个个往江淑英身上靠。江淑英大喊一声："卧倒！"紧接着又喊："都趴下！"与此同时，一把先将张二俏按倒，然后自己也趴在河边的草地上。

鬼子和汉奸们以为这些女人是吓坏了，嬉笑着向女人们扑去，三十米，二十米，不到五米的距离了，"轰，轰"两声闷响，地雷开花，烟雾弥漫，显然这是两颗加了黑药的"烟雾雷"，鬼子们并不知道"土八路"在工兵连长聂佩璋的操作下居然有这样特殊技术的爆炸物，地雷一响，立即卧倒，这是常识，自然也是人类的本能反应。但江淑英知道这地雷的奥秘，所以那爆炸声一响，立即腾身跃起，朝姐妹们喊一声："快跑，跟我走！"转身朝小树林跑去。

"烟雾雷"的威力并不大，但它所造成的效果却很特别，待烟雾消散鬼子汉奸们迟疑着站起来一看，不由得彼此看着对方笑了起来，这一下，把大家全都妆成了黑炭团，只露着两只眼睛还可辨认。好在没有什么人被炸死或重伤，于是有人嘲笑八路军的地雷威力太小："嘿，土八路还真是差劲，刚才这家伙要是日本地雷，那咱们弟兄可就有几个再也见不着了。"

更多的人则突然发现那群女人不见了，有人惊讶："哎，女人，那些女人呢？"面面相觑，但他们已经晚了，树林里早已等待他们的那些人这时就不客气了。郭维胜、江德昌双枪齐发，跑在最前面的一个鬼子、一个汉奸永远不会再吭气了，而他们倒下的一刹那，其他鬼子汉奸根本就不知道发生了什么事。等他们反应过来的时候，一阵猛烈的射击，已然使鬼子汉奸恍然意识到他们又一次中了八路军和"土八路"的诡计。跑吧！大家掉头往回就跑，一部分人本来已经端起枪来准备还击，可是架不住更多的人都在往回跑，慌乱之下竟然把别人的枪也撞掉了。可是，他们中的一部分人是注定跑不回去了，刚才来时并没有踏响的地雷，偏在大家往回跑的时候爆炸了，而且，这一次不再是烟雾弹，而是实实在在的杀伤雷。又有几个鬼子和汉奸成为缺胳臂断腿的残兵败将，剩下的幸亏有从工字形炮楼出来的另一路日伪军迎面将他们接应回去，这才免于被"土八路"从背后将这一股敌人彻底歼灭。

正月初三这一仗，从根本上彻底打击了交口据点日伪军的士气，从此之后，即使伊藤或更高层强迫命令，小野也决不轻举妄动。

在县城，多方出击的敌人确实掳走了一些回娘家的妇女，但伊藤这一次并没有轻举妄动，而仅仅是将她们关押起来，以待后续情况再做处置。为了早日解救被敌人掳去的妇女，蔡青、朱秀以他们两人和刘凯的名义联名签署信件，用弹弓射进县城，要求伊藤立即释放这些妇女。否则，我军民将用铁的手段对其发动最高强度的围困，信件特别强调，我军有能力端掉他的所有炮楼，如果答应放人，则我们可以暂时不实施此类强攻。

之所以采用这种方法，在围困指挥部来说其实只是一种手段，没有上级的命令是不可能对一座县城实施强攻的。但是，所谓兵不厌诈，正月初三的伏击把小野给打痛了，也把伊藤给震慑了。伊藤收敛了些许狂妄，但也不肯落个在八路军面前认尿的名声，左思右想之后，他把这一事情的处理权交给了特务队长阴培元。阴培元看了八路军的信，对伊藤的为难之处也是心领神会，第二天，便借故把这些女人给放了。然而，对鬼子忠心耿耿、也自诩能掐会算的阴培元无论如何也没有算到，这只是伊藤留给他的一个可以致命的烫手山芋。当天晚上，几个日军军官便满脸不悦地来找伊藤，意思是好不容易弄了几个可以做慰安妇的女人，为什么就又放了呢？莫非中佐阁下您有放长线钓大鱼的计策？伊藤对此是早有所料，面孔一板：绝无此事。再下来的故事那就早在他的预案之中，请阴队长，阴队长到，但伊藤连说一句话的机会都不给阴培元，直接让两个日本兵拉下去军法处置。

战斗岁月，洪尚礼和江淑英的恋情也进入了一个新的阶段。只是两个人谁也不愿或不敢率先捅破这层窗户纸。直到有一天，张二俏和江淑英一块儿收军鞋的时候，二俏发现淑英随身的小布包里有半张报纸，那报纸上有一张什么人的照片。二俏要看，淑英不让，结果二俏等淑英不留神时一把拿了出来，仔细一看那报纸乃是刚刚出版的太岳区《新华日报》，报纸上的人正是一篇报道太岳区英雄连长洪尚礼的文章所配洪尚礼的照片。在这报纸下面，还压着一张写满文字的纸，二俏虽然文化程度不算高，却也上过六年小学，一眼便认出那潇洒的字体和那张纸下面最后的签名"洪尚礼"。二俏何等聪明，一下就猜到这是洪连长写给淑英妹子的情书。于是调侃道："妹子，是洪连长的情书吧。"

淑英的脸一下红透了，不好意思地说："嫂子，不是，人家只是和我交流学习刘凯书记延安来信的体会呢。再说，他一天到晚光考虑打仗的事了，哪有心情考虑个人问题。"

淑英生性活泼大方，而且好歹也算"嫁"过半次（只能算半次）的了，可真正的谈情说爱却从来没有，从心里讲，淑英和洪尚礼这两个人那是早就你心里有我、我心里有你，然而就是这捅破窗户纸的那一下，两人却都是在等着对方。所以这时二俏说起，淑英也就老老实实道："就算咱心里有人家，可人家是知识分子，还是大连长，你说你妹子能配得上人家吗？"言不由衷，江淑英说完自己先低下了头。

二俏一听，堵住淑英的耳朵悄悄道："妹子，这事你包在嫂子我身上，你等着，不出三天，保证让洪连长和你说出那三个字。"

最后的疯狂，大林区惨败

春节一过，就是正月十五元宵节。战争年代，沁源人已经连续两年没有过过这个节了。1945年的元宵节，县围困指挥部强调一定要让人民群众过上一个革命化、战斗化的节日，时刻准备着对敌人发起最后的围攻。为了保卫群众，防止敌人偷袭破坏，洪尚礼的一连不出意外再次被分配到正关村一带执行任务。这一天，部队刚刚驻扎下来，张二俏就来到洪尚礼住的窑洞院，申明了要找洪连长谈大事。张二俏谈事，而且是大事，洪尚礼一听就觉得蹊跷。往常，妇女们就算有什么事也是淑英来谈啊，什么时候改成这位大名鼎鼎的快嘴张二俏了呢？连忙招呼进屋谈事。张二俏也不客气，进得屋来，也不管洪尚礼递上来的水在哪里，一屁股坐下就说："洪连长，我找你来，什么事情，你知道吗？"

丈二和尚摸不着头脑，洪尚礼摇摇头，二俏又道："那我告诉你吧，你得请嫂子喝喜酒了啊。"说着，就把江淑英珍藏那张载有洪尚礼照片的报纸和那封情书的事一并抖出。

听完二俏的话，洪尚礼的脸红了，他当然知道自己那封信里写了什么，而在那些文字的背后又蕴含着什么。只是，正像淑英所说，他也确实是不敢把那句话直接向淑英挑明。万一人家姑娘不愿意呢？还不如就这样永远保留一份希望，经常能够看到她就是一种幸福。

张二俏看着红了脸的洪尚礼笑道:"看你个大连长,还是知识分子,这事还用人教。那个人连你报纸上的照片都要保存着,你就不会给人家一张真照片?人家姑娘心里早把你装进去了。我可告诉你啊,我们淑英这么好的姑娘,想她的人那至少比你一个连要多吧,算你有福,过了这村没这店,今天嫂子就要你一句话,想好,你就赶紧着和淑英说明白,不想,那就是别人的了。托我保媒拉纤的都排着二里路的队呢。"张二俏咄咄逼人,洪尚礼有些乱了阵脚,想了想,红着脸说:"嫂子,淑英那么好,我能不知道、能不喜欢?可这战争年代,我好意思就说这个?再说也没和部队首长打个招呼。"

二俏用手指指洪尚礼:"你呀,当了连长也还是个书呆子。战争年代怎么了?打仗就不能生孩子了?打仗就不能娶媳妇了?你们不是常说这抗战是持久战?难道这仗打七年了不结婚,打八年了还不结婚?其实啊,越打仗,就越应该早结婚呢。不是要说为革命早留种子吗?"二俏七分真诚三分坏笑,洪尚礼的脸更红了。

"啪!啪!啪!"就在洪尚礼被张二俏说得不知所措的时候,二区区委书记王壁拍着巴掌走了进来,开口就表扬张二俏:"二俏同志,你说得好啊!很有道理,而且是哲理。"又转向洪尚礼说:"老弟,今天这个大媒,老哥我还不甘让二俏妹子一人独担了呢。老实说,你和淑英,那就是天生一对,地设一双,你俩要成不了,那老天都没道理了。再说,就按二五八团的规定,你也该够条件了。至于蔡团长那儿,我去给你说,保证他也高兴得不得了呢。"

由冈村宁次亲自策划制订的"山岳剿共实验区作战计划"已经过去两年多的时间,两年多来,冈村可谓为这个小小的沁源、可恶的沁源操了不少心,也费了不少力,可是,无论狡猾智慧阴险的花谷正,还是残忍凶悍暴戾的鹿野平洋,以至最后换上更讲究策略的伊藤俊都没有给他带来多少值得欣慰的东西。"山岳剿共实验区"已经成为一块标准的鸡肋，再打下去，无必胜之把握，而且连最底线的要求，建几个维持会以撑门面的事都未必就能做到。撤吧？撤字好写，大军好撤，但这个字一旦出口，对皇军的军心士气之冲击可想而知，毕竟，这个计划是出自你冈村大将，当初建立这个"山岳剿共实验区"那是惊动了从东京到北平、从北平到太原的一连串记者，调动了近两万人大军的一项巨大行动。师出有名，收兵无信，华北二十万皇军在看着，山西数万皇军在看着，而尤其使他忧心忡忡的是，进入新的一年，大日本帝国在整个亚洲和太平洋战场上的形势越来越严峻，据可靠情报，在华南，曾经的空中之虎——日本空军已经完全丧失了优势，整个战场的制空权已经易手，这也就意味着，即使是在中国大陆，皇军的行动也在很大程度上不再能够像以前一样为所欲为，也意味着皇军必须抽调更多的陆军以弥补由空军优势的丧失所带来的被动。从哪里调兵？不用多想冈村也知道，陆军总部的调遣令不会很晚到来。他必须从已经不敷使用的华北陆军中拆东墙补西墙。如果沁源的形势不能在短期内得到根本的改变，那么，从今以后将不再有这种可能。权衡再三，冈村大将亲自决定，要在沁源这块鸡肋上来一次决定性的也是最后的行动。

在沁源人的记忆中，日寇所有的大扫荡几乎都发生在秋冬，春天是鬼子最安分的季节。然而，1945 年的春天尚未到来，寒冬尚未退走，由冈村宁次亲自制订作战方案的太岳大扫荡就开始了。

与以往遮遮掩掩的烧杀抢掠和花谷正曾经提倡的怀柔政策不同，这一次，鬼子不再遮掩，不再伪装，赤裸裸的三光政策贯穿在每一个日军士兵的身上和所有军官的头脑中。一切以征服为目的，见房子，烧；见苦力，抓；见妇女，奸。无恶不作，无奇不有。伊藤中佐亲自督战，从长治、平遥、临汾、沁县等四地临时抽调的三千多鬼子和几乎数量相同的伪军，向我战斗生活在深山老林各式战斗庄里的沁源军民发动了一年多来规模最大、手段最残忍的新一轮大扫荡。曾经让花谷正和鹿野三战无功的永宁沟在鬼子重兵包围和空军的密集轰炸下，一时间成为一片火海，其为害之广，不仅使永宁沟的一草一木全部化为灰烬，而且也使得包括永宁沟在内的方圆上万亩森林一片枯焦。

尽管扫荡来得突然，来得凶猛，来得残酷，但是由于高明亮的情报既及时又准确，我军民早在鬼子到来之前就从永宁沟、龙王庙、猴神岭等鬼子计划中重点扫荡的地方全部转移到了安全区域。留给鬼子的只是一座座"空城""空村"和遍布内外的地雷神兵。伊藤中佐起个大早，赶个晚集，响动不小，收获不大，而且更重要的是，房子烧了不少，牲口抢了一群，但抓到真正有价值（包括利用价值和宣传价值）的人却少之又少。正因如此，就在冈村大将原定扫荡期限已经终结的日子将要到达之时，伊藤一封急电发给北平，请求冈村司令官再给他宽限五天，他有信心有能力在这五天后建立起几个真正的维持会，以此证明冈村大将"山岳剿共实验区"计划的英明与正确。

经过慎重考虑，反复权衡利弊，冈村耐着性子同意了伊藤的请求，再给你一周时间，一周之内如果所谓的维持会里还是只有皇军和皇协军以及那个什么人在演戏，那就再也不要指望别人会给你什么帮助了。

伊藤下决心做最后的一搏，为此，经冈村大将批准，留在太原为数已经很是可怜的日本空军专门派出三架飞机在太岳山的沟沟壑壑间转了两天，再加之伊藤精心挑选亲自培训的特战队的地面情报汇总，最终得出一个结论，八路军在沁源的党政军领导机构早已不在这一次皇军下了九牛二虎之力才拿下的永宁沟，而是一个新的地名——大林区马森村，一个依山傍水、为茂密森林所覆盖的村庄。为了毕其功于一役，一举歼灭八路军的指挥机构，伊藤史无前例地为这最后的进攻做了精心准备，包括从冈村那里直接请来的一个最新式德式喷火中队，装备了四具崭新的具有毁灭性杀伤力的火焰喷射器，配备了足够的凝固汽油。万事俱备之后，就待选择一个合适的时机打响这决定成败的一仗。

耳闻目睹伊藤俊这些天来的费尽心机和重兵调集，高明亮看在眼里、急在心里。如何才能准确有效地把情报送出去，如何才能帮助我军民粉碎敌人这一新的攻势？关键是要把敌人的行动方案搞到手，可是，这一次的伊藤比谁都能沉得住气，包括井上宪兵队长在内的一些人都坐不住了，因为大家都知道冈村给伊藤的时间只有这几天，不管战况如何，到时走人，南洋战场还盼星星盼月亮地等着这里的援兵呢。然而，伊藤一副胸有成竹的样子，好像就是要把人们的那股子气给逗起来才肯动手。其实，伊藤所等的只是天气，他要等一个或风或雨的天气，因为在那样的天气里出兵才更具突然性，八路军才更有可能疏于防备。终于，这一天等到了，北平来电，太原来电，双双印证了当天晚上太岳山上无雨无雪却有从蒙古高原南下的西北风来袭，其间最高风力将有七级以上。可以想象，风助火势，火借风威，到时在毒气和火焰喷射器的烈焰面前，八路军的抵抗将会是什么？

立即开会，交口据点和霍登临时据点各自只留一个小队的皇协军看家，县城的日军也只留一个小队，加上临时配属部队，伊藤俊一次统属日伪军共三千人以上的大军对以马森为圆点、方圆不到十平方公里的林区实行向心合击，铁壁合围。伊藤命令高明亮和他的团除一个营留守外，另两个营作为前锋部队，凌晨两点开饭，三点出发，天亮以前封锁马森通往外界的一切道路。战役目的，务求全歼，勿使一人漏网。

带着沉重的心情，高明亮一回到团部就把沙成海叫了过来，当沙成海听完高团长的叙述后，不由得一咬牙："妈的，这一招可够狠的，太岳区八个县的县政府、军区机关、野战医院全在大林区一带。而我们的守卫部队好像只有三十八团一个营和洪赵支队一部，加起来也不够一个团。要是硬打，肯定是挡不住的。而三八六旅远在中条山上，二十五团还在武乡榆社一带随总部活动，短期内都不可能回到沁源。"

高明亮道："关键是敌人的毒气和火焰喷射器。还有这可恶的天气。我想，我们要准备两手，一是立即把情报送出去，二是要在天气和风向上做文章，让他的毒气和火焰烧不到、毒不着我们的人。"

沙成海道："送情报好办，我去就行，今天正好我的人在北城门把守。部队如何掌握，那就看团长你了。现在发动起义怕不是时候吧？"

沙成海这样说是事出有因，本来，驻扎沁源县城的这个团是高明亮从东北军一手拉扯过来的部队，全团连以上军官基本都是高明亮的兄弟，但是，最近一个时期，冈村宁次可以说是从一个真正军事家的角度出发，刻意在类似这样的皇协军中掺沙子，早些时候就把高明亮最信任的两个营长调往长治，又从长治的伪军中选调一批中下级军官掺到高明亮的部下来担任营连长一类的军官。这样，就使得高明亮辛辛苦苦培养的一批基本干部调得七零八落。这也不能不对他如何把握这支部队的走向产生很大的影响。好在部队的基层官兵变化不大，除当初鹿野亲自安插亲信刘四毛当营长的一营一连二连两个连队外，其他部队应该说还掌握在沙成海这样的自己人手中。但是，如果要想组织战场起义，那就不是一件十分容易的事情。何况现在时间紧迫，要想统一部队的思想很难。所以，对于沙成海的建议或意见，高明亮只能说："这个，恐怕也不是我们能决定的，你见到蔡团长后，正好请他代为请示军区首长，如果上级认为需要我们现在行动，那我们义无反顾，哪怕只有一个营也肯定是对敌人一个意外的打击；如果上级认为不可以，我们从长计议，服从命令。所以，我在明天一早到达马森之前必须先见到你。"

沙成海点头而去，高明亮这才逐个召集营连长们打招呼，对外的名义当然是安排最多五个小时以后的行动。

凌晨两点，高明亮草草抓了一个窝头，一边吃，一边看天，月牙高悬，云淡风轻，根本没有一丝即将变天的样子。可是，三点整，部队刚刚出发，那风就如约而至。起先是冷风习习，而后就狂风大作，三十里路程，按平时的急行军速度，两小时到达没有任何问题，可是这个晚上或者说这个凌晨，高明亮骑在马上都能不得不把身子尽量伏在鞍上，稍不留心，就有被风刮下马的可能。

沙成海来到马森的时候，正是子夜时分，蔡青、朱秀等人还未入睡。沙成海的到来，使形势豁然开朗，知道了敌人的阴谋与计划，这就意味着我们可以根据陈赓司令员一再强调的敌变我变之原则进行有效的决策与部署。

蔡青当机立断，敌进我进，既然伊藤倾巢而出，那么，他的老巢也就成为一座空城，留下的那么一点兵力，如果我军攻城，谅他也不敢贸然出击。而在马森大林区方面，蔡青当即汇报并请示太岳军区，立即组织所有非战斗人员在一个小时之内全部转移，命令洪尚礼的一连以及一营另外两个连和洪赵支队一个连从所在地立即出发，在县城以北两公里外北园村集结，同时动员一区二区两个区的民兵共八百人随部队集结，在尽短的时间内摆出一副攻城的架势，以最大的声势给留守之敌以震撼。

一匹匹快马急驰而去，一封封作战命令传达下去，蔡青却摇摇头，对朱秀道："也不知我们的命令能不能及时送达。过去，陈司令一再强调部队的通信建设，我们还都不能深刻理解，今天这个情况，咱们两个算是深谙三昧了吧？"

朱秀也拍着脑门说："是啊，你说咱们和各区各中队之间要是也能有个电报电话的联系起来，那还用费这劲、操这心？"

是的，蔡青不能不急，因为这个时候，伊藤已经亲自督阵，统帅着他番号各异、军心也并不统一的近三千日伪军向着大林区急速前进了。要说伊藤就一点也不担心城里留下的兵力太少，那肯定不是。但是在进攻与防守的问题上，对于他来说，今天的主题毫无疑问是进攻。平心而论，如果不能消灭八路军的主力和指挥系统，留的兵力再多又有何用？而反过来说，就算八路军神机妙算，敢于在这个时候断皇军的后路、抄皇军的老窝，充其量那也就是虚张声势而已，最起码而言，在短时间内，八路军还真没那么大的胃口可以一口把县城吃下。当然，谨慎而行是兵家所应遵从的守则，从这点出发，在他统帅大军出城的时候，他并没有忘记把那个只有一个小队兵力却担任临时留守大员的日军小队长叫到跟前，一再叮咛："记住，没有我的命令，在大军未归之前，不管八路军和'土八路'如何捣乱、如何挑衅，你都不可轻易出击。你的任务，只是坚守。"说到这里，伊藤几乎是贴着耳朵放低了声音，"还有一点，密切监视皇协军的动态。如有不测，坚决消灭之。"

很难说小队长听清楚没有，因为这时的风已经开始大起来，满世界飞沙走石，天地间混沌一片。士兵们有口罩的戴上口罩，没口罩的就把上衣领子竖起来，以遮挡肆虐的狂风。而恰恰是这风，更坚定了伊藤对那小队长留守的信心。想想也是，以八路军和"土八路"的那点儿装备，就这天气，走路都困难，谈何打仗？更谈何攻城？

就在伊藤的大军浩浩荡荡顶着狂风向大林区一线开进的时候，在由县城到达马森的必经之路——二郎河谷地带，上百号民兵正在朱秀亲自指挥下埋设地雷。曾经和李猛一块儿战斗的一区民兵铁蛋如今已经是身经百战的老战士了，看见朱秀过来，蹭上去就拉住大队长的胳臂说："大队长，咱们的任务就光是埋个地雷啊？"

朱秀笑道："咋啦铁蛋，你还想打个伏击不成？埋好地雷就是你大功一件，看看这个——"朱秀指了指一个战士正从骡驮上往下卸的铁质日本地雷，"鬼子以为咱就只有石头蛋蛋，今天偏要把他的这铁蛋还给他，让他的汽车摩托一块儿升天去。怎么样，炸汽车，过瘾不？"

铁蛋知道二区的江德昌他们炸过汽车，而且因此得到了太岳军区和刘邓首长的表彰，不仅如此，人家手里的家伙也换了代，听说江德昌那支枪和三十八团最著名的神枪手洪尚礼洪连长的一样，人家那是多么的牛气，想到此，铁蛋一把拽住朱秀说："大队长，你可不能偏心，什么好事都让江德昌那小子赶上了。你可记得，你答应我替我李猛哥报仇呢。今天你把这些个铁蛋蛋交给我，我也给咱炸几辆鬼子的汽车看看。"

朱秀一本正经道："铁蛋，这可是你说的，这地雷交给你，鬼子汽车不来那赖我，来了炸不着可就是你的事。报不了你李猛哥的仇，看我怎么和你算账。"

"报告大队长，一区民兵铁蛋保证完成任务！"铁蛋和他的伙伴们高兴地拿走了全部共二十多颗铁质日本雷。然后，商量着找最佳地带去了。

按照伊藤的要求，高明亮的保安团两个营共六百多人的任务是提前到达，封锁马森通往外面的道路。而针对敌强我弱、实力对比悬殊的情况，高明亮一路走来，有关起义的想法反而越来越强烈。是的，把部队拉回到抗日队伍中来，那是他，一个地下党员急切希望回到党的怀抱的激情爆发。虽然在现在的情况下，不可能做到全团同步起义，但最少可以争取一个半营的弟兄，包括沙成海任连长的那个连。可是偏偏就是沙成海归队给他带来了太岳军区首长的最新指示，首长否定了他的想法，指示"101"在最可能的情况下尽量继续潜伏，以待发挥更大的决定性的作用。而为了这最终的目的，可以在这一次的战斗中以假乱真。

正因如此，高明亮在到达马森村之前临时召集连以上军官开了一个会，命令急于抢功的那个曾经的鹿野亲信、新任一营长刘四毛带领他的部队立即赶赴马森岭上构筑阵地，待日军攻击开始后以全力封锁岭上一带唯一的山口，务使八路军不得一人漏网。一营长刘四毛信心十足地到山口布置阵地去了，这边高明亮却命令二营全体左臂扎白毛巾，跑步前进，在一营的前面一座山梁占领阵地。

凌晨时分，风越刮越大，天地一片苍苍茫茫，风带着沙尘一个劲往人眼睛里面钻。伊藤的大军在这风沙之中来到了二郎河谷，只要穿过前边不到五百米的河谷地带，就从整个地理概念上进入到山高林密的太岳山大林区，其中包括总面积不在十万亩以下的原始森林。如若月朗风轻之时来到这河谷，那无论如何都可以说是令人陶醉的人间仙境，可是现在，当鹿野和他的汽车、摩托车、高头大马的骑兵、行色匆匆的步兵来到这里的时候却像是来到了阴森恐怖的鬼门关前，已经被沁源民兵的地雷阵吓破了胆的这个日军中佐不由自主便命令部队停下脚步，让工兵先去探探路。有人颇不以为然，认为高明亮的皇协军刚过去不久，一切迹象表明，高团长的部队并没有为地雷所困。也就是说，看来八路军和"土八路"并不知道皇军此次的行动。现在距离高明亮他们过去充其量也不到一个小时，难道八路军会在这空当之间突然就埋下好多地雷吗？

然而，事实证明了伊藤的正确与那些持不同意见者的愚蠢。因为连专门扫雷的日本工兵都被八路军不知什么的地雷给炸死两个炸伤三个，而真正可怕的是，当步兵和骑兵看到那些开路先锋们竟是如此狼狈的样子时，他们对八路军的地雷阵又焉能不怕？

然而，怕是没有用处的。纵使天雷地雷一齐来，伊藤中佐的决心也是不可改变的。眼看大军停在这短短的河谷地带，绕是绕不过去的，因为此地多少年来只有一条勉强可以让两辆马车迎面错过的"官道"。现在让汽车通过，那就成了绝对的单行道。也就是说，必须把这并不太宽的道路扫清一切障碍，否则，伊藤指望可以靠强大的绝对压倒性的火力，那些山炮、野炮和它们所需的弹药就不能及时到达指定位置。怎么办？在这关键时刻，伊藤把两道凶狠的目光指向了身边的骑兵和他们胯下的战马。

"山本君，现在我命令你，骑兵第一小队全部下马，改乘汽车前进。"伊藤下达了一条完全为骑兵中队长不解的命令。当那些骑兵与他们的坐骑恋恋不舍地刚一分手，伊藤就命令给这三十多匹优良的战马，每匹马后面拖上一棵沉重的刚刚砍伐倒足有檩条粗的松树，然后，也不管那些骑手们是如何的拼命阻拦，照着马群的后面"哒哒哒哒"用机关枪扫射一阵，马群开始狂奔，地雷开始爆炸，当这马群在机关枪的关照下绕着河谷无辜地跑了两圈，三十匹战马也只剩下不到十匹的时候，伊藤命令："开进！"

马达声声，汽车、摩托车又开始了它们最后的进军。

当初接受朱大队长亲自布置的任务时，铁蛋是信心满怀的，整个二郎河谷，也就几百米长，鬼子的汽车要想经过那就必须走其间并不宽敞的"官道"，那么把那些宝贝似的铁疙瘩埋在官道上也就行了。然而，仔细一想，却不是那么回事。鬼子这么大的行动，岂能不带工兵扫雷？而工兵最拿手的恰恰就是扫这些铁雷。就那样把雷布下，其实也就等于把这些宝贝又白白还给鬼子了。可是，如果不埋在二郎河谷又能把这些东西埋到哪里去呢？难道能把它们直接埋到那汽车的轮子下面？铁蛋左思右想，时间很快就过去了，眼看着大家一个个埋好地雷纷纷撤退，铁蛋干脆横下一条心来，这雷还就不埋了，干脆，把那些宝贝带到河谷旁边悬崖上的灌木中隐蔽起来，单等一个合适的机会，让这些铁家伙发挥最大的威力。

事实证明了铁蛋的选择是正确的，很明显，伊藤用马匹的牺牲换来了道路的安全，可是，他万万没有想到的是，就在这河谷旁边并不高大的灌木丛中，竟然也有危险在随时准备为他的大军而降临。

在伊藤的强硬指挥下，鬼子的摩托车队率先通过了二郎河谷，紧接着，拉着大炮和弹药的六辆汽车准备通过。第一辆安全通过，第二辆安全通过，后面的几辆汽车开足马力刚走到一半，突然，有人发现似乎是从天而降一般，不知什么东西丁零咣啷就砸到了这几辆汽车上，开车的鬼子不知发生了什么变故，就听见驾驶室顶棚上有人发疯了一样敲打着那薄薄的铁皮。而坐在车上的鬼子则有几个动作快得已经根本不顾危险跳了下来。等到其他人似乎有所反应的时候，"轰隆！轰隆！"一连几声爆响在几辆汽车的车厢里响起，除那跑在前面的两辆汽车侥幸逃脱外，后面的几辆全部就此趴窝，永远地留在了它们本不应该来的地方。而民兵铁蛋把地雷当手雷的这个意外的战术动作，也创造了沁源民兵在围困作战中所发明创造的诸多战术中的一项纪录。更重要的是，这些趴了窝的汽车也挡死了那两辆并未受到打击的汽车再往回逃跑的路线，以至于当伊藤企图返回县城救急时，不得不看着这些废铜烂铁而仰天长叹，不得已，一把火烧掉了事。

无论如何，尽管损失了几辆宝贵的汽车，但伊藤的大军基本上还是按时到达了各自的攻击阵地。当夜光表的指针指向六时整，伊藤一声令下，三颗红色信号弹腾空而起，朦胧中的山野，在狂风与炮声中揉开了充满睡意的双眼。伊藤和他的山炮、野炮以及操作这些杀人武器的炮手们且不说，那些早就上好了刺刀、准备对仓皇逃窜的八路军和"土八路"大开杀戒的日本大兵也在第一时间进入了状态。此外，还有一群人不得不说，那就是被高明亮"委以重任"在马森岭上准备截击八路军的皇协军刘四毛第一营。看到伊藤发射的信号弹，刘四毛把几个自己信得过的"铁哥们儿"（其实就是一帮长治城里的地痞）叫到一起，极其严肃地说："你们他妈的记住，这可是咱们哥们儿为太君表现的机会，也是第一次真刀真枪地和八路军打仗，别他妈一个个给我装孙子，这一次咱们要让高明亮那些人也看看咱们不是吃素的。别让人家永远看不起咱们。听见了没有？"

几个小兄弟都说听见了，刘四毛这才放心让大家各自备战而去。然而，说话是一回事，真正打仗是另一回事，当日军的炮弹只是像放焰火一样在远处炸响时，刘四毛等人是镇静的，可是，当那炮火延伸而且是照直延伸到马森岭上刘四毛的阵地时，这些人就害怕了，他们不知道为什么皇军的炮弹要以他们为目标，他们当然更不知道高明亮在给他们的命令中只是改了一个字，让他们从岭下跑到了岭上。而这一字之改，就使得这个营完全陷在了日本人的炮火打击范围之内。因为，在伊藤得到的情报中，马森岭上这个制高点乃是八路军早已布下天罗地网的既设防线。而这份情报本身又当然是沙成海和高明亮的杰作。

好歹熬过了自己人的炮击，但弟兄们都被乱石和泥土埋在半尺深的地下，尽管已经足足有一袋烟的工夫没有炮声了，皇协军第一营的阵地前却依旧不见人迹，直到一种声音似乎由远而近正在向这边传来，刘四毛这才想起来应该把趴在泥土中的弟兄们叫起来，也许，这正是消灭八路军的大好机会。于是用脚踢、用脏话骂，总算把人折腾起来了，但这时八路军的枪声也来了，或者说，其实刘四毛和他的弟兄们并不能认定从山下冲上来的是谁，也不考虑为什么"敌人"对他们了如指掌，反正是有人从山下在向上冲、在向山上开枪，而刘四毛也毫不客气，命令弟兄们可着劲地往死里打。可是，打着打着，刘四毛感觉似乎不太对劲了，因为这八路军是越来越多，火力也越来越强，打到后来，就连火焰喷射器都出现了，当那无可抗拒的一条条火龙向着刘四毛和他的那几个铁杆弟兄泼洒过来的时候，这个死心塌地当汉奸的流氓地痞才朦胧中意识到，似乎是上了什么人的当。然而，一切都晚了。当高明亮的部队和手持火焰喷射器而不可一世的"皇军"在岭上阵地胜利会师的时候，沙成海悄悄告诉他："那几个一个不剩，包圆儿了，只是赔上了几十个无辜弟兄。"

高明亮回答："记好了，从优抚恤，不可耽搁。"与此同时，刚才还一个个臂缠白毛巾、以八路军姿态出现而挑起刘四毛的部队和日本人拼力厮杀的皇协军第二营，也投入了对一营弟兄们的安抚和收编工作。

听说高明亮的部队和日军喷火部队配合打了一个胜仗，一举拿下八路军的岭上既设阵地，伊藤很是高兴，命令高明亮部与配属之皇军立即对马森村展开攻击，还是那句老话："务求全歼，勿使漏掉一人。"

可是，正在这时，渐渐弱化下来的狂风不再飞沙走石，随着慢慢亮起来的天色，远远地看见一骑快马飞驰而来，还没等伊藤反应过来，一人滚鞍下马，连声叫道："中佐阁下，大事不好，八路军主力不知从哪来的好多人，起码有两个团，正在猛攻县城，机枪、大炮，半个小时前从东西北三个方向同时发起了进攻，队长命令我拼死突围，这才赶过来的。中佐阁下如不赶快回援，县城失守，将在顷刻之间。"一口气说完，这位告急的求救者才张着大口开始喘气。

伊藤有点为难了。从常识上讲，这极有可能是又一次八路军围魏救赵之计的故伎重演，正像当初鹿野大佐在围攻迷魂谷的"土八路"时，八路军虚张声势攻打县城一样，这种声势浩大的强攻只不过是用来欺骗人的。八路军诡计多端，明知在马森不能和我对抗，这才选择攻我县城，可是，难道八路军和"土八路"不知道以他们现有的兵力火力进攻县城是以卵击石吗？然而，这些年来和八路军打交道的经历又告诉他，八路军本身就是从来不按常识来打仗。而且来人说他们居然有很多的大炮，难道是陈赓的三八六旅回到沁源了？这也难说。不，如果真是陈赓和他的三八六旅，哪怕只是他的一个主力团，那也应该是有能力和皇军一拼的，可是，就算你是陈赓，我就怕你了吗？不！你的到来，只能给我一个建立不世功勋的机会。如果皇军能在沁源城下和陈赓决一死战，那才是天赐的良机！

想来想去，伊藤还是决定立即回师，原因当然不只是因为在县城有可能抓住陈赓的主力一战，更因为既然八路军能够在我对马森攻击的同时向我县城发动攻击，这说明对马森的攻击已经不再具有决定意义。而既然八路军主力出现在县城，皇军又为什么不能对其实行四面包围、中心开花的反向突击呢？

当伊藤费了九牛二虎之力好不容易把部队调过头来回援县城的时候，留守县城的鬼子确实正在经受着巨大的挑战。虽然风已停，天已亮，晨雾已经散尽，但是，从城东西北三个方向打过来的八路军和"土八路"的炮火仍然是那样的猛烈。在这前所未有的强大攻势面前，留守的鬼子唯有以机枪和步枪不停地射击，同时也期盼着伊藤大军的快速回援。仅仅一个小时之后，伊藤亲自督阵，鬼子的摩托车队和剩下不多的骑兵首先赶回到县城附近，然而，这个时候，硝烟已经散尽，八路军已经撤离，留给伊藤中佐的只有几十门炸裂了的榆木炮和显然是"土八路"故意留下的一堆失效了的黑色火药，一股被嘲弄的感觉涌上大脑，伊藤恶狠狠地叫过手下："把这些大炮给那些愚蠢的家伙带回去，这就是他们所说的八路军重型火炮。"

最后的疯狂，以最惨的结果收场。伊藤仰天长叹，他明白，从此之后，冈村司令官是不会再将任何大军增援给他了。因为这一次，他给冈村大将的作战报告，居然破天荒的，大将连一个字都没有回复。

正月刚尽，二月二里龙抬头。太岳区在沁东县召开了声势浩大的杀敌英雄、劳动英雄和模范工作者代表大会，人们也把这叫作太岳区的群英会。抗战七年多以来，这是第一次。这说明，不仅在沁源，即使在整个太岳区，日本鬼子已经处于日益衰败的趋势。即便是"共党"、八路军就在他们眼皮底下举行大规模的活动，而且这会一开就是四五天，敌人也无可奈何，纵使有天大觊觎之心，也并无半点行动之力。星移斗转，历史潮流滚滚向前，抗日战争的胜利不会太远了。这样一次会议，早已名声在外的沁源围困战中涌现出来的英雄们，朱秀、王璧、江淑英、江德昌、洪尚礼等人自然不会缺席。而正是在这次会议的闲暇之时，王璧兑现了他的诺言，私下里和蔡青总指挥提到了洪尚礼和江淑英的婚事，王璧笑言："蔡团长，这个红娘我可当定了，您就不要再做法海了，好吗？"

谁知蔡青却一把抓住王璧，佯作恼怒道："好你个王书记，这么好的事就你一个人做了，好让别人说我这个当团长的不体恤部下是不是？"说完，看着有点发愣的王璧又道，"老兄啊，你做了一件好事，他们两个确实是天生一对，地设一双。这个大媒啊，我和你一块儿当定了。"

王璧补上一句："还有正关村的快嘴张二俏呢。"

春天的故事，铁流滚滚

经过大林区——马森一战的惨败，伊藤是再也疯狂不起来了。冈村大将已经根本无暇顾及发生在沁源的这些事情，这位日本陆军的佼佼者在帝国危难之际已经接任权力更大、责任也更大的侵华日军总司令，那些临时调集的部队早已各奔东西。就是伊藤自己原先的基本部队也不得不再次抽调一个中队充实到增援南洋的部队中去。对于大林区之战的惨败，伊藤认为一定是出了内奸，不然八路军对皇军的动向何以了解得比皇军自己都清楚？那么，内奸是谁？难道是齐标峰的灵魂？鹿野对于高明亮的怀疑是越来越大，可是在没有任何把柄之前，他不能做出一点点反应。在这一点上，他不能不尊重一个人的意见，那就是宪兵队长井上三郎。伊藤非常清楚，高明亮好多事情都是和这位宪兵队长连在一起的，难道这个宪兵队长也有通敌的嫌疑吗？不仅如此，大林区的惨败还给他造成了另外一个尴尬的局面，所有配属的汽车都在那一战中报废了。当初花谷正花巨资修建起来的飞机场，虽然几乎从未使用，但一旦有事本是可以救急的。可是现在，就连这个飞机场也被八路军和"土八路"给彻底破坏了。因此，所有驻沁源县城和交口两个据点加起来上千人的给养，全部改由从沁县到沁源的骡驮加人工运输。这就给整个后勤工作带来了难以估计的危险和灾难。尤其是八路军和"土八路"在交口到圣佛岭之间二十华里道路上的任何一处，都可能随时随地让它变成日军运输队的葬身之地。而长治和沁县的日军从牙缝里给伊藤和他的部队挤出来的那点儿粮食弹药也更多地补充了八路军，反而只有一小部分可以到达皇军和皇协军手中。伊藤很气愤，气愤堂堂皇军司令部竟然派不出哪怕一辆汽车来为他运送给养，也气愤友邻部队竟然置同胞兄弟生死于不顾，一副大难来时各自奔的架势，尽管从伊藤自身开始已经实行了节约计划，但是，仅存的那点口粮又能让这些人节约多久呢？伊藤慌了，这一次他是真的有点末日将临的预感。他想撤，一走了之，可是没有上峰的指示，谁敢让他撤？他的头上可顶着冈村宁次那个大大的"保护伞"呢。那么，不撤也好，那你就给我足够的武器弹药、人员辎重。可是对不起，人家会说，皇军不是没有给你东西，而是你没有接收到这些东西。你手里的上千人难道就是吃素的？确实，日本人生来不是吃素的，但是，环境可以改变人，谁让沁源的八路军和"土八路"如此强悍，强悍到皇军不仅吃不上肉，连素食也吃不上了，不仅吃不上饭，甚至还喝不上水。因为，相对于吃饭和喝水来说，人们显然更珍视自己的生命。伊藤万不得已要求向太原的日军司令部用明码电报求援，因为电话在现时的沁源城内只能是一种城内联络的工具，而且连这点儿用途恐也怕快被取消了。据报告，这几天来，竟然每天都有"土八路"潜进城来，填埋皇军好不容易重新挖开的水井，割断皇军仅存的几条电线，甚至在皇军驻地挂地雷和手榴弹，总之简直是到了来去自如、为所欲为、无所不为的地步，可是站岗的皇军和皇协军士兵竟然对这一切也不知是视而不见，还是真的就看不见。总之，伊藤对这一切很是生气，可是，更让他生气的事情马上就发生了。明明指示要用明码电报求援，可是，话说了半天，竟不见有人向他索取电文，伊藤不高兴了，我现在好歹还是这座县城的最高长官，无论什么电报都应该由我签发吧，怎么竟然有人替我签发了呢？他向参谋发脾气，责问电报是怎么回事，参谋却道："司令，报务也很急，可是，现在全城都发不了电，原来的电池已经带不动这台大功率电台了。"

那么，为什么不发电？伊藤又问。回答，因为已经实在找不出汽油和柴油了。

一个小时之后，那台小功率的旧电台修好，电报是发出去了，但伊藤等来的回电却更加令人沮丧。太原的司令部居然说："'山岳剿共实验区作战计划'乃冈村总司令亲拟，故，有关作战计划的修改必经总司令许可。司令部已派三批次运输队为你部抢运物资，然无一到达。还望你部就地征粮，以待援军。"

看完电报，伊藤脸色铁青，把那电文揉作一团，随手扔了。可是，眼前的困局是扔不掉的。怎么办？正在这时，两个让伊藤爱恨交集的人出现在他的办公室里，一个是宪兵队长井上三郎，另一个便是皇协军团长高明亮。

杨铭之的抗日小学是越来越办出了名气，这个洋学生自己也在抗日的大熔炉里修炼出了一身的正气与骨气。而越是如此，他就越来越不满足于自己已有的成绩，而是向蔡青和朱秀要求为他布置一些可以直接参与到第一线的工作。蔡青那是求之不得，两人一拍即合，这样，杨铭之就在担任抗日小学教务主任的同时，担纲起了为太岳《新华日报》撰写时事评论的主笔。毕竟是见多识广，又兼具新旧教育之所长，吸收中西文化之精华，杨铭之的评论很快就成为报社的王牌栏目，受到了广大读者包括一些高级干部的注意和喜欢。而到了这个时候，蔡青再想把这个人才留在自己手里就不那么容易了。说来也是后话，随着沁源围困作战的胜利，杨铭之终于成为一名合格的抗日战士，成为太岳《新华日报》的优秀编辑和知名记者。但是现在，蔡青为他布置的第一件任务却是写歌词——专为困守孤城的日伪军写他几段歌词，让伊藤在四面楚歌中哀叹即将到来的灭亡。

杨铭之对蔡青的要求心领神会，一个晚上就写出了专为沁源秧歌填写的歌词几十篇，仔细看来，竟然篇篇精彩绝伦，首首打动人心。

在这里不妨欣赏几段：

我的北海道

我的家乡北海道，大地葱茏雪山高。
父辈勇敢娘手巧，姑娘就像含羞草。

我的家乡北海道，四季花开风光好。
渔帆点点游人醉，美酒芳香乐逍遥。

自从离开北海道，儿在海外飘呀飘。
三年不见爹娘面，五日又把尸骨烧。

自从离开北海道，儿的灵魂无处逃。
昨夜姑娘梦中泪，今朝犹在心中浇。
……

这歌词，声声泣血，字字感人，尤其针对沁源日军多为北海道士兵的特征，对于这个特定人群来说就更有特殊感染力。而且，原来杨铭之只是想把它们用作沁源秧歌来唱，恰巧这歌词让太岳军区城工部由反战同盟派来的小林清二同志看见了，小林清二本人就是北海道人，一看这歌词，竟把自己先感动得哭了，这才又把它翻译成日语，再配上具有北海道特色的民间曲调，最终成为一首想不让它在士兵中间传唱都不可能的"流行"歌谣。

又如另外一首《沁河水》，这歌倒不是写给日军士兵的，而是专为江淑英写的，却又有着另外一种豪壮的美而感染人、打动人的强大力量：

> 太岳山上沁河水，甘甜醇香惹人醉。
>
> 地灵人杰风光好，男儿豪壮女儿美。
>
> 太岳山上沁河水，奔流到海永不悔。
>
> 誓死抗日不投降，走出英雄一辈辈。

现在，高明亮和井上三郎两人来找伊藤就是来反映这件事的，高明亮说这几天也不知从哪来的许多传单印刷品突然就出现在日伪士兵的口袋里、床被间。一开始他听军营里有人唱歌，还以为这是好事，说明大家情绪不错，可是听着听着就发现问题了，首先是皇军士兵有的人唱歌竟然能够唱哭，再看，皇协军士兵的手里不仅有署名杨铭之创作的歌曲，还有一首《我的家在东北松花江上》，这首歌和那个专为皇军创作的《我的家乡北海道》可谓异曲同工，正好团里的弟兄，尤其是中下级军官大部分就是东北籍的，这歌一唱，哪里还能再把部队拉得出去、打得了仗？

井上则多少有些伤感地说："中佐阁下，说实在的，这个杨铭之的歌还真是写得好啊。可是越是这样，它对皇军的破坏力就越大，所以我的意思，对这件事，决不能手软，一定要查，看是谁拿来的？谁传递的？杀一儆百，不留后患。"说着，高明亮和井上还从身上掏出几张油印的歌词和乐谱，递到伊藤面前。

伊藤低下头来，静静地看着，良久，长叹一声："说来，我们还真的不能不佩服花谷将军，你看这个杨铭之，在他手里就是宝贝，不仅仅是要用杨办维持会啊。将军是看到了这个人的潜能，他知道这个人的价值。可惜啊，可惜我们竟然把这样一个人才给弄丢了。"

伊藤的自责，令高明亮和井上两人都颇为吃惊，这个一段时间以来越来越刚愎的家伙，居然也能自责，说明他已经认识到了事情的严重，也说明他确乎有点黔驴技穷了。

看到伊藤并没有什么具体意见，井上提议："中佐，现在的部队，已经根本没有什么军纪可言，但这也不能只怪他们，我们的士兵在挖地下的老鼠找肉吃，而皇协军弟兄们则正在以野菜来度日，可是您知道的，这座城里，老鼠是有限的，野菜也是有限的。吃完野菜，就该吃人了，问题是，谁吃谁？这是一个可怕的前景，但它就等在我们的面前。所以，在下提议，倾我军现有之力，来一次主动出击，目标，沁县与沁源交界之处，与沁县为我军运送给养的车队相会合，只要我们能够打到圣佛岭上，那就一切都好办了，到时，返回县城还是干脆一走了之，看情况再说。这样起码可以保证我军不致被困其间，坐以待毙。"

说实话，从历史的角度来看，井上三郎的提议是绝对正确的，如果这个时候伊藤要跑，我军和民兵还真没有什么办法把他留住，围困作战的胜利也还不那么彻底。然而，历史没有假设，伊藤生不逢时，他的头上有着冈村宁次这道紧箍咒，从沁源撤退那就意味着将军一手策划的"山岳剿共实验区"计划的彻底破产，这样的责任除了将军自己，别人是承担不起的，可是，冈村大将现在还有时间有兴趣来关注这件事情吗？就算井上的建议再合理，谁又能给你把这建议递送到冈村大将那里去呢？

伊藤不是傻子，他早已洞悉官场上这难以告人的丑恶和肮脏的生存之道，有些事，你明知是错的，但你就得把它当作正确的来办理；有些人，你明知他是坏人，但你就得把他当作好人来看待；有些命令，你明知它是荒谬的，但你就得把它当作英明来理解。所以，伊藤对于井上的建议只有不置可否，因为这个建议是对的，所以这个建议是不对的。就这么一个奇怪的逻辑，而伊藤不能把他说给任何人听，何况在井上的旁边还有一个时期以来让人感觉有点琢磨不透的高明亮。虽然从今天的情况来看，高能够和井上同时看出这个有撼军心的歌谣问题，那就说明起码这个人还是一个合格的带兵者，他不愿意让自己的部下军心涣散。从这一点上来看，你不能不说他是一个好团长。那么，最后才应该说一下这个军中歌谣流传的问题，伊藤清楚，八路军这一手很有名堂，目的就是要给我弄个四面楚歌的典故，从而彻底瓦解皇军士气，达到他们不战而胜的目的。所以，对抗这样的计谋，你就不能以暴力来制衡，而要以毒攻毒，用可以鼓舞士气、振奋军心的那些老歌来让士兵们唱。无非是唱歌嘛，谁不会？

然而，伊藤怎么也想不到，好些事，他就是说起来容易做起来难。让士兵们唱什么好呢？这天晚上苦思冥想一整夜，连觍着脸颊往上送的蓝妮儿都为这头野兽的坐怀不乱而困惑了，伊藤仍然没有想出几首可以有针对性又能够和杨铭之的歌唱对台戏的好歌。看来，歌词歌曲都要做到通俗易懂健康有益好听好记，还真不是那么容易的。伊藤最终放弃了这种以文对文的"上策"，不得已而采用其实他用起来倒是蛮得心应手的"中策"，也就是井上三郎建议的大版本，用强硬手段肃清部队中的通敌嫌疑分子。但是，时至今日，伊藤也清楚，这个所谓的清查，也就是做做样子而已，以此来防止士兵们把他逼到西楚霸王的老路上去。至于那些传单歌词究竟是谁拿来，又是谁传递，恐怕神仙也断不清这样的案子，试想一下，如果皇军真的能够阻止八路军进城发送这些东西，那又何至于让八路军和"土八路"隔三岔五就把水井给填了呢？

清查的结果，确实也如井上所料，士兵们，包括日军和皇协军都说那东西是风刮过来的，没有人传递，也没有人发送，只是一个个偶然而已。井上不再吭气，这个宪兵队长现在无时无刻不在谋划着赶快逃离这个噩梦般的小城。高明亮也没有吭气，通过这件事，他已经摸清了伊藤的底细，尽管是危机重重，尽管是内外交困，但绝不可能主动撤退，这也就意味着，困兽犹斗。对于伊藤这只笼中虎、釜中鱼，还必须认真地打、认真地斗，尤其是对于高明亮和他的同志们来说，越是在这样的时候，就越是要保持高度的警惕，绝不可以让有关起义的事情功亏一篑。

伊藤俊不顾战时电信通信的保密准则,用明码发报,这也就等于在第一时间让我军知晓了他的全部动向。对于这两封电文的来往记录,初始我军区领导并不太敢相信,但很快"101"的情报便证实了这一切。

"必须把入侵沁源的日本鬼子完全彻底地消灭在沁源,让他们在人民战争的汪洋大海中发抖吧。"一道看似标语口号式的作战命令在参与沁源围困斗争两年半的三十八团流传着,在沁源民兵中间传递着,在经过艰苦卓绝的斗争因而越发坚强的几万沁源人之间回荡着。

眼看全县几个区的民兵轮战队一队队从北到南开往城关参加对沁源县城的总围困去了。只有二区的民兵却被命令留在原地坚守阵地,不得轻动。这下可急坏了江德昌,起先是自己上火,嘴上起了燎泡,继而,实在憋不住了,找到区委书记也是二区民兵轮战队指导员王壁泡蘑菇:"王书记,听人家说,这次打城关光咱民兵就要下去三千人,爆破手也有三百多是不?"

王壁一看江德昌的样子就知道他心里想的是什么,故意眯缝着眼,懒洋洋地说:"对呀,你比我知道得清楚啊,还问我干什么?"

德昌挤挤眼,小心着问:"王书记,王叔,是不是你老犯错了?连累得我们也没资格去参加这么大的战斗,你老说咱二区轮战队是全县最优秀的轮战队之一,闹半天就这优秀啊?"

王壁依旧一副半呆不傻的样子:"我犯错了?谁告你的?你爹,还是你姐?再胡说我可找他们去啊。"王壁终于睁开了眼睛,却是一副不依不饶的架势。

江德昌赶紧打马虎眼:"王叔,这么大官就不让人说话了?人家这不是关心你嘛,我爹我姐,一个是你的老朋友,一个你是她的大媒人,人家好意思说你啊?也就我,直肠直心,你没犯错就好,可没犯错为什么人家指挥部就这么偏心眼,掐断二沁大道的时候,就让咱当先锋,吃大苦;而立大功,打城关的战斗就没咱的份了?说吧,你怎么得罪蔡团长了,还是让朱大队长不高兴了?"

王壁作生气状道："小子，你敢挑拨领导关系了？哈，这下看我不给你直接告到朱大队长蔡团长那里，你小子还想正式参军？这下完了。弄不好，连这个民兵怕也当不成了。"说着，掏出旱烟袋来在身上摸着找火柴。

一看自己找茬找在了圪针上，江德昌不由得露出了一个大孩子般天生真诚与嬉性，连忙主动过去给王壁划着火柴，点着烟，嬉皮笑脸地说："哟哟，好我的王叔，王书记，您这么大个书记，还兴告密呀？逗我了吧？德昌可是您最好的战士，这是您自己说的，现在您再和人家说江德昌这小子不是东西，那对您也不好啊。对不？"

这时，洪尚礼一身戎装走了进来，马鞭子没往下放就看着江德昌笑，直把个准小舅子笑得发了毛，使劲对这个即将转正的"姐夫"瞪着眼埋怨道："嘿嘿，大连长，得意了是吧，人家这里倒着霉呢，也不帮个忙，还笑。我非在我姐那儿给你告一状不可。"

洪尚礼笑得更爽朗了，不过笑完又对王壁说："王书记，逗咱们的战斗英雄可不能没完没了啊，小心人家当真给你撂挑子。"

王壁笑了，指着洪尚礼道："看看，还没有正式成为一家人呢，就这么偏向上了。重色轻友，重色轻友。"接着，又对江德昌道："小子，你也不想想，你这个姐夫，蔡团长最看重的红人了吧，他为什么也不参加城关的总攻而要赶回来和咱们在一块儿，按你说的，那就是歇凉凉来了？"

江德昌又瞪眼，一副不解的样子，洪尚礼接过来说："德昌啊，其实，不让咱们参加对县城的总围困，这恰恰是上级对咱们二区民兵的特殊信任，你想啊，这沁源县城的那些鬼子他能不能够撑得下去？迟早还不得往出跑？再想一下，他能往哪里跑？难道是临汾、平遥、临石？不可能的，他只有往沁县这一条路跑。这也就是敌人再困难也不肯把交口据点撤掉的道理。因为他要交口的敌人当他的接应，因为交口和沁县之间仅有一个小时的路程，城关的敌人会以为，只要一到交口就算逃出一多半了。"

江德昌恍然大悟，王壁接着道："所以呀，德昌，指挥部给我们的任务是，一分一秒绝不放松，看住交口的敌人，既不能让他提前逃跑，又不能让他增援县城，而只能让他在这里等待灭亡。这一步关系着整个围困战的彻底胜利，也是指挥部对我们的重大信任。任务完成得好不好，就看你们的了。"

"哎呀，我的老叔，好书记，你这么和我说不就对了嘛，干吗还拿我开涮，吓人倒怪的。"说完，江德昌先笑，三个人一起笑了。

三人笑完，一营一连三个排长，区分委几个委员也都到了，一个正式的作战会议开始，王壁先讲了这次县城总围困的伟大意义和二区部队民兵所担负任务的特殊重要，洪尚礼接着具体讲解这次战斗的意义所在。他先在桌子上拿几个杯子摆成阵势，然后比划着说："大家看，这是城关，我们部队民兵四千多人从东南西三个方向包围了它，要说兵力对比，我四敌一，可如果硬打强攻，敌人困兽犹斗，再凭借坚固的钢筋水泥工事，只要他躲在乌龟壳里不出来，我们还真没有办法把他吃下去。即便吃下去了伤亡也不会小。因此，蔡总指挥请示上级，为敌人设下一个套子，就像江德昌打猎给野猪和豹子下套子一样，让咱们把交口的敌人暂时留着不打，甚至不去干扰他吃饭喝水，只要他不出来捣乱，就让他过得舒服一些，目的只有一个，就是给县城敌人以希望，让他们感觉交口这个据点还是可靠的，是他们的一条生路。而鬼子一旦逃出城关，离开了那些碉堡地堡，嘿嘿，你们说吧。"

众人一片惊叹，江德昌连拍巴掌，然后道："你看你看，这才叫个说得明白，你要早和我说，那我就，嘿！"

沁源城外，一个新的战斗的早晨，在重重的硝烟中，高大的中心炮楼已经渐渐露出千疮百孔的容貌。随着远处用炸药抛射器抛射过来的又一颗飞雷凌空爆炸，又是几块砖头在慢慢脱落。目睹这一切，站在城西几百米处离县城最近的山地——石人圪嘴前线指挥所的新任沁源县副县长兼县游击大队长朱秀一边用望远镜观察着，一边和几个人说道："这几天飞雷干了多少？"

一人回答："最少五百颗了。聂连长鼓捣的这东西就是厉害，我看比鬼子的迫击炮可厉害多了，够狗日的喝一壶了。"

朱秀又问："水怎么样，我是说城里的水控制得怎么样？"

有人回答："大队长，不，朱县长，按照指挥部指示，城内所有水源已经断水三天，只有皇协军院子里的那口井没怎么动。"

"什么？没怎么动，意思是你们还真动了？谁让你们擅自行动的？"朱秀一下发怒了，"散兵游勇，就永远没个组织纪律？"不等人接话又补充一句："以后别扯什么县长，还是老朱朱大队长好听。"

众人轻轻笑了。

有人解释："大队长，大家也是觉得咱们对那些二鬼子太客气了。他们帮日本人干事，咱为什么不能给他们找点儿麻烦？"

朱秀本想说高明亮是自己人，是抗日的功臣。可话到嘴边，这个大老粗还是细了一次："你们啊，这个，这个，咱们对伪军要讲党的政策，要分化瓦解嘛，中国人不打中国人，光是嘴上说说啊？"隔了一下，又补充道，"再打皇协军，必须有我的同意。这是纪律。"

就在我军民热火朝天地准备攻打县城的时候，躲在炮楼里的那些日伪军和汉奸却陷入了惶惶不可终日之中。在中心炮楼旁边一间外表高大华丽的房间，现在已经成为阴暗潮湿的象征，所有的窗户都被一层厚厚的铁皮包裹着，只留下些许的缝隙通风透气，这也就造成了屋子里光线太暗，大白天也须点灯照明的现状。这所房子现在是挂名的维持会长蓝妮儿的家，也是她的"办公地点"，自从杨铭之失踪，住在杨家大院的蓝妮儿就处在日军和特务的严密保护或曰监视之下。再到后来，当张玉甫出事、花谷正调走之后，鹿野为了实现对这个尤物的完全占有，就把她连同她的办公地点一起挪到了和他的司令部紧紧相连的这里。直到鹿野滚蛋，伊藤俊接手驻沁源日军最高位置，又顺便把蓝妮儿也全盘接收过来。蓝妮儿可谓沁源城里日伪军屈指可数的"三朝元老"了。要说起来，这个由蓝会长蓝女士独享的屋子本来是高大敞亮的，但现今城里早已停电，就连点灯用的煤油也基本消耗殆尽，因此，躺在一张硕大席梦思床上的蓝妮儿那雪白的皮肤就成了这屋里最佳的照明光源。与此相对应的，是伊藤那赤裸的上身和深黑的胸毛。尽管兵临城下，尽管危机四伏，但是对于蓝妮儿，伊藤是绝不能忘记的。而他对于这个尤物的回报也随着城内形势的一天天恶化而改变着。现在，他再也不能拿维持会长，甚至沁源县长这样的空头支票来满足蓝妮儿的欲望，也不能再用四处搜刮来的珠宝、首饰之类女人喜欢的东西来吊起她的胃口，因为这些东西在目前的情况下都显得那么的荒诞和无聊。人，城内的每一个人最需要的是水和饭，是一次"奢侈"的热水澡，一餐温暖的家常饭。而能够为蓝妮儿提供这一切的，自然非伊藤俊莫属。

"太君，这仗还能打下去吗？您要走了我怎么办？"当伊藤还在气喘吁吁地回味这也许不会太多的享受时，蓝妮儿依偎着这个她并不喜欢，甚至有点憎恶的野兽，娇滴滴地提出了自己最关心的问题。

"嗯，你说什么？我要走，我去哪里？就算我走，又怎么能舍得扔下你这个宝贝呢？难道一个帝国军人、武士道者竟连一个自己心爱的女人都不能保护吗？"伊藤一本正经，做出一副真正男子汉的派头。

"太君，"蓝妮儿小心翼翼地说出了一个试探性的话题，"听说井上太君明天要回太原去，您可以让我跟他先走一步吗？我会在太原等着您的。"

"什么？"伊藤似被电击了一下，"谁告诉你的？他的任务只是到沁县求援，然后还要回到这里来的。你这个女人，难道背着我和井上也有勾当吗？"

蓝妮儿真是后悔不迭，本来今天下午井上三郎已经悄悄和她约好，明天一早井上将出现在她这间房屋的门口，到时只要井上一声咳嗽，蓝妮儿就将在井上带领的那一小支马队中混出县城。蓝妮儿当然清楚井上的用意，但这事儿怎么就和伊藤说了呢？难道是想向这个魔王显示自己的魅力吗？蓝妮儿无法向自己解释。但一个十分明显的问题是，伊藤临走告诉她："你，永远别想和井上在一起，你就老老实实在这里待着吧。"随后就是一声令人心悸的声音，"咔嗒"，铁门上锁了。

平心而论，伊藤对蓝妮儿还是真心爱护的，当然这不能成为一种真爱，却足以激发他的全部雄性激素，使他产生足够的占有欲望，不允许同类中的任何雄性再碰这个女人。虽然他知道，这种占有本身不具备任何合法性。但是现在，在这一方天地里，他就是法。

第二天一早，天刚蒙蒙亮，手握太原日军司令部专电，作为伊藤俊特命全权代表的宪兵队长井上三郎就来到蓝妮儿的那间房屋前，按照约定，只要他在外面咳嗽两声，一身男装的她就应该出来，然后，然后永远离开这令人恐怖的地方，离开伊藤俊那只野兽。可是，焦急的井上三郎一连三次做了相同的事情而始终不见蓝妮儿的回音，这时，他才发现，她的门竟然上了锁，而且是两把大锁。井上三郎绝望了，掏出枪来，往那门锁上"啪啪"两枪，门锁应声而落，可是空空如也的房间里显然已经没有他所想要的那个人。

"好吧，这样也好，就让你们葬身在这个地方吧，我井上三郎是再也不会回到这里来了。"井上三郎默默念叨着，打马而去。

其实，当井上来到蓝妮儿住所的时候，蓝妮儿就在一步之隔的伊藤队部那间常人不得入内的卧室里面。井上三郎的三次共六声超级咳嗽，她听得一清二楚，但她明白，她不能有任何反应，因为那不仅会给自己招来横祸，而且会给井上三郎带来麻烦。在井上与伊藤之间，她必须选择其一为自己的保护伞，二者只能有其一，不能有其二。而现实的情况是，她已经不可能选择井上三郎了。尽管从伊藤和井上这两个日本人来说，蓝妮儿更能够接受的是要文静、儒雅得多的井上三郎，而不是更野蛮更霸道的伪君子伊藤。

井上走了，蓝妮儿松了口气，伊藤也松了口气，虽然他也想到了井上三郎完全有可能是借此机会一走了之，而所谓到沁县和长治去协调援军只不过是一个美妙的谎言。但伊藤还是让他走了，究其原因，不能不说伊藤多少还对所谓的增援抱有幻想，但也不能不说有很大的成分，是因为他对这个自以为是的宪兵队长越来越不喜欢了，让这家伙滚蛋，走得越远越好。或许，这也是古往今来多少昏君、亡国之君的共同心理。而伊藤俊现在正是这样一个小小独立王国中的独裁者。

　　"蓝小姐，就让那个人去吧，我们再来一次。"伊藤兽态萌发，正要动作，忽听窗外窸窸窣窣一阵响动，这响动极大地干扰了伊藤的情绪，"八嘎，难道那个家伙还没有走开吗？"伊藤不再隐忍，只穿一条短裤，赤身裸体冲了出去，手里提着一把明晃晃削铁如泥的战刀。

　　然而，门外的情况令他啼笑皆非，一个日军军曹正猫着腰，饿虎扑食一般往地上一扑，然后慢慢站起来，手中抓着一只并不太肥硕的老鼠，一边往起站，一边喃喃自语："不错，可以吃上肉了。"

　　而在不远处，一名日军士兵正在马厩里拿着钢盔接马尿，那马却总也尿不出来，这时，另一日军士兵过来熊道："你的，不要接了，太君有令，这匹马要杀掉。"说着，刺刀一挥，战马轰然倒下，鲜血顺着刺刀喷涌而出。两个士兵争相张开大嘴贪婪地吮吸着马血。伊藤这才想起，正是自己同意把这匹马杀掉的。最多一小时后，喷香的马肉就会端上他和蓝妮儿的餐桌。

　　井上的离去有些突然，以至于他那不到十个人的小小马队通过我民兵和部队层层叠叠的封锁线时竟畅行无阻，这其中的原因，一是我部队和民兵虽然人多但建制也乱，大家打打游击，打一枪就跑时一般倒也不误大事，而打这么大的仗，互相之间的联系就是个问题，尤其是部队和民兵之间，既没有统一的番号，也没有通信暗语和密码，完全是你认识我，我认识他，这样人与人的联系。而井上三郎又很狡猾，知道硬打不行，就换上了几身显得很旧的我军服装，再有一个会说沁源方言的特务在前面答话，这样下来，从城关到交口，一路四十里地，通过民兵防线若干道，竟然都只要喊句话就过去了。直到交口，就在据点前面不到二里地的二沁大道必经之路花豹岭上，也是初始的顺利使井上三郎得意忘形，忘了身处何地、此乃何时，竟然拿出两杆小旗子和交口的鬼子打起了旗语，意思是问交口的鬼子这里八路军的有没有、你们能不能前出接应井上太君云云。

且说江德昌在王壁与洪尚礼的开导下，知道了留在交口的重要性，便带着他的好伙伴"豹子"一心一意扑在这个岗位上监视起对面据点上的一举一动。这一天，也是井上三郎好运将尽，他和交口鬼子打旗语的时候，第一时间就被眼尖的江德昌给看见，德昌开始很觉蹊跷，心想，这些人有意思，明明穿的是八路军的服装，可怎么那旗子却不像是摇给这边看的。那么，他是在做什么游戏还是训练呢？也不对，现在县城都打成一锅粥了谁还有这个兴趣。想到这里，江德昌推了推一边正拿着一个什么本本写着东西的洪尚礼："哎，哎，快给咱们看看，这几个人是要干什么呢？"

洪尚礼不看则已，一看，也不由得一脸惊诧，嘴里念念有词："是啊，这是旗语。"猛然一拍大腿："德昌，你小子又是一功啊，知道吗？这是旗语，鬼子联络用的，上次州西岭，鬼子就用这个联络的。看见了吗？这些家伙还穿着咱的衣服骑着马，说明不是小人物，准备战斗，一排二排监视据点动向，出来一个打一个，一个不准放过，三排和民兵跟我盯住这十来个家伙，走近了再打。"

站在交口据点工字形炮楼上的小野伸二看见井上三郎的旗语也觉得这家伙胆大命大，竟然能够从八路军和"土八路"重兵包围的城关皮毛不损来到这里。要说这些天，小野也是处于两难的状态，虽然电话早就不通了，但是由于伊藤给他配备了电台，那就时时少不了要汇报这里的有关战况。怎么汇报呢？小野的办法是，天天有仗打，天天打胜仗，八路军太狡猾，民兵人太多，据点能自保，出击有困难。反正就这一套，而伊藤也无所谓信与不信，只要交口这颗棋子能够牢牢地放在它应该在的点上就可以了。井上宪兵队长将要到来并到沁县去的事情，按说小野昨天就知道了，可是他根本就不信井上能来，因为这一路上的八路军和"土八路"那是太多了，也太厉害了。既然不相信能来，小野也就没有什么前去接应之类的准备。可是井上三郎居然来了，这让小野伸二既吃惊又佩服，但紧接着就必须做出接应还是不接应的选择。小野清楚，他的一举一动都在八路军的监视之下，对于这一点，他已经接受了这个现实，反正迟早有一天我是要走的，何必现在和这些八路军和"土八路"耗费精力呢？所以他不能出击，也就不能接应。可是，伊藤有令要接应井上，而且井上肩负着为全军求援的重任，何况井上军衔比他高，职位比他大，小野不接应有点说不过去。所以，小野做出了一种最佳选择——摆出一副接应的架势，但不许部下当真去接应。

大早起床，伪装出发，对井上三郎这样训练有素的军人来说本来只是小菜一碟，但这段时间以来，不仅日军士兵吃不饱，就连井上这样的军官也是有一顿没一顿的。而更加可怜的是马匹，这些可爱的精灵，已经很久处于饥饿状态了，所以，仅仅走了四十里路，就一匹匹大气连喘，浑身冒汗。再加上蓝妮儿的事情，井上竟然感到一阵阵人困马乏，所以他才要和交口据点的小野打招呼，希望进去补充给养，稍事喘息。看到小野的回话，井上总算放下了心，于是告诉随从，打马前进，直奔据点。可是，井上的好心情还真不能长久，刚走不到几步，就听见据点那边枪声乍起，煞是热闹。井上知道，这是小野已经出动，和八路军干上了，他正要催促手下这十来个人赶快前进，以图从侧翼侧击八路军，从而实现和小野的会师。然而，令他怎么都没想到的是，据点那边的枪声就响了那么几下便停止了，显然是小野的出击受到了八路军的遏制，已经被打回去了。

"小野君，你混蛋，这是在应付我吗？"井上一边心里骂着，一边掉转马头，试图绕开大路沿河川闯过交口据点，然后直奔沁县而去，可是，他刚走了没有几步，冲在最前面的那匹马就一声嘶鸣，扑倒在地，一骑士从马上滚落下来。紧接着又一个，再是一个。井上三郎终于知道自己这一次不能蒙混过关了，身上那自己看起来都别扭的一身灰色不仅不能帮助自己，反而成为八路军射击的目标。但是，这个时候说什么都晚了，要想退回去已经不可能了，只有冲出去，或许还有一线生机。井上一下忘记了饥饿与疲劳，胯下马也似乎被注射了鸡血。趁着八路军与"土八路"的包围圈尚未形成，"啪啪"两声鞭子一甩，战马一下蹿出几百米去。这时井上回头再看，竟然只剩自己孤身一人。井上三郎也顾不得那许多了，再加一鞭，战马一声长嘶，正要加速飞驰，就被什么东西重重击了一下，一个趔趄，栽倒在地。当他清醒过来的时候，发现自己的身旁站着几个农民模样的人。井上三郎知道，这是被俘虏了啊，他不甘心于这样一种下场，试着动动身子，没有绑着，于是他大喊一声，要去夺一个人手中上着刺刀的大枪。枪声再起，井上三郎永远地趴在一个小山坡上不再吭气了。

春天的故事，绝世风流

　　井上三郎一走，阴培元就感到了命运的凄凉：我阴培元到县城来，什么好处也没落着，蓝妮儿又被伊藤一人霸占，漫不说我阴培元，就连井上那样的日本人也不能染指分毫。伊藤你怪不得带不好个兵、打不好个仗，蓝小姐人家本来就是公共用品，你仗着官大就给独霸了，也不考虑用这个女人来换取弟兄们的忠诚与信任。好吧，既然你不仁，休怪我不义，我阴培元也不能不为自己留条后路，那么，后路何在？思来想去，他很是有些后悔自己在交口据点时的那些作为了，倒不是对当汉奸后悔，而是对如今两头不落好的现实后悔。怎么办呢？有奶就是娘，共产党八路军的政策他自认为还是懂得的，不是说抗日不分先后、坦白从宽吗？好歹我阴某人也是个特务队队长，不是白丁一个，这就是资本，凭这个，就可以和八路军要价，如果再和县城里最具实力的皇协军团长高明亮取得联系，那八路军就不能不把我阴某当个菜了吧？

　　本来是漆黑一片的混沌世界，让阴培元这么自作聪明地一想，顿时豁然开朗起来，于是，井上三郎走后的当天下午，阴培元便找到了高明亮，几乎是赤裸裸地谈了自己的想法。

　　对于阴培元的来访，高明亮并没有足够的思想准备，因为对于这个人，他以前了解并不算多，只是阴培元在交口据点的那点"杰作"才引起了他的注意，知道这是一个死心塌地的汉奸。按照上级要求，对于这种作恶多端的铁杆汉奸，必须坚决清除之。正因如此，阴培元到县城上任特务队长后，高明亮在与其关系上尽量保持井水不犯河水的姿态，而在暗地里则早就设计了多种方案，在不引起伊藤怀疑的情况下，将其处决。可是，尽管方案很多，却没有一种方案是以阴培元的主动上钩为前提。然而，紧接着问题又来了，阴培元为什么会突然主动来和自己联系，难道他已经发现了什么蛛丝马迹？还是仅仅就是一种对形势的绝望和求生的本能？更或者这完全就是一个阴谋？面对阴培元以所谓的"觉醒"与咄咄逼人的"中国人的良心"为幌子而要求高明亮与自己同举"义旗"的说项，高明亮保持了清醒的头脑。基本上就是阴培元说，高明亮听，既不否定，也不肯定。直到阴培元急切地表达完自己的心情和设想中的计划，诸如由高和他二人为首，和八路军的高层直接联系，里应外合拿下城关，投向抗日阵营之怀抱等等，高明亮都只是听着，连头都不点，当然也不摇头，其间只有一个地方高明亮似有疑惑地问道："阴队长，为什么要和八路军高层联系，和咱们面前这些老打交道的八路军和'土八路'联系不是更方便吗？"

阴培元颇为老到地回道："高团长，看来你可真是一个纯粹的军人，对这个政治太不了解了。这其中的奥妙，还真是得老弟多和你说道说道。你想啊，咱老打交道的这些八路军和'土八路'是些什么货色，最大蔡青也就是个团长而已，他能给你这个团长个什么位置？咱们要是和八路军太岳军区或更高的八路军联系上了，那就不是他姓蔡的给咱什么位置，而是你给他什么脸色了。我阴培元这点本钱不说了，你高团长那要反水也得反个名堂不是？"

阴培元走后，高明亮立即召集沙成海等人开会，通报了阴培元的来访，并请大家拿出一个稳妥的应对方案，尽快上报太岳军区。

高明亮刚说完，沙成海便道："高团长，难道你真的以为阴培元这样的人也可以起义吗？"

高明亮笑道："你说呢？"

沙成海道："要我说，就阴培元这种垃圾，漫不说他现在所谓的起义只是一种对抗日的投机，就算他是真想起义，我们也不能和他这样的人一块儿干。什么东西，纯粹就是一个市侩。"

另一同志接道："是啊，团长，你听他那一套，还不和蔡团长联系呢，不就是一个标准的商人？和革命斤斤计较，你让他参加革命，那是在割他的肉，每一厘一毫都要算账的。"

沙成海又道："团长，我倒有个主意，干脆把这小子交伊藤得了，省得到时碍手碍脚，也给伊藤送点蒙汗药。"

高明亮先是一笑，然后嘴里蹦出四个字来："正合吾意。"

从高明亮处回到特务队阴暗潮湿的住房，阴培元肚里空空，但心里却很是得意，高明亮没有拒绝（虽然也没有答应），这就是一个好的开端。现在八路军和"土八路"对县城的攻击日甚一日，城里的供给却日益枯竭，他高明亮再是不懂政治，军事上的胜败优劣还是懂的吧。那么，我阴某给他指明了一条可以继续享受荣华富贵的光明大道，他还不是感激不尽？对于八路军来说，这个团的起义就应当算是我阴某的功劳，如果八路军给高明亮一个团长做，那以此推论，还不给我阴某一个团副当当？

阴培元很快就发现，他的梦马上就有了转变为现实的可能，因为高明亮打过电话来了。这使阴培元很是激动，本来以为桌上这电话已经根本没有什么用处了，想不到这残存的仅仅可以在城内使用的电话，在这个关键时刻竟然还有着这么重要的作用。尤其是高团长那两句话："老阴，我担心现在日本人对我们不是很放心，所以你我之间最好少见面，多打几个电话联系，反正日本人也听不懂你那一口家乡话。"听听，高团长不愧是老谋深算的军事家，想得多周到。阴培元都有些感激不尽了，不等高明亮多说，就竹筒倒豆子似的把自己想好的"反水计划"一股脑说了出去。可是，阴培元激动得太早了，他的电话还没打完，就听有人"咣咣"砸门，阴培元意犹未尽地对着电话说一句："高团长，你等下，我再给你打过去。"然后过来开门，一边开门一边骂："谁啊？着什么急？他妈的……"正在这时，门开了，不是阴培元自己打开的，而是来人砸开的，一队全副武装的日本宪兵闯了进来。

阴培元强作镇定，拉下脸问："你们不知道这是什么地方吗？"

一个日本宪兵照着阴培元的脸上"啪"地赏了一下，然后喝令："带走！"

一直来到伊藤队部，阴培元才意识到，他的"反水计划"暴露了，伊藤监听了他与高明亮的电话。于是，这个惯于投机的家伙脑子一转，反咬一口："太君，您上当了，反水计划是高团长让我做的，这事他是主谋，小人只是想把他的计划套出来，然后报告给太君的。我阴某的心可是向着大日本帝国，向着太君您的。"

"哈哈哈哈——"伊藤一阵大笑，回头招招手："请高君。"

高明亮一身戎装，戴一副雪白的手套，迈着稳健的步伐走了进来。

阴培元崩溃了。这个反复无常、诡计多端的小人，丧尽天良的汉奸终于像他的历届前任一样在高明亮的帮助下走到了生命的尽头。

春天真的来到了，众叛亲离的伊藤感到再也支撑不下去了。这一天，他以最恳切的语气向太原方面发出了最后一封求援电，明确指出，如果不能派遣大量的飞机空投食品和物资，守城部队将在不日崩溃。同样，如果不能派遣有力部队前来接应，则我部很难突围成功。这个时候，伊藤已经再也不谈所谓的"剿共"与实验了。事实上，就连这个作战计划的提出者冈村大将也很久没有过问此事了。

也许是出于怜悯，也许是出于理智，反正伊藤手下将近四百日军的生死对于太原的日军司令部来说大约也不能熟视无睹，毕竟帝国的圣战已经在兵力配备上处处捉襟见肘，有这样一支部队能够从一个绝对没有希望的地方撤出来，应该对于整个山西日军乃至华北方面军来说都是一件好事。总之，这一次，太原的日军司令部是下了可以拿得出来的最大的本钱，居然答应伊藤首先为其空投一部分食品和弹药，然后派沁县和襄垣两地日军在其突围的时候前往接应。

对于伊藤和被困多时的日军来说，这确实是一个喜讯，但伊藤并不知道，这个所谓的喜讯在第一时间就已经被我太岳军区有关方面截获。于是出现了令人啼笑皆非的一幕，当日军飞机前来空投食品和物资的时候，领航员突然发现，并不太大的沁源县城居然同时出现了两个一模一样的空投场地，不仅方向基本相同，而且标识完全一样。孰真孰假，一时难辨，情急之下，领航员只能采取平均分配的办法，把一半的物资直接投到了八路军和"土八路"为其开辟的空投场上，而翘首以待的日军和伪军也仅仅能够得到其一半的物资。

少是少了点，但是只要有了这救急的食品和弹药，伊藤就有了最后一战险地求生的欲望和决心。剩下的，就是如何以最快的速度穿越从县城到圣佛岭这虽然只有二十五公里却必然是层层鬼门关、道道摩天岭的死亡之路。当然，在此之前，还有一件事情要做，那就是如何让高明亮和他的皇协军心甘情愿地充当为皇军分忧的替死鬼，至少分散八路军和"土八路"的一半兵力，把八路军的主力尽可能地吸引在县城。

不出高明亮所料，接到空投物资的当天夜里，伊藤没打招呼就屈驾来到他的驻地。高明亮显示出一副受宠若惊的样子，伊藤则做出很随便的姿态，一边点着高明亮递过来的香烟，一边开门见山道："高君，明天皇军有一个重要的任务，需要到二沁公路与沁县相接的地方去迎接前来支援我们的部队以及一批重要物资。这里的守城任务就交给你。一天，只要一天的时间，皇军一定能够顺利返回。高君认为这个任务能否完成，或者还有什么需要补充的吗？"

高明亮明白，伊藤这是要玩金蝉脱壳之计，岂不知对于高明亮来说正中下怀。看来真是不得不佩服军区首长对当前形势的判断了。本来，按照高明亮等人的计划，是要在我军和民兵对县城的围困总攻发起前举行战场起义的，但军区首长认为，目前的形势下，我军对沁源之敌还是以围困为主要手段，强攻并不是首选战术。而且必须明白，以我军现有之火力，还构不成对敌坚固工事的决定性摧毁。也就是说，强攻硬战固然壮观，固然解气，但无谓的牺牲却不是一个优秀指挥员应有之选择。最好的办法是诱使敌人出城，放弃坚城而与我进行野战，到那时候，鬼子就真正陷入了人民战争的汪洋大海而不能自拔了。

真是棋高一招，高瞻远瞩，伊藤的光临，证实了军区首长的预见，那么，高明亮又有什么道理不愉快接受这一"艰巨"的任务呢？恰恰相反，正因为希望如此，所以表现出来的就一定是不愿如此。以高明亮对伊藤的了解，他当然知道，伊藤在任何时候都未必会真正相信中国人，即便你是一个铁了心当汉奸的走狗，何况现在形势险恶，危机重重。所以，对于伊藤的命令，高明亮先是怔怔地看着对方，而后不停地摇起了头。伊藤有点着急了，赶忙问道："高君，你认为这样有什么不妥吗？"

高明亮缓缓而道："太君，不是高某不愿接这个任务，而是实在接不起呀，太君知道，皇协军就这点人、这几杆枪，要和像蚂蚁一样围在县城周围的这些八路军和'土八路'对抗，兵力火力上先就吃亏，听说八路军这次可是来主力了，不光是土枪土炮，连迫击炮都一打一大串，要有皇军在撑腰，怎么都好说，光是皇协军哪里能够受得了；再说，兵马未动，粮草先行，咱可是好久都没让弟兄们吃一顿饱饭了。现在一下接这么重的任务，这么大的防区，这，这……"高明亮做出一副为难的样子。

伊藤放心了，放心了他就能够拿出足以让高明亮满意的答复，只见伊藤哈哈一笑，拍着高明亮的肩膀，很是友好地说道："高君，你说得有道理，我怎么能让大家饿着肚子打仗呢？你说的这些，皇军已有准备，今天空投的东西，拿出一半来给皇协军，光罐头就够你的人吃几天的了，至于武器弹药，更不成问题，迫击炮、重机枪大大的，一定要让你的火力压制八路军，等待皇军凯旋。"伊藤假话真说，底气十足。

高明亮知道，所谓凯旋，只能是空头支票，但伊藤的食品和武器倒是真的，虽然说这些武器充其量也就是日军带着也是累赘的多余物资，但留给自己，准比让他给毁掉要强。而那些食品就显然是伊藤下狠心从牙缝里抠出来的了。

夜半时分，一场不大不小的春雨不期而至，城外民兵的阵地上，由于没有排水措施，壕堑里一时到处变成了水泊和泥塘，而部队的工事则只是因为这场雨而变得湿润而已，一点都不影响对前沿和敌情的观察。目睹这一情况，朱秀感慨良多，不由得对一同视察阵地的蔡青说："老蔡啊，咱的民兵你可还得下功夫帮我操练啊，你看看，这个阵地，一比吓一跳，弄不好会误事的。"

蔡青却不慌不忙道："老朱啊，阵地积了水也不全是坏事，咱不是有聂佩璋新研究出来的水雷吗？鬼子要冲咱民兵阵地来，咱就让他来吃这个苦头，把地雷干脆往有水的壕堑里埋。这个他肯定不防。"

"那咱的人呢？"朱秀一问出口，马上自己接道，"对，咱现在赶紧地靠后再挖一道防线。好不好？"

"哈哈，这个老朱，你都说了还问我？"蔡青哈哈大笑。

伊藤不到凌晨三点就起床了，一切准备停当，五时整，伊藤命令日军所有轻重火炮一齐开火。一时间，整个城关上空硝烟弥漫、炮声隆隆，而我军和民兵阵地上则除了几个观察哨之外，绝大多数人都躲到了新挖的防炮洞里，就民兵来说，这也是这几天刚从八路军那里学来的新本事。平时这些洞洞用不上，一到这时，就成了大家一边躲炮击，一边聊大天的场所。可是，这炮击刚躲了一会儿，有的人连袋烟都没有抽完，就听上面传来命令，立即回到阵地，严密观察，敌人要跑。

伊藤确实是以炮击为掩护，开始运动部队的。民兵们刚一回到阵地，就看见一群群的鬼子猫着腰在快速往我民兵阵地冲了过来。朱秀钢牙一咬："娘的，欺负我民兵没打过阵地战，找软柿子来了。好，我就让你高兴一阵子。"于是下令，每人只准打一枪，赶紧后撤。

冲在前面的是伊藤精心组织的军曹突击队，这些家伙，都是久经战阵的老兵油子，平时就不把"土八路"放在眼里，可没想到，再没放在眼里的敌人也不至于这么不经打。刚一冲锋，对方就撤，这一来，原先准备好的那点子拼命劲儿反倒没地方用了。日本军曹们互相看着，得意地笑着，他们的任务就是要占领这块"土八路"的阵地——城西一带唯一的制高点，以掩护伊藤的主力出城上路。可是，他们怎么能够想到，刚才还是"土八路"藏身的阵地，等皇军一脚踏进来，它就成了地雷试验场，最先冲上"土八路"阵地的几个鬼子，一个个都在"轰隆"的爆炸声中早于伊藤的主力回到日本去了，剩下的那些，一看势头不对，早把冲天的勇气化作一阵清风，扔下同伴，掉头就跑。

其实，对于这支军曹突击队的命运，早已不在伊藤的关切之内，现在，他和他的不到四百人的大日本皇军所想的只有一件事，那就是赶快离开这个曾经是"没有人民的世界"，如今却变成了人民战争汪洋大海的可怕地方，从此摆脱这夜以继日的恐慌与饥饿。百忙之中，他竟然把一件事情给忘了，那就是曾经给他带来多少安慰与欢乐的蓝妮儿蓝"会长"。原本他是确实答应过把这个尤物带到天涯海角，任意一个地方归他所独有的。可是，形势逼人，悠悠万事，生命为大，当此关头，连自己的命能否保住都已成为悬念的情况下，哪有闲情来想女人呢？然而，伊藤俊不想可以，蓝妮儿不想就不可能了。蝼蚁尚且惜命，何况蓝妮儿不是蝼蚁，眼见得伊藤和他的部队一个个全副武装，一派奔命的样子，蓝妮儿也早早起床收拾细软做好了出发的准备，可是左等不来右等不到，蓝妮儿着急，一横心，来到了已经跨上马背、就要开路的伊藤面前。

伊藤的心有些慌乱起来，这个杀人不眨眼的魔王，唯有在此时此刻才显现出多少残存的一丝人性，面对泪洒粉面的蓝妮儿，伊藤在他的下属和士兵面前弯下身来，握着那只细腻而光滑的小手，轻声道："蓝，我不会忘了你的，去，拿上你的细软，我等你。"

蓝妮儿高兴地回身向一步之隔的住所跑去，伊藤拔出枪来，"噗"的一声，蓝妮儿迎面栽倒，一声没吭。伊藤翻身下马，走过去，再次轻拍他曾经的所爱，然后，转身上马，一句话也不说，迅即策马跑到队伍的前面。

伊藤的计划是在牺牲掉那几十名军曹的情况下，以偷袭加强攻的手段闯过城外八路军的第一道封锁线，然后不走大路，而是沿沁河而上，直达交口，再和交口的日军会合，突破八路军最后的封锁，拼死冲到沁县。可是，军曹突击队并没有给他牢牢占领并扼守制高点，这也就造成了日军刚一离开原有的既设防守工事，马上就陷入我军和民兵的包围之中。数不清的迫击炮，数不清的榆木炮，数不清的地雷阵，伊藤立时分辨不清敌人究竟有多少，也看不清楚部队出路在何方。他想后退一步，返回原有的炮楼，重整部队，再做打算。可是有人告诉他，返不回去了，因为高明亮的部队已经投降八路军或者说那个人本来就是八路军。伊藤不信，他确实不敢相信，但当他回头再看几十分钟之前还属于他的领地的那些坚固的炮楼时才发现，刚才射向他们的那些炮弹、那些枪弹，好些就是从他们刚刚离开的那个地方射出来的。情急之下，伊藤命令部队轻装前进，丢掉好不容易才补充上的那些辎重物资，卸掉骡驮，改为战骑，从而临时组织起一支足有一百人的骑兵。伊藤一马当先，用机枪和手榴弹开路，顾不得随时可能爆炸的地雷，也顾不得接连倒下的马匹和士兵，真可谓杀开了一条血路。

要说伊藤此人，虽系宪兵出身，但毕竟曾是士官学校的高才生，军事素质绝对一流，当宪兵队长多年，但单兵作战的基本技术和能力却始终没丢。当然这也是那个时代大多数日军中下级军官的普遍特色。现在就是这样，伊藤中佐已将近四十岁的年纪，却始终冲在队伍的第一线，甚至是第一个突破了民兵和八路军的三道严密封锁。当他带领日军一路冲杀，好不容易到达一处开阔地，可以稍加喘息时，伊藤发现，他的一百人的骑兵已经只有不到五十人了。然而，就是这五十人，却使伊藤看到了成功突围的希望，看着一个个浑身血污的官兵，伊藤大声说道："诸君，你们都是好样的，我们已经突破八路军和'土八路'号称四千人的封锁线，很快就要到达交口了。也就是说，我们胜利在望了。诸位努把力，不要辜负了你们英勇的武士精神。"

在这一瞬间，所有的骑士都被他们的最高长官感动了。

交口，花豹岭临时指挥所，临近正午，太阳直射下来，照在掩体中观察情况的洪尚礼、江德昌等人身上，人们的脸上在冒汗，但他们的心里更在冒火。

江德昌永远是第一个坐不住的，一边嘴里嚼着一截树枝，一边埋怨道："哎，哎，洪营长，你这都当营长了，说话也不算数？"

洪尚礼一愣："哎，你小子说清楚啊，我怎么说话不算数了？"

"哼，你不是说鬼子不等上午准从这里过吗，看看，都什么时候了，连个鬼影都没有。"

洪尚礼笑了："江德昌啊，你着什么急？鬼子在城关就全被消灭了那不更好吗？都省得咱们动手了。"

"哎，哎，那可不行，我说要到城关打鬼子去，你们不让，说什么人家给咱留着呢，到现在你又说省得动手了。我可告你啊，我要到蔡团长那里告你一状，就说你欺骗民兵，破坏军民关系，让你这个营长当不成。"江德昌现在拿洪尚礼这个准姐夫就是半真半假开玩笑，反正洪尚礼也真没什么高招弄他。可是这一回，洪营长也是得理不饶人，只见他一把揪住足足比自己高出半头的江德昌，往远处一指道："小子，告，告，告去呀，看见没有，日本人和姐夫好着呢，叫来就来，你看来了没有？"

江德昌拿过洪尚礼的望远镜一看，还真是，老远的河滩上，一队骑兵正在摸索着往前走，走走停停，停停走走，显然是被我军和民兵的地雷阵折腾怕了，先排雷再走路。江德昌一见鬼子，立马火气全消："嘿，营长有水平啊，还和日本鬼子勾搭上了，回去得把这个告诉我姐，让她防着点。"

两人正在说笑，背后一阵声音，洪尚礼回头一看，王壁书记陪同蔡青总指挥、朱秀副总指挥还有一位穿皇协军军装的大个子一行十来个人骑马从后山过来。蔡青见到江德昌，高兴地把他叫过来，颇为关切地问道："江德昌啊，咱们太岳区最年轻的地雷大王加神枪手。我可告诉你啊，上次我都没和你细说，咱刘书记在延安向毛主席、周副主席、朱总司令等中央领导汇报了沁源的情况，其中还提到你这个年轻的大英雄了呢。而且，周副主席还说，应该让世界知道我们的英雄，让别人也看一下抗战中的中国青年（两年后的1947年，江德昌作为解放区代表出席了在捷克斯洛伐克首都布拉格召开的世界青年联欢节代表大会）。刘书记这就快回来了。你说吧，这一次计划拿什么成绩向书记汇报？"

江德昌愣住了，毛主席，周副主席，朱总司令，他们也在关注着英勇奋战中的沁源人民，这是何等的荣耀！一时语塞，他感觉到一股热流涌上脑际，想说什么，又什么也说不出来。幸亏洪尚礼给他解围，用眼神暗示手中的望远镜，这才使江德昌突然意识到现在最应该说的最应该干的是什么。江德昌忽地往前一步，一个标准的举手礼："报告总指挥，江德昌至少要在这一次的阻击战中拿三个鬼子的脑袋向刘书记和蔡总指挥做汇报。"

"好，好啊！"蔡青连声道好，又转向洪尚礼："洪尚礼啊，你这个营长新官上任，可不能输给自己的小舅子啊。"说完，哈哈大笑。朱秀、王壁等人也笑，直把个洪尚礼笑得满脸飞红，小声道："团长，你也不看在哪儿。"

经过一番浴血冲杀，伊藤和他的骑兵小队以及随后赶来的近一百人的步兵，总数将近二百多人，虽说多有伤残，磕磕绊绊，却总算他的第一个目标——交口据点已经在望，近在咫尺。从常理上讲，这么近的距离，一个冲锋，快速行军，交口据点即可到达。但伊藤没有重蹈井上的覆辙，而是兵分两路，以几十名骑兵和一个中队的步兵为一路，直接向我花豹岭阵地而来，而伊藤自己和其余几十名骑兵以及差不多另一个中队的步兵则越过沁河，绕道后山，多走起码三到四里的路程，然后进入交口据点。由于伊藤动作隐蔽、行动迅速，所以当洪尚礼、江德昌等人在蔡青的亲自督战下将企图攻击我花豹岭阵地的总数一百多日军步骑兵一举全歼，然后由沙成海将日军尸体和少数几个俘虏挨个查看后，才发现伊藤根本不在其中。

伊藤再次逃过一劫，虽然辛苦一些，却总算把一百多人在临近中午时分安全带到了交口据点。原本宽敞得有点荒凉的交口据点顿时人稠地窄起来，工字形炮楼下面一排溜摆开几只大桶，鬼子们摘下头上的钢盔舀起水来就喝，活脱脱饮牲口一般。说来也是，一路冲杀，人困马乏，这路上虽几经沁河，河里水有的是，可那个时候保命要紧，哪里还顾得上喝水？现在一到这好不容易由皇军控制的地盘，肚子里那个渴劲一下子就膨胀起来。刚喝过水，大家又开始翻箱倒柜找起吃的来。一刹那，据点里的厨房变成了战场，大锅里剩下的米饭，蒸笼里留下的馒头，乃至几个连洗都没洗的萝卜，顿时都成了抢夺的对象。

但是，不管人们怎么忙碌，大家都是人不离枪、马不离鞍，一副随时准备战斗的样子。看看大家吃也吃了喝也喝了，马匹好歹也算休息过了，伊藤下令，连同交口据点的所有日军和伪军一起开拔，他不允许再有第二个高明亮出现，不为别的，就怕背后一刀。

圣佛岭是沁县与沁源两县相交的天然分界线，也是历来的兵家必争之地，盖因此处山高林密，怪石嶙峋，易守难攻，只要把两边山头一占，纵是千军万马，你也休想从这两山之间的道路通过。

当伊藤和他的残兵败将涌入交口据点的时候，蔡青、朱秀连同结束了战斗的洪尚礼、江德昌等原在花豹岭打阻击的二区民兵和三十八团一营，已经来到圣佛岭上二十五团二营和洪赵支队的阻击阵地。看着眼前鳞次栉比的阻击阵地和斗志高昂的八路军战士，江德昌如梦方醒，捅捅准姐夫洪尚礼，小声说：“嘿，真没想到，还有这么大的场面，我还以为光是城关有仗打呢。”

洪尚礼悄声回道：“还好意思说，知道为什么叫你过来吗？就是上一课。学着点，打仗就是下棋，要看好几步。不能只看一步棋。”

江德昌点头道：“怪不得弄个象棋也老下不过你，哼，也不教教人，还营长姐夫呢。”

一句话，把洪尚礼顶得出不上气来，却让蔡青听见了，竟然连声说好，而且给江德昌出主意：“德昌啊，说得好，你这个姐夫是不怎么样，连小舅子都舍不得教教，把他这个营长撤了好不好？”

这一下，江德昌可不干了：“蔡团长，可不敢，可不敢。你把他撤了我倒没意见，我姐那里我就该倒霉了，咳，反正倒霉的总是我呗。”

众人一笑，倒也给紧张的空气中融入了几分轻松和愉悦。

笑完之后，江德昌要求给任务，蔡青道：“正好，德昌啊，你不是枪打得准吗？今天给你个特殊任务，你把你那姐夫拉上，别在这里和他们挤，到半山腰去，待会儿给伊藤背后来一枪如何？”

事实上，圣佛岭上刚刚发生过一场激战。半个小时前正是二十五团二营和洪赵支队，在这里击退了从沁县和襄垣两地赶来增援沁源日军的一千多鬼子和伪军。现在，经过激战的战士们有的正在加固工事，有的正在把枪口和弹药从向东的方向掉转到向西的方向上来。还有的则在从山坡上捡拾敌人遗弃的枪支弹药。两个八路军战士抬着整整一驮的机枪子弹，兴高采烈地来到蔡青等首长跟前，一战士说："首长，敌人真懂事，知道咱们的机枪快没子弹了，一补充就是十几箱，够打一阵子的了。"

蔡青答道："对啊，没有枪，没有炮，敌人给我们造。这正是敌人和我们的合作关系啊。"

众人又是大笑。

这时，远处传来几个人的嘈杂声。"不准动，举起手来！"一个战士端枪暴喝。

树丛中爬出两个人来，一个头上流血，一个拖着大腿；一个呜里哇啦，一个倒是标准的方言："八路军长官饶命，饶命，俺可不是自愿当汉奸的，是太君，不，鬼子逼的。俺们知道沁源人不当汉奸、最恨汉奸，可俺不来不行呀。"

两个俘虏被抬到蔡青跟前。

蔡青问："你们从哪里来，任务是什么？"

那伪军忙不迭地回答："俺们从沁县来，这个太君，不，鬼子，是中队长，我是一个班长，连同襄垣来的人，一共一千多，说是来接应一个大官，叫伊什么的，还有沁源的日本人。谁知你们光在这里就布置了两个团的八路军主力吧？"

蔡青又问："你怎么知道有两个团的兵力？"

伪军答道："我看到的呀，老天爷呀，光大炮都排着队地放，所以我们一打就败，败了就撤，撤得慢一些就让你们给打中了。"

朱秀接道："来，来来，你看，你看看。"他手指着山上一群群不穿军装却扛着枪和几门榆木炮的人群说，"告诉你，这就是你们说的两个团和让你们魂飞魄散排着队的大炮。"

俘虏低下了头，一边看着二十五团的卫生员正在给他包扎伤口，一边低声说："唉，就算是民兵吧，反正你们沁源的民兵也和正规的八路军差不多了。"

从交口据点出发后，伊藤和他的皇军就没再消停，一路地打枪放炮，一路地丢盔弃甲，当伊藤率领这四五百日伪军来到圣佛岭下时，他一眼望见的并非盼望已久的接应部队，而是山头上迎风飘扬的红旗。

伊藤俊不禁愣住了。他立刻意识到这里发生的事情以及这事情对他有多么严重。事到临头，反倒冷静下来，下了马，把部队集中起来，不失气派而洪亮地开始训话："诸君，看到了吗？八路军已经切断了我们的退路。援兵是来不了了。我们只有靠自己，靠大和民族的武士道精神拼死一战，方可脱此险境。诸君，不成功，便成仁，但我们一定要争取成功。现在，全军再次轻装，扔掉一切辎重，分左右两个分队，以钳形攻势，一举拿下圣佛岭，闯过鬼门关。"说完，摘下手上雪白的手套，将战刀从刀鞘中"呛啷"一下抽出。

"哈伊！"鬼子们一声整齐地呐喊，分两路向山头扑去。伪军们则在左顾右盼选择自己或许早就想好的路径，渐渐地都脱离了伊藤和日军的队伍。

与此同时，在圣佛岭山顶的掩体内，蔡青、朱秀等人正在用望远镜监视着山下日伪的行动，一千米，五百米，四百米，三百米，两百米，日军的刺刀和东洋刀的闪光都清晰可见了，蔡青一声令下："打！"

顿时，机枪、步枪、手枪、手榴弹倾泻而来，一排鬼子倒下了，又一排鬼子冲上来，死亡不能阻止这些亡命之徒"武士道"式的前进，眼看伊藤的指挥刀就要挥舞到山顶上了。突然，鬼子背后一阵清脆的机枪声骤然响起，间或还有几声"啪，啪"的步枪声音，而正是随着步枪的准确点杀，原本在后面掩护部队冲锋的几个日军重机枪手纷纷倒下。这突如其来的打击，正来自蔡青的特别安排——江德昌与洪尚礼分队的神枪狙击。

鬼子兵如潮水般退了下来，任凭伊藤俊声嘶力竭地阻止，奈何大势所趋，势不可挡。在八路军和民兵的层层包围压迫下，伊藤仅存的四五十人被压缩到方圆不到三百米的一小块山坳里。

枪声停了，淡淡的硝烟中，伊藤俊脱掉军装外套，只穿一件白色衬衣，回头看看遍体鳞伤的士兵和官佐，大声说："诸君，现在是我们为天皇尽忠的时候了。小野君，你先行一步吧，我等随后就到。"

小野伸二二话不说，拔出战刀，晃一晃，大吼一声，一抹脖子，成仁去了。十几名军官有的剖腹，有的自刎，一一倒下，目送部下完成了成仁大礼的伊藤俊颇为欣慰地举起了战刀，但不等他那一声吼出，"啪"，一颗子弹飞来，战刀飞出几米远去，伊藤回头看时，洪尚礼手中那支德国二十响正在冒着青烟。

蔡青、朱秀等走向伊藤，沙成海高声喊着："举起手来，八路军优待俘虏。"

伊藤目露凶光，死死地盯着这个他曾经的部下，大气直喘，额头间青筋立暴。突然，纵身一跃，倾力撞向一块菱形的巨石。

红旗飘扬在圣佛岭上，人群欢腾在太岳山间，沁水河畔，渐渐地，人群集中过来，王壁笑着对蔡青道："总指挥，刘书记不在，你就讲几句吧。不讲，群众也散不了啊。"

蔡青也笑着回答："好，就讲几句。"转身走向一座小山头，以他那具有磁性的湖南腔开始了一次激动人心的讲演："同志们，乡亲们，我们胜利了！沁源军民两年半艰苦卓绝的围困斗争，以我们的全面胜利、日寇的彻底失败而结束了。冈村宁次一手策划的'山岳剿共实验区'也彻底完蛋了。"

山呼海啸般的欢呼。

蔡青的声音在群山、白云、急流间回荡："我们沁源的胜利，是党和人民群众密切联系的胜利，是八路军、民兵、游击队与广大人民群众四位一体人民战争的胜利！沁源的胜利，更是我们中华民族不屈不挠、誓死抗敌伟大民族精神的胜利！"

修订于 2021 年 1—4 月　灵空书斋

附录一：向沁源军民致敬

抗战以来六年半的长时间中，敌后军民以自己的血肉头颅，写出了可歌可泣的英雄史诗。在这无数的史诗中间，晋东南太岳区沁源县八万军民的对敌斗争，也放射出万丈光芒的异彩。

据太岳区来人谈，沁源在 1942 年 11 月以前，经历了敌寇无数次的"扫荡"，每次"扫荡"，敌寇都吃了很大的亏。在对敌斗争中，沁源取得了模范县的光荣称号。敌人在屡经失败之后，老羞成怒，把沁源划为"山岳剿共实验区"。于 1942 年 10 月下旬，占领了沁源县城和许多据点，驻扎兵力经常为三个大队，以军事、政治、经济、文化、特务种种方法，软硬都来，企图使沁源伪化。可是，经过了 1942 年两个月和 1943 年整整一年，全沁源八万人，没有几个当汉奸的，没有一个村组织起"维持会"来。不但一般人不当汉奸，就是沁源的大烟鬼流氓地痞也没有几个当汉奸的；不但壮年人老年人无人当汉奸，而且七八岁十几岁的小孩，经常被敌人成群捉到城里去，他们也誓死不当汉奸，或者哭骂不休，或者偷了敌人的东西又逃出城来，或者绝食，弄得敌人毫无办法。沁源人民，常以"沁源人没有当汉奸的"一语自豪。他们是值得自豪的，他们是值得大大自豪的！

沁源人民，不仅是消极地不当汉奸而已，而且积极地围困敌人。从敌人占领沁源县城的第一天起，直到现在一年零两个月中，敌人天天受到我沁源军民的打击。综合起来说，有下列数项：

一、从 1942 年 10 月以来，洪洞—安泽—沁源—交口—沁县大路上，一万五千人民，全都有组织地转移到离开大路的山庄中，这一个大转移组织得非常之好，农民曾对地主做了很大的劝说和首先帮助他们搬家，对于大烟鬼地痞流氓也做了劝说和监视，由于农民全体组织起来和发动起来了，敌人所获得的仅是一个真正的"无人区"。民众转移到山庄中后，政府拨给土地耕种，贷给款项进行小的手工业生产，并组织群众互助来解决生活问题。不仅这样，由于民众有了组织，有了武装，他们以敌人之道还治敌人，展开了"劫"敌运动，和到城内抢粮运动，不仅抢回自己被敌人抢去的资财，而且去抢得敌人的资财，这种不分昼夜、不分男女老幼全体参加的劫敌运动，使敌人的掠夺阴谋完全破产，反而损失不少资财，政府的帮助，群众的互助，和劫敌运动的开展，解决了一万五千人的生活问题。

二、在军事上，从 1942 年 11 月开始，敌以六十九师团的三个大队，驻于洪洞到沁源一线，进行所谓"驻剿"，到 1943 年 1 月底，被我围困得没有办法，撤出去了。紧接着换来敌三十六师团的三个大队，驻于沁县到沁源一线，进行所谓"驻剿"。到 9 月，又被我围困得没有办法，再行撤走。9 月后，敌人调来第六混成旅团（现已改为师团）三个大队。三个月来，仍然毫无办法。除了较大的战斗不计外，1943 年沁源群众每日平均毙敌五人，全年几达两千之多。从沁源到沁县的大路，经过圣佛岭，沁源敌人每隔一天必须经过这里到沁县去领给养，民兵每隔一天也必须在此地与敌人打一仗。每打一仗平均伤亡三人。因此，沁源敌人每次到沁县去领给养，出发时就说："今天不知哪三个人死了的！"

三、在围困敌人的战斗中，沁源产生了无数民兵英雄。其中如任彦，自围困敌人以来，他在一年中亲手击毙敌兵三十七名，他自己受敌刺伤五十二处。据太岳区领导者薄一波同志电告本报说，此人现在仍在养伤，最近薄一波同志曾亲自去慰问过他。他说："我的伤不久就可痊愈。我还要去杀敌人。"至于民兵英雄中杀敌五名至十名的，就很多很多。

四、一年半极端紧张的斗争中，沁源人民的战斗意志更加坚强了，军民的团结更加坚固了。共产党在人民中的威信更加提高了。沁源人民，曾经经过1940年12月敌寇三万人的大"扫荡"，在这一次"扫荡"中，敌人实行"三光政策"，屠杀民众三千六百人，烧房子十二万五千间，杀死和牵走牛羊猪鸡等牲畜无数，沁源人民毫不屈服。沁源人民又曾经经过1941年秋季敌寇的大"扫荡"，在这次"扫荡"中，敌人采取"怀柔政策"，杀人甚少，想来欺骗沁源人民伪化，沁源人民也不为引诱。敌人在1942年春季，又进行大"扫荡"，"蚕食"更加频繁，但沁源人民依然坚持斗争，依然在那敌后最艰苦的环境中，继续围困敌人，和保持着没有人当汉奸的光荣纪录。

在军民团结方面，决死队某团团长蔡爱卿同志，亲率所部，带领和协助民兵、游击队，一起生活，一起作战，不辞劳苦，起了模范作用，因此民众对军队热烈拥护，到处欢迎。军队依靠着民众，在给养、运输、向导、补充等等问题上都得到了解决。

沁源人民与共产党的关系，是比之任何时候都更密切了。这里在共产党领导之下，很早就实现了减租减息与民主政治。经过了多次反"扫荡"战斗与围困敌人的战斗，八万人口的沁源，成了敌寇坚甲利兵所攻不下的金城汤池。人们以切身的经验，确信共产党领导的正确，所以沁源群众都说："共产党说的话就是为了老百姓，沁源人民永远跟共产党走！"

模范的沁源，坚强不屈的沁源，是太岳抗日根据地的一面旗帜，是敌后抗战中的模范典型之一。我们向沁源致敬，祝沁源军民保持这光荣的地位。沁源军民更加团结起来。在共产党的领导下，你们将无敌不摧。

1944年1月17日延安《解放日报》社论

附录二：沁源人民的胜利

"死守"沁源的敌人，现在被我们赶跑了，二年来沁源人民围困敌人的斗争，终于胜利了。

沁源的敌寇是被八万余沁源军民汇成的巨流赶走的，它比一般县城的光复有其更重大的意义，值得我们分外高兴；有更宝贵的经验，值得我们全区军民研究学习。诚如延安《解放日报》所指出的，沁源围困斗争是"敌后抗战中模范典型之一""放出了光芒万丈的异彩"。

今天沁源的光复是光荣完成了这个历史的奇迹，这里谨向沁源人民及三八团、二五团、洪赵支队及沁源游击队致以崇高敬礼。

沁源位于我岳北腹心地区，敌人在创造"山岳剿共实验区"的妄图下，于1942年10月占领沁源县城，企图以沁源作为"蚕食""扫荡"我太岳解放区的前哨基地。因此他不惜以精锐的部队，进驻沁源城关与二沁大道上，实行了惨绝人寰的烧杀政策和卑鄙无耻的怀柔政策，妄图以此来征服沁源人民，进而摧毁我太岳解放区。然而敌人最后惨败了。事实已经证明：被征服的不是沁源人民，恰恰是征服者自己。

在敌人占领沁源之初，沁源城关与二沁大道人民，在共产党的领导下，组织了一个大转移。二十三个村庄，一万五千人民，暂时放下了四万二千亩土地，有组织地转移到山区开荒生产，使城关周围找不到一个老百姓。八万人中没有几个当汉奸。没有几个"维持"敌人，充分发扬了中华民族坚贞不屈的光荣传统。接着便展开了围敌斗争，展开了劫敌战、麻雀战、地雷战……敌人的电线一日数断，敌人的哨兵常常在敌人所毒詈为"羊毛狗"（披着羊皮的民兵）的奔驰下，无声地死去。敌人的枪械、子弹、军装、大车、碾磨上的轴、水井上的辘轳，以至睡觉时脱下的皮鞋，经常不翼而飞，闹得敌人日夜不宁，叫苦连天。我沁源英勇的儿女们，更不放弃一个打击消灭敌人的机会。从敌占沁源到去年年底，仅民兵就作战二千七百三十次，毙伤敌伪三千零九十八人（炸死炸伤的在外），活捉汉奸特务（敌从外地派来的）二百四十五人。

在敌人唯一的交通线——二沁大道上。处处都是"鬼门关"。敌人自称"每通过一次，都要付出几条生命的代价"。最使敌人谈虎色变的，是处处碰上"铁鸡蛋"（地雷）。我民兵对各种雷的制造与安置，有许多惊人的创造，普通使用的就是踏雷、滚雷、水雷、空中雷、追人雷、老鼠架梭雷……以及布满家中桌上橱内的碰雷。两年来有四百四十一个敌伪葬身于这种雷阵之中，有四百九十多个敌伪在雷阵中折肢、断腿、负伤逃窜。在敌伪中广泛流传这样一首悲歌："过了圣佛岭，进了鬼门关。如若死不了，就是活神仙。"二沁大道上风声鹤唳的情景于此可见一斑。

在这样英勇的斗争中，涌现出了许多智勇双全、英勇善战的英雄人物。他们带领群众出生入死，创造了无数的奇迹，为敌后抗战写下了光辉的史页。如全区第一名特等杀敌民兵英雄李德昌，便是沁源官军村人，他带领该村民兵，打死打伤敌伪在一百名以上。

在决死队各团直接帮助与参加下，八万人一条心的围困斗争，迫使敌人的"剿共实验区"不得不一天天缩小，首先撤退阎寨（1943年1月）等外围据点，继而放弃了城关，最后连城内的碉堡也丢弃了，而退守西山梁子上的碉堡里。从此，敌人的"剿共实验区"就只剩下那铁丝网内不到半平方公里的咫尺之地了。然而敌人为了"政治影响",为了"争口气",还想拼命死守拖延。但自 3 月 14 日开始,经正规军、游击队、全县民兵,用四千颗石雷,开展了最后围攻,经二十八天猛烈围困,困得敌人走投无路,只得滚出了沁源县城。不难想象,这对敌寇政治、军事上,该是一个多么严重的打击。

沁源县城的敌人最后被赶走,在我们太岳区来说,是一个大胜利,对于振奋群众情绪、促进太岳解放区的经济建设,都有很大的实际意义。

在沁源困敌斗争中,积累了无数宝贵的经验,其中需要在这里特别提出的,则是只要联系群众,依靠群众,没有不胜利的。它的生动的事实,证明了群众力量的伟大,证明了共产党依靠群众政策的正确。沁源不是靠飞机大炮打下来的,它是靠八万老百姓和正规军、游击队、民兵的一致团结,经过长期围困与最后的围攻斗争,而将敌人赶走的。

两年半来沁源的对敌斗争,不仅创造了党与群众血肉相依的模范典型,而且创造了军民团结,正规军、游击队、民兵、自卫队配合作战的丰富经验。其他,在执行与实现党的各种政策,如劳武结合、生产互助、互济救灾等方面,都有很多的创造。这些都值得我全区军民研究学习的。

我们庆祝沁源光复的胜利,并号召全区军民学习沁源,更加依靠群众,发动群众,开展广泛的群众对敌斗争,拔掉或挤走敌人突出的据点,进一步扩大胜利,扩大解放区。

1945 年 4 月 21 日太岳《新华日报》社论
1945 年 4 月 23 日延安《解放日报》转载

后　记

　　在我的家乡山西省沁源县，有一首从二十世纪四五十年代流传至今的《酒歌》，人们在婚庆贺喜之类的酒宴上，往往还会唱着它来猜拳行令。《酒歌》如下：

　　　　一挺机枪两条腿呀，八路军打败日本鬼。
　　　　三个弟兄去参战呀，四季里都有捷报飞。
　　　　五月里英雄回家转，六月里成亲喜上喜。
　　　　七月里大军南征去，八碗酒壮壮英雄气。
　　　　九月九里酒中酒呀，十全大美咱升国旗。
　　　　这杯好酒该谁喝呀，我呀我呀你呀你。

　　酒歌的形成，自有它的过程，酒歌的流传，自有它的规律。据说，一开始的时候，只有前面四句和最后两句，而后则渐渐在二十世纪五十年代初成为现在这个样子。这样的酒歌，只能在沁源这样的地方形成，这样的酒令，只能在沁源这样的地方流传。在抗日战争和解放战争期间，仅仅八万人的沁源牺牲一万人，伤残一万人，还为子弟兵送出了一万优秀兵员。这是一份多么沉重的代价，这是一份多么忠诚的奉献。当然，作为沁源人，这块土地上的人民最为骄傲和自豪的仍然是在敌寇大兵压境的残酷斗争中，全沁源没有建立起一个维持会，没有一个人当汉奸！这是空前的，是全世界民族解放民族独立史上绝无仅有的奇迹！这份奇迹够沁源骄傲一百年，一千年。但是，沁源人民没有骄傲，没有满足，今天的沁源，更是一个既有绿水青山、更有金山银山的幸福家园，是全国最佳宜居县域。这里的人民在2018年的时候就已经实现了人均收入一万一千三百四十九美元，高于全国平均水平一大截，接近珠三角广东省平均水平。我曾采访过这个县的县委书记，也曾询问过这个县的许多农民、干部和工人，我问他们是靠什么来实现这样一种经济建设的高速度与环境资源的绿色美。他们众口一词的回答是："党的领导，沁源围困战的精神。"

什么是沁源围困战的精神？这种精神在今天有什么传承的必要？这是一个沁源人必须面对的问题，也应该是更多的人面对的问题。今天，在中国共产党建党百年的时候，我们重温沁源围困战的历史，讲述这段历史中一些永远光芒四射的英雄人物，我想这应该也是一种对历史的尊重、对后人的负责吧。

作为沁源人，我们这一代人从小就接受了有关沁源围困战无尽的传统教育。长大以后，我又有幸接触过采访过许多参加过当年这场战争的英雄人物，甚至跟有的人成为难得的忘年交。譬如太岳区当年的头号杀敌英雄李德昌就是我心中的偶像，也是我深交二十年之久的老友。

实话实说，这部作品中的江德昌，真正的原型就是李德昌。这位曾经代表解放区青年参加了1947年在捷克首都布拉格召开的世界青年联欢大会的唯一民兵战斗英雄，当年曾带领抗日模范村官军村的民兵杀敌一百九十七名。这份功绩放在哪里都是光辉灿烂的。而李老亲口所讲的那些真人真事就更令人永生难忘。这也使我下定决心，今生今世一定要把沁源人民坚贞不屈的斗争精神、沁源围困战的辉煌事迹通过自己的笔流传于后世。当然，我也深知，对于整个沁源围困战和当年沁源人民在党的领导下所展示出来的永世流芳的民族解放自由独立的战斗精神，那是绝非某个人，或者一部作品能够全面反映出来的。但我问心无愧，只求以窥一斑而知全豹，让一滴水去映射出太阳的万丈光芒而已。

郭天印

2021 年 4 月 17 日于灵空书斋